龙骨焚箱（中）

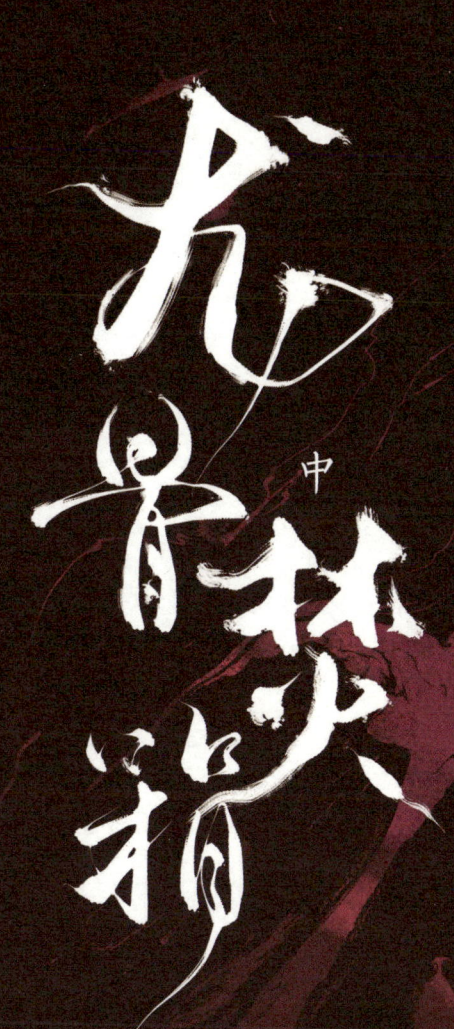

尾鱼
LONGGU
FENXIANG
著

四川文艺出版社

烈火滚过沸腾着的血，可以打开机关的结扣。
能帮你听到……徘徊在入口的人……

龙骨焚箱

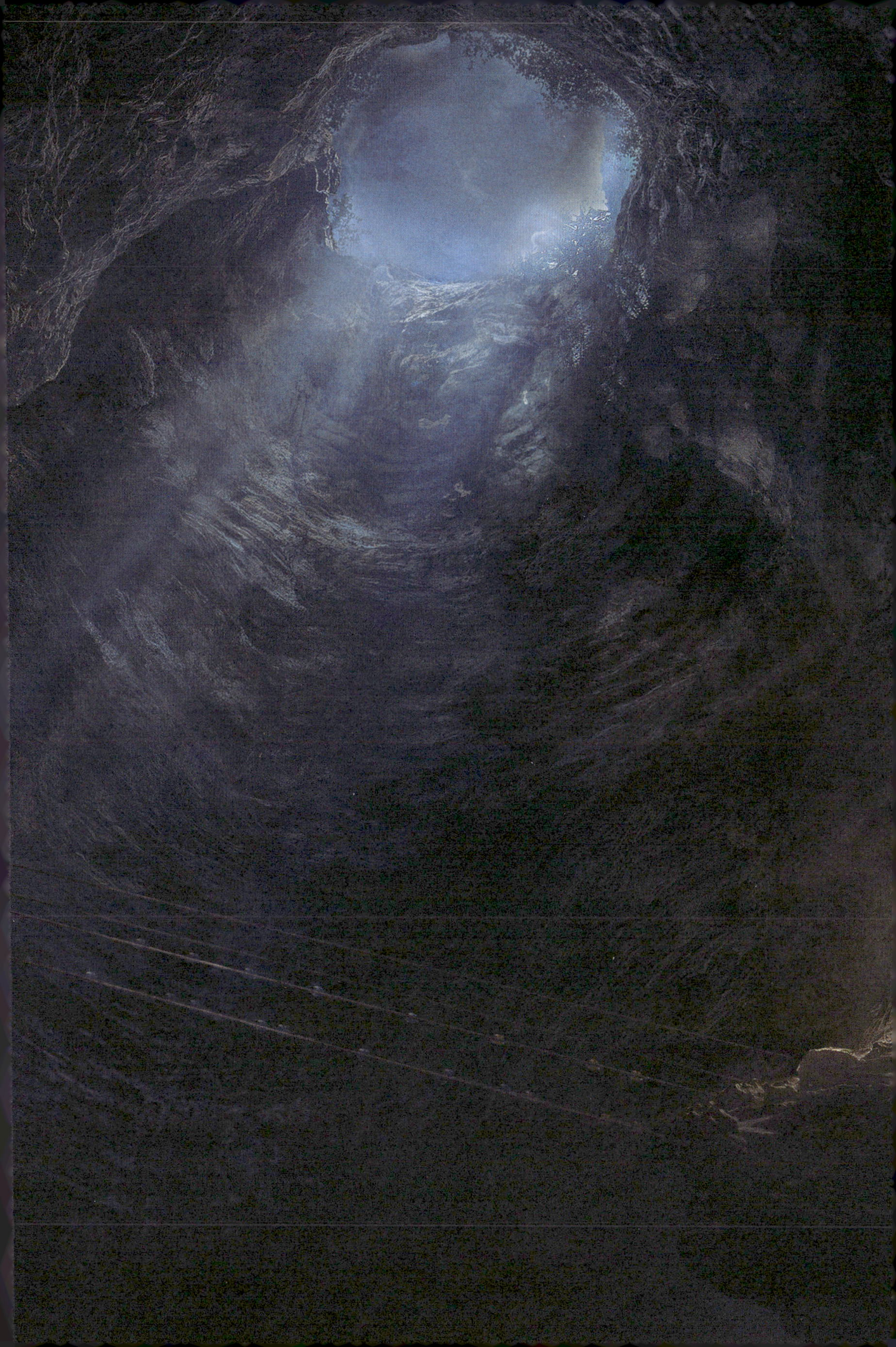

目录

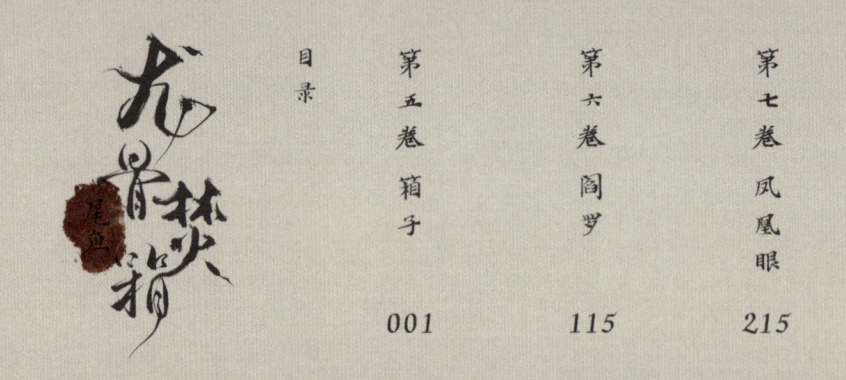

第五卷 箱子
001

第六卷 阎罗
115

第七卷 凤凰眼
215

第五卷 箱子

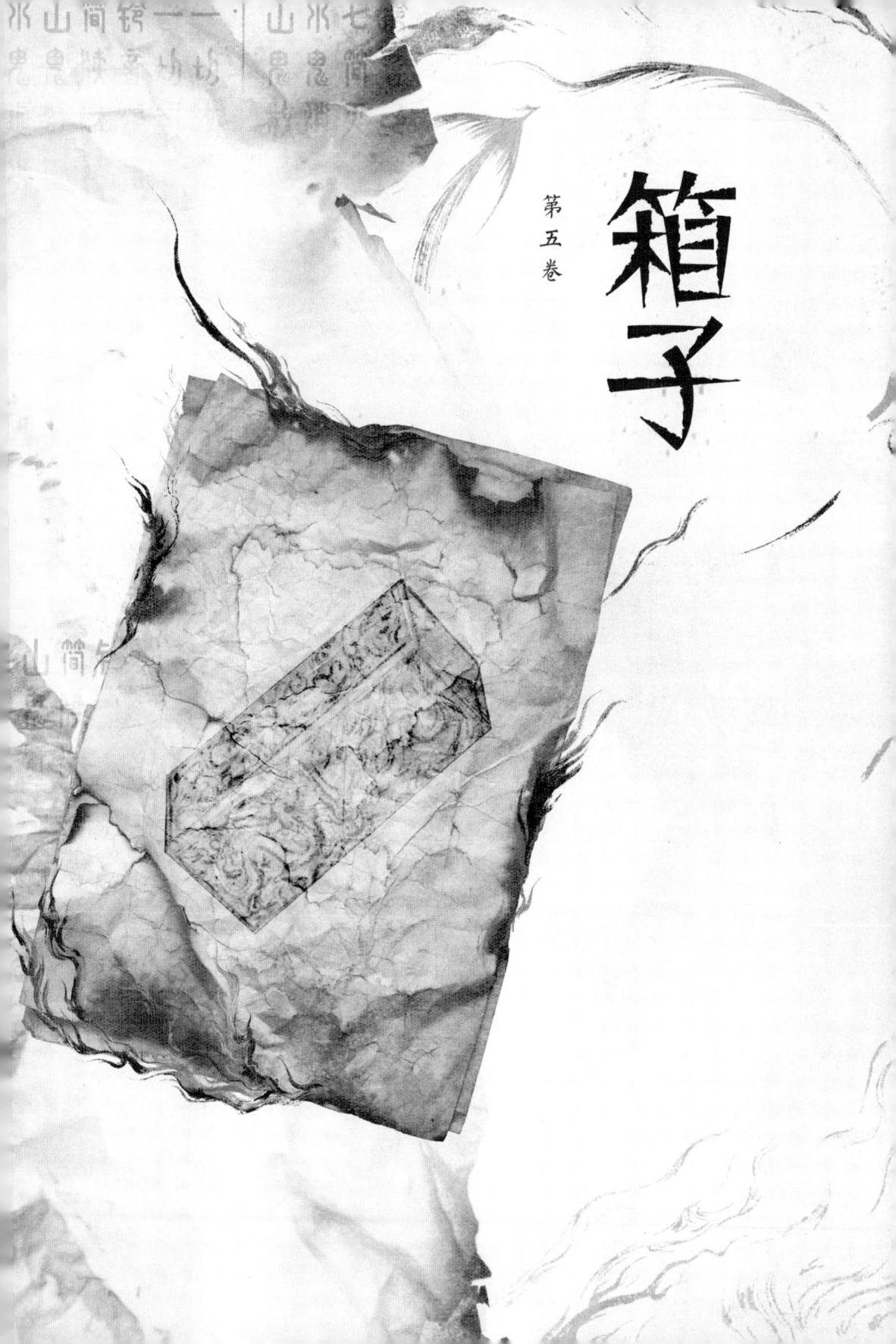

【01】

来湘西之前，孟千姿设想过很多种和山胆遭遇时的情形，凶险有之，平稳有之，也设想过自己是如何泰然自若、一一化解的。

唯独没想到，会遭遇现场打假。

她的第一反应，就是想痛斥神棍胡说八道。转念一想，任何时候，姿态都要在，别心浮气躁跟个急脚鸡似的。

"你说这是假的，有什么证据吗？你见过山胆？"

神棍一脸茫然："没啊，没见过。"

他似是这时才反应过来，说得磕磕绊绊："我就是……看到它，一点儿感觉都没有。你说它是山胆，我脑子里跳出来的第一个念头就是：不是，绝对不是。"

孟千姿气笑了："感觉？你还真是凭着感觉走天下呢，你感觉山胆跟你有关，就千里迢迢找来了湘西；你感觉不是，就敢红口白牙说我们的山胆是假的——也就是我脾气好，要是换了我五妈，烈火性子，当场抽你两个耳刮子。"

说完了，还是心头恨恨，又补了句："有证据你就拿证据。没凭没据，少在这儿瞎三话四。"

神棍一下子急了。

换了是其他事，碍于孟千姿的身份，他大概也就吞声折腰了，但在"科学研究"这种事上，管你是谁呢，他向来是据理力争的："孟小姐，我看你长得也像个讲道理的人，你怎么能瞧不起感觉呢？

"人是不可能无缘无故对某件事一再产生奇怪的直觉的，其中必有缘由，有因才有果。只不过我现在还说不清这是为什么，但我不是一直在找嘛——有时候，那种突然迸发的直觉,比真凭实据还准呢,你就不能……重视一下吗?"

说到最后一句,神棍声音小了下去,气势也弱了几分。没别的原因,只是忽然又想起来,这是孟千姿的地头,她一个不高兴,就可以像关贰负一样关住他。

孟千姿沉了脸不说话。

其实她心里是有点儿动摇的。这一路上,她能看得出神棍是有点儿见地的,而且这人确实是一腔兴奋迫切地想见到山胆,没可能存什么阴谋,但山鬼家族如珍如宝供了几千年的东西,上来就被说是假的,换了谁也受不了啊。

气氛有点儿僵,江炼清了清嗓子:"其实我也觉得……"

孟千姿瞪他:"你也来凑热闹?"

江炼失笑:"你别急啊,来,先坐下,有话好好说。大家都是长一朵花上的,没必要急赤白脸的。"

说着,自己先坐下了,一副安之若素的调停架势,左右手先后在身侧拍了拍:"坐。"

哪个跟你长在一朵花上。孟千姿真是哭笑不得,继续板了会儿脸之后,还是过去在江炼身侧坐下了。神棍坐在另一侧,耷拉着脑袋,嘴里犹在嘟囔着:"就是……直觉呗。"

江炼问得很有条理:"孟小姐,我有三个问题。第一是,这首山胆的偈子,流传下来的时候,是只是偈子呢,还是有详细的解释备注?"

孟千姿想了想:"只是偈子。"

江炼点头:"那你们为什么还没下崖时,就对什么瞳滴油啊、舌乱走啊,了解得那么清楚?"

这不是废话嘛,孟千姿说:"我段太婆下来过啊。"

江炼笑:"好,是段太婆说的。"

他话锋一转:"第二个问题,你是山鬼王座,可以开九重山,山胆这么珍贵,悬在第三重山,你觉不觉得太浅了?说真实的想法就好。"

孟千姿迟疑了会儿:"确实是有一点儿,但并非不合理。这里的防护一层嵌套一层,已经很森严了,剖山又是件很难的事,放在第三重还是第五重,在我看来,只不过是放在保险柜靠门还是靠里的区别。而且山鬼的位次,很多时候会悬空、接不上,比如我,我接任之前,王座就悬空了三十多年——你悬得太深,反而会导致某段时间无人可以剖胆。"

江炼只静静听着,并不作评论,听完了,话题又是一转:"第三个问题。

"现在我要夸一个女人漂亮,你听听我的描述是不是合理。"

孟千姿有点儿蒙：夸一个女人漂亮？前两问还多少算得上扣题，这第三个，也离题太远了吧。

江炼沉吟了一下："她有一双温柔的眼睛，一个小巧挺秀的鼻子，嘴唇很美，红润饱满。"

说完了，看孟千姿："这描述合理吗？"

孟千姿还没回过神来，神棍冒出一句："词汇太贫乏了，小学生作文水平。"

江炼啼笑皆非，又懒得跟他争执，只是看孟千姿，等她回答。

孟千姿的写作水平大概也跟他在伯仲之间，觉得这描述虽然有点儿干巴，但不至于是病句："没什么问题啊。"

"好，那如果这么说呢：她有一双温柔的眼睛，一个小巧挺秀的鼻子，身材玲珑有致，嘴唇很美，红润饱满。"

孟千姿皱眉："这就不太对了吧，明明是在说脸，突然插了一句写身材的，有点儿别扭。"

江炼等的就是她这句："好，我问完了。下面，我说一下我的看法。

"这个山胆，可能是有问题，但这不代表这儿没有真的山胆。段太婆当年，应该并没有见到真正的山胆。"

江炼这话，虽然也暗示山胆是伪，但比起神棍那一番直白粗暴地嚷嚷，可算是委婉多了，孟千姿不觉就往他身侧倾了倾："为什么？"

神棍也瞪大了眼睛。

江炼说："你们山鬼，大概太熟悉这偈子了，当金科玉律来听，从来也没想过去怀疑吧？但我是个外人，是旁观者，从一开始，我就隐隐觉得，这偈子有点儿古怪。

"不过当时没往深处想，及至神棍说它是假的，才提醒了我。

"'美人头，百花羞'，确实是挺精妙，也合理。但你们都已经说到'头'了，第三句，'瞳滴油'，绕哪儿去了？"

他伸手指了指上方："直接蹿到崖顶的藤盖上去了。没错，从下头看，那藤盖确实挺像个眼睛，因为昼夜温差，露水和木汁藤液混合，也的确会滴下油乎乎的东西来——但你不觉得，这个'瞳滴油'，就如同写文章时正描述着女人的脸，突然切换到了身材上那么突兀吗？"

神棍恍然，一拍大腿："没错啊，我怎么没想到这个呢！"

江炼继续说："下一句，'舌乱走'，又绕到了峰头的水流上，但说实在的，毫无价值。一首暗示了路线的合格偈子，应该没有废话，层层推进，每一句都有实在意义——'美人头，百花羞'这句是及格的，因为它在众多石峰中，指明了悬胆所在，但'瞳滴油，舌乱走'指引了你什么呢？

"所以我才会问你，当年流传下的这首偈子，有没有详细的解释。现在看来，只有两个可能，要么这首偈子是胡编乱造的，要么……段太婆当时，根本没有找到真正的'瞳滴油'和'舌乱走'。"

说到这儿，他笑了笑："但这也不能怪她，她念着这首偈子下来，下意识地就去找对得上的地方，看到差不多符合的，难免先入为主——或者，现在的'瞳滴油'和'舌乱走'，就是山鬼祖宗布下的疑阵，用意就在于把人引入歧途。换言之，山鬼祖宗也不是很想让人动山胆，连对自己的后人，都做了隐瞒。"

孟千姿听得几乎恍惚了。

没错，这个反驳相当有力。现在他们理解的"瞳滴油"和"舌乱走"，根本是两句写景的废话，毫无指引意义——一首暗藏了路线的偈子，应该字字玄机，怎么会插入这么无关紧要的内容呢？

她喃喃道："我段太婆……真是好可惜啊，只差了一步。她其实察觉了一些的，她说过这偈子是胡说八道、牵强附会，但是……"

但是段太婆再传奇，终究是凡人而非神人。

孟千姿记得大娘娘说过，段文希对许多山谱都作了更新和注解，认为古早时候，人的见识少，对很多现象夸大其词，需要以正视听。也许正是这种偏见和自负，使得她即便察觉到了不妥也未作深究。

所以有些时候，不要轻易去责怪别人，或许问题是出在自己这儿呢——段文希一句"胡说八道"，把疏漏尽归于前人的浅薄，但实际上，是她自己一脚踏进了岔路。

江炼也叹气。

是有点儿可惜，段文希下到第三重山，见到了这块"山胆"，可她手头并无资料，不知道山胆该是什么样子，身边也没有神棍这样的人忽作惊人之语，告诉她山胆是假的，所以看来看去，只觉得是"一块蠢石，不过尔尔"。

孟千姿忽然想到了什么："那你为什么觉得，真正的山胆还在这儿呢？万一这里是个故弄玄虚的疑冢呢？"

江炼笑起来："两个原因。

"第一是，借用你的说法，这里的防护一层嵌套一层，实在是个藏东西的好地方，几千年朝代更迭，风云变幻，我也实在想不出，有哪儿能比这儿更稳妥和更安全了——费这么大周折，只是个疑冢，是不是太闲了？

"第二嘛，就得感谢我们的老朋友，白水潇白小姐了。她对你穷追猛打、以命相搏，什么招数都使出来了，这下头如果是个假山胆，也太对不起她的付出了。"

孟千姿失笑，没错，白水潇的狗急跳墙，恰恰证明了这儿是有东西的。

神棍看看这个，又看看那个，一颗心突然"怦怦"跳个不停："这么说，我的直觉是对的了？可我……我为什么会有这种直觉啊，我真没见过山胆啊。"

江炼拍了拍他的肩膀："饭要一口口吃，你的问题，晚点儿再说。现在咱们要找的，还是山胆。"

说到这儿，他看向孟千姿："还下吗？"

孟千姿的眼睛里烁动着异样的神采，回他："下啊，干吗不下？"

决定取山胆的时候，二妈唐玉茹坚决反对，三妈倪秋惠打圆场，说："看看有什么关系，段娘娘留下那么一大本日记，连路线都画好了，咱们千姿依葫芦画瓢，还能出事吗？"

依葫芦画瓢，固然是稳妥，但也少了好多刺激，像嚼别人嚼过一遍的甘蔗，索然无味。失败了是你没用，成功了也是前人功劳。

但现在不同了，她神人一样的段太婆原来也有失手的时候，这山胆从未被揭起过的册页，还要待她挥毫来书呢。

下啊，干吗不下？

话说得轻松，真下起来，可不是上下两片唇一碰那么简单。江炼看得出，每下一重，孟千姿就累得更厉害：大口喘气、双腿发颤，额、颊边都汗津津的，连后背都被汗湿透了。

而且，这可供人小憩的"节点"是越来越小了，开始还像个二分之一的电梯厢、橄榄核，下到第八重时，直如一个一人高的竖扁大瓜子，站人都困难，为了多留点儿空间给孟千姿休息，江炼只能去挤神棍。可怜的神棍，四肢并用着趴贴在山壁上，真像只被压扁的壁虎。即便这样，他的嘴都没闲着。

"小炼炼，如果下一重再小，我们三个，得挤成一团了，像是被塞进去的。"

就不能想点儿好的。江炼没理他，倒了一瓶盖的水给孟千姿解渴，但神棍这话真是有魔性，让他也不自觉多想了些：贰负当年，如果不是被锁进了宽敞的石室，而是被塞进了仅容一人的狭隙之中，那采石的劳工一锤子下去，从封闭的山石里砸出一具死尸来，怕是会吓得当场晕过去。

孟千姿抹了把额上的汗："下一重就是我能下的极限了，只能希望它更大些了，再小的话，山胆都没地方悬了。"

江炼说了句："下一重，一定会不一样的。"

第九重。

"九"在中国文化中，向来是个耐人寻味的字眼：天最高处叫"九霄"，地最深处叫"九泉"；人的所有亲族都聚拢来，也不过是九族；而地再大，大不过九州。

第九重，豁然开朗。

比第三重足足大了一倍，空气滞闷，场景也怪异。乍一看，像是山壁上结了许多石霜，又像生出许多蜷曲的白毛。江炼扶住孟千姿，还没来得及开口，神棍已经疾冲下去，大叫："石毛！晶花！"

江炼听不懂："那是什么？"

孟千姿低声回了句："这你就不知道了吧。连山鬼的人都不一定知道，这是非重力水现象。"

非重力水对应的，是重力水。

一般来讲，大多数洞穴，都有受地心引力影响而生成的重力水沉积物，比如石笋、石柱、石钟乳等，溶洞里看到的，大多是这种。

但有极少数的洞穴，由于太密闭了，空气的流动几乎察觉不到，那些自洞壁的毛细管里缓慢渗进来的水珠，表面张力大于地心引力，反而不会往下滴落，而是长时间附着在岩壁上，慢慢沉积、结晶，年代足够久远的话，会生成石毛、卷曲石，甚至晶花等。而且，因为"摆脱"了地心引力，这些结晶会向着任何方向蜷曲生长，形成极其震撼的奇观。

神棍激动得声音都抖了："这种很少见的，我在广西见过，都是一星半点儿，桂林的穿山岩，只有一朵石花，当成宝一样，这儿能长出这么多石毛、晶花，说明特别久远，太长时间没人来过了。没错，就是这儿，一定是这儿。"

他说到这儿，蓦地反应过来，四下一扫，脸色略变，惶然道："胆呢，山胆呢？"

这个石室里，除了长满石毛、晶花，仍然是空无一物。神棍正左右疾走，腿上忽然磕到了什么，"哎哟"痛呼了一声，低头一看，是块肉红色的坚硬积簇晶体，摸上去密密麻麻，手感甚是诡异。

神棍揉着膝盖退开，犹在左右乱看："胆呢？"

江炼指了个方向，示意孟千姿去看。

他俩还站在略高的地方，没有走下去，所以反而能看得清楚：在对面一人高处，并没有长满石毛、晶花——那些晶体都避开了两处。那两处和常见的山壁颜色不同，漆黑中泛着点荧绿，左右对称，隔着段距离，颇像两个幽深的瞳孔。

那儿不长石毛、晶花，恰恰说明材质异于山石，所以无水可渗、无毛可长。

孟千姿轻声问了句："瞳滴油？"

江炼"嗯"了一声，问她："有燃烧棒吗？烧它。"

孟千姿的背袋虽小，但该有的都有，还都是称手的高级货，燃烧棒是特定的还原剂和氧化剂混合制成的，在水下都能无氧燃烧，很适合现下的环境。

江炼点起两根，大踏步走到那块山壁前，分了一根给神棍，示意他学着自己的样子，去烤燎那个"瞳孔"。

火焰烈烈，那两个"瞳孔"渐渐变得温润油亮，似乎真的是要滴下油来，空气中渐渐充斥一种怪异的甜香，应该是这个"瞳孔"被熏炙后散发的味道。江炼只能暗暗祈祷这味道没毒——三人中，只有孟千姿的体质或可一扛，他和神棍这种寻常胎骨，都受不了。

就在这个时候，他忽然听见了振翅声。

像是有什么细小蚊虫，嗡嗡地，倏地扇动翼翅。

这声音，要是起自巷陌田家，倒也不稀奇，但在这儿，这种封闭了千年之久、山壁都长满石花晶体的地方，就实在让人胆寒发竖了。难道这儿，还有什么活物？活在封闭的山腹里的……活物？

又是一下嗡嗡振翅。

石室里安静极了，孟千姿离得较远，还坐在地上扶额休息，她是什么都没听到。

火焰在壁上跃动，江炼的额上慢慢滚下一滴汗来。

静默声中，神棍颤抖着说了句："小炼炼，你……听见了吗？"

【02】

再过了会儿，连孟千姿都听见了。

她抬头四顾，然后慢慢站起身子，问了句："什么声音？"

这种地方不该出现声音的，尤其是类似蚊虫的声音。她走近那些石花晶体，怀疑是不是里头潜藏着微小的活物。

焰头跃动，那两个"瞳孔"看上去更加融软，最表面的那一层有了缓缓颤晃的迹象，这是要"滴油"了。那种嗡嗡声，也起得愈加频繁，神棍的耳朵都时不时发抽，几乎辨不出方向了，一忽儿觉得那声音响在头顶，一忽儿又觉得是起自背后。

孟千姿忽然"咦"了一声："那石头怎么起雾了？"

石头？

除了刚刚撞上的那一块，这儿没什么显眼的石头了吧，神棍下意识低头去看。

还真的！

那块肉红色的石头上已经浮起了一层浅肉红色的氤氲雾气，活像有颜色的水受热蒸发，浮起有颜色的雾——怪了，现在是在烤燎那个"瞳孔"，又没烧你，你在这儿起个什么雾？

神棍好奇地俯身去看。

才刚凑近，蓦地注意到，就在那层浅肉红色的雾气之下，有几个略深色的小点正往上飞掠，而那种轻微的振翅声又来了。

嗡嗡，嗡嗡嗡。

神棍脑子里电光石火间掠过一线亮，这么短的时间，居然反应过来了，大叫："活的！这不是石头，是活的！"

张皇之下，也顾不上去烧燎"瞳孔"了，跌跌撞撞急往后退。江炼心下一凛，也跟着急退回来。

但这烤燎的时间已经够久，火候也到位，那两个"瞳孔"的正中都已经往外凸起了，像皮肤上耐不住热，燎出一个鼓胀而又颤巍巍的水泡，只需最微小的外力，就会瞬间迸破。

三人一起盯住那块"冒雾"的石头。

江炼手心冒汗。这石头，开始应该的确是石头，形状也不算怪异，像原始的晶簇，怎么突然就"活"了呢？是什么激发的它？

温度？

这种燃烧棒，不至于让这么大的空间升温吧？

或者是……那种甜香的味道？

神棍也是心跳如擂鼓。

这是像……冬虫夏草？不是不是。

虽然有人宣称冬虫夏草冬天是虫夏天是草，有时静止有时蠕动，但实际上，只不过是幼虫被虫草菌侵入感染，菌孢生长时虫子就已经死了，把虫体当养料罢了。

珊瑚……珊瑚虫？有点儿像。

不是有种说法，珊瑚就是无数珊瑚虫聚集而成的吗？更确切点儿说，是死掉的珊瑚虫的骨骼化石，但活着的珊瑚虫还在上头不断繁殖、分泌啊。

他都这么骨寒毛竖了，还不忘牙关咯咯发表见解："这……这是好多很小的飞虫，原先是在冬眠……不是，僵眠，现在不知怎的，是被激……激发了。僵眠的时候身体是僵硬的，聚簇在一起，像石块一样……孟……孟小姐，山鬼有记载过这种生……生物吗？"

江炼也有点儿头皮发麻，但听神棍这么严谨，上下牙关都打架成那副德行了，还不忘把"冬眠"的说法改成"僵眠",又止不住有点儿想笑。

孟千姿说:"这倒没有,但山石之内,说实在的,已经是另一个世界了,有什么没见过的生物,也正常吧。"

神棍听她说得淡定,心下略安,心说孟小姐稳成这样,应该是没问题的——他哪知道,孟千姿很少慌乱的,遇到再诡异的状况,说话也是胸有成竹,虽然有些时候,别说竹了,草都没一根。

就在这个时候,山壁右侧的那个"瞳孔",极轻的一声"噗"响,胀破了,有极黏稠的墨绿色油体缓缓往下滑动。

空气中,那股甜香更浓郁了,以至于让人觉得有点儿发腻。很快,左侧的那个"瞳孔"也胀破了,两行长度不一的油迹往下挂落,使得这面山壁更像是张脸了。

那块肉红色的石头,已成了不断蠕动着的一大团,似是随时都会掀起。

神棍忽然浑身一个激灵,胳膊和腿上,根根汗毛立起,他咽了口唾沫:"孟小姐,这个……咱们现在退回去,还来得及吗?"

他很少打退堂鼓的,但不知怎的,似乎接收到了某种危险的气息,不安的心绪一下子就在胸腔里弥漫开了。

孟千姿没搭理他,只是屏住呼吸,盯着那块肉红色大石。"瞳滴油,舌乱走",瞳都开始滴油了,这块诡异的石头一定就是那条乱走的"舌"。一句一句,现在都对得上了。

也不知过了多久,也许只几秒钟——人在极度紧张的时候,总会失去对时间的把控——猛然一下,倏忽掀响,那块石头,翻天荡起,嗡嗡振翅声此起彼伏,不绝于耳,以至于人耳在那一瞬间,什么别的声音都听不到了。

只剩下了铺天盖地的"嗡嗡""嗡嗡嗡"。

神棍用的那个词,"僵眠",倒是极贴切。这"舌头",真像是经历过漫长的僵眠,现在重见天日,需要舒筋展骨——就见它上下翻转,左右乱扫,扫过之处,劲风扑面,偶尔擦到石壁。一阵细密的"嚓嚓"声响过后,那些石毛、晶花都成了屑,簌簌飘落地上。

石室再大,有了这条昂然巨物,也变得小了。三人不得不提高警惕,随时矮身挪步,以避开风口。

江炼变了脸色,这些数以亿万计飞虫形成的"肉舌",看来颇具杀伤力。石毛也就算了,晶花的质地堪比水晶,居然须臾之间也成了碎屑。

他想起传说中的行军蚁,大群大群地,如潮水般漫延移动,所过之处,人畜无存。

过了会儿，这"舌头"终于安定下来，"舌根"还连在原处，"舌身"蜷曲着浮于半空，通体肉红，边缘处飞虫没那么密集，颜色也就淡些，雾气般缥缈不定。

那两个"瞳仁"还在滴油，三人一舌，就这样两相对峙，似是互相试探。江炼低声问孟千姿："你的'避山兽'，在这儿还管用吗？"

孟千姿不太确定："能……吧。"

蚊虫再小，既是在山里，就该被归入"山兽"。再说了，身为山鬼，如果下来剖胆都会被攻击，也太说不过去了……

话刚落音，那条"舌身"一拱，向着三人冲将过来。

还好早有防备，孟千姿就地滚翻开去，定住身子时，看到江炼和神棍都已经避开。神棍虽然身手不行，但快躲快跑，勉强可以应付，不过这么一来，三人就分作了三处。

孟千姿说了句："当心点儿。"

她估摸着这"舌头"会分叉作三股，和他们各自缠斗。

哪知出乎意料地，"舌身"又是一拱，居然半空一旋，向着神棍去了。

嚯！还专拣软柿子下手？它是怎么看出三个人中，神棍的武力值最弱的？

孟千姿不及细想，飞身扑上去想救，江炼离得近，动得比她更快，先一步抢到惊魂未定的神棍跟前，一把把他拽离——那"舌头"的尖缘直"舔"在山壁的石毛、晶花上，又是一阵嚓嚓屑落。

江炼向孟千姿吼了句："快了！"

这话有点儿没头没尾，但孟千姿听懂了："舌头"的这一击，比上一击快了。看来它还处在乍醒还僵的阶段，这可不是什么好消息，万一让它恢复如常，想避过它的攻击可就更难了，得趁它现在动作尚缓，赶紧过了这一关。

不过好消息是，这飞虫确实也还是"避"着她的：她刚伸手想去拽神棍时，分明看到，离她较近的那处舌缘，倏地回缩。

孟千姿想让江炼和神棍避到她身后去，话还没来得及说出口，第三击又来了。

是向着江炼和神棍去的。

江炼的手还拽着神棍，眼见第三击又到，不及细想，一咬牙，又带着他贴地急滚避开。

孟千姿将这一切尽收眼底，脑子里忽然冒出个奇怪的念头来，大声吼了句："别救他，把他推开！"

江炼和神棍都一愣，孟千姿声色俱厉，冲着江炼又吼："马上！就现在！"

江炼犹豫了一下，但见她神色、语调都不似平常，心知必有缘由，一咬牙，把神棍推了出去，想撑地起身时，忽然注意到，"舌根"底有一块地方，颜色有些不同。

第一击时，神棍尚能勉强进退，到后来晕头转向，只能由江炼拽着跑了。而今身不由己，又踉跄着被推出去，余光瞥到第四击已至，脑子里"轰"的一声，一片空白。

完了！

正闭目待死，忽觉风声有异，睁眼看时，是孟千姿急掠而至，恰挡在了他面前，那亿万计俯扑而下的诡异飞虫，硬生生势头逆转，瞬间倒飞，如碰到了不能碰的肉盾，又像触及了凌厉至极的震荡波，立时震离开去。

孟千姿明白了。

她转身看神棍，又惊又怒，问他："为什么这东西只追着你打？"

就说嘛，她身为山鬼王座，怎么刚一照面那"舌头"就冲她而来，其实不是，它自始至终，不是要攻击她，也不是要攻击江炼。

它的目标，居然是神棍！

神棍张口结舌，心里一百个冤枉，他哪知道为什么啊！他这辈子，也是头一遭见到这啊。

还没来得及张口，又一幕诡谲至极的场景发生了。

那些肉红色的飞虫，如同突然披下的布幔，自孟千姿头顶披覆而下，密密麻麻，簇簇挤飞，只瞬间就遮包住了她的脸，又流水般直泻而下，刹那间，她整个人就没了，眼前只剩下一个直立的、被无数飞虫包裹如木乃伊的臃肿人形。

江炼还没来得及起身，抬头见到这一幕，脑子里一空，想起刚刚那些被锉磨成碎屑的石毛、晶花，怕不是以为她已经被锉成了齑粉，一时间急血上涌，大吼："孟千姿！"

万幸，那人俑中，很快传出她稍显沉闷的声音来："我没事，别管我。"

她是真的没事，那些飞虫虽然包覆住了她，但始终跟她保持了一两厘米的距离，不曾真的近身，但这感觉也够糟糕的了，像被包了一层蠕动着的壳，呼吸不畅，满心郁闷，甩还甩不脱——一手甩出，那飞虫跟她的手以同样的速度进退；想去拍打，又怕打死了戳伤自己的手，招引不明不白的病菌上身。

江炼听到她的声音，心下稍安，抬眼见到那"舌头"已分作两股，一股缠覆孟千姿，一股又做攻击状，就知道时间无多、刻不容缓了。

——尽管不明就里，但这"舌头"，确确实实是冲着神棍去的，裹住孟千姿，是防她碍事，神棍再不脱身，迟上个几秒，就会被"咔嚓"成血肉一摊了，他这种从旁救护的，也免不了被殃及。

——舌乱走,紧挨着"舌根"的是什么?是喉咙,喉咙是咽东西下去的,去医院看扁桃体时,医生会拿一块压舌板,压住舌头,看喉咙概况。刚刚舌根下有一块地方,颜色不同,会不会就是喉咙?

——这已经是第九重山了,是孟千姿能下的极限,但山胆还杳然无踪,会不会大洞连小洞,那喉咙口,通往接下来的腹腔?

——无肝无肠空悬胆,这腹腔是空的,山胆十有八九就悬在底下。

——至于这根"舌头",只听说过舌头在嘴里乱搅,谁听说过舌头还能倒塞进喉咙里的?所以它应该是追不下去的……

江炼也说不清,人怎么能在一瞬间,同时去想,且一下子想通这么多事。他冲扑过去,飞起一脚,直接把神棍扫翻,又是一脚猛踹,吼了句:"自求多福吧你,希望你摔不死!"

神棍还没闹清楚是怎么回事,已经炮弹冲膛般向着那舌底的喉咙口急滑过去。

江炼几乎是同一时间向着喉口疾奔,然后觑准位置,猛然定住身子回头,冲着孟千姿吼:"右跨一大步,往前两步,扑!"

孟千姿正被这层怎么也甩不脱的"俑壳"缠闹得要抓狂,忽听到江炼的声音,虽然想不明白这一扑是要扑去哪儿,但还是依言跨步前冲,然后往前扑跃。

话分两头说,几乎在神棍冲入喉咙口时,那"舌头"已有所感,急速收势回卷,孟千姿跨冲时,身周的飞虫就已往那回卷的"舌身"急急趋附了,及至身在半空,面前的飞虫散尽。一睁眼,就看到了近在咫尺的江炼,也看到了因收势不住,向江炼急覆下来的肉舌。

说时迟,那时快,江炼一把把她抱了个满怀。

疾扑而至的飞虫瞬间四散荡开,江炼抱紧孟千姿,一个旋摔贴地而倒,脚在地上用力一蹬,带着她向着喉口滑去,低声说了句:"做好准备,我们要高摔。"

都是练家子,知道高摔时,身体要做怎样的防护,她"嗯"了一声,两手攥紧江炼的肩,后背微拱,头颈内收。急喘息间,感觉江炼搂住她腰的臂膀箍得更紧,另一只手顺着她的后背向上,牢牢包住了她的后脑。

他大概也不知道要摔多高,会摔成什么样子吧。

孟千姿闭上眼睛,忽然想起一件事——

他那后背,她不久前才包扎好,怎么又在地上滑磨了呢?

这念头刚起,身子已悬了空。

瞬间失重的状态可真难受,孟千姿的头颈向江炼的胸口埋得更深了些,却能敏锐察觉到,他的身体正做着微调:他后背拱起,头颈埋下,搂护住她的两条胳膊都微微外展——习武之人常说"滚翻开去"。为什么要滚，就是因为把身体收成一个球形时，不管是撞还是跌，受力面都最小，最能借势卸力。江炼这么做，其实是最大限度地保护了她。他的身体护在外围，挨了这第一摔，她受到的冲击力就会小很多。

万幸的是，这个石室并不深，她脑子里的念头还在纷纷急转，两人就已经落了地：江炼肩背着地，触地急滚，几个滚翻下来，就已经止住了。

止得也很有技巧，他垫在了下头，长吁一口气，问她："没事吧？"

孟千姿"嗯"了一声："你呢？"

江炼伸手揉了下那一处肩背："还好肉厚。"

孟千姿笑起来，正想说什么，一瞥眼看到了神棍：他摔得有点儿惨，半倚着石壁，脑袋半歪着，眼镜挂在嘴巴上，嘴里也不知道在哼哼什么，似乎还没有回神。

本想揶揄他两句，注意力却忽然被吸引了开去。

这是个石室，比上头那个略小些，但她无暇去看石室里有些什么了：自室顶悬垂下一个通体莹白的物件，呈卵圆形，颇像人的胆。

并不大，也许比人的胆囊尺寸还小些。细看的话，会发现那根绳索也是同样材质，仿佛是物件本身延伸出的一根触手。

孟千姿也不知道是不是自己的错觉，总觉得它虽悬在那儿，却是有呼吸的，安静地一吐一纳，任世事变迁、斗转星移。

有时候，物件也同人一样，有自己的性情、气息和风华，往你面前一搁，无须言语、无须架势，也无须任何衬托，你就知道它是，抑或不是。

她喃喃说了句："山胆？"

怔了两秒之后，忽然激动，伸手紧抓住江炼的小臂："你看，你看，山胆！"

江炼点头，目光落到她攥紧他胳膊的手上："是，是山胆。"

顿了顿，又补了一句："恭喜你了，你应该是这许多年来，山鬼家族里，第一个见到真正山胆的人。"

孟千姿没吭声，只是有些出神地盯着山胆看。

似乎怎么看都看不够。

看着看着，她就笑了起来。

当山鬼这个家可真不容易啊，大娘娘老问她："姿宝儿，你这一年，做了什么有意义的事儿？有什么贡献没有？"

哪有那么多贡献做啊，前人把树栽完了，她扛着铁锹无处下铲，挖空心思给自己想事，甚至于为了帮水鬼的忙查找家谱，都能被她包装成"组织大家对山鬼的前代历史进行了一次彻底回顾"。

没办法啊，没点儿像样的贡献，人家会在背后嚼你没用，死了都不安生——后人翻开《山鬼志》，会指指戳戳："这个孟千姿，怎么吃了几十年干饭，一点儿有建树的事儿都没做？"

现在好了，她见到山胆了，真正的山胆。连她的传奇段太婆都没见过呢。

虽说不是凭她一个人的力量发现的，但那又怎么样呢，江炼和神棍，都是她的三重莲瓣，她的人啊。

还要感谢白水潇，这女人如果不做那么多小动作，江炼就不会入局，她也不可能带着神棍下崖。而如果是她一个人下来，一定也会像段太婆那样，点评一句"一块蠢石，不过尔尔"，然后拍拍屁股走人。

所以说，这世上事，可真玄妙。

江炼微笑着在边上看她。

孟千姿高兴的时候，眉眼会特别生动，微微颤动着的睫毛、轻咬下唇的牙齿，还有偶尔上翘的嘴唇，都仿佛会说话，暴露出她许许多多的小得意、小心思和小满足。

江炼挪了下手，忽然发觉，手心里有东西。

低头一看，是她的一缕头发。他的手搁在膝上，她几次三番大动作，发髻早散了，长发散披。起身时，不知什么时候，滑了一缕在他手心。

江炼拿手指轻轻去拈。

她的头发真好，精心护理过吧，又亮又顺，又带了些柔软和劲韧，一根一根，在他指腹间摩挲。

江炼把这缕头发拈顺、搁好，又慢慢把手蜷了回来。

【03】

孟千姿见到山胆的兴奋，在五分钟之后，也就差不多消失殆尽了。

这不是产品，打开了还能附赠说明书，她实在不知道这山胆有什么功能效用，不只是她，她的姑婆，乃至更早的前辈们，都不知道。

那位悬置山胆的祖宗奶奶也真是邪性，别人留下遗产，必对子孙仔细交代金几箱银几笼田地几何，这位奶奶呢，什么都不说也就罢了，留下首偈子，也是云遮雾罩，让人想破头。

江炼说她："山胆制水精，你得把它带出去，才能知道怎么克制吧。"

话是没错，但只是来"看一看"，姑婆们都犹疑不决，争论了好久，要是就这么贸然带出去了，还不知道会掀起怎样的轩然大波呢。

连她自己都隐约觉得，有些东西，不要乱动的好，就好像多米诺骨牌，看似只轻轻推倒了一块，谁敢说无穷远处，不会产生排山倒海般的巨变呢？

她凑近去看。

嗅了嗅，没有味道。

想摸，几次手伸出去，又蜷回来，最后下定决心，只伸出一根手指前戳，身子却尽量外撤，一副随时掉头奔逃的架势，看得江炼又紧张又好笑。

好在，一戳之下，并没有什么异样，只知道是软的，温软的感觉。

有了这一戳打底，孟千姿的胆子便大起来，敢上手去摸了，还掂了掂重，也就是个苹果的分量吧。

她没见过祖牌，但听水鬼形容过，说是黑褐色、硬的，刀子戳砍，连个印都不留，这山胆却是莹白、温软，略一用劲，会随掌力变换形状，然后回弹棉般渐渐复原，一切还真都是反着来的。

她招呼江炼过来，想看看旁观者是否能有什么不同的见解，然而江炼也说不出个所以然来，他甚至试图去拽那山胆，可是悬索似有无穷弹性，任他拉取，然后慢悠悠缩回。

两人束手无策，那场面，颇似两个懵懂小童，面对着从未见过的玩具，你看我，我看你，无从下手。

正茫然间，身后传来哼唧似的呻吟声。

是神棍终于元神归位，四下摸索着，摇摇晃晃站起来了。

虽说这石室不高，但于他这种毫无功夫底子的人来说，这一摔还是着实好惨，毫不夸张，落地的一瞬间，真个眼前一黑，然后无数小金星舞动，还不是乱舞，舞得贼有秩序，一会儿如踮着脚的翩跹小天鹅，一会儿如大跳伦巴的劲男热女。

他的神魂就在这群金星间胡乱萦绕，孟千姿和江炼的对话，明明字字听得清楚，却句句都不理解。

好不容易缓过来，挣扎着起身，身体发飘，脚步打绕，也没了方向感，醉汉般迷迷糊糊直往前走，看都没看到山胆，只盯着面前挡路的山壁发愣："咦，这是什么啊？枯藤……老树……昏鸦？"

这一句提醒了孟千姿和江炼：摔下来之后，注意力都在山胆上了，还真没仔细打量过这间石室。

跟上一层一样，这间石室的山壁上，同样有无数蜷曲的石毛和晶花，但多了一样东西，大且显眼。

乍看上去，像挂了幅巨画，目测高约两米、长约三米，但仔细一看，就知道不是画了，是无数细长的枯藤，蜷曲盘绕，满满当当，挤满了这长方形的"画框"，如无数乱麻，完全不成图案，跟"老树""昏鸦"也浑无关系，神棍估计是词曲记得太熟，顺口就溜下来了。

神棍脱口说了句："画盖！这肯定是画盖！你看这齐齐方方的，下头必有内容！这些枯藤盖在上头，是为了遮住什么的！"

孟千姿的心"怦怦"跳，三两步走到近前。

她也觉得，这儿既悬了个山胆，不可能不交代点儿什么，也许这藤盖之下，有大幅的留言，详细解释了山胆的由来以及如何去克制祖牌的法子呢。

神棍揣了颗急跳的心，弯下腰、撅着屁股，试图去掀藤盖的左下边角。他的原本用意，是想轻轻掀开一点儿边，看看被盖住的石壁上是不是有字迹或者图画什么的。哪知这些枯藤，早已干朽了太长的年头，压根儿经不住外力掀揭，当下"咔嚓咔嚓"断裂，跌落下好多碎蔓来。

神棍吓了一跳，有点儿手足无措。孟千姿倒不以为意："都碎了，又不能接回去，随它吧。"

再一看，碎掉的那一块边角下，并没有什么字痕。

可能这儿只是留白处，毕竟中国人不管是写字还是作画，都不兴挤满边角。

见孟千姿并不反对，神棍小心翼翼，屏住了气再揭，哪知尴尬的事儿又来了：他用的力道已经够轻了，但这些盘绕的藤枝实在太脆，几乎经不住一点儿力，"哗啦哗啦"，又碎落下一大摊来。

这一下，左下方已经露出一大块边角了，但石壁上仍是光秃秃的，凿磨得十分平整。难道重要的字，都写在图幅的右上角了？

神棍又回头看看孟千姿：虽然只是一些藤枝，但毕竟是山鬼的地盘，东西在他手上一再损毁，总得多看几眼主人脸色。

孟千姿的好奇心也是愈来愈炽：哪有精心编制藤盖去遮一面空石壁的道理？

她给神棍吃定心丸："没事，跟你没关系。再揭开一点儿看看，有什么事，都算我的。"

神棍吁了口气，再次抬手去揭，江炼见他这诚惶诚恐的小心样，觉得实在搞笑。忽然上前一步，伸手就去拉拽那些藤枝："要看就看个彻底，何必磨磨蹭蹭、浪费时间。"

他这一拉，十足的摧枯拉朽，刹那间"咔嚓"断折声不绝于耳，木屑乱飞，细尘散荡，呛得人直咳嗽。神棍一阵心疼，正如小心翼翼的考古学家见不得外行大挖大铲一样，顿时就急了，连连大叫："停下！停下！"

江炼停了手，轻掸了两下，又退回来。

定睛看时，藤盖几乎有一多半都被扯没了，然而露出的石壁上仍旧空空如也——不用去揭剩下的了，这石壁上确实没内容。

神棍脑子里嗡嗡的，喉头干得厉害。怎么会呢，这么一大块地方，这么显眼，分明有所表达……不对，一定有什么地方，是自己没想到的。

他耳朵里飘进孟千姿的声音："还真是空的？"

又有江炼的声音传来："是啊，就只有这些枯藤，一根缠住一根，跟打结似的。"

打结？

神棍脑子里灵光一闪，忙趋前去看，这两米乘三米的"画幅"，是有"边框"的，也就是说，最初削凿的时候，画幅部分是稍稍凹进山壁里的，所以在四周，留下了个长条的框形。

他一下子反应过来，那个心疼啊，直如被剜了块肉，险些吐出一口老血，大叫："错了！错了！是我们想错了！"

他转身看向二人，捶胸顿足，先指自己："我，大傻子！"

又指孟千姿："你……"

孟千姿眼一翻："你想死吧？"

神棍变通得倒快，手指一移，转向江炼："你，二傻子！"

江炼说他："你把话先说明白，再扣我帽子也不迟。"

神棍咬牙切齿。好，说明白就说明白，好叫这两人晓得，无心之举，犯了多大的错。

他指向那些边框："我们都犯了自以为是、先入为主的错，跟'灯下黑'差不多。看到这些藤枝密密麻麻的，就以为是个盖子、底下必然藏了东西。

"可事实是，底下什么都没有，这就说不通了，因为这些边框确实是特意凿取出来的，也就是说，这块画幅，的确在向人传达着某种信息。信息在哪儿呢？

"就是这些藤枝本身！就是它们本身！

"我先还没反应过来，后来听到两个字——'打结'，打结让你想到了什么？这些藤枝缠绕，是不是结成了好多好多疙瘩？结绳记事啊，这是结绳记事！"

孟千姿心头一震："结绳记事？"

"没错，"神棍眼泪都要下来了，他吸了吸鼻子，嗓子眼儿几乎带出了哭音，"我晓得历史老师提到结绳记事时，都会嘲笑一下上古的人太笨：买头牛系个绳疙瘩、借个钱系两个绳疙瘩、交个朋友系三个绳疙瘩。一年之后拿出来一看，全是绳疙瘩，什么都忘了。

"但是，你们仔细想想，上古的人真会那么笨吗？黄帝造司南车，嫘祖养蚕抽丝，伏羲创太极八卦——现代人都还未必搞得懂那些卦象里的道道呢，他们会那么蠢，只拿一个两个疙瘩记录事情？

"结绳记事，一定是有着一套复杂的结记手法，只是我们看不懂罢了。刚刚那些藤枝，数量很多，足有上百根，盘绕结记。我敢说，必然是个长篇幅的，在向我们描述一件重要的事儿。

"不重要的话，也不会放在这么隐秘的崖下，下了九重山还不够，还得斗舌头、再下一层了。可是，小炼炼这个长了蟹脚猫爪子的！"

他伸手指江炼，手指头都激动得哆哆嗦嗦的："你拼命拽它干吗？咱们再揭一点儿看看就行了……本来还能留下一大半，现在可好，只剩下这点儿了……"

说到这儿，拿手捂住胸口，一阵心绞痛。

原来如此，听着是挺符合逻辑的，江炼沉默了一下："这石峰外头，'胆气'两个字，是仓颉造字，怎么里头，反而是结绳记事？"

没记错的话，结绳记事，比仓颉造字还要老吧。

神棍气他气得要命，但事涉"学术"部分，还是忍不住去答："这个要看实际情况，新生事物取代旧事物，总会经历一段很长的时间。就好比现在，哪怕智能机已经很流行了，老式按键机还没完全被替代呢——仓颉是黄帝时的史官，上古时信息传播的速度很慢，结绳记事并不会被马上淘汰，肯定还沿用了一段时间。"

江炼"哦"了一声，轻描淡写地向他道歉："那是我太鲁莽了。"

又补了句："不过反正……咱们连仓颉造字都看不懂，就更加不会看得懂结绳记事了。"

这是什么态度？言下之意是：反正看不懂，毁了也就毁了？

神棍气得险些背过气去，可惜绞尽脑汁，也找不出更铿锵有力的词儿来谴责江炼，只好求助孟千姿："孟小姐，你听听，这叫什么话？身为莲瓣，说出这样的话来，开除！必须马上开除！"

孟千姿瞪了江炼一眼："不知道也就算了。现在知道了，还说风凉话。"

江炼不吭声了。

过了会儿，他开始清嗓子，那种故意捏着嗓子的咳嗽，咳一声还不够，又咳一声。

孟千姿奇怪，瞥了他一眼。

没错，江炼是在咳嗽，但咳得不紧不慢，眉眼唇角都浸了笑，悠悠闲闲，不慌不忙，又藏了点儿小狡黠，似乎是专等着谁来揭破什么。

孟千姿忽然反应过来："你！"

江炼看向她，笑着点头："对，我。"

孟千姿咯咯笑起来。

神棍正心疼得心头泛苦水，听这两人还一唱一搭你你我我的，真是气得想暴跳，哪知孟千姿在他背上推了一把："快去求求江炼，这结绳记事嘛，还能回来。"

回来？

神棍不信："除非他能让时光倒流，不然怎么回来？"

孟千姿回他："时光倒流那是没什么指望了，不过如果你知道'贴神眼'是什么……"

她话只说到一半，剩下的，留他自己体会。

果然，神棍怔了一会儿，估计是知道贴神眼的道道，兴奋地"嗷"一声，直冲上去抱住江炼，想拍他后背，又想起他背上有伤，只得手臂干举着，又跳又叫："小炼炼，你是不是会贴神眼？"

江炼说："略会一点儿。"

神棍只听到了一个"会"字："小炼炼，你可救了你老哥哥了。"

江炼也笑，到末了，有点儿感动。他从没见过神棍这样的人，一秒钟暴怒，一秒钟又狂喜，但并不针对谁，不是为钱，也不为个人利益，只因为"这东西稀罕，有研究价值"，哪怕他根本就看不懂。

甲骨文、金文什么的，还有迹可循，可以推导，但结绳记事……

即便他原样画出来了，又怎么去解呢？

不过他并不打击神棍的积极性，拍了拍他后背，又指山胆："行了，先别管结绳记事了，更重要的东西在那儿呢。你去用自己的直觉感应一下，这个，是真还是假。"

话还没完，神棍双目放光，一把将他推了个趔趄，直冲着山胆去了。

江炼无语，拍他背的那只手都还没来得及放下来，只好顺势去掸身上的灰。他刚刚已经看足了山胆，也不想过去再凑这个热闹。一瞥眼看到孟千姿，说了句："问一下啊，你这次是不准备取胆了吧？如果想取胆，怎么取啊？动刀子？"

那根悬索，似有无穷弹性，怎么扯都扯不断，不过他直觉，即便上刀子割呢，也未必有结果。

孟千姿斜了他一眼："你以为动刀子就有用？"

说到这儿，右脚踮起，示意他看踝上金铃："伏兽金铃，不是九种符纹嘛，其中有一种就叫'断胆'，我估摸着，想取山胆，就得靠这个符纹了……"

正说着，那头的神棍扬声大叫："孟小姐，这个山胆……能碰吗？"

他垂在身侧的手兴奋地在裤边上搓来搓去，只等她一句批准了。

孟千姿说了句："可以，试过了，没问题。喜欢的话，想扯都行。"

神棍吸了吸鼻子，右手手掌在裤边上又擦了一回，这才小心翼翼地伸手托向那山胆。

孟千姿觉得他实在好笑，正想说什么，一件叫她猝不及防的事儿发生了。

那山胆，如瓜熟蒂落、果离枝头，"噗"的一声轻响，悬索尽数收回，融入胆中，然后轻轻落在了神棍的手掌上。

神棍不明就里，还转过身，喜滋滋托给她看："孟小姐，你们家这个山胆，好神奇啊，还没碰到它呢，它就自己落下来啦。"

【04】

孟千姿脑子一热，几乎就要直冲过去，忽觉臂上一紧，是江炼抓住了她，低声说了句："你冷静点儿，他是真不知道。"

没错，那一脸又惊又喜的表情，还喜滋滋地向她发问——他是真不知道。

神棍见无人应答，好奇地抬头来看。

孟千姿虽然止住了步子，但脸上却是阴晴不定，江炼的表情也有些不对，神棍奇道："你们怎么啦？"

孟千姿实在忍不住，厉声问了句："你干什么了？"

她素日里发号施令惯了，怒目时自有威严，尤其声色俱厉时，还是挺吓人的。神棍吓了一跳："我……我没干什么啊。"

放屁！她们家的山胆，遇到她毫无反应，反跟一个来历不明的人玩儿起了互动，这就像自己儿子搂住别人叫妈，叫她怎么冷静！

她又想气势汹汹地过去，奈何江炼抓得紧，不过他语气倒是平静："孟小姐，你把他吓死了也没用。你其实看得清楚，他是没干什么。"

直到察觉到她的气平些了，被他攥住的胳膊没再跟他的手较劲，江炼才松了手。

神棍被两人看得有些忐忑，忽然意识到这气氛骤然诡异，也许跟山胆有关——托着的山胆顿成烫手山芋，他讷讷地向孟千姿说了句："那……孟小姐，你放回去吧。"

孟千姿真是要气笑了，她的金铃符纹里只有一道叫"断胆"，放回去……怕是做不到。

她回了句："你放。"

神棍茫然，但见她凶巴巴的，又不敢多问，于是伸手将山胆托回原处。

山胆窝在他掌心，一动不动。

神棍自作聪明，觉得这事也许像养鸡，不管是招引还是撵，嘴里总得念叨点儿什么，于是指着顶上对山胆念："上！"

没反应。

他又换了个说法："起！"

还是没反应。

孟千姿看他这么可怜兮兮的，又觉得是自己太凶了。

正自闷闷，江炼说了句："孟小姐，你说山胆是山鬼供了几千年的……我怎么觉得不像啊？"

孟千姿现在心情恶劣，谁搭腔谁挨刀，一开口就是要拽人吵架的架势："怎么不像了？"

江炼笑笑，这些日子以来，他多少摸清了点儿孟千姿的性子，重拳不打棉花，她越心浮气躁，他反而越平心静气——倘若两人你暴我躁，炒豆子般噼里啪啦，那这口锅，早炸了。

他说："如果你把山胆想成是人就好理解了：它没选你，没选我，却选了神棍，说明它自愿亲近神棍。

"但是刚刚，在第九重山，那条'舌头'是追着神棍打的——山胆亲近神棍，'舌头'却拼命阻止神棍靠近，这'舌头'不像是保护山胆，倒像是监禁它的。"

孟千姿听不下去了："你这意思，山胆成我们关着的人质了？"

这是什么神转折？山胆从他们供着的圣物一下子跌成了被监禁的囚犯？

江炼说："你先别给自己预设立场，也别着急，把自己当旁观者，站在公允的角度想一想，我说的有没有道理。"

孟千姿没说话，脑子里飞快地过着认识神棍以来的一幕幕。

——他在电信营业厅里，听到冼琼花说了句"山胆"，就认定跟自己有关系，不远千里，颠吧颠吧找来了湘西；

——他说自那之后，就常常做一个梦，找箱子的梦；

——他见到第三重山的那块石头，脱口就说是"假的"；

——那条"舌头"死咬住神棍不放，山胆却自行落在了他掌心。

孟千姿的喘息渐急。神棍没有撒谎，他和山胆之间，的确存在着神秘的关联。

她在这心潮起伏的当儿，江炼已经向着神棍过去了。

神棍也不笨，听两人对答，也猜到了点儿端倪，一时间头皮发麻、心跳如擂鼓，朝着江炼嗫嚅："我没做什么啊，我也是第一次……见山胆。"

在他近三十年的南北辗转中，确实经历过不少事儿，也交过不少神奇的朋友，但是，"神奇"从来都是别人的，他只有干瞪眼看着、从旁默默记录的份儿，也常为此心生嫉妒、愤愤不平，觉得造化也太弄人了：只让他看，从不带他玩？

现在这是……要带他共舞了？这也太突然了，他还没个心理准备啊，而且看孟小姐那脸色，他心头有点儿发毛……

江炼问他："你现在有什么感觉吗？"

神棍结巴："感觉……很复杂。"

江炼知道他理解错了："不是，我是问你，有没有产生一些奇怪的直觉。"

毕竟神棍看到假山胆时，脑子里都能瞬间冒出"是假的"的结论，那现今真正的山胆在手，也许能触发他想起什么。

神棍摇头："没……没有。"

就是如坐针毡、芒刺在背，想赶紧把这山胆给放归原位——他偷瞄了一眼孟千姿。

江炼看在眼里："没事，你是有点儿发慌。不用去管孟小姐，她向来都这样，嘴上会凶，其实人不凶。"

这说的什么胡话？孟千姿生气了，想呵斥他胡说八道，想了想又忍了，她总不能冲过去叫嚣"我人也很凶的"，这也太幼稚了。

江炼继续引导神棍："你专注一点儿，闭上眼睛，两只手托住山胆……孟小姐可以和山同脉同息，你也试一下，也许能找到山胆的节奏。"

神棍犹豫了一下，依言闭上眼睛，眼皮一合上，眼前那些纷扰就都不见了，也看不见孟千姿那让他有些怵头的阴沉面色了。山胆就托在他并起的双手中，温软但不瘫软，似乎在动，但也说不好，也许人家没动，是他因为太紧张，手在不自觉地颤动。

渐渐地，他的心就平静下来了。

再听到江炼的声音，就觉得缥缈而又陌生，像是来自无穷远的天外。

"现在……感觉到什么了吗？"

神棍的嘴唇翕动了一下：没有啊，就是很黑。眼睛闭上了，当然会黑啊。

但只是一瞬间，突然全变了。

四周依然很黑，却不是因为他闭着眼，而是因为天黑。四围传来凛冽的风声，半天之上，阴沉沉的云头翻滚涌动。

不远处，有无数火把火堆，焰头被风扯得剧烈乱突，一忽儿齐往右摆，一忽儿又全往左压。

神棍心跳得很急，明明是想跑过去，但双腿不听使唤。那步子，仍是不紧不慢地，一步步往那儿迈。

走近了，像是被什么挟裹，一下子陷入了巨大的、嘈杂的声浪。

有很多人，但他看不清，眼中只是或蹲坐或站立或来回走动的黑色条影。有很多箱子，都敞着口，有人不断地往里放东西，也看不清放的是什么，只知道那些箱子，有的刚满了底，有的塞了一半，有的差不多满了。箱盖"砰"的一声盖上。

像什么呢？像举家逃难，不不不，这么说太小家子气了。那么多箱子，像全族……乃至举城迁移。

神棍就在这庞杂和芜乱中茫然行走，时不时侧身让过一个人，再让过一个。

头顶忽然传来让人毛骨悚然的长吟声，他还没来得及抬头，目光便被脚下的场景吸引了过去。

有一道巨大的长影，正自他脚底蜿蜒漫过。

他知道那只是投影，整个人却仅因为这影子，就已经被压迫得透不过气来。这乍看像是蛇影，但比先前下崖时见到的那条巨蛇要气势磅礴多了，而且这影子并不是直行的，你能得得出它的起伏波动，甚至身子缓缓曲绕。在它身侧……

神棍的脑子里蓦地连环爆开，像正经历一场翻天巨变，一切既有全盘坍塌，迸炸成无数碎片。这碎片还带"飕飕"风声，自极远至极近，紧贴着他的耳膜，划过，再划过。

在它身侧，有舞动着的巨大鳞爪。

再联想到方才那响彻云天的长吟声……

神棍愣了半响，突然激动：这是龙！传说中的龙啊！

他急抬头去看，却什么都看不见了。半天上弥散开的云团重又聚拢，将片刻前的行迹遮掩得干干净净。

正仰头呆看，边上有人催他："快啊。"

哦对，快，神棍赶紧低头，看到自己双手托着的莹白的山胆，而面前恰有一口半开的箱子。

他想也不想，将山胆放进了箱子里。

那人便像唱票一样，念了句："山胆一枚。"

日上三竿，柳冠国带着七八个山户，在半山处翘首以待。

正等得心焦，忽听到大排量摩托车的轰声，真如雷鸣般，自山脚处一路扬上来，循声看去，低处腾起滚滚黄土，好似一条蹿升的黄龙。湘西多雨，没么干燥，一般行车是不会带烟尘的，足见这摩托车抓地的劲道有多大。

柳冠国的精神为之一振,边上人也都兴奋地嚷嚷起来:"五姑婆,是五姑婆来啦!"

不多时,一辆彪悍且形体流畅炫酷的铁家伙就到了跟前。

这是定制款的仿"道奇战斧"摩托车,之所以是仿,是因为战斧号称摩托车之王,动力超强,最高时速超过六百千米,装的是赛车轮,甚至能跑赢高铁,速度太快,在大多数国家都不合法,不允许街头行驶。

柳冠国赶紧带着人迎上去。

车手摘下头盔,"呸呸"往外吐嘴里的沙,还大声抱怨着:"我看这湘西,树也种得不少啊,怎么还这么大的沙!"

这话说的,真让人没办法接。柳冠国满脸堆笑、半带拘束地跟她打招呼:"五姐,这一路辛苦了。"

这位就是孟千姿的五妈,山眉仇碧影了。

她今年刚好五十岁,但精气神十足,看起来只四十多岁,留男仔头,短发做过发型,根根直竖朝天,身形微胖,一脸富态,说起话来声音洪亮得很,能震得人耳膜嗡嗡响:"不辛苦,湖南湖北,才多远的地儿?劲松这娃儿憨脑壳,跟我说什么小千儿没事了,不来也行——我都开一半了,又开回去,开来开去跑着玩儿吗?"

柳冠国忙不迭地点头:"那是,那是!"

仇碧影下了车,还不忘叮嘱那两个帮她推车的:"后包里有卤味,还有小龙虾,我给小千儿带的,别忘了拿上去。"

那两人应了一声,攒足劲儿憋红了脸继续推车。这种摩托,车身极沉重,开起来是爽,推起来可就遭罪了,更何况还是这种凹凸不平的上下向山路,万一失手摔了车,五姑婆可是会跳脚的。

柳冠国听说还带了吃的,不由得笑起来。

山鬼中人都知道,五姑婆仇碧影平生两大嗜好,一是摩托车,二是小龙虾。

对后者的偏爱,还更甚于前者,什么蒜蓉清蒸油焖冰镇,就没她没尝试过的,眼睛也厉害,只瞧一眼,就知道是公是母、是鲜虾还是解冻虾。仇碧影并不是武汉人,她吃了盱眙小龙虾,觉得不过尔尔;试了上海小龙虾,也不遂心;又去尝了长沙口味虾,还是少了点劲儿;及至吃到了武汉,对了口味,一声吁叹,十足满意,就此定居武汉。

她还投了不少卤味馆、小龙虾店,是以她送人东西,多半是自家产品,受者是不能说一句"不好"的,否则脸红脖子粗地跟你争论起来,那可是没完没了。

柳冠国引着仇碧影往上走:"孟助理在上头等着呢,本来要来接的,知道你要看洞，先过去安排了。"

仇碧影"嗯"了一声："确定小千儿没事？"

"孟助理说是没事，就是劳烦五姐避个山兽，放几根绳下去，不然孟小姐怕是上不来。"

"放火那女人呢？我听说她还吃蝙蝠？"

是呢，想起来就瘆人。

湖南湖北离得近，柳冠国跟仇碧影打过几次交道，算旧相识，几句话一过，先番那拘束劲儿就没了："我们找过去的时候，她就坐在那儿，刚把蝙蝠从嘴边挪开……又笑得咯咯的，把手伸给你说，来呀，绑我呀……

"我活了大半辈子，没见过这样的。五姐你说，我哪敢绑她啊，万一她存着什么坏心思，绑回去正中了她的计……"

仇碧影说得中气十足："劲松这事可没做错。我告诉你，真正身上有料、肚里有货的人，从不搞这些花花架子，越是把场面搞得花哨、诡异，装神弄鬼吓唬人的，就越是说明她走到绝处，没辙了。"

五姑婆的话自然是对的，柳冠国殷勤点头："那是，那是。"

仇碧影忽然想起了什么："我问你啊，从放火到你们找到那个姓白的，中间隔得久吗？"

柳冠国摸不透她的用意："不久，不久，我们孟助理临场反应很快，马上就派人下去找山肠了。虽说找到她是花了点儿时间，但她等于是被堵在瓮中了——当时只要是洞子口，都围了我们的人，她出了洞，也没处跑啊。"

仇碧影说："我不是说这个。劲松反应再快，派人下崖，总是需要时间的对吧？"

柳冠国迟疑着点头："是，一刻钟……还是有的。"

"那一刻钟内，她如果马上出洞，还是逃得掉的，是吧？"

柳冠国想了想，又点了点头。

"问题就出在这儿了，她为什么不走呢？"

对啊，柳冠国又摆出了自己的观点："所以我才认为，她留下来是有阴谋的。"

仇碧影答得模棱两可："那倒不一定，也有可能是她被什么事绊住了，走不了。"

说话间，已到了那截通肠的洞前，又是几个人迎上来，把仇碧影引上了上行的钢梯。孟劲松早已在洞里守候多时了，听见动静，紧走几步来接。

仇碧影朝他点了点头，算是打招呼，然后环视洞内。

白水潇居然也在，估计是孟劲松知道她要看洞，一并带过来让她过目的。

这女人手足被绑，原本神情有些委顿，见仇碧影进来，腰背旋即挺起，眸子里多了几分警惕戒备，却又很快笑起来，声音倒还挺悦耳，带三两分娇媚："要杀要剐，你们倒是赶紧的啊！又弄了个老女人来，吓唬我啊？"

她咯咯地笑。

孟劲松怒道："你给我闭嘴……"

仇碧影轻拍了一下孟劲松的手臂。

她脾气是火暴，但还不至于被一个女娃子三两句话激怒了。她上前两步，说了句："娃娃，别去笑人家老女人，老天对你好，才会让你活到更老的岁数，它看不上你，你想老还没这机会呢。"

白水潇心头一凛，嘴唇翕动了下，没再说什么。后头站着的柳冠国等见仇碧影三两句话就让白水潇闭了嘴，俱面现得色，觉得实在解气。

仇碧影细看这山洞。

很大，尽头处有个洞口，犹有三两蝙蝠零星吊挂，腥臭味已散得差不多了，但那股子焦味还隐隐约约。仇碧影招手让孟劲松过来，低声问他："你觉得，是祖牌吗？"

山鬼这头知晓内情的人，都听说过祖牌的诡异，这东西像是对人脑有影响，能在瞬间让人变成一具浑无知觉、只听使唤的傀儡，一两个钟头之后才能恢复原样。孟千姿之所以探山胆，究其原因，就是祖牌作祟，是以仇碧影第一个想到的，就是祖牌。

孟劲松不敢下定论："是有点儿像，但又不是一回事。而且，我们在这洞里并没有找到什么牌位。"

仇碧影说他："糊涂！

"祖牌既然能影响人的脑子，它就非得让人无知无觉吗？它就不能和你交流、给你洗脑？再说了，水鬼家叫它'祖牌'，是因为它是祖宗牌位，但是谁告诉你，它一定就是个牌位形状？"

说到这儿，她回身欲坐，早有那脑子机灵的，张开了帆布折叠椅过来摆定。

仇碧影稳稳坐进了椅子里，吩咐左右："把这洞，里里外外，上上下下，哪怕蹬梯子架高，给我搜找一遍，尤其注意那些不起眼的石缝附近有没有掉石屑的，那都是刚被凿过的。"

话刚落音，就见白水潇一张脸上，刹那间没了血色。

【05】

  一时间，整个山洞里人声喧扰，许多折叠钢梯搬送了上来，不少山户爬上爬下，重点查看各处犄角旮旯儿，就差拿个放大镜寸寸去探了。

  白水潇紧抿着嘴唇，眼帘低垂，一动不动，只被绑缚着的手，偶尔抽搐似的轻动一下。

  仇碧影坐在帆布椅里，一副闭目养神的姿态，到底不是十八九岁精力无穷的时候了，湖南湖北，马不停蹄地开过来，还是有点儿累的——她眼睛闭着，耳朵却是直竖，不放过任何一处传来的异样声响。

  孟劲松把柳冠国拉到一边，低声询问自他见到五姑婆至入洞这一路上，五姑婆都说了些什么，柳冠国一五一十复述，几乎是一字不漏，还给孟劲松画重点："五姐似乎特别在意，这个白水潇能跑而不跑，觉得她是被什么重要的事绊住了。"

  就在这个时候，有个山户嚷嚷起来："这儿，这儿，新凿的！这石屑还附在边上呢，伸手一抹都是。"

  仇碧影睁开眼睛，先去看白水潇。

  白水潇一脸木然，木然中又掺了点儿无畏，眼观鼻、鼻观心，反安静了，连眼皮都没抬一下。

  又循声看去。

  叫嚷的那山户正站在梯子上半截。果然是高处，这山洞大部分地方都被火燎黑了，乍看上去黑乎乎一片，不细瞧是瞧不出什么蹊跷的。

  仇碧影示意那山户下来，自己蹬梯子去看。

  那一处山壁，果然被凿出了一条狭隙，缝隙不长，也不大，看深浅似乎只够塞得下火柴盒大小，但必是嵌得极紧，有种天生长在石中的感觉，伸手去探，角落处常年阴湿，甚至有水珠附悬。

  仇碧影心里有七八分准了。听说祖牌实际上是"水精"。水精水精，她虽然不知道具体何指，但既沾了个"水"字，想必对环境是有要求的——水鬼家的祖牌，只有下了水才能作妖；漂移地窟里的那个诡异大块头，更是常年浸泡在水中的，而且还是三江源的纯水。

  再一低头，下方飘落了些细碎石屑。

  这一处，没有什么方便的攀踩点。没梯子的话，想爬高凿物，是很费力的一件事儿，这女人能跑却没跑，看来就是凿这东西耽误了时间。

仇碧影看了白水潇一眼，又一步步倒腾下来，问孟劲松："搜过她身上吗？"

孟劲松点头："搜过了，发髻都拆散了看过，没有。"

"仔细搜过吗？"

孟劲松面上一窘，趋近仇碧影，低声说了句："是搜过了，男女有别，崖上全是男的，怕不方便，我还特意从下头的营地调了两个女山户上来搜的。"

仇碧影"嗯"了一声，又坐回帆布椅里，眉头拧起，半晌没言语。

白水潇忽然抬起头来，齿缝里迸出一句："没错，是有东西，重要的东西。"

她面有得色，转头示意了一下尽头处的洞口："我就是怕你们找到，所以费尽心机凿下来扔下去了。

"听说下头大得没边，还有许多吃人的凶兽，你们下去找吧，找个一年两年，没准儿能找到。"

说到末了，哈哈大笑，笑得上气不接下气，还好整以暇地挣了挣绳索，以便自己被绑得更有仪态。

仇碧影在这笑声里倚入帆布椅，慢慢合上眼睛，面色如常，并不受她扰乱。

过了会儿，她叫："劲松。"

孟劲松趋前一步。

"你觉得她说的，可信吗？"

孟劲松迟疑了一下，不管是回答千姿还是姑婆们的问题，他总有被端详审视的不安全感，必得思量再三，圆融作答。

他说："也不是……没可能的。想让东西不落到我们手里，扔下去，的确是个法子。"

丛林里找东西，是件相当难的事儿，君不见有人在山头失踪，当地组织大量人力地毯式搜找，还得找上个几天几夜呢——那还是找个大块头的人，这种小物件，往下头一扔，还不是泥牛入海？更何况，崖底凶险莫测，山鬼根本没法组织大规模查找。

仇碧影"嗯"了一声："是个法子。但是还有一种可能……"

孟劲松支起耳朵，预备听这第二种可能。

仇碧影却岔开了话题："我听说，最初找到这女娃娃时，她假装自己也是受害者，往自己身上划了十几刀？"

没错，这事别说亲见了，光提起来，都让人不寒而栗。孟劲松点了点头："是。"

仇碧影喟叹："所以说啊，这女娃的想法，跟一般人是不一样的。别人可能会往下头扔，我看她……不一定。"

白水潇脸上的笑慢慢僵住，面色又白了几分。

仇碧影说得不慌不忙："而且，有一件事我没想通。"

"我听柳冠国说，找到她的时候，她在吞蝙蝠的血？"

身后略有骚动，一众山户均觉反胃。那情景太有画面感了，而且当时一片焦臭、满地血腥，被砍削在地的蝙蝠还在垂死振翼，随便拈个细节出来，都让人思之欲呕。

孟劲松还待答一声"是"，仇碧影已经自顾自说下去了："我就琢磨着，这该多恶心啊，是人都知道，蝙蝠不但发出恶臭味，身上还携带了很多病菌，连狂犬病毒都有——这得多大的勇气，拿自己的嘴去吸它冒血的喉咙？"

孟劲松心头一阵不适，还得配合着仇碧影："是。"

"除非她当时走投无路，需要借什么事儿，去掩饰自己的某个举动——这事必须足够骇人听闻，让人一见之下，注意力全被吸引了开去，而忽视了她本来的行为。"

说到这儿，她睁开眼睛，重又坐起身子，目光锥子一般，盯视着面色难看如死人的白水潇："她在吞吸东西，但未必是蝙蝠血。脑子正常的人，都不会去吸蝙蝠血——她把那块凿出来的东西，给吃下去了。"

一众哗然间，白水潇嘶声尖叫："你胡说八道！你这个老女人，你胡说八道！"

仇碧影笑了笑："是不是胡说八道，待会儿就知道了。"

又吩咐孟劲松："给她催吐。"

不到半个小时，五姑婆整治白水潇的事儿就在崖上崖下传开了。

辛辞在崖上听见议论，也不知揣了什么心理，也下了崖。他现在是个闲人，哪儿都能晃荡——见人群都在某一处站着说话，于是到近前去看，却并不见白水潇。

有人抬手给他指向："那儿呢。"

辛辞往更下方走了十来步，忽然听到女人的干呕和呜咽声。

他骇得浑身鸡皮疙瘩都起来了，紧走几步，绕开挡住视线的几棵杂树，又拨开灌木丛，一眼就看到邱栋拧着眉头、抱着胳膊坐在一边。不远处，两个膀阔腰圆的山户正揪摁住白水潇，拿匙柄给她压喉。

白水潇手脚被缚，身子像砧板上的鱼一样不断扭动挣扎，喉咙里发出绝望的哽咽哭音，看上去极其凄惨。

辛辞脑子一热，脱口说了句："哎哎，你们这……该办事办事，别虐待人啊。"

他是个普通人，也是个文明人，不大消受得住这种动手的事儿。这年头，都尊重人权，哪怕真是个杀人嫌犯，都不能刑讯，还得允许人家请律师辩护呢，更何况白水潇还是个女人。

那两人被他这么一喝止，都有些手足无措，白水潇得了这片刻喘息，伏地痛哭不止。

邱栋叹了口气，走上来揽住辛辞的肩，把他揽到一边："辛爷，我们也是没办法啊。"

要说山鬼嘛，下崖、攀山、撸袖子打架，那是个个儿没的说，但说到类似"逼供"，谁都不擅长，也无从下手，再加上面前还是个几乎哭断了肠的女人……

还是邱栋想起跟刘盛兄弟一场，气上心头，带头给白水潇灌了碗生鸡蛋调油，这才打开了"局面"——本来就做得束手束脚了，又被辛辞扣一句"虐待"，难免窘迫。

但这种事，你能让五姑婆、孟助理或者柳冠国来做吗？还不是得硬着头皮上。

辛辞也知道自己那点儿分量不够在这儿发号施令，再加上邱栋说得在情在理，只好嗫嚅了句："那也得注意……方式方法……"

身后有人闷声说了句："我来！"

回头一看，辛辞登时没了话说。

是刘盛的影身，王朋。

这些日子，王朋一直随队，虽说化装没先前那么逼真了，但半为缅怀半为尽责，每天都还会捯饬一下，外人看来，仍是顶了张刘盛的脸。而他越是去"扮演"刘盛，心头的那股怨懑和不平也就更深。

他冷冷地说了句："我来！看到女人哭就心软了，要讲什么方式方法，那她当初杀刘盛，有没有讲究过方式方法？你们都健忘，人死得久了，你们就不痛不痒了，可我这脖子上，还顶着这张脸呢。"

说完，大踏步越过两人，向着白水潇走去。

王朋这张脸，胜过一切厉色言辞，辛辞面上火辣辣的。

白水潇见到王朋的脸，激灵灵打了个寒战，忽然扭动身子，拼尽全身的力气向辛辞滚蹭过来，她没法用手，只能拿额头拼命去蹭磨他的鞋面："我求你了，你救救我，你跟他们不一样，你救救我。"

辛辞尴尬得很，忙蹲下身子去阻止，又讷讷地说了句："白小姐，你杀了人，是必须要受到惩罚的，这个……我也救不了你。"

白水潇满眼是泪，抬头看他："你报警好了，我是杀人犯，让我去坐牢，别让我留在这儿，我求你了。"

这法子好像也可行，辛辞抬头看邱栋："要么，就报警抓她好了，她吞了你们什么重要的东西，就照 X 光，找医院解决，何必这样……折磨人呢？"

边上，王朋等得不耐烦，一把拎起白水潇背后的捆绳，把她往边上拖，白水潇尖叫起来，那声音像细钢丝，戳得辛辞的耳膜难受极了。

他想跟过去，但想起王朋那张脸，又忍住了，只得偏过了头不看，呢喃了句："何必这样呢？"

半个小时后，孟劲松向仇碧影报知最新进展：什么土法子都用了，白水潇连胆汁都吐出来了，但东西……没有。

仇碧影有些不敢置信："没有？"

孟劲松点头："没有，要么就是长她肚子里了，但你总不能去剖吧？照 X 光的话，崖上又没这条件。"

仇碧影沉默了一下："还有别的吗？"

别的？

孟劲松想了想："哦，还有件事，听说催吐的时候，辛辞过去了，就是千姿那个外聘的小化妆师，没见过什么世面，嚷嚷说要人道主义，白水潇把他当救命稻草，哭号说要去坐牢也不想留在这儿。"

仇碧影没吭声，半晌，才若有所思地重复了句："不想留在这儿？"

山胆是悬不回去了，神棍不能一直捧着，托了会儿之后，讪讪地放到了地上。

孟千姿盯着山胆，头大如斗，她一路剖山下来，体力本就透支，而今忽然消停下来，困乏得要命。一来何去何从，暂时做不了决定；二来算算时间，救援也不可能这么快就到；三来想休息的话，没有什么地方比这儿更安稳的了……

她脑枕着背包，快快躺倒，眼皮似有千斤重，很快就合上了。

睡觉这事是有传染性的，神棍缩在边上，想着山胆、箱子、托住山胆时脑子里闪现出的莫名片段以及那比天书还难懂的结绳记事，想着想着，也歪倒了。

江炼是最后歇下的，临睡前，他还小心地爬上了喉口探看：那条"舌头"不见了，铺落一地肉红，两个"瞳孔"也如漏空了般，只剩下空洞洞的两个黑窟窿。

是不是因为山胆被"摘下"了，这些守护者，或者说是监禁者，也就失去功用了呢？

他闭上眼睛，但心头缠绕的事儿太多，睡眠太浅，做了好多梦。

梦见况家人为了躲土匪，疯狂抽打驮马，驮马背上的肉块一颠一伏，那些驮着的箱子也是一晃一碰。

梦见神棍手捧山胆，珍而重之地放进箱子里，边上有人唱票般念："山胆一枚。"

还梦见了很早的时候发生的一件事儿。

那时候，他还没被况同胜收养，走街串巷，盯上了一个算卦的瞎子，那瞎子盘腿坐着，面前的小瓷碗里扔了许多毛票，最大的钞，足有十块钱！

他饿得发慌，看得眼馋，心一横，伸手掏了一把，掉头就跑。哪知那老头虽然眼瞎，但动作却灵活，一把抓住他的肩膀，枯瘦的手直陷进他肉里。

他扭动着小身板，又踢又打，嘴里骂："死老头，封建迷信，起开！给我起开！"

那老头瞪着他看，两只眼睛里长满白茬茬的翳，特别恐怖，说话却温和："小兄弟，你别动，你的命格特别奇怪，我看不透……"

梦里，那两只眼睛越扩越大，扩成了深不可测的黑窟窿。窟窿深处，回荡着宿命般的絮絮低语：看不透看不透，我看不透……

江炼醒过来。

石室里好安静，空地上的山胆还在，泛莹润的微光。往左看，神棍四仰八叉，嘴巴半张，还在酣睡。

往右看……

咦，孟千姿已经醒了，只是还侧着身子蜷着，睁着眼睛，脸上一片茫然，连微微扇动着的细密睫毛都显得那么茫然。

怕吵醒神棍，江炼压低声音叫她："哎。"

孟千姿抬眼看他，刚睡过一觉，眼睛得了休息，虽有些迷茫，但黑白分明。

江炼示意了一下山胆："预备拿它怎么办？"

他当然知道，孟千姿此趟下来，是不准备动山胆的，但此一时彼一时，发生了太多让人想不到的事儿了。山胆已落，是留在这儿呢，还是带出去呢？

孟千姿答非所问："你知不知道，在我之前，我们山鬼王座，空悬了三十多年？"

江炼点头，听她提起过。

"姑婆们很着急。那些年，山鬼中满周岁的孩子，都要被带去做个试验，叫'动金铃'，隔了层布障，谁能动金铃，谁就是下一任山鬼王座。"

江炼静静地听着。

"据说一个一个孩子被抱过去，哭闹不休，金铃毫无动静。我过去的时候，盘腿坐着，咬着个奶嘴傻笑，还'啪啪'拍手。"

江炼不觉微笑。

"然后，金铃的九个铃片，原本是垂着的，忽然之间，就像往上生长的叶片，都反向立起来了。

"从此之后，我就是继任王座了。"

她叹了口气："可是一个人，如果不费吹灰之力就得到了什么，通常是不会去珍惜的。山鬼中，多少人梦想坐王座，可惜祖宗奶奶没赏这碗饭，连争都没法争——我呢，反而嫌烦，经常撂挑子扬言要不干。

"我大娘娘脾气最好，就劝我说，姿宝儿，你看，现在太平盛世，江湖无波，你坐王座，什么事都不用做，没事剪个彩啊、露个脸啊，做个富贵闲人，多好。"

江炼觉得"富贵闲人"这说法挺耳熟，想了想，记起是《红楼梦》里贾宝玉的绰号，但他这富贵闲人没能持续多久，很快就冰消雪释。

孟千姿低声说了句："可是现在，我怎么感觉她这话不对呢？我总觉得，我这一代，山鬼会出大事。"

很大很大的……大事。

【06】

江炼说了句："人这辈子，短短几十年，大事小事，都是一辈子，要是没经历点儿大事，是不是也……挺亏的啊？"

让他这么举重若轻地一说，好像也挺在理，孟千姿爬起来，背倚山壁，回他："就你会说话。"

她盯着那山胆看，盯久了，鼻尖上竟渗出细密的汗珠来。

拿这东西怎么办呢？

她从小就有个浮滑无畏的性子，从不怕做决定，眼皮一抬，撂一句"有问题算我的"；也不怕揽责任，下颌一扬，傲气十足——

"他们都是听我使唤的，有问题冲我来。"

其实那时候身娇肩也软，扛不起什么责任，但姑婆们喜欢她这性子。坐高位的，若是遇事畏缩，不敢落锤，凡事推给下头人顶锅，也忒没志气了。

但现在，她竟没了主意了。

江炼看出她的心思："你有两个选择。"

这不废话吗？

但她耐着性子听他的废话。

"一呢，是把山胆留在这儿。山胆虽然亲近神棍，但没长腿，不会跟着他跑；'瞳滴油'和'舌乱走'是废了，不过这崖下太险，世上又没有其他人能把山剖到九重——放在这儿，还是保险的。

"坏处就是，好像多米诺骨牌，推进至此，忽然被摁停，所有疑团、谜题也就到这儿为止了。

"山胆到底是什么东西、有什么功用，你是不可能知道了；你帮不了水鬼，因为只是看见山胆的模样，对他们毫无意义；你也不会知道白水潇为什么一路拼命阻挠——这女人嘴太严，不见到棺材，是不会吐一个字的。"

他在这里，停顿了一下。

孟千姿并不需要时间去消化，这些她自己也想得到，只不过从别人嘴里说出来，再落回耳中，感觉是两样的。

她说："二呢？"

"二就是把山胆带出去，让这骨牌酣畅淋漓一推到底。有些事情是不推不动，山胆在这儿僵挂了几千年了，因为我们的到来，产生了一些扰动，事情有了进展：比如原来山胆不是被供着的，反像是被监禁的；又如它还跟神棍以及箱子，甚至龙……有关。

"我相信它如果被带出去了，真正发挥'山胆制水精'的功效，会改变很多事的走向，乃至很多人的命运。但如果继续在这儿僵卧，那也就是这么僵卧着了。

"坏处就是，未知，一切未知。但这整个世界，本来不就是未知的吗？"

他就说到这里。

两人并肩坐着，呼吸轻浅，都目视着那枚山胆，这石室里像是没有空气流动，连山壁上的石毛都不曾颤动一下，但最安静的地方，往往蕴藏最磅礴的力量，也许来日，一切惊涛骇浪，都是自这儿开始的。

良久，孟千姿冒出一句："饿了。"

江炼没反应过来："哈？"

孟千姿摁住肚子看他："能量棒吃完了。"

懂了，江炼伸手进兜，摸了根能量棒出来。

孟千姿一共发了两次"饭"，两根能量棒，每次他都习惯性只吃半根，刚好剩下这么一根，只是不知道什么时候入了她的眼。

江炼把能量棒递给她，有点儿感慨。那心情，宛如好不容易藏下点儿私房钱，还没焐暖，就被狡猾的敌人搜刮了去。

孟千姿接过来，撕开袋口，动作虽轻，但包装袋毕竟是塑料纸，石室安静，窸窸窣窣的碎音仿佛到处都是，直往耳道里灌。

她咬了一口，实在忍不住，"噗"地捂着嘴笑出声，甚至喷出了一些渣末："所以说，你藏什么藏，落肚为安，自己吃了不好吗？藏到后来，便宜了人家。"

江烁说她："你别呛着。"

顿了顿，又补了句："我不藏，你现在喝西北风吗？"

怕咀嚼声太大，孟千姿闭着嘴，只拿舌头、牙齿慢慢磨咬，而一旦周围没了声音，重又安静，注意力便不觉又回到了山胆上。

她低声说了句："其实道理都明白，就是怕做错决定。"

江烁说："你才多大点儿啊，现在这决定就让你止步了，以后还指不指望做更艰难的决定了？再说了，即便有狂澜，还有个词叫'力挽'呢——做决定这种事，在我看来，没什么对错。

"就好比，你在上大学和打工补贴家用间做选择，难道不上大学就一定前程尽毁，人生再无希望了？难道只有大学是学校，社会就不是学校吗？你就不能打工积累经验、寻找机会、开创事业，同样走上人生巅峰？

"决定没有对错，最可怕的，难道不是做了决定之后两手一收，听之任之放任自流吗？"

这人说起道理来，宛如神棍讲起他的科学理论，还真是一套套的，孟千姿瞥了他一眼："挺会煲鸡汤的啊。"

江烁回她："也是强项。"

不然呢，那些颠沛流离，饿到前胸贴后背，盖着捡来的破报纸，睡在"飕飕"灌冷风的桥洞下的日子，是怎么熬过来的？

没人从旁打气，无非是自己给自己煲鸡汤，坚信明日有糖、明日有饼，而他必是能拿到这糖和饼的人。

孟千姿呢喃了句："这样一来，以后会有好多事儿啊……"

江烁笑："你是富贵清闲得太久了。这人生在世，谁不是一堆焦头烂额的事儿，神棍要找箱子，我也在找箱子……"

话还没完，忽听到神棍奇道："谁？谁也在找箱子？你吗？小炼炼，你也要找箱子？"

原来，神棍正睡到迷迷糊糊将醒，忽听到有人说什么"神棍要找箱子，我也在找箱子"，刹那间就没了睡意，几乎是"噌"地就坐起来，看定了江烁，嘴巴大张。

江烁也奇怪："我没告诉过你吗？"

想起来了，神棍是问过他来湘西的原因。他那时戒心重，顾左右而言他，三两句就把神棍打发了——此一时彼一时，现在共同进退，又看了人家那么多秘密，自己那点儿事儿，好像也不值得藏着掖着。

更何况，事实证明，多个人参与进来，确实是多条路子。神棍这人，什么都知道点儿,不啻一条四通八达的大路。

他点了点头:"没错,我也是找箱子。先前,我还怀疑过跟你找的会不会是同一只,现在看来,应该不是了。"

神棍要找的那只,太古老了,跟山胆以及传说中的龙都扯上了关系,他是高攀不上了;况家的那只,只不过是遗失在解放前,装了一份独特的药方而已。

他尽量简要,把况美盈的事儿说了一遍。

神棍听得目不转睛,心里还喜滋滋的,觉得大家同为"寻箱者",果然是有缘分的。正听得专注,忽然瞥见什么,心头一突,又不敢高声叫破,于是一把抓住江炼,压低声音:"看,看!"

江炼转过头,看到孟千姿正托起山胆,拿干净的绷布包住,放进那个随身的小背袋里。

神棍又惊又喜:"她这是要……"

尽管事先差不多猜到了,但亲眼看见,江炼还是觉得像见证了什么大事般,有别样感觉漫过周身,心头止不住震荡。

但他不想表现得像神棍这样大惊小怪,于是说了句:"你淡定点儿。"

喉口处较高,江炼先托送了神棍上去,又过来帮孟千姿,送她上山壁时,问了句:"做好决定了?现在不怕了?"

孟千姿说:"怕啊。"

又笑起来:"但是,又有点儿刺激,以前的人生,像是能一眼看到头,现在不一样了。"

现在看不到了,未知,也莫测,要一步一步拿脚去丈量,走下去才知道。

江炼说了句:"你会没事的。"

他并不十分笃定,谁也没法用笃定去押未知,但是,他由衷祈愿。

孟千姿反而答得洒脱。

她说:"有事没事,谁知道呢?反正,有事没事,命长命短,都是一辈子,随便它了。"

说完了,她就猱身而上,也没要江炼托举。这点儿石壁,于她来说,本来就不费力气。

反倒是江炼,空张着欲托的手,怔了一会儿。

白水潇被关在一间帐篷里。

帐篷偏扎在一隅，离大营地有段距离，怕她独处时搞什么小动作，帐篷里随时有不少于三个人，外头也有四五个——这样的防守，堪称固若金汤，怎么也不可能逃得出去了。

白水潇也息了想逃的心，只呆呆坐着，有时低头看向小腹，浑身止不住地哆嗦；有时又温柔含笑，似乎无惧无畏、死也瞑目。

外头传来邱栋的声音："辛爷，你这散步散错了方向吧。"

白水潇怔了一下，空咽了下喉头，明知看不见，还是直盯着帐篷门的方向。

辛辞，她记得这个人，在孟千姿的宴席上，在云梦峰那间被改造成医务室的客房里，还有刚刚被催吐时。

就听辛辞说："不是散步，我要了点儿药水来，你让人给白小姐擦擦吧，你看她脸上那伤口。"

邱栋不屑地说了句："这就不用了吧？"

辛辞却答得认真："哪怕明天就处死呢，今天也得让人吃饱饭啊，难道你关着她，看着她伤口烂掉吗？"

能听到邱栋轻蔑地笑，似是不愿帮他传递，只没好气地说了句："你进去自己给吧，里头有人。"

门帘轻动，辛辞走了进来。

大概是没想到里头有这么多人，他一时间有点儿手足无措，顿了会儿，缓缓地把药水瓶递给其中一个，那人不接："这女人杀了我们兄弟，我还给她上药？"

边上的人也说风凉话："辛小哥，你们做化妆师的是不是对女人特别好啊？见人哭两嗓子就受不了了？你是没看到她杀人时的狠吧？"

辛辞解释："不是的，这一码归一码，她是杀了人，但我们不能跟她一样吧……"

话还没完，一直没出声的那个人"呸"的一声，吐了口痰在辛辞裤脚边。

辛辞涨红了脸："哎，你这人……"

三人都不理他，还爆发出一阵哄笑声。白水潇嘴唇动了动，想说什么，没说出来。

辛辞也来了气，蹲下身子，拿棉球蘸了点儿酒精，想塞给白水潇，见她被捆着，犹豫了一下，试探性地自己帮她擦拭。

脸颊微凉，旋即有刺痛切进伤口，白水潇忍住了，没躲。

那个吐他痰的人说了句："辛化妆师，这女人会使唤虫子，小心她放一条在你身上。"

辛辞瑟缩了一下，往后避了避。

白水潇惨然一笑，轻声说了句："我没虫子，你不用担心。"

辛辞不敢看她的眼睛，喏嚅着说了句："白小姐，杀人偿命。这事，没人帮得了你……我看，你还是坦白从宽，有什么事，向五姑婆交代了吧。"

白水潇呢喃了句："我没什么可交代的。"

辛辞抬头看她："你是不是被那个洞神控制的啊？你跟山鬼又没仇，做错了事，肯定是身不由己，受他逼迫的。白小姐，你把事情向五姑婆说清楚了就行，这里头有个主犯、从犯的分别，你可不能稀里糊涂的，被人卖了还帮人数钱，给别人背这黑锅啊……"

白水潇忽然激动地仰起脸，嘶吼了句："没有，不是，我自愿的！我自愿的！"

辛辞猝不及防，药水瓶险些脱手。

白水潇双目赤红，死死盯着他看。那表情，像是要从他身上咬下两块肉来才能出气："我又没做错，是你们来害我们，我拼命保护我爱的人，有错吗？啊？你来杀我，我当然就要杀你，天经地义！天经地义！"

她再也不复初见时的脱俗和灵秀，神志似乎也有点儿迷乱，瞪着一双几乎暴突的眼，再加上几乎要纵扑过来的架势，辛辞没见过什么大场面，腿脚一软，一屁股坐翻在地，还是边上两个人过来，把他半扶半拽了出去。

出帐篷时，还能听到白水潇神经质似的诘问："我有什么错？啊？天经地义！天经地义！"

辛辞坐在地上缓了好久，这才歇过劲儿来，起身慢慢往回走，走着走着，想起白水潇那张脸，又是一阵心悸，捂着心口一通喘。

边上有人咳嗽，是孟劲松。

辛辞索性把胸口捂得更紧，还闭上了眼，一副半死不活的模样："老孟啊，我不行了。你跟五姑婆说，换个人吧。这种卧底的事，我可做不来。"

孟劲松说："你不是对她挺有好感的吗？"

辛辞悲愤："那不是刚有好感，她就杀人了吗？啊？我是守法良民。再说了，你现在告诉我她身上又有蛊虫又有异形，我能不怕吗？我蹲在那儿，腿肚子都哆嗦，生怕那个异形爬我身上。"

孟劲松安慰他："不会的，那东西要能随意爬到人身上，早爬了，轮不到你。"

又补了句："五姑婆夸你表现不错呢。白水潇这人疑心重，忽然对她好，她反而会疑心，你尺度把握得刚好，既坚持立场又适当释放同情，第一次就很有收获。"

辛辞莫名其妙："我还有收获？"

他一通惊吓，已经把刚才的对答忘得差不多了。

孟劲松在他身边蹲下，又递了根烟给他。

辛辞摆摆手表示不要，他现在连拈根烟都嫌费劲。

孟劲松说："你没听出来白水潇认为自己是受害者吗？她认为自己只是自卫，起因是我们要害他们，是我们先动的手，而不是她。"

慢慢地，辛辞有点儿印象了："她还说，她在保护自己爱的人。她爱的人是谁啊，洞神？在哪儿呢？"

孟劲松示意了一下他的肚子："可能在那里头，还没催吐出来。"

又拍拍他肩膀："千姿应该刚到湘西，就被她盯上了。她一定调查过山鬼，也知道你是唯一一个外人，对你的戒心不那么强，再加上现在你已经有了个良好的开端——再接再厉，说不定还能从她那儿套出什么来。我跟邱栋他们打过招呼了，会更主动地配合你。"

辛辞忽然想起了什么，哆哆嗦嗦去拈裤脚，想跟孟劲松说，这帮人太恶心了，居然把痰吐他裤脚上。

哪知一抬头，孟劲松已经去得远了。

很好，非常好。

辛辞放下裤脚。

你等着，等千姿回来，你给我等着！

从石峰返回崖下的这一路，并不因为来过了一次就变得平顺，照旧耗时耗力，再加上断水断粮，反走得更慢。

到崖下时，算算时间，已是傍晚。

神棍眼尖，隔着老远，就看到崖底有什么东西跃来蹿去："哎，那是什么？"

话音未落，就见那东西无比雀跃，一路纵奔而至。

是那只上去报信的小白猴。

形象比先番更滑稽了些，肩上多了个挎包，那小白猴蹿动的时候，挎包打着身体，"啪啪"响——看形状凸起，里头应该塞了一小瓶水和不少能量棒，看来上头也预计到下头吃食快告罄了。

小白猴到了近前，并不往孟千姿身上扑，蓦地定住，然后转过身，非常神气地挺起后背给她看。

神棍还记得，之前它的背上，写了个"人"字。

定睛去看，"人"字还在，只是添多了一横，成了个"大"字。

神棍不知就里，奇道："大？大什么？"

江炼没吭声，默默地数了数，"大"字是五出头。

果然，就听孟千姿说了句："是我五妈到了。"

再等了会儿，半天上翕翕有声，仰头看时，三根结实的长绳，一路疾放，直如灵蛇般直探了下来。

【07】

既受了五姑婆的夸奖，辛辞觉得，卧底这事，他还可以再熬一熬。

晚饭时，他又"经过"那个帐篷，"凑巧"看到邱栋他们只顾自己吃而没给白水潇送饭，于是起了争执。

邱栋嚷嚷："我还给她吃？这女人这么命硬，我不信一顿不吃就能饿死了！"

辛辞则是一贯的说辞："一码归一码，人家打仗的时候，还不让虐待俘房呢。"

最后的结果，是邱栋冷笑："要送自己送，老子不伺候这种女人！"

于是，辛辞端着餐盘进去了。

进去了之后，又挨一通冷嘲热讽，他要求给白水潇松开手上的捆绳，好让她拿筷子吃饭，对方则奚落他："出事了你负责？要么你喂，要么向后转，门在那儿。"

说到后来，还推了他一下。辛辞这小身板，哪经得住推，跟跄着差点儿摔倒，气得一张脸通红，心说做个戏，何必这么认真。

不过这一幕，落在白水潇眼里，着实让她有点儿感激。

她没有生疑。

她知道辛辞不是山鬼的人，之前几次见面时，也注意到了他看她的眼神，那是男人倾慕女人的眼神，她晓得自己有这个魅力。

而且，这人懦弱、死板，又较真，他不会也不敢放了她的，只会和那些凶巴巴的山鬼据理力争，为她争取点儿名曰"人道主义"的便利。

她看着辛辞气咻咻地放下托盘，忽然就有点儿同情他："这儿的日子不太好过吧？"

辛辞莫名其妙："哈？"

他不知道，就在不久之前，为了"配合"他，帐篷里的那三人不避白水潇，大肆挖苦耻笑了他一通：什么娘里娘气，毫无胆色；什么细胳膊细腿，婆娘心肠，没事瞎慈悲；什么夹着尾巴做人，明里暗里常被人整……

听得白水潇心生恻然，看他的目光都柔和了三分。

辛辞叹气："嗐，人人有本难念的经，谁的日子又是好过的。"

他掰了一角饼，递到白水潇嘴边。

白水潇咬住，慢慢嚼了。

给白水潇开的是小灶，菜式样样都不错，这是辛辞提议的。美食会让人心情放松，白水潇吃得舒服了，自然就肯多说些话了，而多说，必然多漏。

他觉得自己怪聪明的，千姿回来之后，他要向她好好邀个功。

白水潇也是接连几天没吃过一顿正经的了，忽然间吃上这些油炸酥脆的，舒缓的味蕾松弛了紧绷的神经，整个人有些恍惚，又有些惘然。

辛辞有一搭没一搭地跟她说话，依旧是坚持立场又释放善意，絮絮叨叨兼窝窝囊囊。白水潇觉得他好笑，但这好笑里又带傻气，并不让人反感。

过了会儿，辛辞迟疑地发问："白小姐，我听说你是落花洞女，是嫁给洞神的？"

白水潇随口"嗯"了一声。

"我说了你可别生气啊，我见识少……这是不是你的一种臆想幻觉啊？你有没有去看医生啊？"

这还有不生气的？白水潇两眼一翻："你放屁！"

辛辞哆嗦了一下，攥紧手里的勺子，默默去搅碗里的米粥。

算了，跟这种外行没什么好计较的，白水潇的气又平回来："你感觉不到、看不到，不代表人家就不存在。"

辛辞"哦"了一声，一副老实受教的模样，又虚心求教："那就是说，你能感觉到他？"

白水潇有几分自得："那当然。"

辛辞挠头："那他长什么样啊？是不是高大威猛、充满男子汉气概？对你又温柔、又体贴，家务抢着干的那种，绝不让你受累？"

他知道自己问得蠢：连形体都没有，干个头的家务——但没办法，蠢呆的滥好人，是五姑婆给他定的卧底人设。

白水潇的面色几经变换，时而迷茫，时而又幸福甜蜜。

像一切忍不住向外人炫耀伴侣的人一样，她终于开口："他当然是好的。我跟他在一起，心里……安稳得很，再痛苦委屈，到了他身边，也就什么都忘了……"

辛辞心说：这不就是鸦片烟嘛，你抽上两口，也能起到致幻作用。

"长什么样子，我也不清楚……"

辛辞惊得脱口说了句："长什么样子都不知道？这怎么能行呢？这男女在一起，连长相都不知道？"

042

白水潇鄙夷地看了他一眼，本不想理会他的，但他那匪夷所思，就跟天要塌下来一样的神色，又让她如鲠在喉，不吐不快。

她冷笑着说："你懂什么？

"你们这种俗人，当然在乎皮相。女的要漂亮，男的要帅气，不只皮相，还要有钱、有房子、有地位、有学识，真不知道你们喜欢的是人，还是那一堆听着好听的花花架子。

"然后呢，等这个人失去了容貌、变穷、没地位、没学识的时候，你那喜欢也就淡了是吧？"

辛辞没吭声，毕竟……在他看来，这世上男女情事，大概率是如此。

"但是真正最纯粹的感情，不应该是超脱这些的吗？不在乎你的皮相、贫富、地位高低，不在乎你是生是死，不在乎你是有肉身还是无形物质。我告诉你，我不在乎。"

辛辞哑然。

白水潇呢喃有声，已经不是在跟他说话了，像是只说给自己听，又像是对着全世界宣证："那些人都不懂，只会嚼舌头说落花洞女是被夺走了魂，疯疯癫癫的；又说嫁给了洞神，毁了毁了……

"他们懂个屁，只懂男人女人床上翻滚，根本不懂什么是真正的感情，可悲！活得这么可悲，还自以为正常，还在背后笑我。不过我无所谓，我可怜他们。

"他们一辈子，都没有机会和运气遇到这种感情——我愿意为他死，为了保护他，我什么都敢做，哪怕豁出这条命呢。我没做错，保护自己的爱人，天经地义……

"我就是后悔，其实我有机会杀了孟千姿的，我太贪了，想要她长久听话，反让她逃了。是我的错，我对不起你，现在搞成这样，都是我的错，我对不起你……"

说到后来，喉头哽住，泣不成声。

辛辞听得头皮发麻、目瞪口呆，但念及职责所在，要一字一句记下，好去转达给五姑婆，又只能默默听着——他觉得这话偏激而又惊心，后背止不住阵阵发凉。

就在这个时候，白水潇的啜泣声忽然停住了。

停得非常突然，像是喉头被什么扼住了——一般情况下，那种拖着音的啜泣，是不大可能停得这么干脆彻底的。

辛辞的心头掠过一阵掺带了不祥的异样，他抬头看白水潇。

白水潇像是不动了，嘴巴半张，喉头里发出极轻的"嗝嗝"声，面色迅速灰白下去，两个眼球也似乎极缓慢地往更深处凹陷。

帐篷里安静极了，那几个看守为了给辛辞"创造"更合适的聊天机会，都或侧或背了身去，凑在一处看着什么，谁也没注意到这头的变化。

辛辞害怕起来，他舔了下嘴唇，哆哆嗦嗦问了句："白小姐，你……怎么了啊？"

同一时间，孟千姿一行已经渐渐接近崖顶。

其实整治完白水潇之后，仇碧影就在着手放绳救援这件事了：从外头调进更多的绳，再拼接起来，都不是难事，难的是"避山兽"——仇碧影身形较胖，并不适合下绳，又要以血书符，这一项项的，难免耗费时间。

孟千姿这头的推进也快不起来：下绳可以速降，上绳却不能"急躜"，只能实打实、一步一步慢慢来，即便一切平顺，最后一程还有上头的人助拽，也花了足足三个小时。

最欢腾的莫过于那只小白猴了，全程跟随，忙着纵上跃下、吱吱喳喳，就跟有它什么事似的——明明没人需要能量棒，还殷勤地从小挎包里抓取出来，送完孟千姿又送江炼，唯独不给神棍送，估计还记着被他砸了一石块的仇。

崖顶一干人望穿秋水。放绳之后不久，掂绳的人就察觉出下头多出了重量，而且绳身不是静止的，一直有节律地轻颤，显然是下头有人正在上攀，算算数量，恰好三个——这一好消息很快传开了，时间过得越久，聚拢来看的人就越多。

仇碧影先还装得漠不关心，不想表现得和那些山户一样沉不住气，说什么"爬着爬着不就上来了吗？多个人看，小千儿也不会爬得更快"，哪知到了末了，听那头人声喧嚷，心里头痒得难受，也凑过来瞧。

距离崖顶还有十多米时，上头的吵嚷声更沸腾了。江炼拉了拉神棍，示意他慢点儿：山户翘首以待的，可不是他们。这种事，还是分清主次为好。

果然，孟千姿第一个上了崖，上头的欢腾声刹那间连成一片，及至江炼和神棍互相扶持着上来时，曾经的一幕重演了：没人理会他们，只晾他们在边上干站着，孟千姿是众星捧月，他们连星都不是，只是边边上镶底的云。

好在神棍神经大条，浑无所谓，还踮着脚尖瞧热闹。

江炼也习惯了，毕竟是人家山鬼主场。

只是，看被簇拥在中心的孟千姿时，觉得有些陌生：其实相处久了就会发现，她这人不难亲近。不过，一旦她回到山鬼的大群体中，彼此的距离感就会变得很强，明明抬眼即见，也觉得她很远。

有个满脸带笑的中年女人，正拉着孟千姿左看右看，说她："小千儿，我怎么觉得你长高了？"

孟千姿回答："怎么可能，哪有这个年纪还长个儿的。"

那女人又说:"你是不是黑了?"

孟千姿气急:"怎么可能?天黑,给衬得!"

这应该就是她口中的"五妈"了,江炼觉得这对答暖心而又可爱,不觉微笑。

只是,笑着笑着,就不笑了。

不只是他,吵嚷的人群也逐渐安静了——

有让人毛骨悚然的骇叫声,自较偏的一隅传来。

太突然了,或者是眼前的场面太过振奋,一时间来不及调整——崖上的山户面面相觑。在那一刹那间,都有些迷茫。

孟千姿第一个听出这声音,心头打了个激灵,脱口喝了句:"辛辞怎么了啊?"

辛辞已经吓得魂魄都不知道飞哪儿去了。

他问完那句话之后,白水潇自然没回答他,但是她动了。事后想想,那是一种假象——她没动,可是她全身的皮肤都在向内塌萎干缩,嘴巴内瘪、眼眶深陷,连眼球都像被什么往内吸去,所有变化,都硬生生在眼前发生,他自然会觉得她在动,全身上下都在动。

对辛辞这胆子,实在不该苛求太多。

他脑子里一轰,瘫软在地,没命地大叫起来。

帐篷里还有别人,听见声响,怕不是以为他遭了攻击,赶紧冲了过来。待看到白水潇的模样,都倒吸一口凉气,几句脏话脱口而出。

这种时候,走为上策,最不济,也要离白水潇远远的。

几人拽手抱腿,倒拖着辛辞往外去。哪知白水潇突然弹跳起来——也不是弹跳,是体内抽搐的力道太强,使得她那被捆绳捆缚着的、原本委顿在地的身子,忽然如半瘪的气球充足了气般挺弹起来。与此同时,一张脸正转向这头,只剩下黑窟窿的两只眼,直勾勾盯着众人。

这一下,不只是辛辞,连那几个山户都吓得腿软,一屁股坐翻,哑声嘶号间,手脚并用着往外蹭挪。还未及出门,又突然觉出强烈的不适:像是听到了这世上最让人难以忍受的声音,神经不堪其扰,但身周分明就没有任何声音响起。

这个时候,崖上那一干人等,已经赶到了帐篷外,也都同时感觉到了颅脑针尖般的隐痛和震荡,有几个耐受力弱点儿的,没能支撑得住,当场干呕起来。

孟千姿忍着痛,一把拽落门帘,首先映入眼帘的,就是不成人形的白水潇。

她刚刚上崖,实在猜不透到底发生了什么,只能从旁一把拽过孟劲松:"怎么回事?她是怎么回事?"

孟劲松强忍住胸腔间的不适，长话短说："五姑婆怀疑她吞了水精，我们想催吐，一直没成功。"

水精？

那句话怎么说来着，山胆……山胆制水精？

孟千姿不及细想，飞快解下背包，迅速取出山胆，拽开包裹的绷布，但她捧着山胆在手，只是不知道该怎么用，心头急急念叨：制啊，你倒是去制啊。

山胆很快有了变化。

原本它的周身像是笼了一层润泽的乳白光晕，但现在，明显可以看出，那光晕像彗星的扫帚尾，如被风吹起，又似是被什么力道吸附，向着白水潇的方向略略偏倚了过去。

白水潇的抽搐蓦地停止了。

那股说不清道不明、让人极度不适的感觉，也消失了。

四周慢慢安静下来，事情太过诡异，人人屏息，没发出半点儿声响。辛辞坐在地上，也不知道抓的是谁的腿，大口喘息着，不敢往白水潇的方向看，但又忍不住，还是看了一眼。

她的喉部，好像有什么虫子在蠕动。

辛辞吞咽了一口口水，以为是自己看错了，但很快，事实证明这并非错觉，因为陆续有人叫出声来："看她脖子上！她脖子上有东西在动，在皮底下！"

没错，这一次，是真正有东西在动了，像吞下肚子里的东西又被硬挤出来，喉管处鼓起鸽子蛋大小的肿块，向着喉口处不断移动。白水潇空睁着眼，一张嘴越张越大，喉间逸出让人极其难受的碎音。

有人实在受不了了，疾步冲出帐篷，"哇哇"呕吐起来。

白水潇也吐了，最后那一下，像是用尽浑身的力气，吐出一口黑褐色、半凝固的血，然后身子一歪，无声无息地栽倒在地。

周围安静极了。

空气近乎凝滞。

良久，仇碧影才说了句："过去看看她吐了什么。"

窸窸窣窣的声响过后，有个山户戴上口罩和手套，手持一根树枝，小心翼翼地靠近那摊"血"，拿树枝挑了又挑。

不是血，像黑褐色的烂絮，软塌、松垂。

仇碧影"咦"了一声，低声喃喃说了句："不是说祖牌……坚不可摧吗？"

【08】

众人都僵立着不动，看白水潇的尸体，又看她吐出来的秽物，收拾也不是，离开也不是。

还是仇碧影发了话："都站着干什么，该睡觉睡觉，该做事做事——再大的戏，还没个散场的时候吗？"

又叫孟千姿："小千儿，你跟我走。"

两个最大的头儿一走，场面就松泛了，孟劲松安排善后事宜，没被点到的人开始三两散去，江炼也随着人流回帐篷，他还挺担心孟千姿的——她刚一上崖，就把带出山胆这事给暴露了。

他记得她提过，几位姑婆都是求安稳的人，不喜欢有什么大的变动，并不主张取胆。没错，那位五妈也许并不知道孟千姿拿的就是山胆，但她说话行事那么精干，多半已经猜到了。而且，孟千姿也不会瞒她。

正沉吟着，忽听有人叫他："那个……江炼小哥？"

回头一看，是柳冠国。

柳冠国把卫星电话递给他，态度挺好。柳冠国虽不甚精干，但待客做事态度本来就宽厚，见孟千姿出事时，江炼第一个下去施救，现在又一起回来了，对江炼的态度也就更客气了。

"你那俩朋友，已经住进云梦峰了，挺惦记你的，你回拨那个固话就行。"

江炼确实也挺记挂着况美盈和韦彪。他接过电话，谢了柳冠国，去到崖下信号好的地方，回拨了过去。

固话是客栈前台接的，很快就换了况美盈接听。听见他的声音，况美盈欢喜得跟什么似的，追着问他到底使了什么法子，居然能跟孟千姿讲和。

她被孟千姿吓晕过，至今还心有余悸。

这哪是三言两语说得清的，江炼敷衍了句："有空再说吧。"

况美盈也不追问，她有更重要的事跟他商量："护工跟我说，太爷这两天看着不大好，怕是到日子了。"

她的太爷，亦即江炼的干爷，况同胜。

江炼"嗯"了一声，心内并无大的波动，倒不是和况同胜没感情，而是因为，对这件必然会来的事儿，他们已经做了太久心理准备了，久到几乎有些疲乏——有几次状况凶险，箭在弦上，连墓地都看过。

况同胜实在是太老了，老到活着实属虚耗时日，死了才是解脱。连护工们都私下嘀咕：老爷子现在一天要睡二十个小时以上，真的驾鹤西去，也不过是一天再多睡几个小时而已。

他宽慰况美盈："等消息吧，情况真没好转的话，咱们就尽快回。"

挂了电话，重新上崖。

崖上并不安静，想想也是，目睹了那么骇人的事，谁还真的睡得着啊——那些山户三五成群，都聚在一起窃窃私语。

神棍居然也凑在里头，真是哪儿都有他。

江烁却不想往人多的地方去，嫌吵。

他径直往回走。

他的帐篷设在偏处，白水潇出事的帐篷也在偏处，回去时路过了，那帐篷的门帘是卷起来的，他往里瞥了一眼，能看到那具盖了白布的尸首。

估计是怕这尸首会起什么幺蛾子，帐内帐外，看守的人只多不少。

回到帐篷，江烁倒头就睡着了。又忽然醒来，以为过了很久，看看时间，才半个小时不到，崖上依然人声嘈杂。好在过了会儿，天上飘起了细雨，那嘈杂声才渐渐小了下去。

神棍也回来了，精神抖擞，还给他传达最新消息："小炼炼，说是我们今天在崖上的所有人，都得签一份保密协议。"

了解，某些太过惊骇的事，即便是对内，也要尽量控制传播范围。

江烁说他："那你们还在那儿聊得热火朝天的。"

神棍回答："这可不一样，大家都是知情人，不对外讲，内部交流总可以吧，不然非得憋死——小炼炼，我听了一圈，掌握了不少新情况，就等着回来跟你讨论分析了。"

江烁无语。全程目睹了白水潇诡异的死，再加上况美盈带给他的消息，他只觉得恶心、反胃、疲惫，连话都不想说。

神棍居然还有兴致讨论。

不过，他对所谓的"新情况"，也有点儿好奇。

江烁抓过充气枕塞在身后，倚靠得很没正形："说说看。"

"记不记得我跟你说过，祖牌是个胎体，跟人的身体一样，可以容纳人的魂魄，或者叫意识。"神棍压低声音，神秘兮兮，"刚刚发生的事，更加坚定了我的看法。

"那个祖牌，就是个材质未知的肉胎。活着的时候坚硬无比，刀枪不入，被山胆杀死了之后，就跟一堆塌软的烂棉絮一样。觉不觉得这前后对比跟人体有点儿像？活着的时候，人体有活力、有弹性，指哪儿去哪儿；死了之后，一堆腐肉，毫无生机，发烂发臭，连动都动不了一下了。"

江炼"哦"了一声。

神棍对他这反应很是不满，决定给他下点儿猛料："那块祖牌里，有一个男人，确切地说，是一个男人的魂魄。民俗点儿的说法，叫洞神；科学点儿的说法，是脑电波。白水潇就是爱上了这么一组……脑电波。"

江炼又"哦"了一声，大概人特别累，特别不想说话的时候，对事物的接受度就会很高吧。

神棍惊讶："这你都能接受？"

江炼懒懒答了句："这要是在《聊斋》里，不就是爱上了个鬼吗？大多数人都能接受。"

神棍跟他抬杠："这可不一样，《聊斋》里的鬼，都是又漂亮又妖媚，能被人看见的。"

江炼闭上眼睛："看得见看不见，有什么分别呢？爱情说到底是一种感觉，宋朝的时候，不是有个诗人被称作'梅妻鹤子'吗？只要对方能给你这种感觉，不管它是男是女，是生是死，是梅花还是塑像，是照片还是脑电波，都是你感情的寄托之所。"

神棍愣了好一会儿："小炼炼，你这个人，思想真是很前卫啊。"

前卫吗？

如果这都算前卫，那神棍也挺前卫的。毕竟，他听到这说法，并不斥责是胡说八道，反赞他"前卫"。

江炼"嗯"了一声："略前卫吧，你接着说啊。"

神棍这才反应过来，一时间有点儿接不上："说到哪儿了……哦，'山胆制水精'，这个'制'字用得挺委婉的，其实完全就是杀啊。难怪白水潇拼死也要阻止这事发生。你换个角度想：山胆一出，她爱的那个洞神必死无疑。她能不疯吗？怪不得那些看守她的人说，白水潇根本不认为自己有错，还理直气壮的，说什么'保护爱人、天经地义'呢。"

这就说得通了，难怪白水潇有那么强的动机，往自己身上下刀子都在所不惜。

江炼睁开眼睛，呢喃了句："山胆跟祖牌又有什么仇，为什么要去杀那个祖牌呢？"

神棍揪住了他的错处不放："错！小炼炼，你犯了个原则性的错误。"

原则性的错误？

江炼不明白原则在哪儿，疑惑地看神棍。

神棍半个身子探出帐篷，捡了两颗小石子进来，先摆下一颗："这个，是水精，也就是祖牌。"

又摆下另一颗："这个，是山胆。

"这两样东西，在我看来，都是未知的物质，不存在什么意识、好恶，也不存在我要攻击你、你要杀死我之类的纠葛——就像水和火，碰到了一起，谁都知道会发生什么事，又好像酸能洗锈。你能说，是水要去杀火，或者酸要去杀锈吗？

"水精遇到山胆，是一种自然反应，水精本身，不存在惧怕山胆的问题，就好像你不能去问火怕不怕水。那不是怕，只是一种现象。真正惧怕山胆的，是那个洞神——因为水精是它的肉胎，就如同人的身体，而水精遇到山胆，就会死、会枯朽、会丧失功能。身体一完，那个洞神就无处栖身了。还记得我说过吗？能量守恒定律，身体死了，它也得跟着消失。"

江烁没吭声。

这说法不难理解，就好比刀无好恶，看握在谁的手里罢了。水精只是一种工具，它不会作恶。作恶的，是使用工具的那个"人"。

"还有，"神棍说到酣处，双目放光，"在悬胆峰林近在咫尺之处，居然安放着一块水精，山胆是水精的克星，这样的设置，是不是挺耐人寻味的？"

江烁想起了什么，他坐起身子："我记得，我们曾聊起过，那块水精，像是监视山胆的。"

"没错！"神棍兴奋，"这样一来，整个故事就全对得上了。"

他试图把事情从头到尾捋一遍。

"那块水精里头，有一个人，叫它'洞神'吧。它嵌附在崖洞里，也就是距离山胆最近的地方，像一个哨岗，时刻防备着被自己囚禁住的天敌会逃脱。

"请问，它的天敌想逃出去，首要条件是什么？是山鬼，山鬼取胆。换言之，洞神时刻防备着的，其实是山鬼。

"再说回洞神，它只是一组脑电波，是一股强大的足以影响人脑的念力。但是，也只是影响而已，毕竟人的大脑也不是吃干饭的，哪能让你说影响就影响？遇到那脑容量大的，说不定还反杀你呢。

"我们还知道，它这种念力的使用并不是随时随地，必须得有水，水可以加强这种影响力。但是，也并没有强到哪儿去——水鬼全身都浸泡在水里，主动拿额头贴上祖牌，也只是被控制一两个小时而已啊。"

江烁接口："而且，在湘西，连水鬼的这种条件都不具备。"

湘西地处深山，不是大江大河，想要有水的环境，只能依赖下雨，但雨水比起滔滔江河水……那威力，自是大打折扣。

更何况，水鬼开锁金汤、携带祖牌下水，是祖宗遗命；洞神，可没那么多孝子贤孙可供驱使。

小炼炼终于跟他开启良性互动了，神棍一阵激动："是的，所以它得另辟蹊径，为自己造就可供驱使的……追随者，湘西落花洞女的传说由来已久，是不是就是滥觞于此呢？一来湘西多雨，这种石洞多有罅隙，水会渗透进去，给它创造了合适的环境；二来落花洞女多是敏感、脆弱、内向、富于幻想的年轻女性，也许这样的女人，更容易受它蛊惑、做它耳目，帮它打探消息。"

江炼心念一动："白水潇？"

神棍猛点头："这白水潇是个人才啊！我听说，那个破人岭上，有一帮子人帮她办事呢。好，咱们现在说回正题。

"孟小姐这趟，行事很是高调，听说人还没到湘西，请客的帖子已经发出去了。而且，山鬼高层很多年没来过湘西了。"

江炼想起了段文希。

神棍似乎知道他在想什么，摆了摆手："段小姐不算，她那趟来，属于个人游历，静静悄悄，几乎没什么人知道——孟小姐声势太大了。洞神本就提防着山鬼，你要是洞神，听说了这事，能不紧张？能不关注？白水潇肯定一早就潜伏在云梦峰附近了，怕是比柳冠国还上心呢。"

江炼沉吟："那她是怎么知道孟小姐是奔着山胆来的呢？"

神棍想了想："这只能说，人多口杂，世上没有不透风的墙吧——听说那个孟助理，提前吩咐柳冠国调了一大批山谱去云梦峰，而所调的山谱，全是悬胆峰林那一块的。你要是白水潇，本来就疑神疑鬼了，再打听到这个消息，能不知道孟小姐是干什么来的吗？"

江炼长吁了一口气。

全明白了。

半晌，他才笑了笑："这也是那个洞神注定有这一劫吧，真是有死有生一世心机，它想得太多了，当时的孟小姐并没有取胆的念头。如果不是白水潇机关用尽，咱们两个就不会跟着下崖，孟小姐也不会把山胆给取出来。"

神棍也有点儿感慨："是啊，要是那个洞神还活着，知道了事情的经过，得悔断肠吧。"

典型的越做越错，多做多错，简直是亲手掘了自己的坟。

事情听完了，分析得也差不多了，江炼想重新躺下。

神棍一把拉住他:"别呀小炼炼,最重要的还没讲到呢。"

……事情都真相大白了,还有最重要的?

江炼好奇心起:"什么最重要的?"

"那个白小姐的死……"神棍神秘兮兮,"依你看来,是发生了什么事?"

江炼没细想:"山胆离它越来越近了,大概是感应到了,那块水精支撑不住,溃散崩塌,连带着波及了白水潇了吧。"

神棍摇头:"不对,大部分人都会像你这么想,我起先也是这么想的。后来一琢磨,又觉得说不通。

"感应到山胆应该是没错,但这中间有个时间差。我问过当时守在帐篷里的人,山胆还没有发挥作用之前,白水潇就已经有了异变了——所谓'不见棺材不掉泪',洞神不至于这么脆弱,仅仅是感应到山胆,就崩溃了吧?要说是因为大势已去、杀白水潇泄愤,是不是太狗血了?"

江炼心里"咯噔"一下。

估计是说到最关键的了,神棍的声音略微有些颤抖:"如果我们的推理正确,那个洞神被安置在那儿,就是监视山胆是否逃脱的。那么当它监视到了,会怎么做呢?"

是啊,会怎么做呢?

江炼的喉结滚了一下。

一个哨岗,监视到了敌情,会怎么做呢?拼死迎战吗?

不不不,它的职责应该是报告,把这消息传播出去。

这世上,显然不止一块祖牌,这儿有一块,水鬼家有三块,而三江源的漂移地窟里,据说有很多。

祖牌之间,会有感应吗?

可能会有,用神棍的话说,祖牌里只是容纳了魂魄,也就是脑电波——脑电波与脑电波之间,大概比人与人之间方便沟通吧。

而前头刚刚说过,当祖牌想发挥作用增强念力时,需要具备一定的环境……

江炼的声音有些异样:"当时,咱们听到动静,跟着山鬼冲到帐篷边时,你有没有感觉到头疼?"

神棍赶紧点头:"有,有。"

顿了顿,又补充:"也不是头疼,就是一种强烈的不舒适感,像是被什么看不见的波冲击了一样,难受,有几个人还干呕来着。"

江炼问他:"像不像忽然增强的念力,虽然不至于控制我们,但还是让人不适?"

神棍知道他这话必有缘由:"所以呢?"

江炼却忽然转了话题："有没有看到白水潇的死状？"

神棍着急，却还得耐着性子："有啊。"

"是什么样的？说说看。"

神棍无奈："就是……干瘪啊，整个人萎缩，突然之间就那样了，太可怕了！"

然而江炼接下来的话，让他觉得比白水潇死时的那个场面都要骇人。

他说："一个成人，体内的水分，几乎能占到体重的百分之七十，血液含水、脑髓含水、肌肉含水，连骨骼……都含水。被吞下去那块祖牌需要水去增强念力、对外释放信息，而白水潇，就是一座离它最近的、可供利用的……小型水库。

"它感应到了山胆，知道回天乏术，唯一能做的，就是抓紧时间，不惜一切代价，去通知背后的人，也就是那些把它安放在这儿的人——山胆出世了，天敌出现了。"

神棍脸色都变了，没错，白水潇最后的死状是迅速脱水的表现，年轻身体里的大量体液就在这么短时间内莫名耗费掉了，原来是起这个作用——他只是怀疑那块水精会向外释放消息，没想到，江炼口中，这事已经发生了。

他打了个寒噤："那……那山鬼，是不是就危险了？不行，我要把这事通知孟小姐，好让她们……有个防备。"

他说做就做，连滚带爬地起来，一溜烟儿地去了。

江炼没动。

他倒不觉得，山鬼从此会危险了。

毕竟山鬼人多势众，而祖牌想控制或洗脑什么人，旷日持久，相当困难。而且，它们所能驱使的最大一支力量，其实是水鬼，可水鬼现在人人自危，畏祖牌如虎，已经不在它的掌控范围了。

但那消息既然释放了出去，就势必会产生一些变化。

江炼直觉，那个藏匿了最多水精类物质的漂移地窟，应该再也找不到了——就像一个坚持外出跑步，风雨无阻的人，忽然被告知会有厉害的对头杀过来，且就蹲守在他惯常的路线上，他还会出门去跑吗？

不会，他会闭门不出，屏息静气，以不变应万变。

至少，按照水鬼们的老法子，是再也找不到了。

【09】

神棍走后，江炼就睡了。

这一次，是真真正正沉入酣眠，没有心事，没有去想神棍此去通知的结果是什么，也没有做梦，直到天明。

第二天，被杂乱的帐篷框架拆卸声吵醒，探头出来，营地已经变了模样：好多帐篷都已经收了，更多的是只收了盖布，尚余支架立在当地，看上去有些萧索。

看来是这头事毕，要做拔营的准备了。山鬼办事，还真是利落。

神棍还在睡，粗重的鼾声透帐而出。这遍地杂扰，愣是没能把他吵醒。

江炼揉了揉眼睛，正想缩回帐篷收拾东西，身后不远处，忽然响起了一个中年女人的声音："这位，就是江炼吧？"

嚯！这什么情况？江炼怔了一下，迅速转头——没听错，那儿是站了个女人，五姑婆仇碧影，她的身侧立着柳冠国。

看来，是柳冠国领着她来找他的。

仇碧影眸光烁动，居高临下，打量着他。

总不能缩回帐篷里去，江炼只得赶紧爬起来，一夜酣睡乍醒，不需要镜子，他也知道自己那副尊容不大能入人的眼：裤子皱皱巴巴，头发乱糟糟，衣服也睡歪了，领口对着肩——他尴尬地伸手扯平。

又跟仇碧影打招呼："五姑婆。"

柳冠国很识趣地走开了。

一夜小雨，崖上的风清新而又潮湿。可能是顾及五姑婆在这儿，附近的拆卸声都轻了好多。隔壁帐篷里，神棍在翻身，也不知是醒了还是没醒。

仇碧影说："听我们小千儿说，你帮了她不少忙？"

江炼注意到自己的裤脚，糟糕，不一样长，一只裤脚不知怎的蹭卷了边，脚踝露在外头。

他说："应该的。"

仇碧影的第二句话是："听说，你是为蜃珠来的？"

江炼一愣。

看来，这对"母女"昨儿晚上聊了不少。江炼先前那莫名的慌乱忽然消失了，他抬头看仇碧影，招牌性的笑容又来了，很温和，不咄咄逼人，也不卑不亢："是。"

仇碧影笑了笑："对山鬼来说，蜃珠是很珍贵的东西，一般不会出借的。"

她这话后头，应该会跟个"但是"吧，江炼并不打岔，只是静静地听她说。

"但是，你就不一样了。你很聪明，知道做事法则。这世上，想要有所得就得先付出，我很欣赏你这么明事理——你几次涉险，帮了小千儿那么多忙，提什么要求都是合理的。"

这话没什么错处，但听起来，似乎串了个味儿。

江炼还没来得及细想，仇碧影已经换了话题："我还听说，在崖下，因为情势凶险，小千儿逼着你认了三重莲瓣？"

也不是逼吧，江炼想解释两句，仇碧影没给他这个机会，无奈地轻笑："这孩子就是这样，想一出是一出的，三重莲瓣哪能随便给人哪。再说了，你也吃不消这压力。

"不过，山鬼看重规矩，既然认真盟了誓，那解除也得按规矩来，我跟小千儿说过了，待会儿你找一下她吧。尽快把这事给了了，也省得心头总悬一块石头。"

说完这话，又朝江炼笑了笑，这才转身离开。

江炼站着不动，脑子里盘桓着方才的对答，由字到句。

"刺啦"一声拉链响，眯缝着小眼的神棍自帐篷里探出头来，一边打着哈欠，一边把眼镜架上鼻梁。

江炼垂眸，看了眼神棍那乱糟糟的卷发，脑子里突然冒出一个念头来：若是神棍这头能早探么两分钟，仇碧影对自己的印象大概能好上几分。

毕竟，人是靠衬托的嘛。

神棍又打了个哈欠，大嘴朝着仇碧影离开的方向："是那个五姑婆啊。"

江炼"嗯"了一声，顿了顿，又补了一句："这位五姑婆，不喜欢我。"

神棍奇道："不会啊，我好像听她说很欣赏你啊。小炼炼，你是不是想多了？"

江炼笑了笑，没吭声。

他没有想多，也没有感觉失误。

他这种从小看了太多脸色过来的人，太知道该怎么去看人脸色了，也太会从哪怕一个眼神、一个细小的动作中去感知温度了。

这位五姑婆，不喜欢他。

孟千姿的帐篷还没拆。

她贴着眼膜，手拿一支红笔，往掌心上画莲瓣，松脱的、飘落的莲瓣。

小白猴在边上蹲着，目不转睛地看。孟千姿一时促狭，拿红笔在它脑门中央画了个红点，然后夸它："美，太美了！"

小白猴怕不是真以为自己美，居然装起大家闺秀来，不蹲也不跳，四下顾盼，很是矫揉造作。

孟千姿又抹下一边的眼膜："来来来，高级货，你没用过。"

小白猴也是信了她的邪，巴巴凑上前来。

孟千姿给它贴上。

猴脸太小，又皱巴，眼膜贴上去，像耷拉了个塑料袋，孟千姿先笑了个前仰后合。小白猴仍觉得自己美，更矜持了，还拿爪子想把眼膜推平，可惜三推两抹的，就揉成了条。

外头有通报声传进来："孟小姐，那个江炼来了。"

孟千姿赶紧直起身子，一把抹掉另一边的眼膜，又忙着拿手理顺头发："进来。"

江炼很快就进来了，见只有她，觉得奇怪："辛辞呢？"

这个点，正该是辛辞帮她理妆的时候吧。

孟千姿说："没吓死算他命大，那手，现在拿什么都抖，我放他歇着去了。"

想想气不过："我把劲松给骂了一顿，找谁卧底不好，找辛辞去！辛辞那点儿胆子，五妈不知道，劲松能不知道吗？"

江炼笑，又问她："那你呢，山胆的事，没挨骂？"

孟千姿轻松作答："当然没有。"

"五姑婆好像知道我要借蜃珠的事了，她……没异议？"

孟千姿笑起来，眉眼和唇角都弯得好看："没啊，能有什么异议？"

其实是有异议的。

其实，也挨骂了。

昨儿晚上，孟千姿几乎一夜没睡，不然，也不会一大早就贴眼膜，去缓减她的黑眼圈。

先是为取山胆的事挨骂，仇碧影发了不小的脾气，说她："说好的，明明只是看看，你居然把它拿出来了，这东西是随便拿的吗？"

然而孟千姿这人，就是有个邪性：做了没什么底气的忐忑事，你不指责她，她倒会愧疚自责；越是指责她，她反越能跟你犟。

这次也一样，开始还耷拉着脑袋任仇碧影数落，后来那脸就仰起来了，眼观鼻、鼻观心的，一副无所谓的神气，末了凉凉地说了句："五妈，说好是说好，但计划不是赶不上变化吗？它主动落的，自己想出来。

"再说了，取都取了。不是没出什么事吗？这儿子生出来，还能再塞回去吗？养着呗。"

仇碧影让她噎得半天说不出话来。

孟劲松在边上听着，想笑，又不敢笑，只好板起一张"扑克脸"，拼命忍着。

后来，说起给江炼调蜃珠的事，又起争执。

孟千姿要调贵州梵净山养珠地里最好的一颗。

仇碧影依然秉持着一动不如一静的戒条："那儿的蜃珠，最少也养好几百年了，从来都是只入不出。你这一动，万一有个闪失怎么办？"

孟千姿不能理解仇碧影的想法："蜃珠就是用来显像显音的，它只有这个功能。你只收着它不用，就如同光养了千里马不让跑，怕它跑起来有闪失，这不是可笑吗？"

再多说她就生气了："江炼救了我的命，怎么我的命还不值得动用一颗蜃珠吗？我坐这个土座，连蜃珠都不能动了？"

仇碧影叹气，这小千儿，也不知道像谁，被七个妈轮流带大，性子也是集七家之所有，难描难画：说她听话吧，她谁都敢顶撞；说她不听话吧，明明也不是，乖起来怪招人疼的。

仇碧影最怕她把问题上纲上线，动不动就拿王座做文章，只好把话说得委婉："五妈不是小气，就是觉得你啊，太感情用事。江炼为了蜃珠才做了这些事，他是有目的的，你看人得仔细。"

孟千姿不想听："我知道江炼是什么样的人，我又不是不会看人。"

仇碧影脱口说了句："你会看人？你要是会看人，当初也不会……"

她忽然意识到失言，陡然住了口。孟千姿面沉如水，嘴唇微微翕动着，眼圈都红了。

孟劲松暗叫糟糕，想打个圆场，又知道这不是自己插得上话的场合……

好在，外头通报的进来说，那个叫神棍的，有非常重要的事要面谈。

总之，就是不太开心吧。

但是，懒得提这些芝麻绿豆的事了，对着江炼，她就一个说法。

没事啊，搞得定啊，挺顺的啊。

想了想，又补了句："现在交通便利，贵州过来，飞一两个小时就到了。等我们回到云梦峰，蜃珠应该就在那儿等着了。恭喜你了，神棍那个箱子是连个影儿都没有；你这个，快揭盖头露真容了。期待吧？"

贵州过来？

怎么不是用她在武陵山钓的那颗？

江炼没多想，只注意看她，总觉得她没睡好，眼睛周边有很轻微的浮肿，还觉得她的轻松有些用力。

不好多问，他说了句："挺期待的。"

又想起神棍昨晚急急过来通报，那些推论，她大概都已经知道了："山胆取出来了，帮得上水鬼吗？"

孟千姿沉默了一下，缓缓摇头。

当时，她是真以为取出山胆，事情就会如推多米诺骨牌般，酣畅淋漓，一推到底。

然而不是，又僵住了。

她只拿到了一个山胆，山胆只能摧毁祖牌，但摧毁了之后，又能怎么样呢？

水鬼家求的，是一个真相：家族这几十年来无数死伤，究竟是为了什么，未来是否还会遭遇更大的祸患——不然，丁盘岭为什么心心念念，宁死都要把"找山鬼帮忙"这样的信息传达出来呢？

她迟疑着说了句："水鬼家……一直在找漂移地窟，也许等他们找到了……"

说到这儿，又是一阵茫然：等他们找到了，她带着山胆去"制"吗？把漂移地窟里的祖牌都变成烂棉絮？这件事的意义在哪里呢？

这话题有点儿沉重了，除非以后出现新的切入点，否则，无解就是无解。

江烁想说点轻松的，他低下头，恰看到孟千姿掌心零落的莲花瓣："我这是……被废了？"

孟千姿"扑哧"笑出了声，她托起手心让江烁看：其实还是朵莲花。仔细看，只有两重莲瓣了，最外围的那一重，都脱落了。

他忽然想起了什么："那神棍呢？"

孟千姿说："他暂时是废不了了，他跟山胆有着说不清的关系，身上又有太多谜题待解。而且，他天南地北游历了那么久，确实通晓很多别人不知道的事儿——我和五妈商量了一下，都觉得先把他留着比较妥当。"

江烁"哦"了一声。

很好，心里头酸溜溜的。

顿了顿，他叹气："世事难料啊！当初在崖下，他是最不够格的那个，还是沾了我的光，勉强充数……现在好嘛，他晋级，我淘汰。"

孟千姿差点儿笑弯了腰："你在这儿酸什么？你本来就不想当莲瓣。"

是吗？可能吧，他也说不清楚："想"字难出口，"不想"又不愿出口。

他问了句："我是不是又得背书了？"

孟千姿说："这次不要你背了，我来说就行。仪式是傻了点儿，但谁让我们讲究这个呢，你忍忍吧……来，伸手。"

江烁伸出手，手背朝上，忽然想起，起誓时是这样，解除时大概要反着来，又改成了手心朝上。

应该是做对了，孟千姿径直把掌心画了莲瓣的那只手覆了上来。

被他的手一映衬，她的手就显得尤为纤细，他的指尖已然托到她的腕了——只要略一翻手，就能把她的手尽数包在掌心。

江炼恍惚了一下，竟有点儿紧张：自己那手，会不会不受他管束，真就这么做了？有可能，儿大不由娘，这手长了二十来年了，万一它有自己的想法呢？

他盯着自己的手看。

听到孟千姿说："废除莲瓣，没有前例，也就没有专用的说辞，我就用山鬼常用的说辞好了，一个意思。"

江炼"嗯"了一声，他的注意力全在手上。他觉得，自己那小拇指，好像动了一下。

"你小子……"他在心里说那手指，"想翻天呢……"

孟千姿的话一句一句，就响在耳边。

"此生有幸，中道结缘，缘不到老，路有离分，随我伴我，离我去我，蔓不强扭，客不强留，天圆地方，山高水长，由君策马，任尔高飞，旧约不续，情义留存，谨守其口，谨慎其行，反刀相向，必受其殃，天、地、人、神、山鬼，共鉴。"

他看到孟千姿把手抽开了。

还看到自己上托的手，原来是什么样子，现在还是什么样子，并没有动。

也许，小拇指动了一下，只是他的幻觉。那当口，小拇指并没有动，只是他的心，动了一下吧。

正微怔间，孟千姿突然咯咯笑起来，还拉他看："快看，看那猴！"

循向看去，那小白猴也不知什么时候抓起了孟千姿方才抹下的眼膜，费尽力气抓拉开了，有样学样，也往自己脸上贴。它那不叫贴了，叫拍——又拍不准，"啪"一声拍嘴角边，又掉下来。

它低下头，想再捡，孟千姿已经先一步过去，捡起了扔进垃圾袋，又说它："美死你了。"

小白猴便巴巴看她，想从她这儿再享受些"高级的"。

江炼也笑，孟千姿似乎不是很喜欢和人打交道，但和山兽相处时，从来都是发自内心的轻松和欢喜，一颦一笑都动人。

他说："这么喜欢，准备带走了养吗？"

孟千姿摇头，有几分不舍，但语气并不犹疑："人家是山生山养的，崖底才是它的家，哪能因为自己喜欢，就把它带走啊？"

又说："这世上，中道相逢，有太多喜欢的人和物了，你留下来也不容易，它跟你走也不轻松，记住就好……看缘分吧。"

江炼沉默了会儿，轻声说了句："也是。"

【10】

十点刚过，拔营已告完毕，崖上收的收、捡的捡，恢复了之前的荒寂寥落，仿佛前两天的闹闹哄哄、人来人往，只是躺平闭眼、一枕黄粱。

只剩了一只脑门上点了红点的小白猴，孤零零坐在一大堆专门给它留的瓜果糕饼之间，愣愣地看一个人下崖，又一个人下崖。孟千姿下崖的时候，它心有不甘地追了几步，却也只追到梯子顶，怯怯地探头下望，就再也不敢迈步了。

它生在崖下的丛林间，这辈子走过最远的距离，也就是在孟千姿的驱使下上崖了，这已经是它世界外的世界、天外的天。

再远的距离，它就不敢走了，对孟千姿的不舍留恋，敌不过它对未知的畏惧。

它在梯顶边缘处窜来窜去，吱吱乱叫，最后不叫了，蹲在那儿，捧了根香蕉啃，呆呆地看潮水般的一群人没入密林。

隔远了看，它像块蹲伏的猴形石头。

孟千姿回头冲它摆手："回去吧，以后有机会，我再来看你。"

辛辞随着一干人往山下走，精神有点儿恍惚，没留神间，脚下一个趔趄，差点儿栽下去。幸好边上有人眼疾手快，一把攥住他的胳膊，还关心了句："小心点儿啊。"

这声音……

辛辞抬头去看，有点儿受宠若惊。

居然真是孟劲松。

这老孟，啥时候改了性，关爱起他来了？

他不知道，孟劲松这是被孟千姿训了。孟千姿的原话是："辛辞今早给我梳头发，手抖得跟得了帕金森综合征似的——我告诉你，辛辞这趟要是有个三长两短，以后落下个疯呆痴傻……都由你负责。"

是以孟劲松不得不对他分外留意，见他没精打采，总觉得是已经吓出了隐疾："没事吧？"

换了其他的山户这么问，辛辞大概"嗯"一声就完了，但来自老孟的关爱，好比南极吹暖风，让他觉得自己倍儿有面子，身价都高了——必须郑重作答。

他说:"没事没事,神经哪有那么脆弱?"

孟劲松松了口气,但还是进一步求证:"那你怎么魂不守舍的?"

辛辞又让他说得唏嘘起来:"还不是因为那个……白小姐嘛。"

早上,因梳头不力被孟千姿打发走之前,他跟孟千姿聊过几句,虽说听不明白,但隐约得知,白水潇是被那洞神吸耗掉了体内的水分,当成了对外联络的"助推器"。

他有点儿伤感:"你是没看见,白小姐出事之前,一直在跟我讲她和洞神之间才是真感情,又看不上世俗情爱,觉得是讲金不讲心,觉得自己的感情才是超脱一切的……不瞒你说,有么几秒,我差点儿被她这说法洗脑了,哪知正说着,她就……"

想起白水潇当时的惨状,辛辞不觉打了个寒噤,喃喃说了句:"就是觉得……太讽刺了。"

就为这事啊?孟劲松有点儿瞧不起他:要不说大太监就是大太监呢,阴柔过甚,成天为了点儿情情爱爱的事伤春悲秋的。

他说:"女人被男人骗这种事,分两种情况,一种是男人骗女人,另一种是女人自己骗自己。

"那洞神能是真爱她吗?落花洞女这传说,都多久了?这些年下来,得出了多少落花洞女啊,无非是洞神诓来给自己解闷办事的工具罢了。"

他总结:"这事儿,在我看来,没什么好讽刺的,也不值当去伤感,究其根源,是白水潇自己想得太多了。"

辛辞气结:"老孟,你这人怎么……没点儿人味呢?"

很好,嘴皮子这么利索,看来战斗力甚强,绝不存在什么"疯呆痴傻"后遗症的可能,孟劲松有点儿后悔刚刚对辛辞施加关爱了,就该让他摔一跤,人摔得皮实点儿了,那点儿矫情乱伤感的小心思也能摔掉点儿。

他回了句:"男人嘛,说话就是这么粗糙,话糙理不糙呗。"

说完就走开了。

辛辞原地站了会儿。

他隐隐觉得,孟劲松的话好像是在讽刺他什么。

但到底讽刺的点在哪儿呢?没想明白。

孟劲松有点儿小得意:成功暗损了辛辞一把。

但又怕损得太含蓄了,他那智商领会不了。再说了,真是近墨者黑,跟辛辞混熟了,居然玩起这套向来为自己不齿的嘴皮子把戏了。

061

所以，那点儿得意，很快也就索然无味了。

他举目四顾，想找找孟千姿走到哪儿了，以便赶过去陪着。正张望间，身后有人叫他："劲松啊。"

是仇碧影，孟劲松应了一声，三两步迎过去，又调整自己的步伐，以便跟仇碧影保持一致。

仇碧影走得很慢，是刻意放慢的那种。很快，两人就落到了大部队的后头，拉开了一段距离。

孟劲松心头忐忑，觉得仇碧影这是有话跟他说。

果然，又行了一段，仇碧影压低声音："劲松。"

身边都没什么人了，完全没有低声的必要，足见要谈的事须得小心和隐秘，孟劲松也压低声音："您说。"

仇碧影说："不是跟你说过吗？小千儿身边出现了适龄的、条件过得去的男人，要及时跟我们讲啊。"

孟劲松一窘："是这样的，事出突然，江炼跟千姿认识，也没几天……"

仇碧影打断他："男女情事，又不是搭架造屋、种豆播稻——一定要经过个寒来暑往才看得出来吗？有个词叫'一眼万年'，我觉得是夸张了点儿，但基本上，看个几眼，有没有感觉心里还没个数吗？"

孟劲松还想为自己辩解一下："他们起初，一直有冲突……"

仇碧影笑了笑，可那眼里分明没什么笑意："很好，起初有冲突，这才几天，已经化解了——我告诉你啊，同生共死一次，那交情，胜过平淡度日三年。用你们年轻人的新潮话讲，那叫不可替代性。

"给你送花、请你吃饭、向你献殷勤的人不难找，从火场里救你性命、陪你下崖、一起剖胆的人，这辈子能遇到几个？千姿活到八十岁，都会记得，有一年她下崖，差点儿被着了火的蝙蝠群害死，是江炼救的她。"

没错，不可替代性，连那群着了火的蝙蝠都有不可替代性——人这辈子，能遇上几次这样的凶险呢？势必记忆深刻，没事就会拿出来咂摸："那一次啊，想想就可怕，被数万只着了火的蝙蝠围着，差点儿就回不来了。"

孟劲松不吭声了，半晌才答了句："五姑婆说得在理。"

仇碧影想再说他两句，看他那副恭敬赤诚的模样，又不忍心说了。这些年，孟劲松勤勤恳恳，处处以孟千姿为先，是人人都看在眼里的。

她叹了口气，说："你啊，多长点儿心吧。"

江炼下山时，本来是想和神棍一起走的，但这种爬山下坡的事儿，体力不同的人，永远没法同步，也不知怎的，就和柳冠国结了伴。和柳冠国相处，没什么压力，江炼乐得跟他同行。一路说说聊聊，时间也就过去了。

中途聊起仇碧影，柳冠国觉得这位五姑婆对江炼挺欣赏："一大早，就让我领她去找你。不错啊，江小哥，咱们五姐很少这么看重人的。"

原来在柳冠国眼里，这是看重吗？

江炼苦笑，不过也没错。这世上，有些看重，是为了招揽；而有些，则是为了防备。

他忽然想起了什么："孟小姐都管她们叫妈，是感情特别好吧？"

柳冠国说："那可不！从小轮流放在身边养的。七个呢，都是母女的情分。"

江炼旧话重提："那……哪一个是亲的？还是说，我不该问？那我不问了，你就当我没问过吧。"

柳冠国愣了一下。这事，在山鬼间确实不常提起，但也不是什么机密，很多人都知道——本来不想说的，但江炼很知理，他又觉得，说了也没什么："哪一个都不是。"

他怕江炼误会，压低声音："不过你别多想，亲妈也在，活得好好的呢。只是，山鬼有个说法，孟小姐这样天赋异禀的，不该由她养，只不过是借她肚子出世。所以啊，确认了之后，就抱走了，让姑婆们养。"

江炼一愣："她亲妈……这也愿意？"

柳冠国笑了笑："这有什么不愿意的，生出个山鬼王座，那是多有本事的事儿。再说了，姑婆们也没亏待她。"

"那……孟小姐知道吗？"

"知道，小时候不知道，大了就知道了。"

"她……没回去找亲妈？"

柳冠国急"嘘"了一声，四下看了看，垂在身侧的手朝他悄悄摆了摆，又是清嗓子又是装作看路，直到离得近的那几个山户都超过去了，才又答他："没找，坚决不找。"

声音又低了几度："我听说，咱们这个孟小姐啊，犟得很呢，是……你不要我，我也绝对不去找你，大家各走各的……的那种。"

江炼沉默不语。

过了会儿，他抬起头来，想看看孟千姿走到哪儿了。

看到了，跟孟劲松和仇碧影走在一起，大概因为身边都是亲近的人，步子轻快得很，也不知道说到什么开心的，乐不可支。

江炼看了一会儿，又收回目光。

他想象着她十多岁时，瞪着眼，横着眉，眼圈泛红，却寸步不让的样子："不找，就是不找。"

没错，那确实是她。

到了山下，依着先来后到，陆续上车。

先到先发，也顾不上去等谁，江炼仍和柳冠国同车。这一带是真偏，车开出去足有一个来小时才陆续见到人烟，男人的穿着倒还好，女人着蓝衣、围黑底白花的裙子，最有特色的是头上的帽子，尺寸奇大，如同圆匾，形状也蹊跷，像倒置的斗笠，脑顶那一块是挖空的。也就是说，这帽子戴上去，脑顶依然凉飕飕，该淋雨淋雨，该暴晒暴晒，没的遮。

江炼奇道："这不是苗族吧？"

柳冠国呵呵笑："你们外地人就只知道湘西有苗族、土家族，其实我们这儿的少数民族多着呢，这是瑶族的一支，叫花瑶。"

说话间，车子已在一个很古旧的寨子边停下了。前车有人吆喝："到中午了，在这儿歇个脚吧。"

山路太颠，车上人蜷胳膊缩腿的，早累坏了，闻言纷纷下车。

高处，几辆后车还在山路上慢吞吞下行，押后的是仇碧影那辆机车。别看只两个轮子，引擎的轰鸣声可是比四个轮子的都还声势浩大。

寨子不大，没围墙，也没寨门，黑顶黄木板房，零落地分布于山间，进出的寨民跟路上看到的那些人服饰相同，看来，这是个花瑶寨子。

江炼注意到，寨子周围有不少古树，树底下或有供奉的小瓷碗，或有没烧尽的香头。这树，一看就是受祭拜的。

柳冠国说："有瑶家的地方，必有古树，这是花瑶的风俗。再多的，我也不知道了，你得问沈万古，他婆娘是瑶家人。"

再等了会儿，后车都陆续到了，这寨子口便显得拥挤而热闹，有人就地嚼干粮、喝水、聊天；有人进寨，拿钱跟寨民买些土制的腊肉、金银花、油豆腐什么的；还有人纯观光，进寨看稀奇，时不时来个自拍或他拍。

江炼这时才看到神棍。

他站在道边，背着手，一脸严肃，眉头紧皱，似乎是在思考着什么。身后不远处，站着二沈，沈万古还殷勤地上前，给神棍递了瓶拧开了盖的矿泉水，见神棍没反应，也没出声提醒，只是又默默地退了回去。

神棍这脸色，还真跟眼前这一派安乐祥和格格不入。江炼站过去，说他："你这脸色，是谁欠了你的钱不还吗？"

神棍思绪被打断，不满地看了他一眼："我正思考问题呢。"

还思考？

江炼奇道："事情不都了结了吗？"

神棍恨铁不成钢地看着他："小炼炼，不是我批评你，你缺少钻研的精神。了结了吗？远远没有，在我看来，事情才刚开始呢。"

他一项项给江炼列举。

"九重山下的那间石室里，有一大块石壁上是结绳记事。这个，究竟该怎么破解？小炼炼，你可得赶紧贴上你的眼睛，把那样子原原本本画给我。

"为什么我托着山胆的时候，脑子里会出现古怪的画面？山胆跟箱子，还有龙，到底是什么关系？

"洞神是监视山胆的，结绳记事至少是在黄帝年间，或者更早。由此推测，山胆多半也是那时候放进去的。那洞神呢？它会不会也是黄帝时期的人？

"它到底是谁？看守山胆，是为了什么？它又在向谁报信？

"太多谜团了，简直让人焦头烂额，你居然还说事情都了结了。"

有道理，是自己措辞不够严谨，江炼夸了他一句："挺认真的嘛。"

神棍得意："那当然，我现在身为三重莲瓣，责任重大，就是得本着认真负责的精神，把这些疑难谜团一一破解。不是我跟你说，小炼炼，我其实都不想当，是她们非拽着我，请我帮忙……"

聊不下去了，江炼说："那你……继续思考吧，不打扰了。"

他抬脚就走，其实不知道要去哪儿，于是信步朝寨子里去，就当观光了。

神棍有点儿错愕，过了会儿才反应过来：他隐约听说了点儿，三重莲瓣是只保留了他的。那就是说，小炼炼已经不是了？

糟糕，他还跟人显摆自己是三推四请了之后才上任的，这不是往小炼炼那年轻的还不太耐受的小心脏上戳刀子吗？

神棍赶紧颠颠追过去："哎，小炼炼，等等你老哥哥啊。"

沈邦和沈万古已被指派为神棍的专用助理，职责由先前的戒备监视转成了保护和全力配合，眼见神棍追出去了，哪还有不跟的？

几个人，你攥我我追你的，都进了寨子。

【11】

寨子里比想象中的更日常些，寨民并不封闭，屋前屋后多了这么多外人，依然自己忙自己的，有不少上了年纪的女人搬了马扎坐在家门口，手里拈着黑布，忙着穿针引线绣花样。

江炼不觉停下了步子去看。其实那些花样，比起苏绣、蜀绣来是粗糙多了，胜在自然拙朴。而且，一般绣花，手边都会摆个绣样，但这些女人并无参照，却头也不抬，照旧绣得手不停歇。

神棍气喘吁吁地赶上他，生怕友谊就此出现裂痕，殷勤地找话说："小炼炼，她们在绣花。"

这不废话嘛，江炼没搭理他。

沈邦和沈万古也赶到了，沈万古积极表现："棍叔，这儿的事，问我，我知道得门清，我老婆就是瑶家人。"

神棍好奇："是这儿的？"

"不是，"沈万古摇头，但仍继续显摆自己是个瑶家通，"她早两代就走出大山了。这种是土生的，还保留着很多老规矩。

"瑶族分支多着呢，按照穿衣特征，有'白裤瑶''青衣瑶''红头瑶'什么的，这个寨子，是花瑶。花瑶特别擅长绣花。"

沈邦恨自己没个瑶族老婆，不能侃侃而谈，但仍积极发言："这里人嘛，都喜欢绣花……要么绣花，要么编织，人家擅长这个。"

沈万古瞥了沈邦一眼，觉得他言之无物。也好，这样更衬托得自己博学。

他一开口，就全是干货："说来也怪，你说他们是瑶族吧，他们跟其他那些瑶族人又完全不一样，瑶家都是供奉'盘王'的，但花瑶连'盘王'是谁都不知道，他们多祭拜古树、山石……叫我说，是当初他们的划分工作做得太笼统了。"

这个，江炼倒是略有耳闻。

一般来说，都认为中国有五十六个民族，歌里也唱"五十六个民族五十六朵花"，但其实当初划分界定的时候，远不止五十六个。

一个群体想被认定为独立民族，得符合很多条件，头一条就是人数，人数必须得达到一定体量。但当初做民族划分工作时，出现了许多文化风俗非常独特，哪儿都不沾边，但人数只有几百或几千的小部落，这种的，总不能也定成一个民族吧。

这让那些负责划分工作的专家学者都相当头疼，最后，只能先按照地域相近等原则，能归类挂靠就归类挂靠了。

花瑶估计就是这样被归进瑶家了。

但即便如此，还是存在着大量的"未识别民族"，二〇一〇年第六次全国人口普查时，此类人群数量就有六十多万，绝大部分集中在贵州那一带。

沈万古又补充："还有啊，花瑶在湘西地区人不多，撑死一两万，大多住在雪峰山那头。咱们大武陵，有且仅有这一处花瑶寨子。"

说到这儿，他四下看了看："这儿土不肥水不绿的，而且太靠近深山了，野兽多，在古代其实不算安家的好地方，也不知道为什么，他们偏安在这儿。"

神棍突然冒出一句："悬胆峰林出来……这是最近的寨子？"

沈邦抢答："单纯看距离，还是远的，但相对来说，比起别的村寨，那确实是最近的了——要不选在这儿歇脚呢。"

江烁听出点儿兴致来，看看周围，觉得好多房子是挺有年头的："他们在这儿住多久了？"

沈万古耸耸肩："那得远了去了，世世代代、祖祖辈辈——这儿本来就很封闭，而且人家花瑶不是拜古树吗，古树在哪儿扎了根，哪儿就是家。教你个讨巧的法子，可以四面去看看，最老的古树有多大年纪了，那他们在这儿就住了有多久了。"

还挺有意思的，江烁笑起来："就没个族谱记载什么？"

沈万古说他："烁小哥，你问这话就外行了，他们没文字的。只有语言，没文字。"

没文字？

神棍脑中忽然"噼啪"闪过一个小火花，只是那光亮太微弱了，没抓住。

沈邦不甘落后："何止花瑶啊，苗族也没文字啊，土家族也没文字啊。据说文化传承，都是靠代代口耳相传。"

"那也不止，"沈万古不放过任何一个彰显自己专业的机会，他指向最近的那个绣花的老太婆，"花瑶把这个叫'挑花'，这也是文化传承的一种啊。根本没图样，信手就来。不管多复杂，'唰唰唰'就绣出来了。绣出树啊、小花小鸟什么的好理解，但有时候绣出来的东西，特抽象，你根本不知道是什么，只有他们的巫傩法师才能看得懂。"

他作总结陈词："所以说啊，不要小看这些挑花，人家也是文化传承的一种，说不定那些你看不明白的图样里，就包含了他们的历史、传承、信仰、崇拜……"

神棍的脑子里嗡嗡的，总觉得有什么东西就快成形现出轮廓了，但一个大喘气，那轮廓又浅淡不见了。

到后来，他已经听不清沈万古在说什么了，只是茫然地盯住那个老太婆挑花的手：她绣了好多年了吧，动作是如此熟练，白色的棉线上下翻飞，几乎糊了影，让人眼花缭乱，也让他那本就不甚明了的脑子，越发混沌了。

就在这个时候，寨子口传来汽车喇叭的声音，三声，响得又亮又长，神棍一个激灵，被拉回到现实之中。

江炼说了句："回去吧，要继续赶路了。"

说这话时，有点儿遗憾。

他还挺想去找找这寨子附近最老的那棵古树，它有多老呢？

后面的路程，江炼和神棍同车，沾了这位新任莲瓣的光，座位都比之前的宽敞舒服，就是太闷了。神棍也不知道怎么了，进了一趟花瑶寨子，跟丢了魂似的，一直半张着嘴，双眼发直。

车里但凡有人说话，他就阻止："别说话，我在想事情，安静，安静。"

这还有不安静的吗？一车人都静默，连咳嗽声都是闭着嘴堵回嗓子眼儿里的。江炼百无聊赖，车没开多久，就合上眼睛睡了。

可是又睡不好，山路不好走，偶尔一个急停或者颠簸，他又会醒过来。

又一个颠簸时，他睁开眼睛，看到孟千姿和仇碧影在路边，看那架势，是仇碧影把摩托车让给孟千姿开。

重型机车可不是谁都能驾驭的。江炼有点儿担心，赶紧凑到车窗边看，哪知车恰好拐弯，只一瞬间，就看不见了。

他倚回座位，笑自己杞人忧天。孟千姿既是七个妈轮流抚养的，在仇碧影身边生活时，多半也玩过机车，不会出什么事的。

就这么醒醒睡睡，兜兜转转，晚饭时分，终于回到了云梦峰。

这一大拨人下了车，登时把云梦峰所在的那半条街都给塞满了，搬东西的、做调度的、分配房间的、嚷嚷吃饭的，喝五吆六，听得人脑仁都疼。

江炼一下车，就迷失在一大群人及各类胡乱堆放的帐篷设备间了，正没理会处，忽然听到况美盈的声音："江炼！"

循声看去，况美盈一路小跑向着他过来，还不时避人让道。

瞧她那气色、身形，看来这些日子养得不错。

江炼微笑，心情都明朗了好多，下意识抬手，做好了拥抱的准备，哪知况美盈冲到面前，眉头一皱，很嫌弃地又退开一步，说："你这……野人窝里刚爬出来吗？"

说实在的，这些日子奔波劳碌、下崖攀山，形象确实狼狈，但江炼出发前，也算捯饬过,拿矿泉水洗了脸和脖子,也拿手顺了头发,自觉还算个看得过去的大好青年。

想不到刚见面就被嫌弃了,江炼心内气愤,但还是忍不住抬起胳膊,吸吸鼻子闻了两下:"我有味儿吗?"

况美盈对他的嫌弃是多方位的,一句话难以尽述,"味儿"这一点还不是最突出的,她决定抓个重点。

她绕着他看了一圈,末了揪起他一边的衣服:"你这衣服的后襟呢?你这是穿了两片布还是两条袖子?"

这就未免太夸张了,虽然他那衣服后幅磨得很惨烈,但他检查过,还有无数丝缕及细布条搭连着,勉强撑起身为一件衣服的基本骨架和最后尊严,说他只穿着两条袖子,太欺负人了。

江炼冷笑:"都注意到衣服了,没看见身上的绷带吗?就不能关爱一下?良心呢?"

况美盈嘻嘻笑,又去拉江炼的胳膊:"看到啦,不是还没来得及关爱吗?走,先吃饭,我让韦彪先给你拿餐食去了。你吃饱喝足了,再好好……"

她思量着怎么措辞才委婉:"清洗清洗。"

云梦峰的后院设了个餐厅,专供住店客人的,车队没到时就接了通知,先把晚饭都准备好了,还搭了自助餐的台。江炼入座时,餐厅还没多少人,几口汤饭吃过,再抬头,都快坐满了。

他在人群中看了一回,没有孟千姿她们——毕竟是大佬,估计都是吃小灶饭的,不会来这儿挤。

也没有神棍,倒是看到了沈万古拎着打包袋。江炼叫住他,一问之下才知道,神棍还在想事情。

"棍叔说了,跟生孩子似的,好像就快出来了,但还是差口气。他急得不行,连饭都顾不上吃,这不,我给他打包送上去。"

跟生孩子似的,这比喻,真是……

江炼点点头,放他送餐去了。

又问起况同胜的情况,况美盈忧心忡忡:"我早中晚都跟那头联系,这次好像是真不好了,医生说,短则三五天,长则七八天。江炼,要不然我们先回吧。"

江炼沉默了一下:"我这头,应该这一两天也会有大的进展。我觉得,带点儿有价值的东西回去,干爷走也会走得心安。"

还有一重原因，他没明说：孟千姿已经在帮他调蜃珠了，这么金贵的东西，自然是用一下就得放回去——他现在走了，让蜃珠在这儿干晾着等他吗？他又不是什么VIP。

听到"大的进展"这几个字，况美盈居然没反应过来，怔了一会儿之后，知道理当欢喜，但第一反应，居然是眼睛都模糊了，半晌才点了点头，声音都有些发颤："好，我晚上跟太爷联系一下。他要是知道了，一高兴，说不定会好转的。"

韦彪在边上听着，并不插话。况家的秘密，况同胜从来不向他透露，况美盈也让他别问，于是他不问。

但他不蠢，他知道干爷倚重江炼，也知道江炼的奔走，肯定跟况美盈的病有关。如今既有"大的进展"，那自然是好的，不然美盈也不会欢喜到泫然，而只要美盈高兴，他也就高兴了。

孟千姿现在也是不得闲，回到山鬼的群体中，"王座"这两个字，代表太多东西了，一言一行都得谨慎。再说了，难得见五妈一次，又是陪吃饭又是聊天又是赏鉴蜃珠，抽不出空来。

好不容易抽个空子下来找江炼，也是不巧，他刚好洗澡去了。

开门的是韦彪，他不擅长待人接物，跟孟千姿又没打过什么交道，唯一一次还是企图绑架，很过意不去——于是说完"他在洗澡"之后，就憋红了脸，一声不吭。

孟千姿完全可以让他传话的，但这样一来，显得她像个跑腿的，空跑这一趟，什么人也没见着，什么事也没问到，于是也没吭声。

场面一度尴尬，末了，韦彪做出惊人之举：他去隔壁拍了门，把况美盈给叫了出来，指指孟千姿，示意这儿有客要接待，又径自回房去了。

况美盈也有点儿慌，她一向都怕孟千姿，虽说现在知道双方已经和解，但出面和解的是江炼，在她这儿，到底隔了一层。

是以声音蚊子哼一样："孟小姐，你有什么事吗？"

孟千姿知道况美盈怕她，于是尽量和善地笑，但刻意装出来的笑，自己都觉得像狼外婆，又放弃了，只说："你跟他说一声，明天晚上有雨……让他抽出时间来，跟我出去一趟。"

况美盈心里有七八分数了，好生感激，赶紧点头。

话传完了，孟千姿没走，犹豫了一下，说："江炼给我讲过你的事儿，你太爷也是挺不容易……我想问一下，关于韦彪的事。"

韦彪？

况美盈一愣。

"就是，韦彪也是被收养的吧？"

况美盈说："是啊。"

她有点儿茫然，又有点儿警惕：这位孟小姐，怎么会突然注意到韦彪呢？

"他以前……过得很辛苦吧？"

况美盈笑得很不自然："是……是啊，那些在外头流浪的，都过得挺不容易的。"

孟千姿显得很是同情："看来是受了不少罪，那他……还记得以前的事吗？比如自己的父母啊……他跟你说过吗？"

况美盈说："没有，那时候都还小呢，他不记得的。"

孟千姿"哦"了一声："这样啊。"

又很"随意"地发问："那江炼呢，他记得吗？"

况美盈摇头："他更不记得了，他被我太爷收养时，比韦彪还小呢，而且那时候，他已经在外头流浪几年了……反正，从来没听他说过。"

孟千姿又"哦"了一声，把话绕回韦彪身上，结束这对答："韦彪这人，还挺老实的……我就是问问。"

她转身离开，觉得自己怪聪明的。打听事情嘛，就得这么声东击西、避实就虚，上来就打听江炼，回头况美盈去告诉江炼了，多尴尬啊。

况美盈原地站了会儿，忽听一声门响，回头看时，是韦彪探头出来，还吁了一口气："她……走了啊？什么事儿啊，亲自来问，打发人传话不就行了吗？"

这话，正戳中况美盈的心事，她冷冷地看了韦彪一眼："什么事儿，你能不知道？你和这位孟小姐，这么有交情。"

韦彪奇道："我跟她能有什么交情？面都没见过几次。"

绑架……也能算交情？

况美盈硬邦邦地回了句："那要问你自己了。真厉害，面都没见过几次，孟小姐亲自来打听你，恨不得父母兄弟都打听清楚，还可怜你小时候受了罪呢。"

说完，大踏步回房，"砰"一声甩上了门。

韦彪挠了会儿头，也悻悻回房。

不对，孟小姐打听他，还是亲自打听，问及父母兄弟，还可怜他小时候流浪受过罪？

难不成……

韦彪心里一跳：莫非这位孟小姐，对他有意？

但他没在她面前表现过什么啊，而且他的外形也不是那么有优势。不过也说不好，也许人家大小姐见多了俊男靓女，根本不在乎皮相这些世俗的，而且人家慧眼识珠，知道他韦彪是个不同凡响的……

他有些自矜，从小到大，就没得到过什么女孩子的青眼，倒是江炼，挺能招蜂引蝶的，但那又怎么样呢，江炼尽招些庸脂俗粉，但他韦彪，吸引的都是高质量的……

就是可惜，他对这位孟小姐并没有感觉，他还是喜欢美盈那种的。

江炼洗完澡出来了，腰间围了条浴巾，拿着毛巾反复擦拭头发。

韦彪看了他一眼，那优越感，隔着几米远都感觉得到。

什么情况？江炼皱了下眉头，擦头发的动作都慢了。

不过也没深究，反正韦彪这人，小里小气，一直就不大拿正眼瞧他，习惯了。

睡到半夜，江炼被急促的拍门声吵醒。

有了之前的挟持事件，江炼对这种夜半叫门都有阴影了。他瞬间坐起，但全身紧绷的肌肉又很快松弛下来。

他听出那拍门声里，夹杂着神棍的声音："小炼炼？小炼炼！"

韦彪也经历了从极度紧张到放松再到恼怒的转换："这大半夜的，还让不让人睡觉了？"

江炼过去开门。

神棍就站在门口，面色潮红，不断舔着嘴唇，一头卷发乱蓬蓬的，那是抓挠扯拽过无数次的结果。

往下看，鞋都没穿，这是有多着急啊，光着脚就找来了。

沈万古也陪在边上，有点儿熬夜熬得呆了的迹象。

江炼还没来得及开口，神棍已经一把抓住了他的胳膊："走，走，小炼炼，到我那儿说，我理出了一个框架，很大的，我自己都有点儿……不敢相信。我有点儿乱，我需要找个脑子聪明的，帮我确认一下。"

又说沈万古："行了行了，你走吧。"

他拽住江炼，简直是一溜小跑了，光脚板踩在地上，发出"啪啪"的声响，还没来得及进门，就已经迫不及待地问开了："小炼炼，你知道蚩尤吗？"

沈万古的房间就在神棍隔壁，所以离得不远，听到这问话，随口回了句："知道啊，那个反派嘛。"

神棍身形一顿，凶巴巴地回头看他："谁！你说谁是反派？"

沈万古吃这一吓，反而吓精神了："蚩……蚩尤啊，他不是跟黄帝作对，还打架来着吗？"

神棍怒道："胡说八道！你这就是野史小说看多了，人家蚩尤，怎么能是反派呢？他是九黎氏族部落联盟的首领，我们现在是叫'炎黄子孙'，但是也叫'黎民百姓'，这'黎'就是源出'九黎'，蚩尤和黄帝、炎帝，并称中华民族三大始祖好嘛。"

说到这儿，"砰"一声关上了门。

屋子里特别亮，江炼一时间有点儿不适应，过了会儿，才看清满地都扔了乱纸团，桌子上有打开了但没动过一口的打包饭菜。

怪不得这味道有点儿一言难尽，江炼先过去开窗透气，这才回答神棍的问题："知道。"

况家的老家在娄底，而一直有传说，娄底就是蚩尤的故乡。

回过头时，看到神棍哆哆嗦嗦向他举起了一张纸。

纸上画着地图。

这么说也不确切，图太简易了，只有一道长江分了南北，四个圈圈分别标着：湘西、贵州、广西、云南。

嗯，四个地方有共同点，都是地处西南，山多路险，在很长一段时间内相对封闭，被人们认为是边地、夷区、瘴疠之所。

江炼挑眉："什么意思？"

神棍说："当年，黄帝和蚩尤大战，蚩尤败退，一路退到湘西，几千年来，部落又不断迁移，但多是往山林、险地、边地去。大致的范围，就是这些地方。当然，也许还迁移到了东南亚——那个时候太早了，还没有现在的这些国界。"

江炼点头，但还是不明白神棍的用意。

神棍说："你不觉得奇怪吗？这些地方有很多诡异的事儿，就在这个范围。"

他讲给江炼听："蛊术是在苗区，最著名的是湘苗和滇地黑苗；赶尸，主要是在湘西贵州，最多偶尔走过界延伸到紧挨着的地方，不会再远了；落洞，不用说，在湘西；辰州符，是在怀化沅陵那一带……全在这个范围内，全在！你听说过上海的人去赶尸吗？或者北京的人去放蛊？没有吧？全在这一带！"

他伸出手指，用力点向纸上标出的那些区域，把薄脆的纸点得哗哗作响。

江炼周身泛起一股奇异的感觉来："你接着说。"

"跟着蚩尤退进这些地方的，主要都是九黎、三苗，现在这些人还奉蚩尤为始祖呢。他们没有自己的文字，代代口耳相传。我再问你，传说中，文字是谁造的？"

这个问题，这些天提到的挺多的，江炼脱口而出："仓颉。"

"没错,仓颉造字,但仓颉是黄帝的史官,你说,有没有可能,因为蚩尤和黄帝是对头,所以,战败之后,他的部落抗拒黄帝那头传过来的一切,包括文字呢?"

江炼沉吟了一下,就事论事的话……

"有这可能。"

神棍又咽了一口唾沫。

"他们不用文字,习惯了口耳相传,但也同时会沿用另一种记事的技法,结绳记事。"

那张纸从他指间飘落,神棍没去管了,只是愣愣地看他,还叫他:"江炼啊。"

他不叫他"小炼炼"了,神棍素来如此,郑重其事的时刻,他就会这么连名带姓地称呼人。

"还记得今天沈邦说过,这里很多人都爱绣花吗?我们是不是形成思维定式了?一说到结绳记事,就想起拇指粗的绳子……但如果那绳,其实是线呢?那么你结'线'记出来的事,是什么呢?"

江炼没有回答。

但内心深处,有个声音在说:是图样,是不管看得懂还是看不懂的、绣花绣出来的……图样。

【12】

夜风徐徐,万籁俱寂,两人却都没什么睡意,江炼倚墙而立,看坐在床上、脚下满是纸团纸张的神棍,试着从他刚刚那些语无伦次的言辞中,抽出最紧要的几根线头。

"所以你是认为,湘西,乃至滇、黔、桂这些地方,所流传的那些神乎其神的东西,都是跟蚩尤有关系的?"

神棍点头:"蚩尤部落独特的文化和传承,随着部落中人的败退迁移,在上千年间,也跟着迁移扩散开来。当然了,现在都是一家人,大一统很久了,但是你回看过去,不觉得炎黄跟蚩尤的文化体系,是很不同的吗?

"最典型的就是,咱们是子不语怪力乱神,但他们是巫傩之说、万物有灵,洞有洞神、山有山神,连树都有树神——很长一段时间,中原文明看蛮夷文明,都带着偏见,也有点儿妖魔化。赶尸也好、蛊毒也好、符咒也好,谈之色变,但如果这是人家独特的文化传承呢?"

他开始列举:"比如赶尸和蛊毒,最早是被归入'祝尤科'的,祝尤科又叫

'天医'，是上古时代治病的行当啊。赶尸，说不定是人家对人体的研究，研究的是死后一段时间内的尸体保存和活动；而蛊毒，就是医药……"

神棍有点儿激动，目光转向窗外，远处，是高低不平的幢幢山影。

"你看看这山，山上除了形形色色的植物草药，是不是也有林林总总的爬虫昆虫？我们是神农尝百草，走的草药体系，也许他们，走的是虫药体系呢？

"一张中药方子，比如茯苓二钱、白术二钱、制附子一钱，研末放在药罐子里煎汤，其本质，跟蜈蚣一只、蝎子一只、毒蜂一只，放在坛子里埋入地下，任它们自相吞噬残杀，利用地气和时间来'熬煮'，最后得出成品，有什么不同呢？

"只不过，我们出来的药是死的，他们的药是一只蛊虫，活的；我们的药是一次性的，他们的能反复使用。你觉得那些虫豸太恶心、有毒，只是既有的、约定俗成的审美影响，更何况，很多草药也有毒啊，老话还说'是药三分毒'呢。"

江烁差不多被他说服了，听着听着，他也觉得，那些所谓的边民妖诡异术，也许真的只是源于炎黄和蚩尤间的文化差异。

说到底，蛊毒跟祖牌一样，都只是一种工具罢了。遗憾的是，用它来行不端之事的人太多了，久而久之，就会给人阴森恐怖的印象——其实现在的很多药剂，到了犯罪分子手里，也是杀人利器。

看来，整件事里，蚩尤是个绕不开的人物了。

然而，中国的朝代歌，是从"夏商与西周"开始的，连夏朝都被某些史学家认为是臆想出来的、并不存在的神话朝代，黄帝和蚩尤之争，远在夏朝之前，没有任何史料可以借鉴，只能从零落的上古神话里去窥知一二了，但神话这东西，千百年来经后人不断修改、添删，早就面目全非了。

神棍还真是……一头栽进了古往今来最棘手的一个大谜题。

江烁笑了笑："蚩尤……我去过娄底，传说那儿是蚩尤的故乡，很多地方都有蚩尤塑像，头上还长了两个牛角呢，威风凛凛的。"

他沉默了好一会儿，才重回正题："那个结绳记事，你是准备……从绣花入手？"

神棍说："对，就是那个寨子，花瑶。沈万古的老婆是瑶家人，而因为花瑶跟瑶家其他各支都不同，他老婆经常提起，他听了不少，算半个专家了。我前头拉着他，问了很多。

"我觉得就是那个寨子，不全是直觉，有理由的，三个理由。

"第一就是，花瑶在湘西人很少，基本都分布在雪峰山那一带，唯有那个寨子是在大武陵区，而且距离悬胆峰林最近——前头不说了吗，那儿地理环境并不是很好，出来进去很不方便，深山又多野兽，干吗要选在那儿定居呢？

"有没有可能,当年的花瑶就是蚩尤这头负责记事的,是文化人。你要知道,古代文化人不多的,上古时代就更少了,结绳记事,是门高技术活——悬置山胆的时候,那一支花瑶被调过去,记录了整件事的经过,然后,他们就近安家落户了?

"第二是,花瑶拜古树,也拜山石,九重山下的结绳记事,是藤条编制的,藤条也是古树的一种啊,还有崖顶的那个绿盖,也是无数藤蔓木枝牵引起来的,我觉得那支花瑶的老祖宗,多少是参与过这件事的。"

这倒是,那崖壁周围,还揳着不少青铜支架,这种大工程,一看就需要人力。

"还有第三,"神棍说得口干舌燥,但也顾不上去喝水,"沈万古说,花瑶挑花,的确是很神秘,还有人称为'神仙挑花'。有些人为了卜年成、问吉凶祸福,有着自己独特的方法,现在,都成了他们文化遗产的一部分了。

"比如佤族的巫师,擅长鸡骨算卦;广西苗族的巫师,是往水碗里扔米,观察米粒落下的位置,这叫'照水碗';哈尼族是猪肝卦,杀猪取肝看颜色——花瑶就是挑花问卦,说是他们族里的巫师,戴上巫傩面具,能和臆想中的鬼神沟通,边上会坐一个寨子里最擅长挑花的老婆子,仪式开始之后,那老婆子就会失去意识,整个人恍恍惚惚,但手上动个不停,绣出很怪异的花样来,巫师则能根据这花样,预言明年的收成、雨水以及会不会有大灾。

"小炼炼,我有至少八成的把握,解那幅结绳记事的关键,就在那个花瑶寨子,这事不但关系到我找箱子,也关系到山鬼的渊源,孟小姐她们一定也很关心——所以,你能不能尽快、尽快贴神眼,把图样画给我?"

他又强调:"精细,一定要画得很精细的那种,因为到时候,我要找那个寨子里的熟手,照着你的画,穿针引线,出一幅挑花图。"

江炼看向窗外,星斗漫天,夜色正浓。

他站起身:"这种得画很久,我回去睡个觉,养养精神,明天天亮就开工。"

神棍感激地点点头,目送着他往外走。

哪知江炼走了两步,又停下了,犹豫了一会儿,说:"你别怪我先泼你一盆冷水。"

什么情况?神棍一下子紧张起来。

"古代给皇帝造墓的工匠,往往都是被活埋在墓里头的;知晓秘密的人,大概率会被灭口。"

神棍听懂了他的弦外之音。

这如果真是个大秘密,而花瑶只是个结绳记事的,那么,结完那幅绳图不久,参与其中的关键人物,应该都被处理掉了。也就是说,即便后人还在、寨子还在,想解读那幅结绳记事，也是徒劳。

这确实是一盆冷水，兜头泼下。

神棍愣了好一会儿，才说："那还是得……尝试一下，不试，怎么知道不行呢？尽人事，听天命吧。"

孟千姿知道整件事的时候，已是第二天上午了，而据说，江烁从早上六点多开始，就已经在况美盈的陪同下贴神眼作画了。

所以她唏嘘之余，唯一能做的，就是要求楼上楼下保持安静。

整个云梦峰，就在这异乎寻常的安静中度过了一个上午。

中午，况美盈出了房间，下楼用餐。

孟千姿听说之后，让人把她叫来，问她："江烁没你陪着，可以吗？"

不是说贴神眼的人，身体特别脆弱，得有人从旁看护吗？

况美盈陪江烁贴神眼，早已轻车熟路，所以反而没那么紧张："他这次画的基本是黑白，不需要频繁改变色彩，加上周围又安静，所以我离开一时半会儿，应该不碍事。"

孟千姿"哦"了一声，但还是觉得况美盈这样怪不上心的。

应该不碍事，这世界若是"应该"当道，就不会出那么多意外了。

不过人家才是自家人，自家人都不紧张，她也不好指手画脚。

孟千姿想了想，又问："我能去看看吗？我这辈子还没见过贴神眼呢，正好开开眼界。"

况美盈承她恩惠，不好拒绝："也……行吧，就是孟小姐你得保持安静。"

辛辞在边上听得好奇，忍不住也问："我也能去看吗？我保证一声不吭。"

况美盈还没来得及开口，孟千姿已经冷冷地瞪了他一眼："你也去看，我也去看，参观大熊猫吗？有什么好看的？"

辛辞悻悻，没再吭声，只心里说：有什么好看的？你还不是也要去看？

因为图幅太大，没法在桌面上施展，所以客房里的家具重新搬挪过，空出一大块地方来。

巨幅的纸张铺下，江烁就跪在地上画。

孟千姿跟着况美盈进来的时候，看到的就是江烁跪伏着作画的场景。他睁着眼，像是开了"心眼"，胸中自有轮廓丘壑，手上不停，绵延落笔。

那幅结绳记事，他已经还原了接近一半了，藤蔓抽舒、盘绕扭结，画面极其精细，又潜藏跃跃欲动之势，仿佛下一秒，就能从纸面延展出来。

况美盈轻手轻脚地过去，盘腿坐在一边，孟千姿这才看到，她身周摊放着无数支削好的、笔尖又长又细的铅笔。

纯铅笔作画，尤其是画这么巨幅的图，特别容易磨笔尖，一支笔画着画着就磨秃了，而每当笔头圆秃，不适合继续作画的时候，江炼就像是知道似的，会忽然顿住，直到况美盈小心地给他换上一支新的。

屋子里很安静，"沙沙"的落笔声如温柔细雨，绵密而又让人心安。

孟千姿出了神，站着看了好一会儿。

况美盈觉得奇怪，不住地瞧她：印象中，这位孟小姐是很没耐性的，上次自己画模拟人像，她仿佛是椅子上有针，又是叹气又是抚额，最后到底是走了，今儿倒是反常，也不知道为什么这么沉得住气。

孟千姿察觉到了况美盈的目光，也觉得是时候该走了。

她朝况美盈勾了勾手，示意她出来一下。

况美盈不明所以，只得又轻手轻脚地出来，掩身关上门时，孟千姿小声说了句："你在这儿等一下，我让人给你送一副虎垫来，你看什么时候方便，帮江炼绑在膝盖上吧，这样跪上一天，起来了，还能走路吗？"

江炼直到日暮时分，才渐渐恢复意识。

画得太精细，非常耗费元气，整个人极虚脱，筋骨僵硬，持笔的手发颤，关节锁死了般不灵活，就连抬个头，脖颈都酸胀得很。

他一屁股坐倒在地，双手扶膝，唯一的成就，就是这幅图了，真的惟妙惟肖，每一处细节都精确还原——不是他自夸，有了这样清晰的图样，想穿针引线去重现那幅结绳记事，真的不是很难。

手感有点儿不对，他低下头。

两个膝盖上都绑了块松软的垫子，江炼解下一只细看，说实在的，形状有点儿像鞋垫，但厚实松软许多，绑在膝盖上……

这功能，是人都猜得到，江炼诧异地看向一边的况美盈。都说女孩子心细如发，然而他一直觉得，况美盈的心是布着网眼的，有什么东西都漏下去了，绝对注意不到这些细枝末节。

今儿转了性了，居然能做出这种暖心的事儿来，江炼正想开口夸她两句，况美盈已经看到了他正攥着那块虎垫："孟小姐来看过你贴神眼，垫子是她让人送来的，说是你那样跪上一天，路都走不了了。"

078

江炼"哦"了一声:"孟小姐送来的?"

"嗯。"

江炼没再说话,只是看况美盈拾掇满地散放的秃头铅笔,顿了会儿,又问:"你是说,是孟小姐让人把垫子送来的?"

况美盈奇道:"我不是说了一遍了吗?你这是贴神眼贴健忘了,这头听了,那头就忘?"

江炼指了指自己的脑袋:"你得理解一下,这事真的耗精神,有点儿反应……迟钝。"

况美盈不疑有他,撇了撇嘴,继续忙自己的。江炼闭上眼睛,伸手揉了揉太阳穴,唇角却不觉上扬。

谁健忘了?

他也就是想听她多说两次罢了。

这笑意还未及收起,门外已经传来神棍的声音:"小炼炼……我听到小炼炼说话了,是不是……画好了啊?"

江炼没想到神棍这么猴急:画才卷起,楼下车已待发,据说为了方便和花瑶沟通,沈万古的老婆都被调过来支援了。

他送神棍出门,抽了个空子,故意低声说了句:"晚上我和孟小姐去看蜃景,不一起过去瞧个热闹?"

神棍愣了一下,心内瞬间天人交战,但很快就有了优先级,还反过来气他:"蜃珠嘛,我是莲瓣,什么时候不能看?小炼炼,我们就各走各道,各找各箱好了。"

说完,一溜小跑地去了。

"各走各道,各找各箱",说得跟就此分道扬镳似的,江炼哭笑不得。

况美盈在身后扯了扯他的衣角,又把手机递过来。

点开了,是一段视频,况同胜躺在病床上的视频。

只看那张脸的气色,江炼就不觉心头一沉。他直觉护工的话是有道理的,况同胜这一次,不是报假警,是真的大限到了。

但视频里,况同胜是在笑的,他应该已经自况美盈口中听到了"有大的进展",老迈而又耷拉的脸肉撑起笑的形状,激动得声音都在哆嗦。

他嗫嚅着,说:"好,好。"

又强调:"盈子的事比我重要,忙你们的,先忙你们的。"

末了,况同胜抬眼直视镜头,眼里那混浊飘散的光在这一刻奇异地有了聚焦:

"炼子啊，能看到的话……给我画一幅她的画吧，我都不记得……她长什么样啦。"

明知道这是视频，而非即时通话，江炼还是低低应了一声。

为了抓紧时间赴下一程，江炼只洗了把脸醒神就去餐厅吃饭，饭菜端上来的时候，外头开始落雨。

漫天沙沙作响，反叫他长吁了一口气：下雨就好，下了雨，蜃珠才有发挥的余地。

才刚夹了两三筷子，外头传来孟劲松和人说话的声音："还在吃？孟小姐已经等着了。"

这应该是在说他，江炼赶紧抓了个馒头咬了一大口，囫囵着咽下了站起，边转身边说了句："吃好了……"

话到一半，又咽了回去。孟劲松是站在餐厅门口，但孟千姿身形一晃，也进来了。

她听到了他的回答："吃好了？吃好了那就……"

说话间，目光扫过桌面。

菜式很简单，一碗粥、一碟小炒肉、一碟外婆菜，外加两个馒头。

然而粥只动了很少，两碟菜没大动的痕迹，馒头也就缺了一口，被咬了一口的那种，应该咬得很急，还在慢慢回弹。

她收回目光："吃好了？"

江炼也留意到她的目光扫到了饭桌，也想起了她的性子：你要是答"吃好了"，她绝不会体贴地建议你再吃两口，只会眉眼一横，催你"那就走"。反正，谁饿谁知道，谁饿谁受着。

江炼低声说了句："你要是不着急，我还能再吃几口。"

还算识相，孟千姿抬起下颌，指尖在桌面上磕了磕："十分钟。"

江炼飞快地又坐下了。

【13】

进景区时，雨下得更大了。

不过这是好事，武陵山一带雨下不长，现在下得大，到达目的地时，多半就小了——小成牛毛细雨最好，方便看蜃珠显像，否则顶着倾盆大雨，再清晰的影像都很难看清。

柳冠国事先向酒友王庆亮打过招呼。王庆亮这景区保安也不是白当的，调了辆景区观光车给他们用，一行十几个人，都上了三面没遮挡的车，顶风冒雨，向着景区深处行进。晚上没风景可看，山或者树，都只是深浅不同的黑色，在风声和雨幕间或是矗立或是摇晃。

江炼和孟千姿坐了乘客位的第一排，但车上这么多人，孟劲松还坐了副驾，也不好聊什么太过机密的事情。江炼问她："那……东西，你们打算怎么办？"

东西，自然就是指山胆了。

孟千姿说："这儿的事了了，五妈陪我回山桂斋，一起带回去吧。"

这么重要的物件，估计仇碧影不放心，要亲自随行压阵。

"大概……什么时候回？"

孟千姿也说不好："过几天吧。"

本来她已经请过客了，但仇碧影来了，又是一番光景。仇碧影位次不低，加上湖南湖北离得近，在这一带有不少老关系——那些人应酬孟千姿是面子，走走过场就算了，接待仇碧影，那可是相当郑重，这家请吃饭那家请喝茶，一日三餐排满都嫌不够，恨不得加上夜宵。

而仇碧影为了让孟千姿以后在这儿关系更吃得开，总想带上她。

孟千姿低声向他发牢骚："我又不认识，那些人都上了年纪，拉住五妈话当年。你也知道，上了岁数的人，见一面少一面，说起来没个停，我五妈今早是天亮才回来的，聊了差不多一夜——他们说得兴致勃勃，我在边上干听着，多无聊啊。

"昨天我借口刚回来太累，今天借口要帮你运蜃珠，都推了，明天嘛……估计怎么都不能推了。"

她意兴阑珊的，估计是对应酬这种事确实不热衷。

江炼笑笑："你这身份，各种应酬是难免的，其实作陪也没那么无聊，与其在边上无精打采坐立不安的，你不如反客为主，积极参与进去。"

孟千姿瞥他："怎么反客为主啊？"

江炼教她："你看，你五妈是个厉害人物，能跟她话当年话一夜的，也绝对不寻常。他们聊的，说不定都是当年一起经历的奇事。你听着哪件感兴趣，追着问，让他们讲呗，老人都爱给小辈讲旧事——到时候，就是他们给你讲故事听了，你又那么爱听人讲事儿，不是双赢吗？"

听上去是挺有道理，孟千姿眼珠子一转："那我明天发挥一下，掌控一下局面……你明天干什么？"

江炼想了想："没意外的话，应该继续贴神眼，把今晚看到的赶紧画出来——这种画，越早动手越好。隔的时间长，是会忘记一些细节的。"

今天刚贴过神眼，消耗了不少元气，不抓紧记录的话，估计会因为精神不济忘得更多。另外，也是以防万一，如果况同胜的情势突然急转直下，三人实在赶不及到场，有了画，拍下来瞬间传送过去，况同胜死前能看到，也就不至于有什么遗憾了。

孟千姿指了指自己的背包："我还带了摄像机呢，录不下来吗？"

江炼不想泼她冷水："你可以试试，到时候就知道了。"

看来多半是不行，孟千姿没再追问，心里盘算着：反正江炼明天又是从早画到晚的节奏，她待在云梦峰也是无聊，不如跟五妈出去应酬。到时候揪住那些老人家问个不停，既有故事听，又显得自己并非敷衍，而是诚心感兴趣，何乐而不为呢？

如此一想，对应酬这事，反而没那么抗拒了，往深了想，又觉得也挺能理解的："其实我五妈……也是人之常情吧，将来我们到了这个年纪，聊起当年下崖的事，应该也会通宵达旦的。哎，我们会聊什么？"

江炼想了想："神棍掉下崖吧，想想都莫名其妙，你们开路，他反而当了先锋。"

孟千姿说："还有火蝙蝠呢，其实……挺壮观的，'呼啦'一下，周围全是疾掠的火头，天都遮住了。"

凶险过去，她竟觉得壮观了。

江炼补充："还有那条巨蛇，神棍吓得都不动了。不是夸张，我的发根都竖起来了。"

他想起她"伏"住巨蛇时的那一声"去"，还有手腕向旁侧的扬甩，真的是……飒爽又灵动。

孟千姿说："还有酒葫芦，我段太婆一句'无缘会面，有缘对酒'，对酒的居然不是我……"

太多了，多得说不完，还有那块江炼移开后背时洇了血的石头；睡在绳床上娓娓说故事的安静时刻；江炼被梦魇住时，口中呢喃出的那一句"妈妈"；剖到九重山时，她被肉红色的飞虫裹成了人俑，而江炼冲着她吼的那句"右跨一大步，往前两步，扑"……

何须等到五十岁，现在回想起来，初时都会眉飞色舞，继而感怀沉默，再过些年，也许还会湿了眼角、哑了嗓音。岁月是把不停飞转的刀，那些惊险瞬间、温柔时刻，且发生且粉碎，飘飘摇摇，碎末般散荡在须臾就不可及的过往，目光穿透不了，脚步也到达不了，只能在许久之后的寂静夜晚，你说我笑，你唏嘘我喟叹，你红了不再清澈的眼，我哆嗦着不再饱满、缀上了纹路的嘴角。

江炼也沉默，不知道思绪翻飞到了何处，末了轻笑起来："还有那只小白猴呢。"

对，还有那只小白猴，孟千姿"扑哧"笑了出来。

江炼问:"会再去看它吗?"

孟千姿说:"会,我总觉得,还会跟它见面的。"

又转头看江炼:"到时候,叫上你一起?"

江炼点头:"也不知道那时候,它还能不能认得出我们了。"

前排的孟劲松目光微微后掠,又很快收了回去。车前布满水迹,又不断被雨刷擦除的风挡玻璃上,映出他不苟言笑的脸。

后半程,观光车进不去,只能靠走了。

好在雨势渐小,又轻车熟路,一路倒也顺畅。江炼注意到有两三个人并没有一路跟到底,半路就停下了。到达目的地后,又有七八个人四面散开。

只剩了孟劲松随在身侧,他撑开黑伞,给蹲坐着拉开背包的孟千姿遮雨。

孟千姿向江炼解释:"虽说都这个点了,应该不会有人来,但还是四面安排上人比较放心。"

江炼点头,看来白水潇当初一路跟踪引发一连串后续的事,让孟千姿多了戒备,行事比从前小心了。

孟千姿把摄像机的背带挎上肩头,又掏出一个大的玻璃罐:"我让他们都尽量往远了站,毕竟是况家的秘密,又是全员屠杀,这么惨的事,就别让那些人跟看戏似的看了。"

说到这儿,看了孟劲松一眼。

孟劲松会意,犹豫了几秒,把伞交到江炼手中:"我也站远点儿吧。"

他大踏步走开十余米远,就那么戳在那儿,像棵不动的老松。江炼头一次觉得,孟劲松这名字,还挺贴切。

江炼收回目光,看到孟千姿已经拧开了玻璃罐盖,盖子中央连着一根细铁链,她手臂抬举,同时站起身来。

那根细链子足有半米来长,链子尽头处吊着一只奇大的蜘蛛。江炼直觉,如果让它的步足张开,普通的盛菜碟子估计都装不下。

好在,这蜘蛛步足没有张开,蜷扒向内,似乎在死死地抱住什么东西。江炼看了又看,也没看出个端倪来,只隐约知道大概是球状,怕是有乒乓球那么大,要么透明,要么隐形。

孟千姿爬上那棵悬吊过假尸的树,将链子绕拴了上去,又很快下来。

那蜘蛛便荡在半空,晃晃悠悠。

江炼有点儿不相信会这么简单:"这就好了?"

083

孟千姿回了句："这颗不一样，它把原本我在这儿钓的那颗给融合了，显像会很快。而且，越是最惊险、复杂的场面，越是会最先显出，你等着吧。"

说到这儿，她吹了记响哨。

各处散开的那些人，原本都打了手电的，道道或清晰或模糊的光柱，照往各个方向——响哨响起时，瞬间就收灭了。

这一下，四周才真正地黑下来。

江炼喉头空咽了一下，掌心冒汗，竟有点儿紧张，看到孟千姿已经打开了摄像机，不想她白费力气："没用的，我也试过。眼睛能看到，但镜头里就是空的——所以说，人眼是这种机器制造的镜头比不了的。"

孟千姿"嗯"了一声。说来也怪，她很自然地觉得，江炼既这么说了，就没必要再去验证了。

她把摄像机收了回去："可能蜃珠造出的景，只能对人眼，或者说是只能对人的感觉器官起作用吧。山鬼的说法，蜃珠是龙的涎水。"

又是龙，江炼想起神棍说起的托捧山胆时见到的蜿蜒龙影："龙也是挺神奇的，什么龙鳞、龙筋、龙涎水，样样都是宝。"

孟千姿接了句："还有龙骨呢，我段太婆，晚年就是因为找龙骨失踪的，说是点燃龙的骨头，那光亮，可照见来世。"

江炼奇道："来世？"

孟千姿也觉得这说法有点儿荒唐："我也说不好，总之，就是一种……人死了之后，很虚无的去处吧，反正……"

说到这儿，她似是发觉了什么，猛然刹住话头，又轻轻"嘘"了一声。

江炼心头狂跳。

他也感觉到了，地面似有隐隐的震动声，那是许多匹马一齐奋蹄疾驰时才会发出的声音。

江炼看向孟千姿，想问她：居然还能有声音？

孟千姿却没看他，她紧紧地盯住远处，黑色的瞳孔里，慢慢飘入橘红色的光亮。

那是越来越近的……火光。

她说："不是想泼你冷水，不过……"

江炼打断她的话头："我懂。"

就像神棍此去瑶寨，很可能一无所得一样，他这一趟，也许也看不到什么：有哪个土匪会开箱，拿出药方，然后展开了看，让他从旁窥视到药方的各类药材配比呢？

然而，借用神棍的说法——尝试一下，不试，怎么知道不行呢？

他尽了人事，希望天命能稍稍垂怜。

一切，都跟况同胜当初描述的一模一样。

事情发生得太快了，惊慌失措的况家人和那二十余匹驮着女眷箱笼的驮马刚到近前，就已经被怪叫声连连的土匪追上了，没有喊话，也并不扬扬得意地报什么名号，屠杀瞬间就开始了。

扬洒着飙向半空的血道子清楚地昭示出一个事实：货留人死，以绝后患。

哪怕在影视剧里看过再多的杀戮，跟近乎真正面对，还是不一样的。更何况，这颗蜃珠几乎可以作用于人的大部分感官，除了触觉，看、听乃至闻都跟直击现场没什么两样。

江炼几乎要分辨不出现实和虚幻：凄厉的尖叫声接二连三钻入人的耳道，血腥气混杂着火油和木头燃烧的味道，让人避无可避，不断有人身体扭曲着倒地，再倒地——有两次，江炼下意识地抬脚，想去阻止那带着风声劈落的砍刀，都已经迈出步子了，又蓦地发觉这些只是幻象，于是茫然地退回来。

孟千姿忽然叫他："江炼，你踩到……"

踩到什么了？

江炼低头，看到自己的一只脚，陷在一个人的半边脑袋里。

那是……年轻时的干爷——况同胜？

江炼浑身一震，连退两步，但实在忍不住，又走到近前，单膝蹲下。

是况同胜，没错，眉目间依稀还能看出今日的影子。他伏在草丛里，即便屏住呼吸，也未能控制住身体的颤抖。

不远处，有个穿白色褂裙的女人，抱着一个婴孩，拼死往这头冲了过来。

杀戮过后，一地狼藉。

况同胜抱着婴孩跑了，那女人趴伏在地，头和脖颈只剩了一半相连。

土匪们把驮马拴连到一起，堆聚在一处的箱笼足有小山包那么高。江炼走上前去看，甚至下意识地避让那些不断走动着的人。

有个独眼缠头、腰后插一柄板斧的黑皮大汉，将左右衣袖撸起，露出一身浓密的黑长汗毛："弟兄们，开箱验货！有了钱，咱们上水路码头，去找吃四方饭的白脸娘儿们去！"

那年月，这一带做皮肉生意的女人多集中在水道的各处码头——码头处商来客往，有这类需求的男人多，腰包也鼓。

众人哄笑，于是开箱。

粗暴地砸锁或撬箱，每一口箱盖掀开，都伴随着一阵倒吸凉气和旋即狂喜的躁叫。况家这趟逃难，带的都是值钱货，除了必备的衣物，都是成筒的洋钱、金银首饰条块以及各种珠宝碧玉，那些土匪个个儿红了眼，就差往下滴口水了——兴奋间忽觉脚下软绵，低头一看，是未及挪走的尸体，于是不耐烦地一脚踢开。

又一口箱子被搬过来，这次不同，搬抬的那个麻脸汉子几乎是刚一抱起，脸色就变了，脱口说了句："空的！"

空的？

在场的所有人以及到近前来看的江炼和孟千姿，几乎同时，都盯住了那口箱子。

略一细看，就会发现，这些箱笼，虽然都是通行的尺寸和形制，但那口箱子要特别些。

一般来说，箱子只是用来装东西，不会有太多雕饰——其他的箱子都是木头光面，唯有它，周身都刻满了细密的花纹。

江炼的呼吸急促起来，心内有个声音说：是这个了，应该是这个了。

黑皮大汉不信："空的？谁这么费劲逃难，带口空箱子？"

麻脸汉子急了："三爷，我还骗你吗？这掂量掂量……"

说话间，他真把那口箱子在手上掂量了两下，是人都看出，确实没分量："还不知道轻重吗？"

黑三爷往地上"呸"地吐了一口："扔了扔了，开别的，别叫空箱子坏了咱们的兴头。"

麻脸汉子应了一声，随手把那口箱子扔翻在一边，又抬了一口出来。这一口里有不少卷轴，黑三爷随手拆了一卷，是幅水墨画，上头群虾嬉戏，落款处有红印。江炼本来想过去细看那只被扔开的所谓空箱子的，忽然隐约看到印章上有"白石"字样，心便突突跳起来，低声向孟千姿说了句："好东西。"

黑三爷满脸嫌弃，嚷嚷了句："阎罗呢？他是识过字的，叫师爷来看看这什么玩意儿。"

有个干瘦的男人急急分开人群进来，嘴里应声："这儿呢。"

这人相貌可真不敢恭维，三角眼也就算了，眼白还奇多，短脖子，脑后却高高耸起一块，这长相，真比况同胜还适合赶尸。

黑三爷拈了那画给阎罗看："这能换钱吗？"

阎罗上下看了看，目光烁动，满脸堆笑："这是他们家长辈画的，不值钱。"

黑三爷瞪大眼睛："不值钱？那逃难还带这个？"

阎罗笑得更谄媚了："这种读书人家，规矩大，带书带画带字帖的，其实又不能当饭吃……三爷，咱们还是找银钱是正经。"

也对，黑三爷恨恨地骂了句，将卷轴甩进箱子，一脚踢开："再开！"

阎罗贪婪的目光在那口箱子上流连了极短的时间，又不动声色地收回。

孟千姿低声嘟囔了句："没文化真可怕。"

江炼笑，正想说什么，边上忽然又有人叫："三爷！"

黑三爷心头焦躁，怒目圆睁："又什么事？"

循向看去，有个光着头、脑后拖一条猪尾巴辫的小喽啰，正弯下腰、撅着屁股看那口最先被扔翻开去的箱子。

麻脸汉子说他："空箱子，有什么好看的？"

"不是啊，"那小喽啰挠了挠脑袋，"三爷，这箱子……没锁，也没接缝，这可……怎么开啊。"

【14】

黑三爷骂："胡说八道！没有锁……那是掉了；没有缝……是你眼睛小，看不到缝吧？"

众匪又是一阵哄笑。

那小喽啰苦着脸回过头来，眼睛果然奇小，平时怕是没少为这个受挤对："三爷，真的，我要胡扯，让我叫马彪子掏了肠子去。"

这誓可比什么"天打五雷轰"恶毒多了，毕竟天上滚雷的时候少，可那年月，马彪子可是满山跑的。

黑三爷半信半疑："我看看。"

老大要看，众匪自然配合，十几根火把都凑上来，把那口箱子映照得纤毫可见，黑三爷看了会儿，也"咦"了一声，拿手去拍箱身，像拍瓜辨生熟般听声，还不断把箱子翻面、立起，唯恐错过什么细微的。

这倒方便了江炼。箱子有六面，原本那样扔翻在地，有一面贴地，他再仔细看，也没法看到全貌，现在又是翻面又是立起，终于看了个明明白白。

这箱子真是雕得极其精致，其上有花纹、有人物、有鸟兽，一时之间，只匆匆瞥过，也难以尽述，只是隐约觉得，线条行云流水，一气呵成而又栩栩如生，真不知道是什么人有这行刀刻绘的功力。

黑三爷喃喃道:"这玩意儿……"

眸中突然又现出狠戾之色来:"你三爷爷还真就不信了!"

语毕,反手就从腰后抽出板斧来,扬起老高,脸上横肉抖动,狠狠向着那口箱子劈了下去。

江炼失声叫了出来,这一刻,也忘记了一切都是幻象,屈肘狠狠撞向黑三爷的胸口,试图把他给撞个趔趄,使得这一斧劈空。

这世上,最怕这种事了,明珠暗投,专家积年之力修复的千载古字画,到了目不识丁的农村老头那儿,只是薄脆的烧锅纸,还会被嫌弃不能久烧——这黑三爷什么都不懂,把白石老人的字画当废品扔了也就算了,可这箱子……

这一撞自然走空,江炼身子没立住,跟跄着险些栽倒,孟千姿正目视黑三爷,忽见江炼栽出去,急忙伸手来抓,到底迟了一步,抓了个空。

就在这个时候,忽听一声极难听的"嗡嗡"钝响,堪比刮锅锉锯,而黑三爷撒开板斧,哆嗦着手,"哇哇"痛叫起来。

江炼急过来看。

这箱子也不知道是什么材质,居然这么硬,那一板斧之力下来,只在雕花的箱面上留下了一道白印而已,黑三爷却被反震之力伤了,虎口裂开,手掌间流下血来。

板斧都劈不开?

江炼震惊之余,又有一丝欣慰,他一直担心那箱子会被丢弃在荒野之中,这近百年来雨打雪渥,箱体早朽烂了,里头的药方自然也保不住——现在看来,是杞人忧天了。

老大受伤,众匪慌成一团,有人赶紧从怀里掏出伤药;有人就地取材,撕扯开一件绫罗袍子,以便取布给黑三爷裹伤;还有人为讨黑三爷欢心,上去一脚把箱子踢开老远,骂道:"破铜烂铁。"

一众纷乱中,江炼注意到,那个师爷,名唤阎罗的,面露不解之色,朝那口箱子看了又看。

江炼的心突突跳起来,他很仔细地把那个阎罗上下打量了一番。

这帮土匪,都是只贪酒色女人、大字也不识一个的山野悍匪,只有这个阎罗见过世面,大概也读过书,知道这世上值钱的远不只有黄金白银,也晓得某些怪异物件必有其价值。

黑三爷暴怒,一只独眼气得几乎要鼓出眼眶:"给我架火,烧它!"

阎罗急叫:"三爷!"

他小跑着挤到黑三爷身边，讨好似的笑："我说三爷，咱们是不是得赶紧啊？到底是打家劫舍，万一后路再有人来，又要不方便了。"

又指向那堆小山般的箱笼："你放着那么多值钱的不开，跟一口破箱子……犯不上啊，它又不懂，只是个死玩意儿。"

黑三爷一愣，再一想，觉得这话有道理极了，夸他："还是师爷想得周到，要不说识字的人脑瓜子灵呢！"

说着，又瞥一眼那箱子："真不值钱？"

阎罗轻描淡写："雕工不错，能值一两个洋钱吧，但那也得看有没有人买——这箱子没接缝，叫我说啊，就是个焊死的箱壳子。"

那猪尾巴辫的小喽啰百思不得其解："师爷，那他们逃难，带个空箱壳干吗？"

阎罗说："这你就不懂了，这叫空城计，那些贩卖烟土的，总要带上几箱子山货，假装自己是正当客商——遇上打劫，就扔掉山货箱子，引歹人去抢，自己趁这空子护住烟土逃之夭夭，这都是幌子。

"这家人又带不值钱的书画又带空箱子，也是这个道理，亏得我们把他们围住了，不然他们把这些不值钱的货扔下来哄我们抢，自己带着金银洋钱跑了，我们不就亏大了吗？"

小喽啰恍然。

黑三爷也赞阎罗："还是师爷有学问，要不说，拉寨子上山头，必得有个识字的师爷呢！"

阎罗谦虚地笑，笑着笑着，目光又不易察觉地飘向了那两口被弃置在一旁的箱子。

接下来的开箱就要顺利多了，每一口都没让人失望，黑三爷让人重新装了箱，洋钱单装、金银单装、珠玉首饰单装，上好的绫罗绸缎也单装，拣贵重的，一共装了十来箱，抬上马背时，连驮马都被那分量压得打趔趄。

剩下的那些半空箱子以及满地尸体，黑三爷也懒得理了，大手一挥，就想拉人回寨。阎罗又出来建议："三爷，咱们还是收拾收拾，这一地尸体，又到处是箱子，过路的一看，就知道是遭了劫杀。"

黑三爷冷笑："我还怕这个？"

"倒不怕他们报官，反正当官的也是吃白饭的。怕就怕消息传开，人人都知道这片山头有匪，过往都避着走——咱们以后可就得绕远路才能宰得着肥猪啦。"

黑三爷琢磨出点儿味来，倒吸一口凉气。

阎罗不慌不忙："不如都收拾了，回头我带人绕去就近的天坑，扔进去一了百了。"

　　江炼眼看着那些尸体被抬起，一个叠一个，叠罗汉般压上马背，五六匹马，驮了二十来具死尸，颤颤巍巍，被人吆喝抽打着，跟在运赃的马队之后，慢慢走远。

　　他心有不甘，一直跟着，似乎想跟去目的地，看看那口箱子又会有什么样的辗转。但蜃珠的显像范围有限，跟至一处山口时，仿佛是有什么界线，那些人、那些马，跨过去就消失了，仿佛是从远年的烟尘里来，又往远年的烟尘里去，只在这儿略作停留，演了一场戏而已。

　　四周重新安静，江炼站在山口处，一时还适应不了这虚实的变换，脑子里停驻着的最后一幕，是那个软塌塌趴吊在马背上穿白色裋裙的女人，她的两只手随着驮马的行走左右摇摆。

　　身后，孟千姿说了句："这一趟，还算有些收获。"

　　没错，江炼收回被那列驮队带远的心神。

　　这一趟，比预料的要好，那箱子一定还在，只不过不知道散落何处而已。

　　但是，可以从一个人入手。

　　阎罗。

　　回到云梦峰时已经很晚，但况美盈居然还没睡，在客栈门口来回踱着步，见到江炼下车，她急急地迎上去："江炼……"

　　车上陆续又有人下来，她又把后半截话咽回去，紧握着的手微微发颤。

　　孟千姿笑了笑，说："你们聊。"

　　说话间，便加快了脚步，众人都是会看眼色的，也都紧走着进门。

　　况美盈咬住嘴唇，等这些山户都走完了，才抓住江炼的手腕："你……看到了？"

　　江炼笑了笑："看到了。"

　　况美盈的眼前瞬间就模糊了，她能感觉得到那行将漫出眼眶的泪："我太婆的样子，你也看到了？"

　　"看到了，还看到了你外婆小时候。她长大之后，跟太婆年轻时是挺像的。"

　　况美盈长吁一口气，她松开手，又吸了吸鼻子，呢喃了句："好，好。"

　　蓦地又想起了什么："那……那口箱子呢？"

　　江炼没正面回答，只是抬头看了看天："先休息，天亮……开工吧。"

　　第二天一早，江炼草草用完早餐，由况美盈陪着，再次把自己关入房中，闭门不出。

总体上，今天的工作量跟昨天差不多，昨天是图幅大，不得不跪趴着以地为桌；今天只画正常大小的图幅就可以，但数量多，光是那口箱子，六个面，他就得画满六张。

况美盈的心情也和往日不同，虽说平时画的也都跟她的事相关，但那些如同模拟小考，今次所画，才是至关重要的过级试。

江烁画的第一张，是怀中抱着况云央的那个穿白色裲裙的女人——这也是况同胜最想看到的一张，所以优先级最高。

况美盈在边上屏住呼吸看着，时不时鼻子发酸。她没见过外婆，但看过照片。正如江烁所说，年轻时的外婆，跟这位太婆长得的确很像。

这张图成型的时候，况美盈拿出调了静音的手机，正对着拍了一张，给护工传了过去。然后轻手轻脚出门，又追加了个电话，说是等太爷清醒的时候，让他瞧一瞧，没准儿心情一好，精神振奋，这一次的死劫又平安度过去了呢。

接下来，画的就是箱子了，正面、反面、侧面、底面，一笔一抹间，日头渐上中天，又渐往西沉，等到六张画完，已经是下午了。

箱子是好看，雕刻了好多鸟兽花样，还有不少图案，况美盈看了又看，隐约辨出，这雕绘的好像都是上古神话。

比如有个下半身围了兽皮、须发戟张的男人，正向着半空张弓，而空中有七八个烈焰般的火球，还有正在掉落着的——这是……后羿射日吧？

又有个披着发的男人，腰颈缠草叶，手拿凿子，正往身下坐着的石台上凿制阴阳双鱼八卦图——有点儿常识的人都知道，这是伏羲制八卦。

还认出了燧人氏钻木取火、神农尝百草。有的图幅很大，有的则很小，有的在正面，有的在反面，图幅之间的分界也并不死板，以鸟兽的形体姿态作间隔，布局相当自然。

况美盈正看得入神，忽觉得门边有异，转头看时，门缝下伸进一张白纸来，正不断左右移动。

这是她跟韦彪约定好的：她陪江烁画画的时候，谁都不能进来打扰，实在有十万火急的事，就从门缝下头塞一张白纸进来左右晃动，多晃两下，她自然就看见了。

况美盈心里"咯噔"了一下：这当口，能有什么事是十万火急的？莫非，是太爷……

她脑子嗡嗡响，轻手轻脚，却又是三步并作两步地奔过去，开门出来。

猜得没错。韦彪一开口就是坏消息："干爷不行了，说是差点儿就过去了。紧急抢救之后，气是回来了，但估计吊不久，医生让我们赶紧，坐最近一班飞机，说就是这一两天了。"

况美盈不住地点头，心慌慌的，但一时间哭不出来，又忍不住问他："这……怎么会呢？之前还挺稳的，我还把江炼刚画好的、太爷一直想看的太婆人像发过去了，心说没准儿他一高兴，又能多活几年……"

说着说着，眼眶就红了。

韦彪怔了一会儿，忽然反应过来："你发他太婆人像了？你发这个干吗呀？"

发人像还错了？况美盈茫然："我就想让他……高兴高兴。"

韦彪急得险些跳脚："老人家，撑住一口气，就是为了还没了结的心愿——干爷的遗嘱几年前就备下了，见不上我们，也不怕误了交代，你说他还能有什么心愿？他最大的心愿了了，吊着的那口气，可不就松了嘛。"

况美盈这才知道自己怕是好心办了坏事了，一张脸瞬间煞白，顿了顿回过神来，强自镇定："江炼跟我说要画八张，第八张眼看差不多了。你马上订票吧，订最近一班的。你先收拾东西，等江炼醒了，我们马上走。"

【15】

江炼最后一张，画的就是阎罗。

清醒过来时，天将黑而未黑，时间掐得刚好，他长吁一口气，摸了摸空瘪的肚子，刚想起身，见目光所及处，忽地一愣。

况美盈和韦彪居然都在，非但他们在，行李也在，连他的那份都收拾妥当了。

江炼反应很快，没等况美盈开口，先问出来："干爷不好了？"

况美盈点头。

"回去的票也订好了？什么时候的？"

订得太晚，最近的机票是晚上十点四十的，但是武陵山距离张家界机场还有一个多小时的路程，也就是说，七八点就得出发了。

江炼看了眼时间，过五点了。

况美盈说："我们约好车子了，吃完饭再出发，时间还算宽裕。"

江炼下意识地答了句："好。"

只能如此，现在这事最大，就是太突然了，刚睁眼就告诉他又要赴下一程，一点儿心理准备都没有。

江炼理好桌上的画纸递给况美盈："你拍下来，方便的话再复印几份，这样保险点儿。"

况家的药方，若是能多几份备份，分散存放，不把鸡蛋放在一个篮子里，后人今时今日也不至于如此疲于奔命。

嘴上说时间还宽裕，但毕竟出行在即，况美盈没来由地觉得时间仓促，接过画纸，小跑着就出去了。韦彪觉得这种琐碎事应该由自己代劳，也紧随其后。

一轻一重的脚步声逐渐远了，房间里倏忽而来的短暂寂静让江炼怔了一下，蓦地想起了什么。

他先往楼上去，想找孟千姿。

三楼住的都是大佬，为稳妥计，楼梯口设了个卡，有个山户正坐在那儿玩手机，他礼貌地拦住了江炼，说是孟小姐早上就跟着五姑婆出去了。

想起来了，她是提过，说今儿要应酬。

江炼又下楼去找柳冠国。

也是挺巧，柳冠国刚帮着况美盈把复印机启动起来。客栈大堂的角落里就设了一台，老式的，反应有点儿慢，原本是方便住店的客人打印景区攻略、车次表用的，没想到这两年手机智能化发展太快，什么都在手机上看，这复印机十天半月也用不上一次，都落上灰了。

他跟江炼打招呼："炼小哥，你忙完了？孟小姐早上出去的时候还让我们要安静呢，说是你要做事。"

江炼笑了笑，不想当着况美盈他们的面说："柳哥，借一步说话。"

柳冠国莫名其妙，被他"借"去了门外。

江炼斟酌着词句："你知道孟小姐她们……去哪儿了吗？"

柳冠国笑："这可不知道，见老朋友，连我们都不带呢。"

说着掰手指："就要了辆车，司机、孟助理陪着去了，还有孟小姐那个小化妆师。"

"那……你有孟小姐的联系方式吗？"

柳冠国失笑："我哪会有啊，要了也不给啊。我们往上，最多联系到孟助理了。"

又奇道："你没有？"

江炼尴尬地笑。他当然没有，前两天又是逃命又是下崖，谁能顾得上去要联系方式？这两天倒是安稳了，但总在忙这忙那，也没想到去要——以为反正有机会的。

于是卡在了现下这个局面里。

柳冠国问他："你有事儿啊？孟小姐反正还回来的，到时候再说呗。"

江炼解释："不是，是家里老人情况不太好，着急回去。很突然，一会儿就得走了。"

柳冠国恍然："这是急事，那得紧着这个来。来不及跟她道别是不是？没事没事，回头我跟她说，你要怕我说不清楚，留个字条什么的也行。"

是个法子，没要到她的联系方式，留自己的也可以，但江炼总觉得这样有点儿没底，他犹豫了一下："那……柳哥，你能不能和那边联系一下，让人跟孟小姐说一声？"

她早点儿知道会比较好吧，好过由别人口中传达，也好过一张轻飘飘的留言条。

柳冠国有点儿为难，他可以给孟劲松打，但孟劲松这人，公私分得很开，很反感下头的人为着一些无关紧要的事拨他电话——毕竟孟特助只有一个，而全国的山鬼加起来有万儿八千，人人都给他打，他受得了？

想来想去，只能迂回操作了。

他给那个司机拨了过去，司机也不好做："柳哥，人家是大佬座谈，我哪敢往里闯啊？你要说是什么紧急大事，我还好去报信，就是大佬一个朋友要走，走就走呗，大佬还能回去给他送行啊？这种事，早一刻晚一刻知道，有什么打紧的？"

柳冠国也是这想法，当着江炼的面，不好表露："那你留意着看吧，万一看到孟助理出来，就请他转达一声……"

人家都做到这份儿上了，江炼也不好再多提要求，忽然想起了什么，转头叫况美盈："美盈，你跟我上去，有事要你帮忙。"

况美盈赶紧把事情托给韦彪："你看着点儿，我过去了。"

韦彪目送着况美盈一溜小跑地跟着江炼上楼，心里头酸溜溜的，收理那些复印纸时，就有点儿无精打采。会画画了不起啊？也不讲点儿礼貌，把人家美盈支使得团团转，主次不分了这是。

复印机的警示灯亮起来，这是没纸了。韦彪四处找了一会儿，没找到备用的，数数手里，已经三四份了，再说已经拍照留底了，足够用的。

他卷了画纸出来，见到柳冠国时，提醒了一句："复印机没纸了。"

柳冠国也没当回事，敲了敲前台："没纸了，你待会儿补一下。"

前台是个年轻的小姑娘，这两天住的都是自家人，没客，乐得清闲，正追着看剧呢，听柳冠国这么说，"哎"了一声，赶紧把剧暂停，俯身从抽屉里取出一沓新的，一路带风地过去装上，撅下恢复键，又一路带风地奔回来：剧里男女主就要分开了，男主待飞，而女主正风驰电掣般赶往机场——机场追爱的老桥段了，但她还是看得心急如焚，非常关心到底是女主快呢，还是飞机的速度更胜一等。

大家各忙各的，没人注意到，过了会儿，那台复印机嗡响了一阵，再次运作起来，又吐出了几张先前没复印完的。

况美盈没想到，江烁还要贴一次神眼。

她结结巴巴："这时间……时间来不及了吧？"

江烁说："来得及，两个小时出一幅，足够了，没时间吃饭而已，我到机场再吃也行。"

况美盈指指窗外："可是都……都天黑了啊？"

江烁从不在晚上贴神眼，因为有忌讳：老一辈都迷信，认为贴神眼属于"神魂出窍"，而夜晚属阴，百鬼夜行，晚上贴神眼，神魂容易被游荡在外的野鬼带走。

他说："之前有几次画得慢，也拖到过天黑，还不是什么事都没有？事急从权，规矩嘛，该变通时就变通。"

况美盈拗不过他："那你又要画什么啊？"

江烁说她："孟小姐帮了那么大的忙，你一声不吭，拍拍屁股走了，是不是不合适？口头去谢太没分量了，送东西，她又不缺金不缺银的。"

这话合情合理，无懈可击，况美盈一下子没了言语。确实，送什么礼物，都不如送一份贴神眼的原画，这世上会贴神眼的人寥寥无几——这画摆出来，不仅仅是幅画，比那种普通画作有意义，道上有懂行的人，想出钱收藏一份，还都收不着呢。

她不反对了："那……画什么呢？"

江烁回答："就拣她日常场景，我记得牢的，画一幅好了。"

这一幅，真是堪堪拖到了最后一秒，约车司机在楼下等得不耐烦，嚷嚷了两次，第一次，以韦彪承诺"就从这一刻开始打开码表算钱，到机场是多少我付多少"而平息；第二次，倒不是为钱，司机追着韦彪界定责任："我无所谓，反正我钱上不吃亏，赶不上飞机，是你们的事儿，可别怪我啊。"

江烁甚至连包装的最后一步，都得在下楼的途中边走边进行。

柳冠国尽地主之谊，在门口给三位送行。江烁走到跟前时，刚把捆画的细线绳扎出个漂亮的结来——其实包装并不繁复，就是卷成筒状，外头又裹了一层，然后拿线绳给扎好。虽说简单了点儿，但步步认真，并不敷衍。

他把画筒递给柳冠国："麻烦到时候转交给孟小姐，实在来不及当面道别了。"

柳冠国满口答应："没事没事，信息时代嘛，什么都不是事，想联系也方便——哦，对，孟小姐知道这事了。"

江烁有点儿猝不及防："知道了？"

柳冠国点头：应该算知道了吧，那司机打电话告诉他的，说是孟助理出来上洗手间，他逮个空子上去说了。当时，孟助理表情淡淡地听完，说了句"知道了"，就又进屋了。

虽然不是跟孟小姐说的，但山鬼中人都知道，消息要去孟小姐那边，必得经过孟劲松，这四舍五入，也就等于孟小姐知道了嘛。

"那……孟小姐说了什么吗？"

柳冠国一时语塞，又觉得不能让自家大佬在外人面前留个不通人情、不懂礼貌的印象，于是支支吾吾："就是表示理解嘛，祝你们一路平安，也祝老人平安。"

江炼"嗯"了一声，顿了顿说："那谢谢孟小姐了。"

孟千姿一行直到凌晨三点多才回来。

柳冠国听到动静，想出来寒暄几句，哪知等他穿戴好，取了那个画筒上到三楼，几间客房却又都房门紧闭哑了声了，想来是应酬得太累，都乏了。

值夜的跟他打招呼："柳哥，你这太拼了吧，多大的事不能明天说啊？故意熬夜装勤奋，想让孟助理给你涨工资吧？"

柳冠国笑骂："胡说八道。"

正说着，忽见一扇门打开，是孟劲松出来。他已经换上了睡衣，刚洗完脸，还没来得及擦干："什么事？"

孟劲松听到外头有动静，本来不想理的，但隐约听到自己被提及，于是开门来问。

那值夜的还以为是自己聊天声音太大吵着他了，窘得脸都红了。柳冠国赶紧迎上来，声音也低了八度："没大事，我就是听到五姐她们回来，想打个招呼。还有就是，江炼不是走了吗，托我把这东西……"

孟劲松说："进来说吧。"

说完进到屋里，在床上坐下，抽了张纸擦干脸上的水迹。

柳冠国觉得为了这点儿事，还进来说，怪不值当的，是以虽然进了屋关了门，却只挨着门站，以便随时退出去："就是……江炼托我把这个转交给孟小姐，我就拿上来了。"

孟劲松"嗯"了一声，往脸上喷了点儿保湿的水："打开看看。"

柳冠国还以为自己听错了："哈？打开……这是孟小姐的……私人物件啊。"

孟劲松手上的动作略停，抬眼看柳冠国，柳冠国呆呆的，觉得自己可能是说错话了。

孟劲松反问他："是不是随便是谁，都能给孟小姐送礼物？要我们是干什么的？在山桂斋，孟小姐和姑婆们收到的快递，都要我们先检视的。你怎么知道送的不是危险品呢？"

简直是一语惊醒梦中人，柳冠国深深感觉到了自己和特助之间的差距。

他赶紧走上前去，见孟劲松没有动手的意思，于是自己代劳，解了结绳、揭了外包装纸，又把图幅展开。

有一张留言条掉到了地上，两人都没急着捡，先看画。

画上，是孟千姿在逗弄小白猴，孟千姿托着腮笑，小白猴脑门上点了个红点，圆睁着大眼，萌萌的。

柳冠国长吁了一口气，还好，就是幅画，不是危险品。

他忍不住点评："画得真好，就跟在眼前似的，细节也处理得好，看孟小姐这眼睫毛，根根分明的。"

又捡起那张留言条，也没写什么出格的，就是解释了一下况同胜病危，要紧急赶回去，不及当面道别等，又谢过孟千姿相助之谊，落款留了签名、手机号、微信号，还有电子邮箱。

最末一行添了句：珍重，保持联系。

这是干净得不能再干净了，见孟劲松没什么意见，柳冠国又把画幅卷起，笨拙地裹上包装纸，试图扎好了复原。

孟劲松一直没说话，直到最后的那个结终于打好、像模像样时，才开了口。

他说："拿去烧了吧。"

孟千姿一觉睡到日上三竿。

醒来之后，第一件事是摸手机，最新的消息都是辛辞发的。

——"金主？你醒了吗？"

——"千姿？我都在门口候着上岗了。"

——"老板，我回笼觉都睡好了。"

孟千姿咯咯笑起来。她先去拉开房门，这才进洗手间洗漱。洗好了出来，辛辞已经在梳妆台边候着了，还不忘唠叨她："睡到这么晚。"

孟千姿驳他："又不是十七八了，睡不好，状态就不好，状态不好，干什么都没劲，不懂吗？"

辛辞撇嘴，又问："咱们今天走冷艳风吗？我给你画个蓝色眼影，妖姬款。"

孟千姿没好气："怪里怪气的。"

她翻拣辛辞的化妆包，指向暖色调偏橘粉的那几块："这不就挺好的吗？看着就轻松明快。"

辛辞夸张地"哇"了一声："你以前不喜欢这色调的，说是没气势。"

孟千姿说："过日子，天天搞那么有气势，给谁看啊。"

又对着镜子捋了捋头发:"编个发吧,歪点儿、蓬松点儿、自然点儿的。"

辛辞便先给她梳顺头发,边顺边上护发的喷雾,正忙活着,仇碧影从外头进来,问她:"小千儿,今天辰字头的邱老头请客……"

孟千姿不待她说完便摇头:"不去不去,昨天累着了。"

仇碧影没好气:"昨天是谁揪着人家讲故事的?本来不至于那么晚的,你一口一个你感兴趣……我都没能好好跟人家聊会儿天。"

孟千姿回头嘻嘻笑:"所以五妈,我就不去了。我在那儿,你都没法安心忆旧。我让劲松陪你去,他是老实人、闷葫芦,不会乱插话。"

说完就向着外头叫:"劲松。"

孟劲松很快进来了,孟千姿指了指仇碧影:"今儿你陪我五妈,各方面都得照应好了……"

说到这儿,忽然想起了什么:"对了,江炼昨天贴神眼,画都画完了吗?我待会儿看看去。"

仇碧影听她又提江炼,面上便有几分不悦,但又不好说什么。

孟劲松说:"江炼啊……他走了。"

孟千姿没反应过来:"走了……出门了?他去见谁啊?老嘎,还是找神棍去了?"

孟劲松说:"不是,就是走了。况美盈、韦彪都跟着走了。大概从哪儿来,回哪儿去了吧。"

孟千姿没说话,她觉得自己是怔了一下,或许,不是她发怔,是这周围的所有事物,刚刚忽然都顿了一下——重量都往她身上压,让她措手不及,又极快收了回去,叫她摆出的应对姿势又落了空。

她说:"那……没留什么话吗?"

孟劲松说:"留了,说有要紧事要办,还让谢谢孟小姐帮忙。"

是吗?孟千姿坐着不动,脑子里轰轰的,像有几股风团在冲撞,紧接着,胸腔里也有气,不知道从哪儿来,一团一团,鼓胀得她难受。

要紧事,是,继续找那口箱子,确实是要紧事。如今有了人像又有了图样,是该马不停蹄地找起来了。

她听到仇碧影和孟劲松的对答。

仇碧影也有点儿意外:"就这么走了?"

孟劲松"嗯"了一声。

仇碧影忽然反应过来:"是蜃珠用完了对吧?"

孟劲松答:"对。"

仇碧影喃喃道："这个小伙子，还真是目的明确，为了蜃珠来，用完了就走，干脆利落，一点儿也不拖泥带水。"

孟千姿还是不说话，垂在身侧的一只手渐渐攥紧，骨节处都有些泛白，敏感过甚，便觉得仇碧影这话刺耳：拖泥带水，谁是泥？她吗？

仇碧影又说："我不好评论他。当然了，人家毕竟也帮了忙的，没骗我们什么，完事了当然得走，礼节上也到位，不是还说了'谢谢'吗？"

孟千姿没忍住，搁在梳妆台上的那只手高高抬起，又"啪"一声重重拍下，这一下拍得极重，辛辞的化妆包没搁稳，被震得倒栽着砸到地上，好多粉饼、腮红、眼影、修容高光块颠撒了出来。

辛辞有点儿心疼，赶紧蹲下身子去捡，但这些粉质都极脆弱细腻，看着是成块的，实则根本一触即散，各种绚烂色彩胡乱掺杂在了一起，像个混乱的小世界。

仇碧影吓了一跳，回头看孟千姿。过了会儿，似是明白了什么，说了句："你们两个，先出去。"

候着辛辞和孟劲松都出去了，还连带着关上了门，仇碧影才走到孟千姿身边，问她："小千儿，你是不是对这个江炼，有什么想法？"

孟千姿面色冷硬，声音漠然："没有。"

仇碧影叹气："我早跟你说，有些人是有目的的，你得带眼识人。这个江炼还好，没有谋算你什么。这万一要是骗情骗色的，你是不是就栽进去了？"

孟千姿面无表情："五妈，你想太多了，我是在祖宗奶奶像前发过誓的人，我能栽到哪儿去？"

仇碧影一时语塞，见她这种语气面色，也知道不是跟她聊天的好时机。

她开门出来，对着孟劲松说了句："今儿不用陪我了，你们都留下陪千姿吧，她脾气大，顺着她点儿。"

孟劲松应了一声，目送着仇碧影下楼去了，才和辛辞一起进了屋。

孟千姿背对着他们，正面向着梳妆镜而坐，并没开口说什么，但真个无声胜有声，辛辞只看那背影都觉得压抑。

他以眼色示意孟劲松，那意思是：你先来。

孟劲松沉默了一下，走上前去："千姿，你如果是因为江炼走这事，咱们山鬼人力多，我安排下头打听打听，应该不难找。"

孟千姿只觉得气往头上冲，吼了句："找什么找！不找！大路朝天，谁爱走谁走！"

孟劲松头皮发麻，也是没辙了，回头看了看辛辞，自己先出去了。

得，这种场面，还得自己来。

辛辞过去，也不吭声，还是给她梳头。心说头发嘛，也就是毛，这也是顺毛捋的一种。

正梳着，忽然看到梳妆镜里，孟千姿的眼中，似有水光一闪。

辛辞心头一震，再想看时，她眼帘一垂，却又看不见了。

辛辞犹豫了会儿，小心翼翼地问了句："千姿，你是不是对那个江炼……"

孟千姿很快答了句："不是。"

她觉出自己的声音有点儿抖，索性扬高了声音说，想借这看似心无挂碍的高声说话，把那些复杂的、自己都说不清的心绪都压过去："我就是……有点儿气。

"现在这些人，想让他们懂点儿礼数，很难吗？事情办完，说走就走，连招呼都……"

说到这儿，蓦地顿住。

这样说就有点儿意气用事了，江炼是打了招呼的，他不是托人说了"谢谢"嘛。

原来这一来一往，也就是"谢谢"的情分。

她垂下眼帘，看到地上揉散的那些粉堆里，有她先前看中的橘粉色。

看着看着，她笑了一下。

看来，她是不适合这些色调。

【16】

神棍这头的进展也不是很顺利。

那天晚上，到达瑶寨时已经差不多是半夜了，亏得沈万古的老婆马娟红面子大，敲开了一户寨民的门，一行人才得了睡觉的地方——要不然，只能在车上蜷缩到天明了。

天亮之后，马娟红就走家串户找这个央那个，很快拉起了一群最擅长挑花的老婆子，婆子们围在一起，对着那张江炼贴神眼画出的结绳记事叽叽喳喳地议论纷纷。

老太婆们说的都是瑶语，叽里咕噜，神棍如听天书。马娟红虽是瑶族，但瑶语有方言分支，沟通起来也不是想象中那么顺畅，有些时候甚至得借助手势，时不时还得冒出一两句汉语，神棍戳在边上，半句话也插不进去。

只是，早餐之后，这群老婆子就在"开会研讨"了，眼见日头近午，她们还在研讨，时不时你搡我、我推你，笑作一团。

又不是拉你们来开茶话会的，神棍便有些心焦，对马娟红说："这还得商量到什么时候啊，花样都摆在这儿了，照着绣呗。"

马娟红和沈万古颇有夫妻相，都是身材高大、微胖，不过，她比沈万古更心直口快些，有什么说什么。

她说："棍叔，你们大老爷们儿眼高手低，不懂，总以为东西从菜场上买来，转头就能成为热腾腾的上桌菜；脏衣服往那儿一扔，改天就洗干净熨烫好了待上身，好像这中间，没个程序没点儿辛苦似的……"

沈万古便觉得这话刺耳："哎，哎，你说谁呢？"

马娟红都不带拿正眼瞧他的："谁心里发虚，我就说的谁呗。"

她继续客客气气："这挑花，可不是有个花样儿就能成的，你要求复原得一模一样：我就问你，线有几根？哪根压的哪根？从哪里合股，又从哪儿分叉？这些，不讨论清楚，能行吗？"

术业有专攻，神棍哑口无言。

沈万古忙把马娟红拽到一边："那也不能让我棍叔干等着啊！棍叔是 VIP，你得把他日程排满。"

得让他总有事忙，一会儿看这个，一会儿看那个，那等待挑花这事，就不那么煎熬了。

马娟红会意。

于是接下来，神棍被安排了两个日程。

一是拜访寨子里唯一的巫傩法师。

湘西很多地方都有自己的巫傩法师，只是名称不同而已，比如瑶山的法师就叫"巴梅"。

这位巴梅法师，看上去貌不惊人，就是个木讷干瘦的老头，几个人找上门时，他正在准备腌腊肉：蹲在不大的院子里，小心地理着准备用来熏制腊肉的松木、柏枝、橘皮。

神棍对这不感到奇怪。很多巫傩法师平时就是大字不识一个的农人，只有戴上巫傩面具时，才摇身一变，成了一道通往幽眇巫傩世界的桥梁。

这老头半句汉话也不会讲，马娟红向他嘀咕了好一阵子，他连连点头，还拔腿回房，取了个挺洋气的相框出来。

相框里，有一张两个人的合影，其中一个是这老头，穿很华丽花哨的法师服，另一个好像是个记者，肩上还扛着摄像机。

马娟红向神棍解释："法师说，帮忙没问题，他接受过很多电视台的采访。这张照片，就是《中国国家地理》采访时拍的。"

101

居然这么高端洋气？神棍对这法师肃然起敬。

"但是，"马娟红说，"他不能保证都能解读出来。我给你打个比方吧，苗族的巫傩法师会掰手诀，有什么护身诀、送神诀、追魂打洞诀……"

神棍不知道她想说什么："是啊。"

"早先有六百多种呢。民国的时候，有一个民族学者，叫石启贵的，他专门写过巴岱手诀，那个时候就只有六十多种了，后来各种规定一出嘛，更少了。总之就是，年头太长了，都失传了。

"巴梅法师说，这就跟字典似的，早先的法师可以认全，传到他这代，可能就剩了不到十分之一了。如果挑花图绣出来，他只能尽量去参读，读出几个算几个吧。"

神棍心里七上八下的。

他就揣着这颗七上八下的心，又被领去参加第二项日程。

逛寨子。

向导是个能说汉话但说得不太利索的小伙子，所以马娟红依然全程陪同。一行人如小型旅行团，先看晒制金银花，又看如何保存油豆腐，最后来到寨子后头，看古树。

寨子周围古树众多，但这棵显然地位最特殊，要不然也不会被这么郑重其事地推荐。

这树其实不高，只四五米高、一两米粗，无数遒劲根须耸出地面、盘绕缠结，仿佛在树下铺开了一张直径六七米的根毯。

树枝上挂满无数祈福的彩线彩带，有些尚新，有些旧成了丝缕，早褪了色。树底一周，全是供奉的各色小瓷碗和长短不一的残香头。

向导指着那树，操着不标准的普通话说："阿爹，爸爸树，爸爸。"

马娟红用瑶语向他问了两句，转向神棍："这棵古树，说是寨子周围最老的，很多寨民为了求保佑，都认它当'寄父'，意思是把这条命寄在这儿，给树当儿子。他们认为这样可以消灾避难，逢年过节都要来拜。"

神棍上下端详这树："有多老啊？"

他只知道，看树的年龄，应该查验年轮，但年轮，那是横截了树身才能看到的。

那向导说得磕磕巴巴："不知道，有寨子，就有这树，两千年、三千年，说什么的都有，我们的寨名，就跟这树有关。"

对，还有寨名，一直忘了问。

"什么寨名？"

"石头，石头寨。"

这跟想象中的有些落差，神棍本预料着会听到一个更显古远和有深意的名字——就如同这人本该叫楚留香，但名号一报，原来是楚大宝。

神棍嘀咕了句："这也太普通了吧。"

沈邦和沈万古也在边上窃窃私语，一个觉得这寨名土气，一个觉得太流俗、没什么气质。

向导有点儿发急，但长篇大论解释又在他的语言能力之外，于是转成了瑶语，向着马娟红开仓泻豆子般说个不停。

马娟红听得认真，不住点头，见二沈在那儿夸夸其谈发表意见，只一笑置之。等他们摇头晃脑白话完了，才不紧不慢地开口："不是'石头'的那个'石'。是数字，'十'个的'十'。"

数字……

十……十头寨？

汉字可真是神奇，同音不同字，只那么稍微一调换，性质截然不同，陡然间就诡异和血腥了起来。

沈邦咽了口唾沫："嫂子，不是吧，十头，十个……人头？"

马娟红点了点头，她并不卖关子，一五一十把向导刚给她讲的一段久远的传说和盘托出。

说是这支花瑶的祖先，最早的时候是住在北方的，后来因为黄帝和蚩尤大战，蚩尤败退，他们才不得不同其他很多追随蚩尤的部落一起，辗转南退。

那时候，花瑶也是第一次进入大山，对山地了解不多，很不适应，一日日艰难跋涉，只希冀能找到一块土肥水美的定居处，把合族再给安顿下来。

哪知有一天，大首领找到他们，从他们中间调走了大部分精锐，说是要办件重要的事。

于是一众老弱妇孺没再前行，就在原地扎营等候，想等这批人归来之后，再继续迁移。

哪知他们这一去，如风筝断线，再也没了消息。

这群老弱妇孺，等过白天，又等黑夜，等了半个月，又等了一个月，终于发觉事情不太对劲，合族商议之下，决定顺着他们离去的方向，循着脚印一路寻找。

最终，只在这一带附近，找到了一些四处零落的、看起来很眼熟的佩戴物件，以及十个朽烂的人头——尸身没找着，大概是尸身肉多，早就被深山里的野兽拖走了吧。

族人们知道大事不妙，痛哭一场之后，不忍心就此离去让这批儿郎成为流落野地的孤魂野鬼，他们将那十颗头颅合葬了，坟冢之上栽了棵小树苗，就在这儿筑家结寨，就此留了下来，世世代代，直到如今。

久而久之，那棵小树苗也长成了寨子里最老的一棵树，亦即眼前的这棵。

这也是为什么湘西一带的花瑶都分布在雪峰山，唯有这支，在大武陵最贫瘠的一处深山里落了脚。

神棍怔怔地听完，那颗本就七上八下的心几乎沉到了谷底。

还真让小炼炼这个乌鸦嘴给说中了，知晓秘密的人早已被杀害、被野兽分食，剩下的，只不过是不知情的局外人罢了。

他嗫嚅着问了句："那个大首领，是蚩尤吗？"

话刚一出口，就知道自己问得蠢了。

关于蚩尤的传说很多，但基本上，都认为他是兵败被杀，被黄帝枭首而葬——任何年代，争权夺利的斗争都是残酷的。

为了这幅结绳记事的挑花，神棍足足等了一天半。

倒不是那些老婆子手脚慢，而是她们没什么赶工的概念，总有事要忙，要回去做饭啦、要捡柴啦、要睡觉啦……

你提议加钱、加倍，对她们毫无激励作用——钱够用的，要多了也没用。

今时今日，还能持这样的想法，也不知是该嘲笑呢，还是该感慨。

不过神棍也没让自己闲着，他利用这段时间，开始整理笔记，题目暂定为《玄异记之寻箱篇》。

第二天的入夜时分，神棍终于见到了完整的挑花图。

毫不夸张，脑子里跳出的第一个想法就是：这是什么啊？

因为没有颜色区分，全是白棉线挑成，一坨一坨，针脚时紧时疏，有些地方一根线压着一根，密密实实，几乎凸出了平面；有些地方只扯线绣了几根，连底布都没压住……

他安慰自己：这么着就对了，越诡异越奇怪，就越对。

挑花图被送到了巴梅法师那里。

法师早已穿好了法衣，戴好了巫傩面具，面具是木头刻的，发黑泛油，眼睛和嘴巴处都镂空，周围一圈还镶贴着硬挣而蓬乱的黑色毛发——这么穿戴完毕，看上去确实怪吓人的。

因为作法一般不对外公开，更不允许什么录音录像，马娟红再三央请，法师才同意她和神棍两人进屋观看。

屋子是火塘屋，特昏暗，只桌上点了根香烛，即便门窗关紧，那烛焰仍飘忽忽的，叫人心头发毛——更让人背脊生汗的是，巴梅法师把那幅挑花图挂在了一个角落里，自己面向那处角落而坐，怀里只抱一把独弦琴，手中攥了把师刀。

神棍咽了口唾沫，唯恐发出半点儿声音，只定定地看着那法师拉动琴弦，嘴里咿咿呀呀念叨着什么，时不时以地面为鼓，上脚踏那么一下。

过了会儿，拉琴声停了。

神棍直觉，这是前奏已毕。

法师那戴着巫傩面具的脑袋显得奇大，他把那毛茸茸的头凑向挑花，凝神去看。

神棍经由马娟红科普，已经知道这"看"并不是去认字，而是一种类似通灵般的感觉，就好像看三维立体画，看着看着，那些杂乱无章的色块排布就能显出立体的影像来——而影像是什么，这结绳记的"事"想告诉你的，也就是什么。

巴梅法师看了一会儿，忽然回过头来，向神棍说了句什么。

神棍听不懂，马娟红翻译："他问你这到底是什么，说连换了几处去看，都看不懂。"

果然看不懂，神棍一颗心"怦怦"跳，额上也渗出细汗来，他请马娟红转达："让师父不要有压力，细细看，能认出几处是几处。没关系的，哪怕只认出一两个呢，也行。"

法师听了马娟红的转述之后，嘴里嘟囔了句什么，重新凑上去看。

神棍舔了舔发干的嘴唇，手中握着笔，看面前摊放的笔记本。原本他以为那篇结绳记事必是长篇大论，想用笔头记录下来。现在看来，能记上个一两句，都算不虚此行了。

过了会儿，似是终于认出了点儿什么，法师说了一段话。

马娟红也紧张，唯恐错过什么关键的。她一路听完，才压低声音转述给神棍："说是……'烈火滚过沸腾着的血，可以打开机关的结扣'。"

神棍完全听不明白，但没关系，照实记录就行。他埋着头，笔头沙沙，脑子里念头转个不停：血都沸腾了，这烈火还怎么"滚"过啊，要说是把烧沸了的血浇到烈火上，那就很快蒸发没了吧？

听不懂，完全听不懂。写完之后，他停下来，刚奋笔疾书完的手略颤，等下一句。

下一句过了一刻钟之久才来。

"能帮你听到……徘徊在入口的人……不甘的声音。"

真是比上一句更迷惑。而且，因为是跳着去看的，前后必然搭不上。不过吐槽归吐槽，神棍的手上仍是丝毫不慢。

最后一句出了状况，法师似是受了惊，急向后退，但忘了自己是坐在凳子上的，重重绊跌在地上。

神棍吓了一跳，和马娟红一左一右，赶紧上去搀扶。

巴梅法师摘下面具，一头一脸的汗，神色惊惶不定，喘息粗重，好一会儿，才向马娟红说了三句话。

更确切地说，是一句话，反复念叨了三遍而已——神棍虽然听不懂，却能听出说的内容都是一样的。

他疑惑地看向马娟红。

也不知道是这话瘆人，还是被巴梅法师出的状况吓到了，马娟红也有点儿后背发寒。她定了定神，才心有余悸地把最后这句翻译给神棍。

她说："法师说，有可怕的骨头，能吞吃人的……可怕骨头。"

【17】

两天之后，神棍回到了云梦峰。

这两天，他又央着那个巴梅法师试过两次，但巴梅法师实在是看不出更多了，最后取了个折中的法子，让马娟红跟神棍说，他把这绣好的挑花图挂家里，天天参详，万一再参详出什么来，一定及时通知他们。

马娟红看巴梅法师那愁眉苦脸的样儿，几乎都要同情他了。

于是反过来劝神棍："棍叔，咱们老在这儿，他有压力——就跟解数学题似的，越逼越解不出来。不如先缓缓，也许无心插柳，哪天他心情好，又读出个一句半句的呢？"

沈万古也在边上附和："棍叔，身体是革命的本钱，对什么事沉迷得有个度，你看你现在，跟魔怔了似的，跟你说个话，你反应都慢半拍——可不能这样，一口吃不成胖子，咱得慢慢来。"

先缓缓，慢慢来，好像也只能这样了。

到的时候是晚上。

整个云梦峰冷冷清清，高处的客房也没亮灯，看起来不像有人入住的模样，神棍有点儿纳闷，不解地跨进大门，穿过小院，又进了前厅。

前厅的光很暗，柳冠国和一个年纪相仿的男人正坐在小马扎上，围着一张低矮的小方桌喝酒，桌上有不少下酒菜：剁椒鱼头、血粑鸭、坛子萝卜、蒿子粑粑什么的。

抬头瞧见来人，柳冠国一口酒险些呛着，赶紧起来招呼他："哟，棍……棍哥，你回来啦？吃了没？"

神棍说："没呢。"

沈万古他们都是在这头有家的，不需要住客栈，本来说一起吃了晚饭再送他回云梦峰——但这两天都是一大群人聚伙吃饭，神棍嫌吵，拒了。

柳冠国赶紧又拿了个小马扎过来："棍哥，来，来，我们这刚喝上，菜还没怎么动呢，不是吃剩的。这是我酒友，王庆亮，在武陵山景区当保安的。"

又向王庆亮介绍神棍，只说是研究民俗和古代文化传说的学者。

王庆亮一听是文化人儿，肃然起敬，也跟着柳冠国叫他"棍哥"。

神棍坐下，四面看看，又问："人呢？"

在瑶寨这几天，他还真没惦记过外头的人，跟以往一样，一心扑在自己的事上，或者，如沈万古所说，他这两天有点儿反应迟钝。

柳冠国说："走啦，这都完事了，还有不走的吗？江炼小哥他们几天前就走了，说是家里有急事，孟小姐他们是昨儿走的。终于把这些神佛都给送走了，我好不容易舒坦下来。这不，还偷着懒，没营业呢。"

想了想又补充："不过棍叔，你别担心，孟小姐走时交代了，让我跟你对接，给你行一切方便。有什么问题，找我就行，我办不了的，可以直拨孟助理。"

神棍"哦"了一声，先伸筷子去夹血粑鸭。

他太习惯跟朋友们的随聚随散了，从不觉得谁走了是个问题。这年头，还能失联吗？交通和通信都这么方便，想见面，只看有没有心，其他都不在话下。

神棍咬下鸭肉，瞅瞅桌面挺干净的，于是衔着鸭骨架不知道往哪儿吐。

原本，王庆亮和柳冠国的座位之间是有个垃圾桶的，但多了一个人，显然不够用了，柳冠国吩咐王庆亮："你去拿点儿纸来，垫着。"

王庆亮熟门熟路，先去复印机那儿找，复印机旁的台子上有个废纸筐，那些客人打印了未及拿走的，就会收在这儿，等积满了一块儿处理。

王庆亮抽了十来张过来分给大家，手上的那几张，本来都垫在桌面上了，他又把最上头的那张拿起来看。

看着看着，"扑哧"一乐："哟，这不阎大善人吗？"

又喃喃道："不对不对，阎大善人怎么会穿民国装，这cosplay（角色扮演）吧？"

柳冠国斜了他一眼："你还懂cosplay？阎大善人又是谁啊？"

王庆亮奇道："我怎么不懂了，现在那些小年轻，老穿着古装往景区跑，又拍照又直播的，还弄把小破剑在那儿耍，我看得多了……阎大善人你不晓得啊，就是

107

阎金国，阎老七啊。"

神棍正伸出筷子，闻言怔了一下，又缩回来。

他觉得"阎老七"这名号，自己好像在哪儿听过似的。

柳冠国从王庆亮手中拿过那张复印纸，上头是个半身的人像，他反复端详："哪儿像了啊？"

阎老七，柳冠国当然是晓得的。

早些年，法制还没那么健全，各地打击黑恶势力也还没那么狠，姓阎的号称湘西一霸，欺男霸女的事儿没少干，有人骂他来日必有报应，话传到他耳朵里，他冷笑说，自己就是活阎王，不信鬼也不信神，不怕报应。

哪知七八年前吧，一次外出旅游回来，忽然转了性。当然，也不能说从此就吃斋念佛了，不过的确是从各处不法生意收手，那些缺德事渐渐再也不干了，反而开始消宿仇、做善事，修了不少路桥，还捐过学校，武陵山建景区时，这人也出了不少钱，景区开张剪彩的时候还请过他。当时的合影照片，现在还在景区员工活动室的墙上贴着呢。

难怪王庆亮一眼就认了出来。

见柳冠国还是没认出来，王庆亮简直替他着急："你不能只看那鼻子，阎老七年轻的时候，鼻梁被人打断过，破了相，整容又没整好，鼻子那儿始终怪怪的。你得看脸，还有那短脖子、后脑勺，一个模子里印出来的。"

听到"鼻梁被人打断过"几个字，神棍如醍醐灌顶。

终于想起来了，阎金国，阎老七！

这还有想不起来的吗？他最好的朋友小峰峰，曾经为了救人，打断过一个湘西地头蛇的鼻梁。后来为绝后患，找了道上的人道歉说和，赔了两万块医药费不说，还得了个终身禁令：这辈子都不能踏足湘西一步。

神棍突然兴奋，连这些日子以来的烦心事都给忘了："哎哎，给我看看！"

柳冠国忙把复印纸又递给神棍。

王庆亮犹在唏嘘不已："叫我说，这阎老七也是命好，他要是一条道走到黑，早吃枪子儿了。现在嘛，反成了阎大善人、受人尊敬的企业家了。"

的确命好，阎老七改邪归正之后两三年，新一轮"严打"开始，专治那些地方保护伞下的黑恶势力，不少阎老七早年的狐朋狗友都进了高墙吃牢饭了，唯独这阎老七，因为宿仇已消，又接连做了不少好事，坐了几年牢就被放出来了。

原来这阎老七长这样啊，只不过怎么穿了一身民国装呢？

神棍看着看着，认出这是素描画的复印版，而这素描的笔法……

他奇道："这是我们小炼炼画的吧？"

肯定是，小炼炼画的那幅结绳记事，他都不知道翻来覆去看过多少次了，对他的笔法特别熟悉。再说了，这一阵子，这客栈内外，哪还有别的人动笔画画啊。

柳冠国也想起来了："对，对，那天况美盈找我复印东西来着。没错，就是她复印的。哎哟，这妹伢子也造孽，不知道得了什么病……"

神棍随口应了一声。江炼跟他提过这一茬，不过没具体描述，只说一连几代都得了怪病，死得很惨，皮肤从里往外撕裂开来，咽气的时候，全身上下血肉模糊的。

王庆亮好奇，拈了颗花生米塞进嘴里，含糊着问了句："什么病啊？医不好吗？"

柳冠国说："这我就不知道了，罕见型血液病吧。我后来去网上搜，都没搜到类似的症状——你不知道，她被刀子割伤的时候，那血啊，跟煮开了一样，又是喷溅又是翻泡炸开……"

他夹了块鱼肉大嚼，又把细刺吐在垫纸上，因为在吃东西，说得嘟嘟囔囔的："总之，怪吓人的。"

那血啊，跟煮开了一样……

神棍脑子里突然冒出一句话来——

烈火滚过沸腾着的血，可以打开机关的结扣。

况美盈的血跟煮开了一样，又是喷溅又是翻泡炸开，那不就是……沸腾着的血嘛。

这是江炼画的画。江炼平时好像不画画的，只有贴神眼时才画。那天，他临去瑶寨时，江炼还跟他说，要和孟小姐去看蜃景。没错，他一定是看完蜃景回来，又贴了一次神眼。还有，当时，自己回了句什么来着？

——我们就各走各道，各找各箱好了……

神棍的脑子里嗡嗡的，他攥着那画的手有些发抖，那纸便也就哗啦作响。他嗫嚅着说了句："这画……就这一张吗？还有吗？啊？还有吗？"

说到后来，简直是在吼了。

王庆亮和柳冠国怔了会儿，同时反应过来，一个又奔向了复印机旁的废纸筐，另一个急急翻拣桌上的垫纸。

又找到了四张，画的都是箱子。

而且，是箱子的上下前后面——江炼的画法，即便是侧重描画一面，也总要用线条拖带，将画面塑造得立体，让你知道这是口箱子。

况美盈是按江炼画画的顺序给纸张排序的：抱着小云央的穿白色褂裙的女人、箱子的左右侧面、箱子的上下前后面，以及阎罗。

共计八张。

复印时，后头几张没纸了，最后那一份，韦彪只收走了那个女人的和箱子左右侧面的，剩下的那五张，是后来复印机的纸重新装填之后，又"咔咔"吐出来的。

也真是万幸，这几张还没被处理掉，虽然其中一张被吐下的骨头鱼刺浸脏了，但还好，不影响观看。

神棍反复看那几张图，越看，那脸色就越白，呼吸也就越发急促。王庆亮和柳冠国不明所以，也凑上来横看竖看。

不就是个雕工精致的、雕了几幅上古神话的箱子吗？

光看还不够，神棍让柳冠国和王庆亮帮忙，把那四张画纸真的按照上下前后托举到桌面上方，拼接成了个箱形，自己坐着看、站起来看、弯腰去看，又退开了几步看。

看到后来，额上流汗不说，激动得连眼圈都红了，哆嗦着手拿起桌上的酒瓶子，想豪饮一番以抒胸臆，忽又想起自己一杯倒的秉性——而现在，至关重要的就是保持清醒、保持头脑冷静。

于是又把酒瓶放回去。

柳冠国还保持着胳膊抬举的姿势，觉得有点儿滑稽："棍哥，你这……是有什么发现吗？"

他本来还想问"咱能放下胳膊吗"，见神棍一直目不转睛地盯着那"箱子"看，又没好意思提，毕竟这位身份不同，人家可是三重莲瓣呢。

神棍问："你们有没有发现，这箱子有什么特别的？"

王庆亮想挠头，可惜没手："有神话图，弘扬了……传统文化？"

神棍摇头："不是，这箱子没接缝。"

柳冠国不以为然："兴许人家有接缝，只是关得太严，画上没体现出来呢？"

神棍说得很肯定："不是，它绝对没接缝，因为……你们看那个图幅分界。"

箱面上的上古神话图幅都是一张一张的，但并不是四四方方的条框分隔式，而是以鸟兽的形体姿态作分隔，所以画面的排布极融洽，过渡非常自然——竖向的分割线是纤瘦的鸟，横向的是健硕的兽。

若非说有什么奇怪的，那就是兽都很小，但凤鸟极华丽纤长，那繁复的尾羽甚至能从箱子的这一面迤逦到那一面去。

神棍指那鸟身："这是什么？"

王庆亮回答："凤凰啊。"

这还用问，头小、身子小，尾羽拖得极长，姿态妍丽，头身在箱子正面，尾羽则延伸去了底面。

"一共几只？"

柳冠国心里毛估了一下："四只吧。"

四个箱面嘛，一面一只，那应该就是四只。

神棍说："不对，我刚数过了，你再数数。"

他语气很郑重，柳冠国不敢敷衍以对，和王庆亮两个互相配合，变换手里的画纸方位，把每个面都看了一遍。

只有三只，而且这三只是首尾相衔的。也就是说，一只的喙衔着另一只的尾，一个接一个，最终形成了一个闭合的圈——或者说是闭合的方框——恰恰把这个箱子给围了一圈。

所以呢，这又能说明什么？说明雕刻者匠心巧妙，把图幅安排得处处有玄机？

神棍看出了柳冠国的疑惑，他说："你们可能看不懂，但我能看懂，这三只，不全是凤凰。"

说着，他伸出手指，点向其中一只："凤。"

然后移动身位，点向另一只："凰。"

又半弯下腰，指底面上的那只："鸾。"

柳冠国还是如坠云里雾中，神棍在马扎上坐下："都先放下吧，举着累……你们没有听说过，七根凶简的传说？"

传说中，这世上最早有文字记载的七则凶案，不知道是刻在龟甲还是兽骨上，因为是最早被刻下的，有着蛊惑人心的力量，继而衍生出七道不祥的戾气。

但凡接触到它们的人，都会心性大变，也犯下类似的凶案，被时人称为不祥——心怀恐慌的人们祭祀百神、巫祝祷天，希望借大能之手祛除。最终卜得的结果是，后世会出一位大德之人，封印这七道戾气。

光阴荏苒，周朝末年，王室衰微，大德之人老子决意隐退，骑青牛过函谷关。

当时镇守函谷关的令官尹喜颇通天象，隐约见到紫气东来，猜到了必有贵人过关，于是早早在隘口等候，果真拦下了意欲出关的老子。苦留无果之后，说："先生那么大学问，不为这世间留下点儿什么吗？"

史载，老子碍于尹喜的盛情，在函谷关盘桓三月，留下了一部约五千字的《道德经》。

但还有一个版本的传说中提及，老子留下的，不仅仅是《道德经》。

他决意为当世除一大害，于是引那七道源自龟甲兽骨中的不祥之气于七根木简，用凤、凰、鸾三种形状的青铜简扣扣封，并吩咐尹喜说：五行造世，整个世界由金、

111

木、水、火、土五种元素构成,每一种都能暂克那七道戾气,但终非治本之策。

所以他的做法也是在设局布阵:木简属木,木生于土、汲水而长,暗合"木、土、水","凤、凰、鸾"为当世神鸟,其性属火,而青铜简扣又暗合"金"字,至此五行俱全,引神鸟吉祥之气,封印七道戾气。

其实那木简本是克制戾气的一部分,并不邪恶,但因为戾气附着其上,久而久之,人家便称它们为七根"凶简"了。

尹喜毕恭毕敬地接过,问老子:"先生为什么不毁了凶简呢?"

老子叹息说:即便它们乖戾凶邪,但的确是人犯下的罪责,粉饰抑或销毁,都无法抹杀其存在。

尹喜又问,那如果有一天,凤凰鸾扣又打开了,七根凶简岂不是又要流祸世间?

老子哈哈一笑,浮尘一甩,跨青牛而去,说:"放心吧,这世上,没有人可以打开凤凰鸾扣。"

王庆亮还真以为是听学者讲故事,听得有滋有味,忍不住点评:"其实老子是毁不掉凶简吧?七道戾气呢,看不见摸不着的,怎么毁啊。"

神棍"嗯"了一声:"后来,我们也是这么认为的。"

柳冠国关心的却是另一件事:"那后来,凤凰鸾扣被打开了吗?"

他直觉,不能随便立 flag(网络用语,意为下定论),老子说"没有人可以打开凤凰鸾扣",说得这么笃定,反叫人心里七上八下的,没底。

神棍点头:"打开了。在那之后的数千年间,不断被打开,又不断被封印,就没消停的时候。"

说到这儿,他渐渐恍惚起来。

七根凶简最后一次被封印,是在四年前,而他,几乎全程参与了这件事。

那时候,他有五个朋友。

其一为梅花九娘的关门弟子,亦即"壁虎游墙"的真正传人木代,神棍在有雾镇上住的那幢大宅,就是木代所借。

其余四个为木代的爱人、海外雇佣兵出身的罗韧,采宝人世家的炎红砂,合浦采珠人的后代一万三,以及初时混迹于解放碑一带小偷小摸,后来投在木代门下,成为梅花九娘徒孙的曹严华。

这五个人,因缘际会,卷入了那次事件。在走到末路、无计可施之下,同时引凶简之气和凤凰鸾扣之力上身,把自己的血肉凡躯变成了再次封印凶简的载体。

这几年,他时常去探望这几个朋友,每一次,大家都只拣高兴的话说,从不涉及这个话题。

但每个人心里都清楚，这不是长久之策。肉身终归是要死的，到那时候，又该怎么办呢？

而神棍的担心还要更深一层。打个比方，这就像五个薄瓷胎瓶里，关进了穷凶极恶的猛兽，为了避免胎瓶被撞碎，不得不在胎瓶外箍上一层又一层的铁丝，以作加固。

猛兽是凶简，用来加固的铁丝是凤凰鸾扣之力，五个人就是那五个胎瓶。猛兽固然暂时无法脱逃，铁丝箍索也依然坚挺，但胎瓶呢，是会被这粗暴的夹击冲撞之力震碎的啊。

神棍每次和他们见完面，都会止不住地伤感，觉得他们的生命因为承受了太多，在以比常人更快的速度消耗和流逝着。

所以，他一直想找个更好的解决办法，但四方求索，毫无头绪。

直到今天，突然之间，像是老天开了眼、现了曙光，或许是因为他一直没放弃过求索，而机会，终将降临到有准备的人头上。

为什么那些木简和凤凰鸾扣不能长久地封印住七道戾气？

因为它们不是原装的。那七道戾气，有个最早的来处。

那七桩最早的凶案，到底是刻在龟甲还是兽骨上？

是兽骨，骨头。

是巴梅法师说的可怕的骨头，能吞吃人的可怕骨头。

法师看挑花时，凭的是一种感觉，并非真正看到了骨头张开血盆大口"咔咔"咬人。

如果他说的，是那七块最原始的、附着了戾气的兽骨呢？那确实可以吞吃人，吞掉人的性命、吃掉人的本心。

更何况，这箱子上，有着首尾相衔的凤、凰、鸾。

神棍的眼前慢慢模糊起来，他的鼻子发酸，隐约觉得，那一直牵挂着的悬心事儿，也许就快有指望了。

他开始相信，冥冥中也许真的有天意，在他的梦境里梭巡，把他导引向山胆、导引向箱子、导引向自己关心的那些人乃至他自己的……命运。

神棍的嘴唇哆嗦起来，突然仰头大叫："小炼炼……小炼炼呢？谁这么没眼色，把他给放走啦？"

半夜的时候，江炼睡得正熟，蓦地就醒了。

是被消息进来的提示音吵醒的。

他怔了两秒之后，飞速翻身下床，去取放在桌子上的手机，一个没留神，差点儿被裹在腿上的毯子绊趴下。

这些天，他很关注不明来电和新消息，甚至把一直以来设的睡眠免打扰给取消了。然而来电不是向他推销房产的，就是通知他已中奖的，或者严词厉色地告诉他，他的银行卡涉及犯罪，需要点击链接确认身份。

新消息的格调也高不到哪儿去：不是推广澳门博彩的，就是淘宝商家的上新通知。

但是夜晚，还真没有过消息，因为不管是骗子还是销售员，总得睡觉吧。

他直觉这则消息不一般。

江炼抓起手机，连退几步坐回床上，长吁一口气，看消息提示栏那个小小的"1"，心跳得有点儿厉害——那搏动里，有点儿期待，也有点儿慌。

他点开消息，只一句话。

是他全然没想到的一句话，没头没脑。

"我们要找的，是同一口箱子。"

第六卷

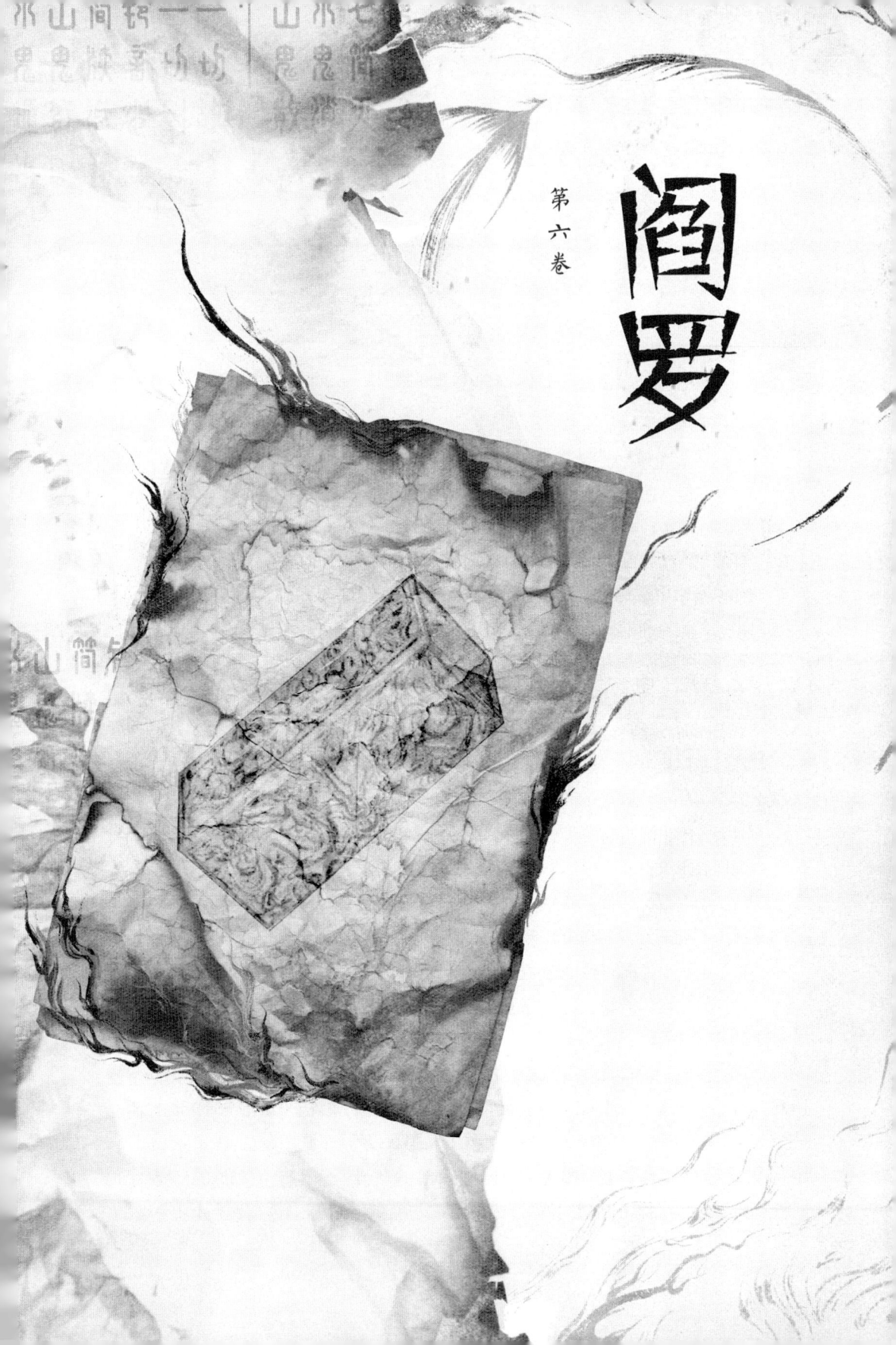

阎罗

【01】

　　江炼把车子停在了距离城乡接合部客运站大门口不远的地方，然后打开车窗。

　　他原本的用意是呼吸点儿新鲜空气，顺便接接人气，但外头实在是太吵了，进进出出的长途车腾起黄土焦烟，大门口那一排商贩总扯着嗓子跟乘客频起纠纷，江炼听得心烦，又把车窗给关上了。

　　车窗是茶色的，这一关，再看外头：整个世界都镀了色，失真，又陌生。

　　看看时间，是自己来早了，神棍应该还在路上。

　　江炼把座椅调低，躺上去闭上眼睛。过了会儿，又摸索着打开手套箱，把眼罩戴上。

　　今天，刚出况同胜的头七。

　　况同胜得天眷顾，终年一百零六岁，算是喜丧。

　　江炼一行三人，于当夜赶上飞机，凌晨两点多到达，原本是直奔医院的，中途接到护工电话，说况同胜执意要出院。

　　况同胜这样的老式人物，对医院素无好感，一心要死在自己家里，死在自家的床上。

　　于是他们掉转车头，又往老宅赶。老宅在乡下，近山、有水，像个小型的度假村，只是从不对外营业而已，况同胜特意选的偏僻地儿，因为城市太吵、窥视的眼睛太多，秘密总会泄露得太容易。

　　附近的乡民都知道，这儿住了个有钱的归国华侨，给县里盖过商场、建过孤儿院，还凭着旧有的商业人脉拉来过海外投资，历任县领导都对这位老先生很尊敬。

回到老宅时，况同胜刚刚睡下，心电监护仪上的那根颤悬悬的走线，让人看了头皮发麻，再看得久一点儿，连气都喘不上来。

江炼把护工叫到一旁，问起况同胜看到那张穿白色褂裙的女人抱着婴孩的图时，是什么反应。

他想象中的场面是激烈的、动情的、老泪纵横的、如释重负的，但护工的回答，哪一项都不是。

护工说，就盯着看了看，叹了口气，然后合上了眼睛，很疲惫的样子。他怕老人家费精神，就把画放在一边了。

后来，况同胜还醒过一两次，情形一次比一次糟糕，也再没提过要看画。

怎么会呢，念叨了一辈子，居然如此平静？

江炼沉吟了会儿，找到况美盈，说是要再贴一次神眼。

况美盈红着眼圈说他："都到这份儿上了，还折腾什么啊？"

江炼说："这一次，不为你、不为箱子、不为那些陈年旧事，单为干爷画。"

况同胜又一次醒来时，三个人都聚在了病床边。况同胜虚弱地抬眼，目光从一个人的脸上挪到另一个。他并不想说话，他的话，几年前就录在遗嘱里了，等他彻底闭眼，律师会安排一切的。

见他气息将偃、眼皮渐合，江炼说了句："干爷，你看这个。"

他把画在况同胜面前展开。

那是趴伏在草丛中的、年轻时的况同胜。

况同胜勉强又把眼睛开了一条缝，先时没认出来，看画上的人，竟觉得陌生。

他一直盯着看，眼睛越睁越大，黯淡的眸子里，聚起了生命中最后的一点儿亮。

他的嘴唇开始哆嗦，只能偶尔挪动一下的两只手臂竟慢慢抬起来，抓住了画幅的边缘，因为手抖得厉害，画幅也不断地哆嗦，发出如被风吹过的扑簌声。

况美盈想伸手帮忙，江炼阻止了她。

况同胜流泪了，眼睛混浊，泪也混浊。

他嘶声说了句："这辈子，我这一辈子啊……"

这一刻，他眼里没了生死，没了往事，没了叩响他房门、戴虎头帽的小云央，也没了穿玻璃丝袜、容颜姣好的穿白色褂裙的女人。

只有自己。

末了，他抓住江炼的一只手腕，跟他说了句："炼子，你别学我，你见好就收，你……"

声音越说越小，气息越来越弱，说到最后一个"你"字时，咽了气。

老天说慷慨也慷慨，给了他一百零六年；说吝啬也吝啬，多几秒也不肯延。

这成了况美盈的终生遗憾：她的太爷，死前没有看她一眼，也没有向她说一句话。

只江炼知道，况同胜行将就木，忽然看开，也尽数放下。他这辈子，为别人做了太多事，奄奄一息时才想到，一直为别人而活，唯独亏待了自己。

——这辈子，我这一辈子啊……

终于是走完了。

况同胜过身，最先上场的是律师，况美盈、江炼、韦彪，各自被带进一个单独的房间。

江炼被告知，况同胜把资产分成了六份，按照三比二比一的配比，他得了二。

他也拿到了遗嘱，一个带视频的U盘，那视频是单录给他看的。律师不便在场，就此告辞。临走的时候开玩笑说："真可惜，老爷子是当年南洋有名的零售大王，二十世纪九十年代时，就有数亿身家了，那时候，上海一套房，也才几万块，若是投资房地产，何愁而今没有上千亿的资财啊，那到手可就多了。"

江炼笑了笑，说："一个人这辈子吃多少饭、端多大碗，老天早定好了，不可惜。"

送走律师，他播放视频。

视频是况同胜几年前录好的。那时候的他还没瘫，精神还好，说话也中气十足，开口就问："炼子，你没想到我会留这么多钱给你吧？"

老实说，那神态、语气，多少有点儿让人不舒服，但江炼心里很平静，甚至呢喃着回答他："是，没想到。"

"我一早就看出，你心里有点儿想法，只是从来不说。干爷不想让你受委屈，帮我况同胜做事的人，我不会亏待他——干爷就是希望你尽心尽力，把美盈的事搁在心上。她这辈子能安稳，我在下头，也就放心了。"

其实给不给他钱，他都会把美盈的事一路查到底的，况同胜不需要在意他心里是不是有想法。

这位干爷，是位会做事的人，给他一笔意外之财，希望他承他恩情、钱情，不要负了所托。

但其实，真正让江炼为之所动的，是况同胜临死前握着他的手传递给他的一丝温情。

——炼子，你别学我，你见好就收。

是不想他走自己的老路，也赔上一生吧。

江炼关掉视频，轻声说了句："放心吧。"

那之后，丧礼的忙碌真正开始。况同胜对丧礼这事看得很重，曾交代过，哪怕最终是被烧成灰存进骨灰盒，一切仪式，仍要按照他记忆中的来。

那是早已不再盛行的、二十世纪二三十年代湖湘一带的丧葬习俗。

比如，浴尸换衣之后，左手要握一根桃木棍，右手要攥一块手帕——因为死后还要走很长的黄泉路，桃木棍是用来打路上遇到的野狗的，手帕是走累了擦汗的。

又如，棺材抬进门的时候，要放鞭炮迎接，要把桐油和松香混在一起熬制成汁，把棺材里头涂一遍。

还有，院子里要给他竖幡、点天灯，点天灯的竹竿要带着青青竹叶，每晚都得点，直到出丧。

况美盈做不来这些事，韦彪倒是出力气的好手，但事一多，他脑子就乱，所以一切都是江炼来，一样样吩咐、一件件安排。其实也请了专门的丧葬公司，但他们对旧社会的习俗也不熟，大事小事都找他，连桃木棍，都得是他看中的款式才能订。从早起到睡下，一天要听到无数遍的"炼小爷"。

说是忙到脚不沾地一点儿都不夸张，只有在极偶尔的间隙，时间回归自己的刹那，他会想起一些人、一些事，会掏出手机，点进不同的页面，看看有没人加他、有没有新消息。

没有的时候，他会笑笑，把手机重新揣进兜里，抬头看流云冉冉、凉叶辞风，想着时间过得真快啊，又是一天。

于是想起湘西人的老话：一年，疯快的，一辈子，也疯快的。

真是形象，一辈子是一阵风，也是一阵疯。风过去，疯完了，也就完了。

有一天半夜，他被一条进来的短信息吵醒。

是个陌生号码，但看内容，他直觉是神棍，于是回拨过去。

果然，神棍在那一头大喜："小炼炼，你还醒着啊？我本来要打电话的，柳冠国说这么晚了，还是先发条短信问问……"

他在那头叽里呱啦，语气极激动，大致是说自己这头有重大进展，而且跟江炼这边的事神神奇奇地接连上了，末了邀请他："小炼炼，你能来吗？咱们寻箱者联盟，双剑合璧！我给你报销机票！"

当了三重莲瓣，连说话都硬气了。

江炼说："在给干爷守丧。"

神棍一下子没了声音。即便再醉心"科研"，他也知道这种时候，死者为大，

119

人伦为先，人家还在守丧哀悼呢，自己在那儿嚷嚷一堆有的没的。

便有点儿讷讷的。

末了他说："没事，小炼炼，你先忙。一切交给老哥哥，也不用惦记着……等我再把关键的查出来，给你带一份大礼。"

江炼倒没惦记着，那些日子忙丧礼忙的，箱子这事，的确已经暂时退居其次了。

车窗上传来"笃笃"的叩敲声。

江炼摘下眼罩，看车侧站着的人，唇角不觉弯起。

大礼来了。

不过，他很快就发现，神棍耷拉着脑袋，蔫蔫的，没什么精神。

看来，这礼，不如人愿。

江炼打开车门，笑着招呼他："上车吧。"

车上公路，江炼先寒暄些不相关的："干吗不让我去机场接？自己坐大巴，多累啊。"

神棍嘟囔："不好，山鬼的安排全是飞机啦、星级酒店啦，太脱离群众了，我还是喜欢自己排队、买票、挤车，自在，接地气儿。"

江炼揶揄他："穷人乍富，还不习惯了？"

又问了句："孟小姐把我的联系方式给的你？"

神棍说："不是啊，柳冠国给的。"

说到这儿，忍不住抱怨："山鬼的办事效率也没想象中那么高嘛。查个联系方式，查那么久。"

那天在云梦峰，他拍桌子瞪眼地说要找小炼炼，最不济也得找到联系方式，柳冠国屁股离了座位，说了句："我去拿。"

神棍奇道："你有？"

短短两个字，竟把柳冠国问愣了，他坐回座位，矢口否认："没有没有，口误，我原本想说的是，我去安排人找。这个……查人嘛，得要时间的。"

神棍说："那你去安排啊，还坐着干吗？"

这一安排，就安排到了半夜，否则，他也不至于那么晚发短信给江炼。

江炼觉得奇怪，柳冠国本不用这么费事的，干吗不朝孟千姿要呢？就算他没有孟千姿的联系方式，也可以通过孟劲松啊……

不过这都是小事，他有更关心的："说说看吧，你都有什么重大进展？又凭什么说咱们两个要找的是同一口箱子？"

终于说到正题了，神棍叹了口气，把自己如何去十头寨请教巴梅法师，又如何在复印机上发现了况美盈的画以及七根凶筒的事，一五一十说了一遍。

江炼听得头皮一再发麻，胳膊上数度汗毛立起，本来都已经到老宅门边了，为了不打断神棍叙述的节奏，他又径直拐弯，绕着老宅反复兜圈。

原本，他的设想是：人像有了，箱子的样子也有了，可以想办法在各个渠道寻物寻人——虽说时间过去那么久了，希望有点儿渺茫，但只要赏格提得高点儿，没准儿可行。

但神棍的发现，直接让整件事跨进了一大步：阎老七和阎罗！

他稳了稳心神，把车子开进大门："你说再把关键的查出来，就是查阎罗吧？"

神棍看了他一眼："你兴奋成这样干什么？"

江炼笑："这么大进展，还不值得兴奋吗？"

神棍正色说了句："小炼炼，我们确认了双方找的是同一口箱子之后，你的眼光就不能只停留在况美盈的病上了。你得有全局观念，这整件事比我们想的要复杂得多了。"

况美盈得了江炼吩咐，早在会客厅里等着了。见两人进来，赶紧起身，神棍还没来得及跟她打招呼，目光忽地被桌上的物件吸引了开去。

他失声惊叫："箱子，你找到箱子了？"

桌上，有一口跟贴神眼所画一模一样的箱子，那花纹、那正面的凤鸟、那长宽……

神棍突然就迈不动步子了。

江炼一句话让他恢复如常："别想太多，3D 打印。"

好吧，有模型总比没模型强，神棍小跑着凑上去看，忽然又想到什么，问况美盈："你的血……真的是，沸腾的？"

况美盈一怔，旋即点头，还伸手去抓桌上的水果刀，似是想当面印证。江炼说了句："割起来怪疼的，这个就不用佐证了吧，是真的。"

神棍经他提醒才反应过来："不用不用，我就是确认一下。"

说到这儿，忍不住上下打量起况美盈，况美盈被他看得发窘，有点儿手足无措。江炼给她解围："你先出去吧，我们这儿要聊点儿事。"

候着况美盈离开，他才说了句："我和她认识也有十几年了，截至目前，除了血，她真没什么特别的，再看也白搭。"

神棍悻悻地在沙发上坐下。

江炼单刀直入："找阎罗，是不是不太顺？"

神棍没有回答，他把那口模型箱子翻了个面，让江炼看凤鸟和凰鸟的首尾相衔处，那儿有一道比其他刻凹处都更深的沟槽。

又翻其他几面，只要是首尾相衔处，都是如此。

江炼心中一动："这就是凤凰鸾扣的结扣？"

神棍点头："咱们都确认这是一口箱子，是箱子，就得能打开、能装东西。我想来想去，认为这箱子有锁，只不过设计得太巧妙了，锁是在箱子里头，而不是外头。"

所以从外头怎么掰怎么砸，都开不了。

江炼沉吟："'烈火滚过沸腾着的血，可以打开机关的结扣'，意思是，美盈的血滴入这沟槽，再点火焚烧，箱子里头的结扣就会打开？"

神棍"嗯"了一声："没想到吧，况家人的血是用来开箱子的……还有就是，这两天我反复想了很多。我觉得，这箱子里，其实没有药方。"

江炼心头一动，但没去反驳他："理由呢？"

神棍反问他："如果真的有关乎家族性命的药方，你觉得会只有一份吗？为了防止偷盗、火灾、兵祸、遗失，正常人都会备上十份八份吧？为了分散风险，还得藏在不同的地方——除非根本没法备份，而没法备份的，就绝不是一纸药方。"

他指向那口模型箱子："有没有可能，箱子本身，就是方子呢？况家人逃难，为什么一定要把一口空的、在别人眼里毫无价值的箱子带在身边呢？连着三代发病，且发病的时间越来越早，会不会是因为她们离开这口箱子太久了呢？"

江炼沉默了会儿。

是有可能，况家人的体质特殊，这箱子的材质也奇怪，黑三爷的那一板斧只能在箱子上斩了个白印——也许这箱子有着奇怪的辐射，对普通人无益也无害，却能平衡况家人的身体状况？

江炼也在沙发上坐下，他回思见面以来神棍说过的每一句话，迟疑着问了句："刚刚，你让我要有全局观念？"

神棍猛点头，每多点一次，就紧张一分："小炼炼，你是不是想到什么了？"

江炼回答："我想起你在手托山胆时，曾经出现过幻象，看到自己把山胆放入一口打开的箱子，而边上有人唱票般念'山胆一枚'。"

终于说到点上了，神棍激动极了，他就知道江炼总能跟他想到一块儿去："像不像清点库存、做记录？"

江炼继续说下去："山胆的体积不大，但一口这么大的箱子，里头装的东西一定不只是山胆。"

神棍声音都有点儿抖："没错，没错！"

他急急抓过桌上的纸笔："小炼炼，你觉不觉得这口箱子里头的物件，包括箱子本身，像是……被人瓜分过？"

他开始在纸上写字。

  箱子——况家
  山胆——山鬼
  七块兽骨——下落未知

写到这儿，笔头顿住："这箱子里，可能还有别的东西，但目前知道的，只有这些。

"箱子被况家人带走了，你也说曾经翻过县志，况家就是一个地方上的大户人家，没什么特别的——他们要是有什么特别之处，也不会栽在一群山野土匪手里。

"山胆在山鬼手里，这么多年来，一直被封禁在悬胆峰林的九重山下，前一阵子，才被孟小姐带出来重见天日。

"七块兽骨，根本不知道流落何处。我和我的五位朋友追查七根凶简的事，最早只能追溯到老子过函谷关。但很显然，在那之前，这七块兽骨就已经被人从箱子里拿出来了，这才会有七道戾气为祸人间、最终为老子所封印的事。

"仅以这三条线来看，你有没有发现，互不相干，风马牛不相及。况家和山鬼毫无关系，山鬼跟七根凶简涉及的事也从无交集。"

江炼接了句："但最初的最初，开箱取物的时候，一定是有着密切的关系的。"

他隐隐觉得，似乎是有人从中布局，试图让箱子和箱中的物件都散裂四方，而非归入原位。

顿了顿，他笑起来："好了，铺垫了这么多，我已经知道事情比预想的更芜杂庞大。你可以告诉我，你在那之后几天，都查到了些什么了。"

【02】

一说到进展，神棍就发蔫了。

这几天，他主要在两条线上下力气——巴梅法师和阎老七。

巴梅法师不负所托，却也让他死了心。

不负所托的是，巴梅法师殚精竭虑、苦思冥想，终于又解了一句；死心的是，这法师病倒了，截至今日，高烧两天不退，满嘴胡话。

马娟红好生愧疚，昨儿带了礼物，又去十头寨探望了。

江炼觉得奇怪："换季生病，也正常吧，病好了再继续呗。"

神棍苦笑摇头。

山里人，大多是迷信的，巴梅法师在试图去解这幅挑花图时病倒，难免会心头惴惴，觉得自己是做了不该做的事，受了天谴；而且，巴梅法师之所以能成为瑶山法师，靠的不是接受教育，也不是自学成才，只是天赋异禀。君不见没戴上巫傩面具时，他只是个腌腊肉的普通山寨老头。

这高烧来得蹊跷，正如西藏史诗《格萨尔王》说唱艺人之谜：有些目不识丁的牧羊人在高烧之后或一觉醒来，忽然能口诵几百万字的长篇史诗——神棍有种奇怪的直觉，巴梅法师这场病后，应该再也看不了挑花图了。

他心中好生愧疚，觉得是自己的穷追猛打，让法师硬着头皮一再挑战极限，这才遭了反噬。

江炼也有点儿感慨，顿了顿才问："那他又解出的那句是什么？"

神棍叹气："是关于那七块兽骨的。"

那句话是："眼睛会受蒙蔽，但手会帮你认出它们。"

江炼说："那结绳记事……记录的话这么文艺？"

神棍没好气："结绳记事，记录的是事，法师看到的，是一种感觉，他只是把这种感觉描述出来，马娟红又翻译转述，懂了吗？"

懂了。

眼睛会受蒙蔽，但手会帮你认出它们。

江炼皱起眉头。

这意思好像是，那七块兽骨，即便送到眼前，你也认不出它们，只能靠手去……摸？

这就有点儿匪夷所思了，他怎么可能摸得出来？有些盲人能够靠触摸分辨出亲人的脸，那纯粹是因为他们对亲人的面部轮廓熟稔于心，可谁能摸得出自己从来没见过也没摸过的骨头呢？

难怪神棍跟霜打的茄子似的，这"进展"，也太虚无了些。

江炼岔开话题："那阎罗呢？"

神棍又丧三分："小炼炼，你是不是觉得，阎老七是阎罗的孙子辈，或者至少是亲戚，找到阎老七，阎罗的情况也就呼之欲出了？"

是啊，但他这语气让江炼心生不妙："阎罗和阎老七没关系？长得相似只是巧合？"

神棍说："那倒不是，确实是爷孙关系……"

江炼的心略放了放——

"但是小炼炼，你忽略了大时代的风云变幻啦。"

什么意思？

江炼蓦地想到了什么，一颗心"怦怦"急跳："他被湘西剿匪……灭了？"

神棍说："那倒没有。"

江炼差点儿被他气乐了："说话别喘，你给我一次性说完！"

这一吼，把神棍吼老实了，他原原本本地把这些日子打听到的有关阎罗的事儿给说了。

阎罗这人，从没真正上过匪寨插过香。

也就是说，这人有双重身份，表面上他是个文书先生，接的都是散活，帮人写信、写请柬、写宴席菜单、写节庆对联，偶尔还被人雇去跑船记账；暗地里联通土匪，帮人踩盘子、出主意，甚至直接参与行凶。

这世上没有不透风的墙，渐渐地，这事就私下里传开了，但阎罗咬死了没有，无凭无据的，也不能把他怎么样。

他为人机灵，湘西剿匪的时候，早洗手上岸了，并没有被波及。

但后来，清算地主老财坏分子的时候，很多人或为自保或为立功，纷纷揭发，阎罗就搪不住了。好嘛，那点儿破事，迟早被抖出来，而一旦抖出来，绝对是吃枪子的命。

阎罗想了又想，最后来了招走为上策。

他跑了。

江炼没太听明白："他跑了，跑哪儿去了？那是后来又回来了？"

毕竟他的孙子阎老七长住湘西啊。

神棍嗤笑了一声："你还是太单纯啊，小炼炼，你以为他是拖家带口跑的？错！这位阎罗是个狠人，怕走漏风声，他谁也没告诉，自己一个人跑的。什么爹啊妈啊老婆啊儿子啊，通通没带，全扔下了。"

江炼倒吸一口凉气："他不会就这么一走了之，从此再也没回来吧？"

神棍文绉绉地答了句："正是，这一走，直如风筝断线、石沉沧海，再也没有回过湘西。"

江炼终于明白神棍之前为什么总是一副蔫巴样了,这从波峰到波谷,从莫大希望到彻底失望,他也快蔫了。不不不,不只是蔫,他要枯了。

他长吁一口气,仰靠在沙发背上,喉间逸出呻吟似的叹息。

绕了一圈,又回到原点了。

神棍清了清嗓子:"我还没讲完呢,还有一点儿后续。"

江炼连头都懒得抬,他盯住天花板上悬着的枝形大吊灯,觉得那无数根四向抽伸的精致虬枝真像眼前这事的千头万绪啊,不知该从哪儿理起:"你说。"

"阎罗不是跑了吗?一个破坏祖国建设的坏分子,不能说跑就跑吧?当地的警察还追查过一阵子。据有个生产队的会计提供情况说,阎罗逃跑的前一天晚上,他因为吃坏了肚子半夜跑茅厕,曾经撞见过阎罗。依稀瞧见,阎罗身上,背了个箱子。"

江炼猛然抬起了头:"箱子?是不是那口……"

他把后半截话咽了回去。不一定,也许带的是字画。那年月,好多人是偷渡逃往海外的,字画到了外头,能变现。

但神棍给了他肯定的回答:"你先往下听,我觉得应该是。"

他径直往下说:"不是旅行的皮箱。看形制,就是那种老式的箱子。那年头,大家外出都是拎包啊、提袋啊什么的,很少有背箱子的,所以那会计没往逃跑这块想,再加上急着跑茅厕,就没理会。直到第二天,才听说阎罗弃家逃跑了。"

江炼喉头发干:"阎罗……是不是参详出些什么了?"

一定是!

若说黑三一帮人劫杀况家那次,阎罗留意到那口箱子是因为觉得奇怪值得留下来研究。那这一次,孤身逃命连爹妈妻儿都顾不上,却偏偏背上一口箱子,未免太耐人寻味了吧?

神棍点头:"劫杀况家是在二十世纪四十年代,逃出湘西是在五六十年代,满打满算,阎罗琢磨这口箱子,也有十几年了……"

江炼接口:"而且,阎罗很可能拿到了现成的资料。况家的东西,黑三只拿金银财物,阎罗处理的,却是一些卷轴、书籍、文稿——如果况家真的是古早时期瓜分箱子的家族之一,他们留下的文书里说不定有一些记载,恰好被阎罗看到了。"

那记载一定相当有价值,或者说,对阎罗有极大的诱惑力。

江炼简直是要扼腕:况家也是个值得深挖的家族,然而,现放着真正的传人在他身边,却提供不了任何有价值的信息——这被劫杀以致家族传承全部中断,真是……

他急问:"知道阎罗逃去哪儿了吗?"

神棍摇头："天大地大，哪儿不能去啊，不过……"

他话锋一转："你知道阎老七是怎么发迹的吗？"

不知道。江烁有点儿沉不住气："好勇斗狠？"

神棍斜了他一眼："你又错了，好勇斗狠只能出地痞流氓，出不了湘西一霸。要带个'霸'字，必须得有钱，但阎老七那种出身，向来都是被清查的对象，哪来的钱呢？这事吧，还是阎老七自己说出来的。"

那时候，阎老七穷人乍富，结交了不少道上朋友，每天就是声色犬马、吃喝玩乐。有一次喝高了，有人给他敬酒，顺便请教发财的法子，阎老七哈哈大笑，一口闷了杯，比画出一个"2"的手势，说："我阎金国能有今天，感谢两个人，一个是大画家，白石先生。还有一个，就是我那高瞻远瞩、当过土匪的爷！"

二十世纪九十年代，一切皆成过往，当过土匪这事，可以毫不忌惮地拿出来说了。

据阎老七说，他那死鬼爷爷当年出逃，都过去半辈子了，家里人早忘了他了，没想到临老时良心发现，给他写了封信。

信里有两张纸，一张是地图，曲曲绕绕，标出了一个小天坑的位置；另一张是书信，说是自己早年为匪，攒下点儿东西，就埋在那个地图标记的位置处，挖出来变卖了，这辈子吃喝不愁，也算是他对家人的一种弥补。

其实弥补啥啊，该弥补的人都早死了，反便宜了一个最谈不上弥补的阎老七。

阎老七知道那天坑，深倒不深，百十米吧，乡下人叫"死人坑"，说是旧社会时行私刑杀人的地方，什么女人通奸、男人杀亲、土匪杀人，都往里扔，以至于那一带阴风阵阵、鬼火点点，临近的乡民都不敢走近。

阎老七是个不怕鬼只怕穷的主，抱着宁可信其有的心态，缒绳下了天坑，踩着零落的陈旧尸骨，终于挖出了一个被油纸包裹了一层又一层的箱子。

这故事近乎传奇，劝酒的人不信："七哥，你这就太小气了，不肯教兄弟发财也就算了，还给编个这么没边的故事……"

也有人高举酒杯："干！干了！这就是命啊，我爷当初怎么就那么没本事，你说他要是也帮我抢两张白石的画啊、王羲之的字啊，我不就发达了吗？"

阎老七酒醒之后，深悔自己失言，从此再也没提过这事，偶尔有人问起来，他也只笑笑搪塞过去。再后来，洗白了，颇讲究家世出身，就更加不会提起了。

果然树挪死，人挪活，阎罗这一逃，竟逃出了生路，平平安安地活到了二十世纪九十年代。

江炼追问："然后呢，阎老七得了阎罗这么大好处，就没想过要找找这位长辈？"

神棍说："这可不是阎老七的事，主动权在阎罗手里。他那封信，没署名、没地址，摆明了并不想认亲。"

"那邮戳呢？信寄过来，总要邮戳吧？"

神棍点头："邮戳倒是有的。"

有邮戳就有眉目了，江炼心里安定了些："从哪儿寄的？哪个省寄的？"

神棍答了两个字。

广西。

安徽，黄山市。

人来人往的街面上，有家美容养生馆，叫"山桂斋"。

这个山桂斋，也是山鬼的产业，却并非总舵，真的只是个待客、休闲用的养生会馆而已。

无须外出的时候，孟千姿每隔一两周就会来一次，让人帮她松松骨头放放筋。她跟高荆鸿不同，不喜欢叫上门服务——吃住都在家里。一切都在家里，那长腿是干什么的？

恰是午后，阳光从悬在窗上的疏落竹帘里打进来，在对墙映下一条条明亮的线影。

孟千姿按摩已毕，打发走了按摩师，和衣坐起，无比舒畅却也分外空落。

她发了会儿呆，又俯下身子，把水烟壶上搭挂的烟嘴拿过来，噙进嘴里。

这水烟壶是年前收到的玩意儿，说是正儿八经从中东淘来的稀罕物件。通身镏金嵌宝，水烟的烟叶也是特制的，没烟味。根据个人喜好，可以选柳橙味的、凤梨味的，甚至可乐味的。

吸起来味道甜香，琉璃制的烟瓶里"咕噜咕噜"泛镀了珠光的水泡，非常奇妙。

她在家里吸过两次，被高荆鸿看见了。高荆鸿说她："姿宝儿，你看你这姿势，跟吸大烟似的。"

老一辈也真奇怪，可以因为看不惯某种姿势而讨厌某件事物。孟千姿也懒得分辩，就把这水烟壶移来了养生馆，松完筋骨之后，总会吸上那么一小会儿。

久而久之，这儿人人都以为她喜欢吸水烟，还想方设法送她各种味道的水烟叶子。

其实，她只是无聊罢了，所以让脑子放空听"咕噜咕噜"的声音，看那密集的水泡不断胀起又旋即碎裂。

每当这个时候，她的脑子里，就会碎片般掠过很多人、很多事。

这一次，她想起江炼。

再想起他的"不告而别"，她心里已经没什么波动了，只觉得是自己会错意了，她以前也这样过，这一次，还不算最离谱的。

但又有什么办法呢，她对识别人心真意从来都有障碍。五妈提醒她要"带眼识人"，她一直都带着啊，也睁得很大。可是人，从来不是只靠一双眼就能识得了的。

门响，是孟劲松进来了。

孟千姿把连着烟管的烟嘴挂回水烟壶上："有事？"

孟劲松"嗯"了一声。

他先说第一件："神棍那头，我让柳冠国全力提供便利了，有什么要求，尽量满足。"

挺好的。

孟千姿问："有什么进展吗？"

孟劲松还没来得及开口，她又加了句："别小鸡啄米一样一天告诉我一点儿，没那精力，你跟进吧，差不多的时候再跟我说。"

孟劲松看了她一眼，没吭声。她不是没那精力，她其实有大把时间。

她就是没精神。

顿了顿，他清了清嗓子："还有就是……六姑婆过四十五……"

孟千姿一下子坐直了身子："四十五，是大寿吧？"

孟劲松点头："逢五逢十，于山鬼来说，都是大寿。"

"那六妈……来山桂斋过，还是在广西过？"

"在广西过。"

倒也在意料之中，孟千姿怅然半晌，低声说了句："何必呢？"

又问："那其他人……"

孟劲松知道她是想问其他几位姑婆去不去："不去。"

孟千姿蹙眉："都不去？那……送礼吗？"

"也不送，都不送。所以我来问你的意思，你要是也不去或者不送礼，那可就……"

孟千姿没听进这话，只是低声呢喃："这又何必，僵了这么多年了。"

孟劲松说了句："这也是没办法的事，谁让……"

他没把话说完。

孟千姿沉默。

她想起其他几位姑婆过寿的时候，山桂斋里总是大摆筵席、热热闹闹。每次六妈都不在，逢年过节也不在，像是被放逐，又像是自我放逐。

孟千姿小时候，轮到跟着曲俏住的时候，有大半的时间是泡在戏院后台的。大家都上戏去了，没人理她。她自得其乐，套穿起宽宽大大的戏服，把衣袖卷起一层又一层，然后娉娉婷婷点着步子走到墙边，对着墙施礼，还假装羞涩地叫："公子……"

故意翘着舌头，想学粤式的发音，但学得不伦不类，听起来像在叫"公鸡"。

墙公子从来没理睬过她。

有一次，被恰好下戏进来的曲俏看到。曲俏笑弯了腰，说她："咱们千姿，这么小就想情郎了，是想嫁人了吧。"

她便红了脸，把头埋在宽大的戏服里，嚷嚷着："不嫁不嫁，我一辈子都不嫁。"

当时的玩笑话，后来竟成了真。

孟千姿想到六妈即将到来的四十五岁生辰，无人来贺，冷冷清清的样子，心头忽地涌上几分酸涩。

她说："既然都不去，那我去吧。"

【03】

广西壮族自治区，桂林市。

老胜记米粉店。

江炼往面前的米粉碗里加醋，据说这是店里的招牌粉，碗里挤挤簇簇闹闹腾腾，颜色丰富而又好看：莹白的粉、翠绿的葱、朱红的卤肉、暗褐色的酸豆角，还有半个横切的卤蛋。

神棍兴冲冲地捧着碗过来，问他："味道怎么样？"

他要的是酸笋粉，还加了份，碗头堆起金灿灿的一大片。

江炼说："味有点儿怪。"

当然，也有可能是用餐环境太一般了，嘈杂而又拥挤，屁股底下的塑料凳又劈裂了条腿，总往边上歪，所以江炼兴致索然。他一夜暴富——以前也并不缺钱，但从干爷手里支薪，跟自己账户上有大额银钞，是两回事——就总想提升点儿生活质量，但神棍呢，老拉着他吃路边摊、坐大巴，还美其名曰"不能脱离群众"。

照这样下去……

江炼比从前多了新一层忧虑，就怕哪天自己不幸了，钱没花完，那就不合算了。

神棍说："怪就对了。"

他侃侃而谈："全国各地都有桂林米粉，但是根据我这些年来各地嗍粉的经验，上海的桂林米粉是上海味儿，北京的桂林米粉又是北京味儿，都根据当地人的口味改良过了,那些自诩爱吃桂林米粉的人,真来桂林吃米粉,反而不习惯。"

江炼没什么心思跟他聊米粉,他看向熙熙攘攘的小街:"万烽火的人什么时候来?"

神棍看墙上挂着的早已被油烟熏得油腻的挂钟:"快了,说是一点。"

"归山筑的人是两点来接?"

神棍点头:"那当然,柳冠国打过招呼了,说是这头的山舍叫'秀岚居',接待的人叫路三明,又叫'路路通'。"

还没见面,他就夸起路路通来,多半是喜欢这外号:"说是老资历了,对什么桂东南桂西北都熟。广西不是壮族多吗?他连壮语都会讲。多合适的向导啊——我跟你说,到一处地方,能有个当地人领着,至少省一半心。"

省心?

江炼不觉得,他用筷子把粉搅了搅,原先那么色香味俱全的一碗粉,被搅得面目全非:"我觉得这趟省不了心,尤其是那个阎罗,这都死了,怎么查?"

神棍批评他:"小炼炼,你这就有点儿态度消极了啊,你以为人人都跟你干爷似的那么长寿吗?这阎罗都多大了?即便不出车祸,现在也早死了啊。"

阎罗寄给阎老七的那封信,邮戳属于广西壮族自治区桂林市。

江炼汇总了相关消息,甚至借助电脑模拟,将阎罗五十岁、六十岁乃至七十岁时的相貌都印绘了出来,然后在神棍的推荐下,以九折的"友情价",委托了一个叫万烽火的人。

据神棍说,万烽火入的是收钱帮人打探消息的行当,甭管消息多隐秘、年代多久远,只要钱给得到位,八百年前的事,都必能帮你挖出碎渣来。

江炼原本以为,找人是件旷日持久的事儿,然而事情顺利得出乎意料,两天之后,就收到了第一轮消息:阎罗就住在桂林,化名"严四喜",老来当了环卫工,一九九三年的时候,有一天扫街,躲避不及,被一辆快速行驶的汽车撞死了。

算算日子,应该是给阎老七寄完信之后不久就出事了。

江炼有点儿接受不了这结果。阎罗这样的狠人,少时通匪,劫财杀人,壮年时又抛家弃子只带了口箱子逃亡。前情铺垫得这么满,让人觉得他必会干出一番"大事业",忽然就这么稀松平常地死了?而且,他一出手,就"送"了阎老七一箱字画,自己反而去做环卫工?

还是神棍有经验,撺掇他说:"他们查到的都是表象资料,想透过现象看本质,还得你实地去问。"

也行，干爷丧礼已毕，事情也该重上正轨了。

这一次，江炼没让况美盈他们跟着，她的身份诡秘而又重要，经不住再出事了，还是由韦彪陪着待在老宅比较安稳。反正现代交通发达，有需要她的地方，一个电话，至多一天也就到了。

临上飞机时，又接到万烽火那头的电话，说是这两天陆续查到了点儿新资料，会一起放进资料袋里，面交。

江炼米粉吃到一半，见识了这面交。

来人是个二十来岁的小伙子，一身外卖员工服，腋下夹了个资料袋，上来先验身份证，比对江炼的指纹。资料袋递过来之后，还打开手机现场拍摄视频，说："以前我们东西交到客户手里，拍照留证就行了，现在得录视频，这是对客户负责。"

江炼只好对着镜头拆袋，颇不自然。

神棍跟那小伙子闲聊："你们现在这么先进啊？"

小伙子一脸骄傲："那当然，老板说了，唯有与时俱进，在各个方面增加用户体验，才能把事业做大——我们现在有个全国系统，每一例案子都会上传，各地的同事都可以浏览、点评、提意见。不过你们不用担心隐私泄露，我们很专业的，只会上传目标照片和跟进的步骤流程。"

边说边拖了张凳子在桌边坐下："您先看，我再解释，有什么疑问也随时可以提——后面这几张，是我们赠送的，一般来说，查到这个人死也就over（结束）了。"

江炼一张张翻看。

其实大部分情况，他都已经自电话里听说了，多出来的那几张，都是照片。

有一半是阎罗的日常照，看年龄，都在六七十岁，或是在扫大街，或是拘谨地摆拍。照片边角泛黄，有几张背面还有撕粘的痕迹，也不知道他们是从哪儿找到拽下来的；另一半，拍的好像是幢烧毁的房子。

江炼拈起两张人像照片，这两张是抢拍而非摆拍，所以人物表情和动作都更加自然些。江炼看了半晌，问了句："他的腿……是不是有问题？"

也不是瘸，总觉得那起步的姿势有些不平衡。

小伙子点头："对，对，有条腿冻伤过。据见过的人说，走路一直有点儿一拖一拖的。"

"在哪儿冻伤的？"

小伙子一愣："江先生，我们只是负责找人，你问的这个，太细节了吧？"

让他这么一说，江炼也觉得自己有点儿强人所难了。

132

神棍凑过来问:"冻伤又怎么了?"

江炼说:"就是觉得……奇怪。"

湖南虽说冬天也挺冷的,但应该不至于把人"冻伤"吧?至于广西,位置更加靠南了,阎罗怎么着都不至于在广西冻伤啊。

他飞快地翻了一遍那沓资料:"就只知道他一九九〇年前后是当环卫工的,那之前呢?没有吗?"

小伙子说:"之所以这么快查到这个人,就是因为他当过环卫工,有个用工记录啊。之前就不好查了,一个孤老头子,饥一顿饱一顿的,跟流浪汉有什么区别?而且,你看看他逃亡的那个年代,全国都处在一种无序的状态,确实难查。据跟阎罗打过交道的人说,这老头特孤僻,从来也没向人提过自己的来历——不过你放心,这不才第二轮资料吗,我们会继续想办法的。"

也只能先这样了,江炼又看另外几张:"这又是什么?阎罗的……住处,被烧了?"

小伙子摇头:"我刚不是说我们查人,一般只查到人死吗?但是这个阎罗死后,刚好发生了件事,所以顺带着一起放进来了——那年头,死亡程序还不是那么正规,再加上他也没什么亲戚朋友,撞成那样,没有进太平间的必要,直接被拉去火葬场了,排队等火化。"

江炼隐有不祥预感:"该不会是……火葬场起火了吧?"

小伙子点头:"就是。当天晚上,火葬场里只有一个工作人员值班,结果半夜的时候起了火,把大半个火葬场都给烧没了——事后调查,是那个工作人员放的火,说是跟领导长期不和,事发前还被降了工资,蓄意报复。"

神棍嘟囔了句:"跟领导长期不和,烧什么单位啊。"

小伙子接口:"是啊,要么说有些人的逻辑让人难以理解呢,而且他这一烧,把自己都给烧死了,你说何必呢?"

江炼一愣:"自己都烧死在里头了?"

"是,火葬场虽然位置偏,但附近还是有住户的。人们赶来救火的时候,听到他在火中号救命,可惜火太大,逃不出来了。"

说到这儿,他添了句:"这事,当时还挺轰动的,新闻都报了,很多人都知道。"

江炼忽然冒出一句:"那些赶去现场救火的住户,现在还能找得到吗?"

小伙子猝不及防:"哈?"

继而口吃:"应该……不难找。但是,不是找阎罗吗?找……找住户,那是另外的事了。"

江烁说："没事，钱我照付，你找就是。"

小伙子前脚刚接了新生意走了，路三明后脚就到了。

店门口的小街太窄，商务车开不进来，他是一路小跑着过来的，其实压根儿没迟到，离两点还差五分钟呢，但他已经一脸的歉意，大老远就冲着神棍检讨："我来迟了，我来迟了。"

这路三明跟柳冠国年纪差不多，矮胖又敦实，脑袋顶儿全谢，亮晃晃如灯泡，满面红光，时常带笑，一看就知道擅长迎来送往，难怪叫"路路通"。

他一路引着两人往车子去，又跟神棍套近乎："稀客，稀客，我们广西……唉，太偏了，多少年都没来您这样的 VIP 了。"

神棍经不住吹捧，或者是从来没被这么吹捧过，便有点儿沾沾自喜，还要假装谦虚："哪里，哪里，我就是跟孟小姐略熟一点儿。"

居然也用上"略"字了，江烁没好气地瞥了他一眼。

路三明激动："哪能是略熟啊，三重莲瓣，这么多年也只孟助理一个人，孟助理还是熬了那么多年的。我听老柳说了，说您特有学识——孟小姐还好吗？我好久没见她了，上次见她……"

他伸手在自己腰那儿比了个位置："上次见，她还只……这么高呢。您回去见了她，跟她说说，没事来广西转转。这儿山多，变化也挺大的。"

也不知为什么，江烁总觉得，这路三明说到后来的时候，有点儿失落，那种旧式的、不被起用的失落。

神棍说："一定，一定。"

江烁腹诽：大话精。

神棍这"三重莲瓣"，也就是名号好听，跟孟劲松这种差得远了——全程对接柳冠国，压根儿跟孟千姿对不上话。

想起孟千姿，江烁有点儿恍惚。觉得她走了之后，像被关进了漂亮的琉璃盒子，忽然就再也没消息了——当然了，也不一定是"关"，也许是她自己住进去的，不愿意开门出来。

因为，以她那性子，真想做什么事，谁拦得住呢？所以，她一定不会被关，至多是自己关住自己。

忽听到神棍问了句："你是广西这头管事的？"

路三明回了句："哪儿啊，有六当家的在，哪儿轮到我啊，可有什么办法，六妹她……万事不管哪。嗐，不说她。到了，上车，上车。"

秀岚居的规模比起云梦峰可气派多了，水准直逼五星，足见桂林山水甲天下，人家的基本盘大，设施设备都更胜一筹。

江炼住了豪华大床间，一进屋就看到了迎宾果盘，果盘边还有张卡。他起先还以为是迎客卡，细看时才发现是张粤曲戏票。

粤曲亦即广东大戏，源自"南戏"，属于地方剧种。江炼没听过，但下意识觉得，粤语那种含娇带糯的吐字唱腔，分外好听。他看了眼时间，就是今晚，再看座位，是 VIP 黄金席次。

不错啊，看来这秀岚居跟附近的粤曲戏院是有对口合作的，会给入住的客人提供戏票福利。

江炼洗了个澡，小睡了会儿之后，揣上戏票出来，先去找神棍，想看看他要不要一起。

刚敲开神棍的门，目光往房间里一扫，江炼就知道，看戏这事，不指望他了。

他的房间里床上床下，摊开好多山谱、影集还有书，简直形同杂货铺。

江炼皱眉："你这是……"

神棍满眼放光："小炼炼，我跟路路通聊了才知道，你知道吗，段小姐……段小姐来过这儿。"

江炼想了会儿，才反应过来段小姐是段文希。说来也怪，孟千姿明明一口一个"段太婆"的，但神棍，偏偏要叫她段小姐。

他说："这有什么奇怪的，段太婆不是周游过全国吗，哪儿都到过。"

神棍激动："那不一样，段小姐来这儿时是二十世纪七十年代，她那时候都年过古稀了，路路通说，全程都有人陪着，还拍了好多照片，所以我让他都找来给我看。"

原来如此，又遇到这"无缘会面，有缘对酒"的隔空友人，别说是粤戏，鬼唱戏大概都不可能让神棍挪窝。

江炼随口问了句："广西有什么名山吗？段太婆来这儿……是看桂林山水？"

神棍说："名山倒没有，但是有广西弧啊。"

江炼没听明白："什么西湖？"

神棍讲不明白，拉他看山谱。

有图就方便多了。

原来，广西境内的山很奇怪，恰能组成四道巨大而又下凹的弧，如同弯弓。

第一道是：九万大山—大苗山。

第二道是：凤凰山—天平山—大南山。

第三道是：都阳山—大明山—镇龙山—莲花山—大瑶山—架桥岭。

第四道是：大青山—十万大山—六万大山—云开大山。

其中第三道弧，从地图上看，恰好切于北回归线上，切点便是镇龙山，这道弧，被著名地质学家李四光命名为"广西弧"。

江烁细看那些山名，觉得好笑："有六万山、九万山、十万山，那其他几万山呢？"

神棍摇头："没有，明面上就只有六、九、十。不过广西的山脉太幽深了，也许有，只是你不知道而已。"

也许吧，江烁指了凤凰山和镇龙山："这么偏的地方，又是龙又是凤的，声势倒不小。"

神棍在凤凰山和镇龙山之间那一带画了个圈："说段小姐当年，就是去的这儿。"

江烁说："那我走了，不打扰你和段太婆……隔空对话。"

江烁吃了晚饭，一路溜达过去，刚好赶上开戏。

这是个小戏院，很陈旧，颇有二十世纪八九十年代的感觉。舞台是木制的，幕布是暗红绒的，椅子是红胶皮折叠的。江烁很喜欢这感觉，觉得整个人被沉入另一个时空中，安然而又静谧。

但其他人不喜欢，有一部分持票过来的，看到这场合就退了，嘴里骂骂咧咧："我就知道便宜没好货，酒店不要钱白送的，能好到哪儿去？"

开场前，又走了一半，因为报幕员道歉说："曲小姐今天嗓子不好，不唱了。"

曲小姐可能是个角儿，那些人专为捧角儿来的，江烁看他们三五成群地离去，心说：我今天，还就要专捧配角的场。

人人都冲主角来，配角该多寂寞啊。

【04】

戏开了场，也拦不住人走。

因为布景粗糙，幕布上画些青山绿水、亭台楼阁，假得不能再假——现在的舞台剧，讲究与时俱进，各种新技术都可以引入，实在不该这么敷衍的。

江烁觉得这剧没什么诚意，不太尊重观众。既不尊重观众，观众自然也就轻慢舞台。

他也起了离席的心思，但是回头一看，不大的剧场里，居然走得只剩他一个人了。

这使他平白多出不该由他负的责任来：压垮骆驼的最后一根稻草、酿成雪崩的最后一片雪花，也是结扣解到底的最后那一拉——他这一走，这台戏可就真的崩盘了，再说了，演员该多尴尬啊。

算了，反正晚上也没事，牺牲点儿时间，成人之美吧。

于是他又坐定。这一坐，因为知道横竖是要听戏，反能静下心来了，听着听着，渐渐咂摸出些意味。

一个剧种，但凡能有传承、能有受众，就必然有其独特的魅力，你心浮气躁 get（领会）不到离席而走，不代表别人不能赏得了这味。

江炼正听得入神，忽觉有人在身侧轻轻坐下，又问他："喜欢粤剧啊？"

是个女人，声音舒缓而又低沉。说来也怪，明明是在说话，但给人的感觉像一声悠长的叹息。

江炼笑了笑，说："也不是，我听不懂粤语，就是看个热闹。"

边说边转过头来，触目处，不觉一怔。

这是个相当美的女人，是美，不是漂亮。说不出她的年纪，也许三十岁，也许四十岁——她的年龄感不是来自容貌，而是来自眼神和气质。而且，可以看出，她并不借助妆容和衣着去遮掩年纪，一切顺其自然，自然在她周身流淌，美也在她身上流淌，从垂在肩侧的头发到手肘处衣裳的浅浅褶皱。

江炼简直是要被她惊艳了。

他收回目光，心中突地冒出一个念头：这一晚，这场戏，还不赖。

美的事物，不管是画、景，还是人，都会让人心情愉悦，觉得不负光阴。

那女人说："这样更难得。有时候，听就行了，不一定要听懂。"

又问他："坐在这儿听戏，是种什么感觉？"

江炼沉吟了一下："首先，这儿必然有人砸钱扶持，不然，绝对支撑不下去。"

台上，明亮的灯光点染着戏角的胭脂粉面、浓墨眼梢；台下，昏暗的余光里，那女人嘴角带出一抹很淡的笑。

这是山鬼中行六的曲俏，亦即路三明口中名为"老大"却万事撒手不理的"六妹"。

粤剧流行于白话区，在广东、香港一带颇有受众，但广西情况较复杂：桂西壮族居多，桂东汉文化占主导。

桂东却也分南北，桂林属桂北，受湖湘文化影响，讲官话；桂南一带，如南宁、梧州等，流行白话。

所以粤剧在桂林不大吃得开，而且这小剧院简陋而又陈旧，每天压根儿售不出票，之所以能日日开戏，纯粹是因为她——路三明为了讨好这位六姑婆，于背后做了大量工作，比如基本包揽了戏票，当成自家酒店的客人福利，引客人过来捧场；又如长期雇用"水军"，专为曲小姐喝彩。一听曲小姐不唱，自然如放假般顿作鸟兽散。

曲俏说："这才是个'首先'，'其次'呢？"

江炼笑："其次，我觉得这戏，根本也不是演给观众看的。"

曲俏怔了一下，她转头看江炼，江炼正专注看台上，光影镀上他的脸，显得五官分外分明，却也柔和，多半是因为他那似乎随时都会上扬的嘴角。

曲俏说："那是演给谁看的？"

江炼说："给自己看的。"

他示意了一下台上："我也不知道这人是谁，但你看这种二十世纪八九十年代的布置、陈设，是没钱去改进吗？肯定不是。就是刻意为之的。那人心里，大概有个走不出去的旧梦。早已过去了，事过境迁，她却不愿意撒手，或者说是不放过自己。一遍遍地重演，也重温。不在乎有没有人看，也不在乎赚不赚钱。"

曲俏坐着不动，台上的一切却突然有些模糊，各色的影子里揉着念打的调子，有人在耍棍，耍得虎虎生风，棍影连成了圆，又成了起伏的旋涡，像是要把远年的事吐出来，又像是要把现在的她给吸进去。

她听到江炼问她："你没事吧？"

她知道自己眼角已挂着一行泪，并不去擦，只笑笑说："没事。"

又指向舞台两侧："你看那儿，各自都有道门。"

江炼说："没错啊，供演员上下戏台用的。"

曲俏摇头："外行才这么说，那个叫'虎度门'。早年在广东学戏，师父要求得严，一再强调说，上了这个戏台，就一定要有敬畏之心，要尊重这戏……"

江炼听到她说早年学戏，忍不住"啊"了一声："你是……"

曲俏没回答，仍在说自己的："……也要尊重你演的这个人。一入虎度门，你就不再是自己，哪怕你刚死了父母妻儿，哪怕刚下台就要被枪毙，只要你跨过这道门，上了这个台，你就得忘天忘地，忘他忘我，不把自己带上台，也不把自己的仇怨带上台，眼里心里只能有这场戏。"

她和她最爱的男人就是因戏结缘。台上台下，缱绻迤逦，后来情变，两人在后台反目，他扇了她耳光，她抓破了他的脖子，指甲里都是他的血肉。

但穿了戏服，还是要上戏，她揣了把刀上台，心说，不如就在众目睽睽之下捅死他，再抹脖子自杀，在这戏台上唱一曲自己的挽歌。

可过虎度门时，全身一震，头顶如有棒喝：上了这个台，就得忘天忘地，忘他

138

忘我。

那场戏是粤剧名曲《帝女花》。

多么讽刺,两个片刻前还你欲啖我肉、我欲吸你血的男女,上了戏,深情款款。多年后想起来,她觉得那男人是渣,但不得不承认,确实也是个敬业的好演员。

演到戏里的两人双双饮砒霜自尽。

她唱:"地老天荒,情凤永配痴凰。"

演到在连理树下交拜自尽,他眼中含泪,与她合唱:"夫妻死去与树也同模样。"

台下啜泣声四起,渐渐连成一片,她看指甲缝里那已经干涸的血红,想到僵麻的脸上那被脂粉盖住的伤,觉得荒唐而又好笑。

下了戏后,她开始分不清人间和戏台,游戏人间,浪荡戏台,万事不理,把曾经的那个小戏院几乎原样复制在这儿,雇了一群同样唱粤戏的,日复一日,陪她重温这旧梦。

她生在梦里,活在戏中,戏梦都是虚无,梦醒即止,戏了便散。地久天长是真的,但那是天地的事,人嘛,也就图个一晌贪欢。

论理,孟千姿应该由七个妈轮流带的,但她只带了一轮,就再也没带过了。据说高荆鸿放话:"老六越来越不像话了,别让她把我们姿宝儿带得跟她一样寡廉鲜耻的。"

不带就不带吧,但她喜欢千姿,逢年过节,仍会到山桂斋去探看。直到五六年前,为了件事,和几位姐妹翻脸失和,再也没来往过了,连带着跟广西这头的归山筑都疏远了——广西这儿,也跟个不受宠的儿子似的,就此淡出了山桂斋的视线。

她向江炼介绍自己:"我姓曲,叫曲俏。"

又站起身:"你不赶时间的话,我去上个装,给你唱段戏。"

不等江炼回答,她转身走向后台,及至坐到梳妆台前时,还在想着江炼的话。

——那人心里,大概有个走不出去的旧梦;

——事过境迁,她却不愿意撒手,或者说是不放过自己。

她对着镜子上装,上着上着,持笔的手就颤抖起来,她还以为自己早就释然,也看开了。

但话从陌生人和旁观者口中说出,最直击内心。

原来,这么多年,只不过是自己不放过自己吗?也对,最伤心只是那两三个月,她却用了二三十年来日日祭奠。

这当日的戏台,这当日的戏码,这总是没什么观众的戏场,日日再现,到底有什么意义呢?

江烁坐着看完了《帝女花之香夭》。

这一段讲的是，明末国破，长平公主与驸马周世显于成亲之夜，双双自杀。

洞房花烛，凤冠霞帔，演的却是悲情故事，江烁听懂的唱段寥寥无几，只是看台上死别的两人，觉得分外惆怅。谢幕的时候，他站起身，一直鼓掌，这单薄的掌声在戏厅里不断回荡。

演员下了虎度门，戏厅里的光大亮。江烁看到，有一两个没来得及卸装的演员抱了束花向他匆匆奔来。

他还以为是要给他颁"坚持到底观众奖"。

然后才知道不是，最前头的那个武生把花塞给他，拜托他："不好意思，曲小姐现在难得上台，一般有她上的场，都会有人献花的，但现在，观众都走光了……"

懂了，江烁没看过粤剧，但看过影视剧，那些角儿回到后台，总会收到花啊、行头啊什么的，讲究一个排场。

江烁抱着花束进了后台，曲俏刚刚摘下凤冠，一张描摹得精致的脸被大红嫁衣映衬着，分外明艳。

她接过花，问江烁："你有空吗，一起吃个夜宵？"

江烁迟疑了一下，但曲俏接下来的话让他推辞的话没能出得了口。

她说："今天过生日，本来还以为就这么冷清清过去了，没想到临到最后，还能遇到一个聊得上话的人。"

曲俏住的是幢小洋楼。

当年，广西出了个桂系军阀白崇禧，白公馆已成受保护单位，不好买卖。这洋楼，据说是他的一个高级副官的，解放后几经转手，被曲俏买下了——她本来就是戏梦人生，不喜欢生活在当下的，买下后整旧如旧，住着民国的房，唱着明清的戏，伤着二十多年前的情，日日在不同的时空里穿行。

现下，小洋楼上下都没亮灯，显然是主人未归。

楼前的道路不远处，停了辆大SUV，车后座上，孟千姿打开礼盒盖，最后一次检视送给曲俏的冠饰。

毫不夸张，一开盖珠光宝气，真个丝缠线绕缀琳琅，冠头捧起来，后头还缀了莹白色的珍珠帘子。

车内施展不开，她弯下腰拿头去凑那宝冠，叹着气说："这么漂亮，我都想去唱戏了。"

副驾上的辛辞回头看她："有那么夸张吗？"

驾驶座上坐的是孟劲松，他瞥了辛辞一眼："你以为，送六姑婆能用仿货？光宝冠后头的珠链，就用了四千多颗小珍珠。"

辛辞咽下一口口水，顿了顿又问："干吗不让人家归山筑接待啊？搞得还要租车，委屈老孟当司机。"

孟劲松回了句："我不委屈，你发牢骚发你的，别拖我下水。"

孟千姿没好气："惊动了归山筑，又是大动静，又得请这边的各路朋友吃饭，烦不烦？再说了，不是给六妈惊喜嘛，知道的人多了，还惊喜得起来吗？"

辛辞冒出一句："万一人家六姑婆今晚……嗯……夜不归宿呢？"

孟千姿瞪他："别胡说八道。"

辛辞委屈："不是没可能啊，过生日嘛……这位六姑婆这么吃得开，听说追她的人大把，连二十多岁的……"

孟千姿冷了脸："越说越没边了是吗？"

辛辞嘀咕："事实嘛，又不是造她谣。"

孟千姿撑他："'连二十多岁的'，你听听你这个用词——就准男人找个年轻漂亮的，不准女人找个年轻帅气的？我六妈这么漂亮，保养也好，还有钱，配不上谁了？"

辛辞悻悻地说了句："没说配不上，但别换那么频呗……"

孟千姿一脚踹在他座椅背上。

孟劲松其实心里也是这想法，不过，辛辞能天马行空地乱说，他可不行。他想了想："空等也就算了，等回六姑婆也还好，就是，万一她是跟人一起回的，是不是有点儿尴尬啊？"

孟千姿奇道："她要是真带了人回，你以为我傻吗，还巴巴地跑过去送？我有这么不识趣吗？"

正说着，不远处有辆出租车停下。

副驾上下来一个年轻男人，他先去拉开后座车门，里头出来个抱着花束的女人，那男人帮她拿着花，又关上车门，这才陪着她一路过来。

借着路灯的光，孟千姿看清楚，那女人正是六妈曲俏，至于那男人……

孟千姿凝神细看，孟劲松和辛辞也不觉身子前倾，凑近风挡玻璃。

俄顷，辛辞倒吸一口凉气，第一个失声叫出来："不是吧，是不是我看错了……"

他边说还边往后招手："千姿，你看，这不是那个江……江炼吗？这人怎么这么神，一下子就从湘西来了广西……"

孟千姿没有说话，她拿手揪起前排座椅上的罩布，慢慢拧着疙瘩。

孟劲松心跳得厉害，顿了顿，回头看孟千姿："千姿，咱们是不是……今天先

141

回避？"

见孟千姿没异议，他想发动车子。

就在这个时候，忽然听见车门响，急转头看时，孟千姿居然下车了。

非但下了车，她还亲亲热热地叫了声："六妈。"

叫完了，转向车内，吩咐了句："东西给我。"

辛辞反应过来，几乎是上半身扑到后座上的，慌里慌张把礼盒递给孟千姿，目送着孟千姿向那两人走过去，激动得声音都抖了："老孟，这是……我真是……"

孟劲松轻轻叹了口气。

孟千姿迎着路灯的光，一路走到曲俏面前，展颜一笑，把礼盒递过去，说了句："六妈，生日快乐。"

她知道江炼在看她，但当不知道，也当他不存在，只是笑着看曲俏。

曲俏愣了足有好几秒，先是不敢认，后来终于认出来，激动得嘴唇都有些哆嗦："千姿啊，我好些年没见过你了。"

上次见，她虽然还是这身条模样，但面上还有些青涩，现在不了，完完全全是个大姑娘了。

孟千姿笑，说："是啊。"

曲俏轻吁了一口气，这才想起江炼，忙向她介绍："这位是……"

孟千姿打断她："我没兴趣认识。"

语毕又是一笑："礼物送到了。六妈，我走了啊。"

她转身就走，觉得很解气，虽然自己也不知道到底解的什么气，只是越走越快，到车边时，一把拉开车门坐了进去。

孟劲松很快发动了车子，绕过曲俏和江炼身侧。

车里大灯关了，看不清里头的人，曲俏只看到自己和江炼的脸，被昏暗的光影拉得有些变形，在茶褐色的车窗上水流样掠过。

她终于反应过来，回头看江炼："你和我们千姿，是不是认识？"

【05】

江炼一开始就被孟千姿那一声"六妈"叫蒙了。

他是真的以为，曲俏只是个他在戏院里偶然遇到的、对粤戏有执着的女人，对于这种萍水相逢，他也下意识地只将关系维持在萍水之交——吃夜宵时，聊的也都是戏，听曲俏讲些早年的规矩、戏台上闹出的好笑事儿。

然而陡然间风云流转，曲俏居然也是山鬼，还是孟千姿的六妈。

而且，他很快发现，孟千姿对他的态度与先前判若两人。

这相遇，只三个人，又不是三十个哄哄乱围上来，怎么也不可能出现看都不看他一眼的情形——她目不斜视，显然就是故意的。

后头的那句话也佐证了这一点。

——我没兴趣认识。

上次见面，还是在武陵山看蜃景。他自忖这期间，没做过什么不端的事，大部分时候都在操办况同胜的葬礼。

发生了什么事吗？

还是说，她并不想在这位六妈面前与他相认，所以先声夺人，"明示"他配合，别跟她打招呼？

江炼闹不清楚她的用意，她的来去又太快，所以只能眼睁睁看着她上了车，又看着车子离去。

好在，记下了车牌号。

他盘算着去给万烽火那头的联系人打个电话追加上这一单，以这帮人的本事，查出车子的去向应该不难吧？

哪知曲俏心思转得也是极快："你和我们千姿，是不是认识？"

江炼犹豫了一会儿，不好在她面前作伪："是。"

"怎么认识的？认识多久了？"

江炼说："就是上个月，在湘西。"

曲俏的眸光一闪："湘西，你们是去……"

她话只说了一半，江炼知道，她是在试探湘西这事他参与到了什么程度："我陪着孟小姐下了悬胆峰林，取了山胆。"

曲俏倒吸一口凉气。

一个从来没听说过的外人，能陪千姿下峰林、取山胆，那就绝不是一般的交情了。

她退后一步，审视般把江炼从头到脚又打量了一遍，看到末了，突然笑起来。

这样条件的男人，出现在千姿身边，是一定会被提防的。更何况，她听说五姐仇碧影也去了，她就不信，五姐那性子，会坐视江炼陪千姿下峰林。

"你下峰林，是在见到我五姐之前吧？"

没错，江炼点头。

"然后呢？"

然后？

好像也没什么然后了，回到云梦峰之后，他去看了蜃景，贴神眼画了图……

"然后，我家里长辈病危，我就赶回去了。"

"那之后，跟千姿联系了吗？"

江炼苦笑："没能联系上，因为走得太急，来不及当面道别，我留了联系方式，请人转交……后来，大概孟小姐太忙了吧，一直没联系我。"

曲俏嘲讽似的笑了笑。

孟小姐太忙了吗？不不不，是她身边的人忙吧。

沉默半晌，她又问："你和千姿，现在是什么关系？"

江炼说："就是……朋友关系啊。"

可能……比一般的朋友关系要好一些吧，毕竟有着生死过命的交情。

曲俏说："是吗？"

她的目光有些意味深长，江炼被她看得莫名心虚，自己也问自己：是吗？

然而事实，确实也是啊。

曲俏轻轻笑起来。

那些涉世未深的小雏鹰，总以为自己藏得好，其实情不自禁这种事，叫老鹰眼只瞧上那么一下，就全瞧穿了——毕竟，哪只老鹰不是从小雏鹰过来的？

千姿出现前后，江炼对她的态度，有了太明显的变化。

那之前，他当她是朋友，聊天、说笑都很放松，但那之后，他一下子就拘谨了，回她的话像在回长辈的问询，反复斟酌、再三思量。

还有千姿，这丫头，从小有个习惯，心里不爽或者不高兴，一定不会憋着，势必要叫那个招惹她的人明白：我生气了。

她亲亲热热叫她"六妈"，言笑晏晏送上礼物，然后说走就走，这可不是诚心祝寿的态度——话说得重点儿，这是连带着让她都看了脸色了。

谁招惹了她？

她可没有，她和这丫头好几年没见过了，更何况……

曲俏打开礼盒一角，看里头珠光萦绕的头饰——千姿这一晚，是真的来给她贺寿的。

临时置气，要么是因为江炼，要么是因为她和江炼走在了一起。

这真是……

曲俏想笑，人生就是个戏台，这一晚，给她唱的哪一出啊？

她从江炼手里拿过那束花，吃力地和大礼盒抱在了一起："行了，你走吧，送到这里，可以了。"

她向着小洋楼走去，路灯把她的身影拉得很长。江炼看着她走远，初见时的那种感觉又来了，总觉得她像一声叹息，身形像，走路的姿势像，连路灯光下那落寞的影子，也像。

他叫她："曲……"

又中途改口："六姑婆。"

曲俏停下脚步，回头看他。

江炼犹豫了一下："你有孟小姐的联系方式吗？我不知道……是不是有什么误会，我想跟她说清楚。"

曲俏沉默了一会儿才开口。

她说："本来，那头的破事，我早就不理了。不过今天在戏院里，你有几句话点醒了我，投桃报李，我也点你几句——就几句，说完就罢。不要多问，问了我也不会说。"

江炼想说什么，又咽回去了。孟千姿的五妈、六妈，说话似乎都带玄机。

"千姿没有联系你，不是因为她忙，很可能是因为她什么都没收到。你以后想递东西，记得直接交到那个人手里，不要托别人。人家不是你，不会有你的心情，不会把你的事当要事办。"

江炼心头一动，隐隐猜出了一些端倪，只是一时间还厘不清。

"还有啊，如果跟她解释，记得提一句，跟我是在戏院遇到，一起吃了饭，你怕我一个人不安全，才送我回来。

"千姿的联系方式，我不能给，你自己找吧，刚我看到，你一直在看车牌，我估计你也有法子。"

江炼有点儿窘，想不到那么小的动作神情都被她捕捉到了。

"最后，我个人送你一句话。"

还有话？江炼抬头看她。

曲俏说："其实，不去解释最好，也别去靠近千姿。再近一步，你就会发现，从大姐到七妹，再到孟劲松，没有人欢迎你。"

江炼一愣，脱口问了句："为什么？"

曲俏没回答，她一早就说了，不要多问，问了也不会说。

她抱着礼盒和花继续往回走，小洋楼门口有拾级而上的台阶，她一级级上去，到门口时，忍不住回头。

145

她看到，江炼还站在原地，握着手机，也不知道在打着什么。过了会儿，他转身就走了，步子越走越快，到最后，几乎是用跑的了。

大概是去找千姿了吧。

曲俏笑，想起千姿方才那虎虎的劲儿，真像头傲娇的小兽啊，横挑鼻子竖挑眼，看谁谁不对的。而江炼呢，像只小雏鹰，会扑腾着翅膀去到她身边，挪着小脚爪围着她转，边扑腾边问："你怎么了啊，你到底怎么了啊？"

年轻真好啊，年轻真好。

她在冰凉的台阶上坐下来，打开了礼盒盖，头冠上，水钻盈盈颤着，无数串珍珠蜷窝在一起，泛着比月色还凄清的光。

她戴上头冠，如上了戏台的大家闺秀般，慢慢梳理那垂下的珠帘。

她有这昂贵的珠宝头冠，有花，有一个做了二十多年、终于醒转的旧梦。

她仍是最寂寞的人。

孟劲松把车子径直开上了主路，手心微微冒汗。

孟千姿坐在后座，面沉如水，看不出生气，也看不出不生气。

三人之中，唯有辛辞把自己活成了一座不能爆发的小火山，他表面不得不冷静，内心却有火焰"唰唰"四射，想大肆评论，想激情八卦，然而唯有忍着。

孟劲松从后视镜里看了孟千姿一眼："千姿，要么我们直接去……机场吧？"

原本的计划，就是见完六姑婆之后尽快回去的。

见孟千姿没异议，他调整车辆导航，很快，有甜美的女声传来："导航开始，请系好安全带……"

孟千姿突然说了句："去这头的山舍。"

辛辞目视前方，心里有个声音说：开始了开始了，爆发了爆发了。

孟劲松嗓子发干："千姿，本来就是瞒着大姑婆出来的，现在突然去桂林的山舍，问起来不好交代……"

孟千姿冷冷地说了句："劲松，你今天很反常啊。"

辛辞激动：先拿老孟开刀，果然神仙打架凡人遭殃。

孟劲松心头一颤，抬眼看后视镜，在后视镜里，和孟千姿的目光猝然相遇，他有点儿心慌："反常？"

孟千姿冷笑："江炼出现在湘西、出现在我身边，还可以解释是为了蜃珠。但他现在出现在六妈身边，难道这是巧合？连辛辞都会觉得有问题。"

辛辞接了句："就是。"

接完了才发觉不对，什么叫"连辛辞都会觉得有问题"，用了个"连"字，他智商很低吗？

然而没人顾及他这点儿小心思，孟千姿继续往下说："你身为特助，不该第一时间嗅到异常吗？你居然不觉得这里头有阴谋，只想着赶紧回去，是不是反常？"

孟劲松无言以对，半晌才回了句："是。"

孟千姿冷哼了一声："在湘西，我是受过他的恩，但我也还了他的情，两相归零，互不相欠。现在，如果让我查到他有什么阴谋，我就请他……去山里住。"

辛辞大失所望。

还以为千姿会说出什么狠的，结果只是去山里住。山里头花红柳绿的，空气清新，还包吃包住，也太便宜那个江炼了。

江炼到底有什么阴谋，孟千姿很快就知道了。

因为桂林这头的山舍叫"秀岚居"，负责人叫路三明，路三明前脚得知了大佬要来的消息，后脚就冲到了一个人的房间。这个人，恰是孟千姿新任的三重莲瓣。

路三明激动地对神棍说："神先生，你真的是很……神啊，先前还请你跟孟小姐说，让她多来广西转转，她居然说到就到了，真是……太感谢你啦！"

神棍一头雾水。

其实路三明也知道，孟千姿来得这么快，多半跟神棍没关系，但是谁让他叫"路路通"呢，借机大拍神棍马屁，有百利而无一害的事儿。

所以，当孟千姿在顶层的豪华套房里坐定，等着路三明进来叙话时，打头阵进来的，居然是神棍。

这一照面，又是一阵小骚动，孟千姿一直以为神棍还在湘西的山里倒腾。

她奇道："你怎么在这儿？"

神棍说："查事儿啊，我和小炼炼中午刚到的。"

小炼炼？

孟千姿心里一突："是江炼吗？"

"是啊。"

她有点儿糊涂："你怎么会和江炼搞在一起的？"

神棍说："寻箱者联盟啊……我找的他。原本，想让他来找我的，但是况同胜死了，他走不开，我就去找他了。"

"况同胜死了？"

"是啊，你不知道？死十来天了，都出七了。"

信息太多，孟千姿脑子里有点儿乱，顿了顿，她让辛辞出去，只留孟劲松在身边，又吩咐神棍："你慢慢说。"

神棍如数家珍，把那之后发生的事都说了，当然，重点渲染了自己的努力，如何在花瑶寨子通过巴梅法师拿到了那几句扑朔迷离的隐语，如何发现了况美盈遗落在复印机上的画，如何联系起七根凶简，又如何为了追查阎罗来到了桂林……

还把手机上拍照留存的各种证据给她看，作总结发言："所以，最终确认，我和小炼炼目标一致，要找的箱子绝对是同一口。"

孟千姿一张张翻看手机上的照片，把阎罗的人像放大再放大，又细看所谓的凤凰鸾结扣。

她没想到，只这十来天，神棍这头的进展居然这么大。

"那下一步……"

"下一步，小炼炼想调查一下当晚去火葬场救火的住户，我们都觉得，那把火起得太蹊跷了。"

孟千姿点头："是挺蹊跷的，时间点太巧了。"

又吩咐孟劲松："让这头的山户也帮忙，这口箱子也关系到山鬼，得当自己的事来办。"

她继续看那些照片，思绪却慢慢飞开了。

况同胜死了，推算一下，那时间，恰好是江炼离开云梦峰之后一两天，难道当时江炼匆忙离开，是因为况同胜病危？

这就情有可原了，换位思考一下，如果是她大娘娘弥留——啊呸，自己在乱想什么——她也会抛下手头的一切往回赶的吧。

只是，为什么从来没人跟她说江炼是为了况同胜病危回去的呢？是江炼没对外说？不太可能，仓促离开，总要解释一句的，而况同胜病危，又不是什么忌讳而不能提的事。

她抬起头，看了孟劲松一眼。

孟劲松避开她的目光，不自觉地抿了下嘴唇。

孟千姿把手机还给神棍："江炼呢，去哪儿了？"

神棍指了指她手边茶几上的果盘："看戏去了，不是有票吗，免费的。"

还以为是迎宾卡呢，孟千姿拿起戏票细看，估计是今天的场已经过了，现在放的票，是明天的场次。

这么说，江炼今天跟六妈也是第一次见？在戏场见的？

她忽然有点儿高兴。

但只高兴了那么一小会儿，余味就全是酸了。

跟六妈第一次见面，就又送回家又送花的，她和他在湘西一起经历了那么多事，也算帮了他的忙，结果连根草都没捞着。

眼见没别的要问了，而门外头，路三明还在巴巴地等着跟大佬见面，神棍提醒她："那我……回去了？让路三明进来？"

孟千姿"嗯"了一声："你回去吧，让路三明也回去，我和劲松有点儿话说。"

神棍一走，屋子里的气氛就不大对了。

孟千姿问孟劲松："当初江炼离开云梦峰，是向谁道的别？"

终于来了。

孟劲松反不紧张了，回她："柳冠国。"

"那江炼有没有跟柳冠国说过，是为了况同胜的事回的？"

"说过。"

"那怎么没听你跟我说过呢？忘了？"

孟劲松说："不是，故意的。"

孟千姿还以为自己听错了："故意的？"

孟劲松点头："故意的，为了你好，也为了江炼好，至于原因，你应该知道。"

孟千姿没有说话，她死死地盯住孟劲松的脸，半响，齿缝里迸出几个字来："我和江炼之间，又没什么。"

孟劲松半垂着眼皮，没看她："如果真没什么，刚刚在六姑婆那儿，你就不会下车了。"

这说的什么屁话，孟千姿大怒，抬手抓起桌上的茶杯就砸过去。出手时，想起孟劲松的秉性，知道他不会躲，心一软，偏了半寸。

孟劲松果然没躲，茶杯擦着他的耳畔飞出去，砸到墙上，撞得粉碎。

孟千姿铁青了脸："还瞒了我什么？"

孟劲松沉默了一下："江炼给你留了联系方式，还画了幅你的画，我让烧了。"

孟千姿忍无可忍，猛然站起，起身的同时，一把攥住茶几的边沿，偌大的茶几被她直掀起来，又砸翻开去，"轰隆"一声，震得整个楼道都颤了。

颤震之后，就是长时间的静寂。

楼道里，路三明还没走，没跟大佬见成面，他有点儿不甘心，所以拽住辛辞问长问短。刚才的砸杯声，已经让他的小心肝跳了几跳，不过尚能自我安慰说是失手摔的，但这"轰隆"一声，怎么都找不着借口了。

他面上被震得变了颜色，半晌，才嗫嚅着对辛辞说："孟小姐……是不是对我们有意见啊？"

怎么刚一来，就开砸了呢？

【06】

正如先前打算的那样，和曲俏分开之后，江炼就联系了米粉店里那个跟他对接的小伙子。

他把车牌号和曲俏家附近的街名都报了过去，小伙子满口答应："这不难，我安排一下，只要找到那附近的监控，就等于咬住了，至多一小时，肯定有结果。还有就是……"

小伙子有点儿吞吐。

江炼奇道："怎么了？"

小伙子犹豫了一会儿："本来想晚点儿跟你说的，我还没联系上那头——是这样的，我们不是有个全国系统嘛，那些完结的成功案例都会上传上去，供各地同事浏览。"

对啊，中午是听说过，神棍还夸他们先进来着。

"现在开始查火葬场附近的住户了，是新案子，等于阎罗的案子已经告一段落，我们就把它上传了。结果，刚才我上去看反馈，有个西北的同事留言说，他小时候见过这人。"

西北？

从湘西到广西再到西北，这跨度有点儿大啊。江炼追问："具体是西北哪里？还有，你同事小时候，那是什么时候？"

小伙子说："我也跟他不熟。他下线了，我正联系呢。不过看 ID 资料，他是青海人，一九六八年生，那他小时候，得是二十世纪七十年代左右吧。我就是先跟你说一声，等都查清楚了再联系你。这你放心，我们的口号是专业而又细致，绝不会放过任何蛛丝马迹。"

挂了电话，江炼出了会儿神。

二十世纪七十年代，青海……

有可能，阎罗六十年代初抛家出逃，八十年代末当了环卫工，一九九三年车祸身亡——他的身世里，有二三十年是未明的。

这二三十年，足够他去任何地方了，出现在青海并不稀奇。而且，他的腿冻伤过，青海这种高原地带，别说冻伤腿了，冻死人都很正常。

江炼想跟神棍说一声，转念一想，等小伙子联系上那个青海的同事问清楚之后再说不迟。

那小伙子说，至多一小时就能查到跟孟千姿有关的消息。

一小时，不知道该怎么打发。

江炼在街口处来回踱步，看墙上挂着的爬山虎，也看行来过往的各色车辆，本来想在脑子里组织一下见到孟千姿之后该怎么说，但车流太乱了，车灯的光晃来晃去的，让他没法集中精神。

为什么曲俏会说，孟千姿身边的人，从大娘娘到孟劲松，都不会欢迎他呢？

江炼觉得费解。他没想干什么啊，他对孟千姿也没什么阴暗图谋，两人截至目前真的也就是朋友……朋友以上吧。这种关系，也至于被防被堵被敌视吗？还是说，这些人是怕他更进一步，和孟千姿……

这就说得通了，江炼失笑，山鬼这样的大户，想来也是不大瞧得上寻常家世的。

家世……

江炼在街沿上坐下。

脚边恰好是下水口，透过栅栏朝里望，能看见路灯的光照下去，在底部的积水面上泛浅浅的亮。他又抬头去看高处的灯，家世之高低也许就像高处的灯和那底下的水，光自然照得到水，但那光，从来也不会是水的。

手机上有消息进来了。

是那小伙子发的，入目就是一行地址。

江炼一下子跳了起来。

今晚，他的脑袋真是被糨糊糊住了，居然在这儿枯坐了这么久，他怎么就想不到，孟千姿是山鬼王座，她最可能的落脚之处，是桂林的山舍秀岚居呢？

秀岚居的前台一片忙乱，服务人员忙着停止接单、调整房间，把顶层辟为专用区域。

大堂的候客区域，孟劲松正坐在沙发上，向路三明交代事情，他脸上没什么表情，坐得靠里，后背稳稳地倚在沙发背上。旁侧的路三明却战战兢兢、脑壳冒汗，一边听一边身子前挪，那屁股，几乎只是"擦"着沙发沿了。

孟劲松说："不知道千姿还要在这儿待多久，临时调别人来也不方便，这儿你熟，我休假期间，你帮忙打点一切吧。"

路三明点头如捣蒜："好的好的，分内事，应该的。"

嘴上这么说，眼前却又浮现出片刻之前的场景。

那一声巨响之后，他怕出什么事，便迟疑着往门边凑。他发誓，当时绝对没想着去偷听什么，但人嘛，难免有跟风心理，他一瞥眼看到辛辞凑向门边，似乎是想听什么，而走廊里又没别人……

于是他也就不自觉地把耳朵凑上去了。

里头的声音时断时续，听不清楚，他一时忘我，就越贴越近，恨不得长在门上，浑然忘了人家辛辞那头挨着门轴，而他这头挨着门边。

他听到孟千姿说："滚回山桂斋去！这一个月，别在我面前晃！不是说你老婆总抱怨你不着家吗？正好，陪你老婆去吧。"

路三明还没反应过来，门就开了。

那场面……

是孟千姿开的门，孟劲松也站在门边，而他那亮堂堂的脑袋，像上供的贡品，就那么一览无余地横在两人面前。

得亏他下盘比较稳，不然门一开，他栽进去，可就尴尬了。

但他这么戳着也尴尬，他老脸红成了猴腚，那红，往下烧进脖子，往上烧至光头。

而辛辞，借着他的火力掩护，无声而姿态安然地从另一侧悄悄挪远，倚墙而立，仿佛他刚刚只是在走廊里思考人生。

路三明不敢抬头，他挪动着身体，默默地给孟劲松让道。孟劲松理了理衣领，从他面前走过，然后"砰"的一声，那门就撞上了——并没砸着路三明，然而他情愿那门正砸在他脑壳上，把他当场砸晕，不省人事，倒在地上，然后被人抬走，远远抬走，抬离这他的演技根本hold（撑）不住的大戏台。

可是不行，还有更尴尬的，他居然还得正襟危坐地听孟劲松交代后续事宜。他如芒在背，于是愈加佩服孟劲松，可见人家能做到特助，是有功底的——这份能当一切都没发生过的镇定，就是他路三明一辈子也做不来的。

孟劲松仍在继续。

"但孟小姐的情况，姑婆们一定会关心的，尤其我不在，她们会更关心，一定会有人来问你的，你留意着点儿吧。"

路三明心下一片茫然：留意着点儿，怎么留意，又留意到什么程度呢——孟助理这交接，能再含糊点儿吗？

然而孟劲松决定就这么含糊了，他长身立起，拖上行李箱："你忙你的吧，不用送了。"

和很多讲究隐秘的酒店一样，秀岚居的入口处是个环形道路，进去要绕个圈，江炼懒得让出租车司机费事，就在路口处下了车。

正往入口的方向走，忽然看到，大门口停了辆车，有个人正往掀开的后备厢里放东西，那身形，像是孟劲松。

那人放完东西，径直上了驾驶座，所以江炼自始至终也没看到他的脸，但车盖放下，他看到了车牌号。

这串车牌号，他不久前才发给人查了，是以印象深刻。

江炼心里一突：这是……要走了？

他停下脚步，觑着那车子开出的方向不住退后，原本是想在进出口的交会处拦一下的，但是预料有失，差了一步。

这也太点儿背了，江炼不及细想，翻身跳过护栏，迅速追了上去。

这种起步速度，他还是追得上的，而且司机一般会看后视镜，拦停应该没问题。

孟劲松开出没多久，就看到车后跟来个人。

凝神细看，他认出是江炼。

他笑了笑，一脚踩下油门，同时留意后视镜，看到江炼气喘吁吁停下，似是放弃了不再追时，又慢慢降低速度。

城市追车，就不比山道上没人那么好施展，总得分心避让，江炼自觉没指望时，忽然看到，那车子又慢了下来。

他心中一喜，三步并作两步又赶上去，哪知像是故意戏弄他，车子又猛冲了出去。

江炼停下不动了，他觉得孟千姿不会这么无聊。

不远处，车子也停在路边不动了，靠驾驶座的车窗揿下，俄顷，有烟气袅袅飘出，过了会儿，还有只手伸出来，把烟灰弹落。

那弹落的手势都像挑衅。

江炼走过去。

走近了，他就看到，车里其实只有孟劲松一个人。他不紧不慢地抽烟，对着车前悬挂的平安扣吐着烟气。

江炼在距离驾驶位一米多外站定，看了他一会儿，淡淡地说了句："孟助理，你这样就没劲了。"

孟劲松笑了笑，把开了口的烟盒递出去："来一根？"

见江炼冷着脸不答话，他又缩回手："我平时也不抽，不过现在放大假，百无禁忌。"

"孟助理这样尽责的人，怎么会撇开孟小姐，一个人放大假呢？"

孟劲松说："你当初离开云梦峰时，不是给千姿留了联系方式和一幅画吗？都被我烧了，她没收到——今天知道了，大发雷霆，让我滚回去休假。"

说完这话，他留心看江烁的脸色，以为他会激动或者发怒，然而都没有。

江烁像是早就知道似的，不惊也不怒，顿了顿，才问他："孟小姐交朋友，是不是总会这样，自己被蒙在鼓里，莫名其妙地就被别人安排了？"

孟劲松回答："如果交的只是朋友，那就不会。"

说到这儿，他突然展开话题："你知道吗，当年段太婆爱上一个英国人，结果那人不幸横死，段太婆伤心之下，周游海外，三年不归。"

江烁知道这话是个引子，必然要引出些什么，是以只静静听着。

"后来终于回国，其实她回国的时候，还不到三十岁，正是最好的年纪，大家都希望她能向前看，歌里不是也唱嘛，旧爱失去，有新侣做伴——所以总在她面前旁敲侧击、拐弯抹角，话里话外，流露出要帮她相看的意思来。

"于是有一天，段太婆进了山桂斋的山鬼祠堂，当着祖宗奶奶造像的面，发誓终身不嫁。那之后，就再也没人在她面前提过这话了。"

江烁隐隐觉得有些不妙。

孟劲松看向他，似乎是想笑，但表情管理得太失败，那笑便很怪，不伦不类："五六年前吧，千姿，千姿是这么多年来第二个去发这誓的。

"我当时……"

说到这儿，他停了一下，拿食指和拇指指腹，慢慢搓灭仍旧明亮的烟头，于是那烟气间便杂糅了些意味不明的焦烧味："我当时，是想拉住她的，可是拉不住，你不知道，她脾气上来，就是佛挡杀佛的架势，根本拦不住。"

他把已经搓灭的烟头揉进手心："没人逼她。她那时候，就是太年轻、太冲动了。

"但你要知道，我们这样在旧式的规矩中成长起来的人，很看重信诺，尤其是在祖宗奶奶面前立过的誓——既然没拦住，她说过的话就长在她骨头里，要跟她一辈子。

"这么多年，我也不知道千姿有没有后悔过……"

孟劲松就说到这儿，他想再猛抽一口烟，这时才发现，那根烟早就叫他揉得不成样子了，想再点一根，又没了心情。

江烁说："所以就那么超前地防着我？我和孟小姐之间还什么都没有呢，就被人这么阻三拦四的。"

孟劲松笑笑："你傻吗，难道我们会等她跟人爱得死去活来了才去提防？这种事情，当然是防患于未然，能掐灭就掐灭——我承认我把事情做得不太磊落，千姿当时是很不好受，但这些日子，她也渐渐就让这事过去了……

"如果不是今天忽然又遇到你，这事也就真的过去了，不是吗？"

他长吁一口气："至于你们之间有没有什么，你问问你自己吧，难道我和五姑婆都只是杞人忧天，上蹿下跳地瞎忙活吗？这话，我今天也跟千姿说过了，请她想想清楚，别搞得自己纠结，别人也不好受。"

他发动车子："走了，放大假也好。老子堂堂一个山鬼特助，整天去堵防这种事，老子自己还憋屈呢，不如放大假。"

他踩下油门，绝尘而去。

江炼回到秀岚居，明显觉得氛围跟之前不同，他住的是顶层，一出电梯，就看到有两个人守着，往走廊里看，有间客房门口也立着人。

这应该就是孟千姿的房间了。

他犹豫了一下，觉得还是该过去打个招呼。

门口那人认得他是跟神棍一起来的，也没拦他，很识趣地退开了一段距离。

江炼敲门。

没人开门，但人必然在里头，不然外头的安保不会升级。

他持续地敲，里头终于传来声响，似是一路行来带怒，中途还踢翻了什么，那声响到门边时，又静下去了。

江炼知道，她大概是通过猫眼朝外瞧，于是朝着猫眼笑了笑。

过了会儿，门开了。

孟千姿已经换上睡袍了，长长的珠光色缎质睡袍直垂到小腿，赤脚穿酒店的棉质拖鞋，脚踝纤细而又白皙，踝上没戴金铃。大概那玩意儿贵重，寻常时是不戴的。

她抬眼看江炼，又很快垂下眼，眼睑处微肿，泛一点点红。往她身后看，真的是椅倒桌掀的，孟劲松说得没错，果然是大发雷霆，一圈桌椅遭了殃。

说点儿什么好呢？

江炼想起，原本，自己是要来解释的，现在好像也不用解释了。

反而是孟千姿先开口，她说："我刚刚见过神棍了，他跟我说了你们这头的进展。"

哦，对，神棍，江炼几乎把他给忘了，从神棍切入最好了，不敏感，也不尴尬。

他点头："对，从阎罗这儿查起，很多头绪，要一条条理……你既然来了，一起吗？"

孟千姿不自然地笑笑："我就不了吧，我真是……我特别忙……"

她整个身子都倚在了门的侧边上，指甲轻轻抠擦着一侧的门面："挺忙的，我看我……尽快赶回去比较好，就……辛苦……辛苦你们了。"

她退后一步，慢慢关门。

眼见门就快关上了，江炼突然上前一步，一把就把门给撑住了。

【07】

孟千姿吓了一跳。

江炼看向自己撑住门面的手，其实他是手动得太快。动手时，还没想好要说什么。

过了会儿，他低头看向孟千姿，说："留下来，一起吧。"

孟千姿被他弄得有点儿蒙，藏在门后的手又在不自觉地抠擦门面："我是……最近，太忙了。"

江炼想笑：她可真忙，是忙着把那扇门板给焐热吧。

他说："千姿，你得出来，你在里头太久了。"

孟千姿一片茫然：她在哪儿太久了？客房吗？她今晚才刚住进来啊。

江炼继续往下说："你得多出来走走，多透透气，还有就是……"

他低下头，屈起左手，拇指在屈起的掌面上掐点了一下："我算了一下，你这趟应该留下来。"

孟千姿也盯住他的左手：他还会掐算？胡说八道吧。

生在山鬼家，她从小接触三教九流人物，对一些门道很熟悉：古代术士常会伸出手来掐指一算，是因为手指天然就有骨节，骨节间有横纹，手掌微屈，食指、中指和无名指三指并列，横纹接起时，会呈现一个天然的九宫格，拇指在格间来回游走，是在点算九星飞伏，又叫"排山掌法"。

江炼还会这个？不太可能吧。

孟千姿满腹疑窦，但江炼煞有介事，一边掐点一边"嗯啊"有声，还抬手在她额前虚抓了一下，说："抬头。"

孟千姿怀疑他在闹鬼，但还是下意识地抬了下头。

他又仔细"抓"了一把，然后低头摊手，掌心明明空无一物，他却在那儿细细拨理，像细看一把待播的菜籽，神情郑重。孟千姿心里犯起嘀咕来，于是也跟着看。

顿了顿，江炼"嗯"了一声："没错，卦象显示，你适合留下来。还有，我敢保证，你担心的问题都不会是问题。真的，你信我。"

孟千姿盯着他看了半天："你胡扯吧？你根本不会掐算吧？"

江炼说她："你这人，怎么不相信人呢？我这一身才华，平时低调，不怎么显露而已。"

要命了，还一身才华，孟千姿"噗"地笑出来。

江炼说："说好了啊，就这样了。"

他笑起来，倒退着往后走，退了两步，忽然想起了什么，又上前来，同时掏出手机："加个好友，省得哪天又联系不上了。"

孟千姿犹豫了一会儿，回屋把手机拿出来，调出添加好友的二维码。

她觉得自己怪矛盾的：明明知道该往左走，可情不自禁地总在向右靠，像悬胆峰林上争相向着光生长的绿植似的，不知不觉地、下意识地，就倾过去了。

江炼扫完了，看页面显示的个人资料，她的ID居然叫"×2"，连头像都是个黑白的"×2"。

他问了句："干吗要叫乘以二啊？"

孟千姿嘀咕了句："关你什么事？"

江炼笑，先更改备注，然后添加。孟千姿低着头，等着他好友申请发过来时好通过添加，忽听到江炼叫她："千姿。"

孟千姿抬头。

江炼说："我没开玩笑，我是说真的。你担心的问题都不会是问题。"

说完了，又笑笑，转身走了。

孟千姿看他的背影，忽然反应过来，江炼对她改口了。

他之前，一直叫她孟小姐来着。

她叫住他："江炼。"

江炼回头，孟千姿倚住门边，也不知道要说什么，顿了顿，局促地笑，问他："你今天见到我六妈，我六妈……好看吗？"

江炼略垂下眼帘，有些无奈，又想笑，孟千姿要是计较起来，还是挺计较的。

他回："大晚上，黑灯瞎火的，我也没怎么看清楚。"

又睁眼说瞎话了，孟千姿憋着笑："那在戏院里，那么亮的灯，也没看到？"

"戏院啊，她不是上着妆吗？粤剧那种白脸脂粉妆，哪看得清人啊？"

孟千姿咬牙，她还就不信了。

"那然后呢？"

"然后，吃了个夜宵啊。"

"吃夜宵时，都没看到？"

江炼一本正经："吃夜宵，眼里不都是吃的嘛，谁还顾得上看人啊。"

157

孟千姿没辙了，恨恨地瞪了他一眼："满嘴跑火车。"

说完了，"砰"的一声关上门，倚门而立，几乎笑弯了腰。

笑完了，又有些惆怅。

她站了会儿，踢掉拖鞋，光着脚往房内走，屋里头一片狼藉，椅翻桌倒的，都是她方才的"杰作"，沿路还有倒翻的纸巾盒、倾覆的茶壶、烟灰缸、笔，她拿脚一样样拨开，再拨开。

还看到了些碎瓷片，来自那个被她砸碎了的茶杯，她拿脚去踩，踩上去之后，脚底有极低的碎声，微微刺痛。那感觉，有点儿像飞蛾闻见自己被火燎焦了的翅膀——其实还可以更痛些的，她无所谓。

她为自己理出一方空地，就在翻倒的茶几旁躺了下来，看大理石茶几面上自己那被映得略显模糊的脸，心里有个声音说："留下来吧。"

不为江炼那个似是而非的"掐算"。

就是为自己，她也想留下来。

江炼走回门边，想了想，又折了个向，敲神棍的房门。

现在这心情，说不清楚，不想一个人待着，有个人瞎三扯四地说说话也好。

揿了会儿铃，没人开门，江炼有点儿纳闷，待要再揿，门却一下子开了。

应门的神棍裹了条大浴巾，其实男人的浴巾多是齐腰裹的，不知道神棍是不是不习惯，扭扭捏捏地齐胸而裹，头上还包了条毛巾，扎得跟阿拉伯人似的，许是刚从浴缸里爬出来，周身还在滴滴答答往下流水。

看见江炼，他长吁一口气："我说是谁呢。"

既是自己人，就没那么多客套了。他撒丫子就往浴室跑，就听"哗啦"水声，估计是又入水了。

江炼关好房门，路过浴室时，往里瞅了一眼，真是好大一口浴缸，神棍坐在里头，兴奋异常。

还推荐他："小炼炼，你有没有用他们的浴缸？有冲浪按摩功能。我刚没注意，一揿，哗啦啦的，可舒服了。"

又感慨："山鬼真有钱，有钱……真舒服啊！"

很好，江炼仿佛看到浴缸中冉冉升起一个被奢华生活腐蚀了的灵魂，自群众中来的神棍，想要再回群众中去，可能要经历一番纠结了。

床上床下，依然扔满了山谱、资料和影集照片，无处下脚，江炼为自己理出块地方，在床边地上盘腿坐下，随手拿过一本影集看。真的是很老的影集了，翻开时,指上都会带灰。照片是黑白的,有些还有花棱边。每一页上都带了薄薄的玻璃纸,用于保护照片。

江炼心不在焉地翻看,本想跟神棍聊聊孟千姿的,可惜没找到合适的切入点,再多翻几页,注意力就被照片吸引了过去。

有一张是高处俯拍的,这地形好奇怪,一重又一重的矮山,那数量堪比峰林,但又不像。峰林都是冲天耸峙的,但这些山峰矮墩墩的,看上去,有点儿像随意撒落的大石头粽子,左一个右一个的。

再往后翻,主要是景,也有房子、住户,看衣着,都是二十世纪六七十年代的。

江炼从没见过这种地形:"你床腿边的这几本影集,是从哪儿拍的?"

神棍答:"广西啊,都是广西的。那几本我都没细看,大概翻了翻,没段小姐。"

很好,没段太婆他就不看了,什么翻查资料,怕是追星来的。

江炼没好气:"那这地形,是怎么回事?"

说到这个,神棍还是专业的。他"哗哗"拍水,扬扬得意:"这个你就不懂了吧。"

原来,那是一个乡,面积只有百十多平方公里,却有三千多个三角粽子一样零落分布的石山。石山间的小片平地,用壮语说叫"弄",翻译过来,是"石山旮旯角"的意思。这弄有多小呢,有时候种上三五十棵玉米,就能把弄给填满。当地人习惯依照弄的数量给山命名,比如照片上那个乡,就叫五百弄乡。

神棍感慨:"现在这种地方,可以开发旅游,但放在旧时代,得穷死。那地儿,地无三尺平,山无三寸泥,山无泥长不了树,只能稀拉生点儿杂草,周围没河流,下雨也存不住水——喀斯特地形你了解吧?地下渗透性太好,跟漏斗似的,雨下来了,不但把山上那点儿可怜的泥皮给冲走了,还会渗进漏斗眼里。那种石山里又没矿,你说,可怎么住人?人靠什么活?"

江炼有些唏嘘,但又觉得这话不太对。他连翻几张照片:"不对啊,我看这照片上有房子,有住户啊。"

神棍说:"是啊,要不说我们中国人民自古以来就是伟大而又坚韧的呢?这种居住环境,当地人自己都说是被魔鬼诅咒的地方,结果还世世代代有人住呢。

"看见那些粽子山没有?他们能在这山里凿房子,据说冬冷夏热,你说这罪受的。还有啊,地里不是漏斗眼太多,存不住水吗?他们就凿石头做水柜存水。路路通说,你要是从高空去看,那些大小水柜,星罗棋布的。"

让他这么一科普,江炼再看那照片上出现的人时,就更仔细,也敬佩多了。他慢慢翻看,不觉问了句:"居住环境这么恶劣,这些人怎么不走呢?"

神棍哼了一声："小炼炼，你说这话，就有点儿'何不食肉糜'了。你当然是说走就走，哪儿都能活——但你想想他们，大字不识一个，什么技能都没有，走出去，是那么容易的事吗？"

顿了顿，又加了句："不过现在是真走了，我问过路路通，他说二十世纪七八十年代，那儿还有零星住户，现在没了，一个带一个，都走了。

"人是走出大山了，这山也荒了。我跟你说，'山'加'人'，才是个'仙'字。山都没人了，那还能成仙吗？"

江炼失笑，继续翻看，翻着翻着，心头突然一震，升腾起一股异样的感觉来。

他空咽了一口唾沫，慢慢往前翻，终于翻到。

照片很普通，是个五十来岁的老头，背着手仰着脖子，似是在瞧热闹。而且，这照片并不是在拍他，主要是拍景，他属于误入，紧贴取景的边角——放在现在，这样的照片是即拍即删的，那年代是胶片机，没法及时查看，是以保存了下来。

江炼喉头发干，他看了又看，一把撕下那张照片，大踏步就往浴室走。

神棍正双目微合，泡得惬意，忽觉光影有变化，再听到脚步声一路过来，登时就慌了，一把扯过边上的浴巾盖住自己，大叫："干什么，你想干什么！"

白色的大浴巾泡在浴缸水里，鼓胀着漂浮起来，江炼哭笑不得："都是爷们儿，我能干什么？"

他把照片递给神棍："你看这人，是阎罗吗？"

阎罗？

神棍愣了一下，赶紧接过来，又急急戴上满是水迹的眼镜。相片是黑白的，又是侧面，乍一看并不觉得什么，但有江炼的提示在先……

他迟疑着说了句："是有点儿像，但就这一张，不敢确定……"

江炼打断他："段太婆去五百弄乡的影集有几本？这一张只是无意间拍到的，别的照片呢？会不会也拍到了他？你只看有段太婆的照片，照片上的其他人呢？有没有留意看过？"

他耐不住性子，又折回床边翻看。神棍在浴缸里呆坐了会儿，蓦地反应过来，也赶紧擦干身子，胡乱套上汗衫裤衩，紧赶着出来帮忙。

所有有关五百弄乡的影集都被摊开了，一张张地找，末了，果然有斩获。

有一张照片，拍的是段太婆在和人聊天，边上有不少人，或看热闹，或忙活自己的——而看热闹的人群中，就有阎罗。虽然作为背景人物出现，但因为恰是正面，所以看了个清清楚楚。

神棍拈着那张照片，半晌没反应过来："怎么……怎么哪儿都有这个阎罗啊？"

江炼还没来得及答话，手机响了，看来电显示，正是万烽火那头跟他对接的小伙子。

他对着神棍笑了笑："哪儿都有他……这还没完呢。接下来，怕是还有他。"

他摁下接听键，免提外放。

那小伙子彬彬有礼："江先生，方便接听电话吗？"

江炼回他："我接都接了，直说吧。"

那小伙子清了清嗓子："是这样的，我联系上我那西北的同事了，他说好像是在一九七五年还是一九七六年，总之是他七八岁的时候，在昆仑山一带，见过阎罗。"

昆仑山？

神棍心头一紧，明明能听得见，还是往前凑了又凑。

江炼反冷静下来："确定吗？会不会是他当年年纪小，记错了？"

小伙子非常笃定："绝对不会，有几个原因。

"一是这个阎罗的长相，挺……有特点的，那张脸，一般人都会记忆深刻。二是那个阎罗进山时，不是一个人，他还带了个老太太。山里头少有人来，一下子出现两个外地人，很惹人注意。说那个老太太很有气质，穿戴什么的也不一般。我那同事上去跟他们搭话时，老太太给了他一块糖，糖纸是洋文的，外国糖。

"我那同事还以为遇到外国特务了。那年头大家警惕性都高。他飞奔回家找大人，家长怕惹事，压下来了，没敢声张。你说这样的事，他能记错？

"更重要的是，那两人进山之后，就没见出来。没过几天，山上闹了雪崩，我那同事还心说，那两人别被雪崩埋了呢。"

听到"雪崩"二字，江炼陡然打了个激灵。他想起来，似乎听孟千姿提起过，段文希最终似乎是死于雪崩的。

他说："我给你发张照片，你请你那同事帮忙辨认一下，是不是当年见过的那个老太太。"

说着，从手边影集里找了张相对清晰的段文希的正面肖像，翻拍了给那小伙子传了过去。

神棍一颗心跳得如同擂鼓，脑子里有个不祥的念头渐渐成形。他看向江炼，低声说了句："不是吧？"

江炼说："是不是，很快就知道了。"

他拨打了房间内线，请孟千姿过来一下。

孟千姿来得很快。她还没睡，收到消息之后，睡袍外头裹了件外套就来了。一进屋，先嫌弃屋里的凌乱："跟遭了劫似的，让人都没处下脚。"

怪了，屋里的两个人神情都有点儿异样，孟千姿笑："怎么了啊？"

江炼说："千姿，问你点儿事儿，关于段太婆的。"

听到和段文希有关，孟千姿微微一怔。

"段太婆最终，是在昆仑山过世的吗？"

孟千姿点头："是啊，遇到雪崩，尸首……都没能找回来。"

"你记不记得，是哪一年的事？"

孟千姿蹙起眉头："具体的要问我大娘娘。但我记得，应该是在一九七五、一九七六年这样。"

江炼翻看影集上的时间，段文希来广西，是在一九七四年夏秋之交。

"我记得你提过，段太婆是去昆仑……找龙骨？"

没错，即便事情过了很久，孟千姿还是有些意难平："听大娘娘说，段太婆不知怎的，突然就生出这想法来……"

"也就是说，在那之前，她从来没有提过龙骨？"

孟千姿探询似的看江炼："没有啊，怎么了？"

她的目光扫过满床满地的狼藉，心里约略有点儿数了："是不是查着查着，事情忽然又跟段太婆有关了？"

手机响了，是那小伙子发的短信，只一行字——

"认出来了，就是她。"

江炼半天没说话，他收起手机，长吁一口气，斟酌了一下字句："段太婆去找龙骨，并不突然，她应该是在广西遇到了阎罗，知道了龙骨的事，这才会去昆仑山寻找，她进昆仑山时的向导，就是阎罗。

"但是，雪崩之后，段太婆消失了，阎罗却没有一起消失。你知道的，他直到一九九三年，还在这儿当环卫工。"

孟千姿怔怔地看着他，一颗心越跳越快，她嗫嚅着说了句："也就是说……"

江炼轻声说了句："也就是说，段太婆当年发生了什么事，到底是死于雪崩还是其他……阎罗是最后的见证人。"

【08】

第二天中午，秀岚居辟出两个会议室，一个用于候场，一个用于面谈。

和江炼对接的那个小伙子叫徐克用，他负责把当年火葬场失火时前往救助的那几家人，包括死者的家属都请过来参加面谈。

其实找到这些人不难，难的是让人家放下手头事务过来配合你。好在山鬼参与之后，许了重酬。那些人看在钱的面子上，就好说话多了，其中有两个还是跟单位请了假过来的。

面谈开始前，江炼去候场室看了一眼。这一看，看出不少感慨来，彼时都是邻居，同住火葬场附近，这二十多年下来，已然拉开差距，有人穿金戴银、一身名牌，为了见老邻居显摆一番，还特意做了头发、喷了香水；有人则衣着朴素，许是习惯了听差办事，脸上总带唯诺的笑；还有人不屑这种攀比，独坐角落，旁若无人地看着手机。

人若是息不了这"比"的心思，那可太累了，一辈子都活在"同学会"里。

江炼又去面谈室。

这面谈室，因为常租给营销公司做调研，所以用单面镜间隔出了一块旁听区域，孟千姿已经先到了，一个人窝在旁听席上，百无聊赖，间或还发怔。

江炼过去挨着她坐下："给大娘娘打过电话了？"

一个上午都没见着她了，听说她忙着给山桂斋那头通报情况。

孟千姿点头，有点儿意兴阑珊："大娘娘听说太婆的死可能另有隐情，很受打击。"

这也难怪，高荆鸿是段太婆养大的。段太婆死于天灾，虽属不幸，倒也不是那么让人难以接受；但若是死于人祸，甚至是谋杀，做晚辈的近半个世纪都不察，那心里可就太煎熬了。

江炼想了想："段太婆出事，你们当年就没有组织人去搜找？"

孟千姿苦笑："找了，怎么没找！但一来，昆仑山太大了；二来，那个年代有点儿敏感，不敢动用太多人力，怕引起有关部门注意。"

倒也是，段太婆兴起给出一颗外国糖，都能被七八岁的小孩儿怀疑是"外国特务"，若是大张旗鼓、大兴人力，还不知道要生出多少事端来。

江炼叹气："段太婆进昆仑时，要是多带几个自己人就好了。"

孟千姿摇头："不是没带，带了，被她甩下了。我段太婆这个人向来不按常理出牌，又爱独来独往，做小辈的实在也拦不住她。她来广西那趟，刚动完手术，身体不太方便，所以到了广西，不得不接受那么多人沿途陪同、前呼后拥——大娘娘说，即便如此，太婆还有几次故意避开了同行者，短暂'失踪'呢。"

当时还以为段文希就是这么个我行我素的性子，现在回想，才渐渐咂摸出些意味来：那几次短暂"失踪"，莫非就是去见阎罗的？

江炼心中一动："手术？太婆身体不好？"

孟千姿惘然："都那个年纪了，难免的。老人家动完手术，就更怀念从前行动自如、无拘无束的日子，老是会提起当年出洋啊、周游啊，渐渐地……我大娘娘她们就有心理准备了。"

事实上，高荆鸿心里一直觉得，段文希失踪于一场雪崩之后，符合一个传奇人物的传奇结局，余韵悠悠，适合后人传唱。

所以当年收到这噩耗，悲怆之余，不无欣慰：她并不想看着这位段娘娘老死于床榻之上，如寻常死者般被收殓、下葬。收骨昆仑，绝迹风雪，不失为一种优雅退场。

可能正是因为这个，所以当年的搜找才不那么精心吧。

面谈午后两点开始，徐克用主面。用他的话说，这种套话的事，他们是专业的。不过他戴了耳机，孟千姿、江炼和神棍随时都可以插话进来，控制面谈的进度和内容。

神棍第一次参与这种场合，莫名兴奋，还对单面镜的功能大加赞赏，他能看见镜子那头的人，那头的人却看不见他，太神奇了！

江炼打击他："哪儿神奇了？在调研公司都是基础配备了。你是脱离世俗生活太久，尽活在传说故事里了吧？"

一句话，居然把神棍给问噎住了。江炼说完，也有些感慨：别看神棍也常在城市间穿梭，但他的心不在这儿，所以看很多平常事物反像看西洋镜似的。

心在哪儿，人才活在哪儿，这话，是不是太唯心主义了？

最先进来的，就是那个江炼瞧见过的、喷香水做头发的女人，她现在应该是待在家里做阔太太了，穷极无聊，对很多事天然热衷，追着徐克用问："怎么开始查这么久之前的事了？是当年错判了，要翻案吗？"

徐克用给她吃定心丸："今天这事，只是还原一下当时的现场，跟翻案没任何关系，我们也不是警察。你不用有压力，放轻松，帮忙回忆一下，那一晚上，有没有什么你觉得不对劲的地方？什么都可以说，畅所欲言。"

说着，还把手边的一碟巧克力推了过去。

那女人剥了一颗放进嘴里嚼，甜食确实是有助于人放松，她边嚼边含糊发言："那当然不对劲，那个陈……陈……"

徐克用提醒她："陈大飞。"

"对，对，大飞。"女人又剥了一颗巧克力，嘴里还没嚼完，于是先搁在手里拿着，"大飞是对领导不满，被扣了工资还发过牢骚，说早晚要把这破地儿给烧了。但是，他也说过，在火葬场工作没前途，他要下海挣大钱——既然决心要挣大钱了，又去烧火葬场，是不是自相矛盾？纵火是犯罪啊，何必呢？还把自己一条命给搭进去了。"

说着,把剥好的那颗巧克力送进嘴里,又抓了一颗。

江炼把嘴边的麦移开,凑近孟千姿说了句:"巧克力准备得不太够啊。"

孟千姿又好气又好笑,也捂住麦,乜斜了他一眼:"你的关注点是不是偏了?"

江炼便老实地退回去,又把麦挪回,只看着她笑。边上神棍嫌两人聒噪,向着他们怒目而视:"专注!"

这两人没吃他这敲打,倒是那头的徐克用被吓了一跳,以为客户嫌他问得不够专注,越发打起十二分的精神来。

他轻咳了两声:"所以,你是觉得,放火的可能不是他?"

女人连连摆手:"不是不是,放火的肯定是他。我听我家那口子说,汽油是大飞从场院里停的一辆农用车上取的,出油口附近也到处都是他的指纹,警察办事是讲证据的,这个我们不能乱怀疑。"

江炼眸光微微烁动。

有意思,他拿过面前桌上的纸笔,写了句:陈大飞放火。

徐克用问那女人:"还有呢?"

还有就是……

那女人皱眉头:"我一直觉得啊,大飞他当时不正常。"

徐克用紧追着问:"怎么个不正常法?"

"就是当时,火烧太大了,我们靠盆瓢接水的,起不上什么作用,又听到大飞在里头号救命,心里着急,我们就嚷嚷,让他找块被毯什么的往外冲……"

说到这儿,她腰背一挺:"警察同志……啊不,小徐同志,我至今还是认为,大飞当时如果听我的,往外冲了,绝对不会被烧死,至多烧伤,你说是不是?那种时候,就不能犹豫,不能怕疼,就得往外冲……"

她当年面对公安问询时,应该就是这么说的,想不到时隔这么多年,说起来仍是这么起劲。徐克用不得不打断她:"那大飞当时为什么不冲呢?"

"就是啊,"那女人又激动了,"他就在那儿哭号。你知道,火虽然烧得大,但还是能依稀看到人影的,我就看到他跟没了魂似的,在里头又哭又号,那么多人嚷他冲出来,他只是在里头团团乱转,十足的没头苍蝇。后来我都不忍心看,叫得太惨了,我就扭过头,我就……"

她忽然愣了一下。

徐克用追问:"你就什么?"

那女人反应过来:"我就不忍心看啊……"

孟千姿拿手拈住麦身，一直盯着场内这两人，见徐克用又准备往下问了，脑子里火花一闪，脱口说了句："不对，她这反应不对。你继续上一个问题。她扭过头，然后怎么了？"

徐克用很尽责地传话："你扭过头，然后怎么了？"

那女人茫然："不是说了嘛，不忍心看啊，太惨了。"

孟千姿说："问她，扭过头是不是看到什么了？"

徐克用又转述。

那女人答："还能看到什么？看到人啊，当时我们不是都过去救火嘛，大家站得分散，一扭头，就看到个人啊。"

徐克用随口问了句："那人是谁啊？男的女的？"

女人摇头："不知道是谁。看骨架身形，应该是个男的。那年头，火葬场位置偏，周围也没灯，虽然烧着火，但是火头你知道的，晃来晃去，很暗，所以站得远点儿就看不清了。"

江炼觉得奇怪，他凑近孟千姿："怎么了？"

孟千姿嘀咕了句："刚那女人愣了一下，愣得好怪。"

神棍急着想往下听："可能是人家回想起当时的情景，一时难受，所以愣了呢？"

孟千姿觉得不是，想了想，又吩咐徐克用："问她，看到那个人时，是不是觉得哪儿不对劲？你引导她一下，引导她去想，她一定是有点儿意识的，但自己还没反应过来。"

徐克用一头雾水，但客户有需求，还得照办，那女人也被他问蒙圈了，只不断重复："是有点儿不对劲啊，但就那么扫了一眼，注意力就回去了……问我哪儿不对劲，我也不知道啊，就是……就是觉得他跟我们有哪里不一样……"

徐克用问她："哪儿不一样啊？"

那女人急了："想不起来啊！"

徐克用真是急出了一脑门的汗，正心头发躁，耳机里传来江炼的声音："要问具体点儿，不一样是哪一方面的，是体形呢还是穿的衣服，或者拿的东西……给她一个选项。"

这一下果然奏效，那女人怔怔地听完，一拍大腿："想起来了，是盆！那人手里没盆！"

她急急解释："当时我们一听失火了，都拿上家伙出去救火，没有空手去看热闹的。我一个女人，还拎了桶水过去呢，怪不得我总觉得那人奇怪，那人手里什么都没拿，脚边也没有……"

166

说到这儿，自己嘀咕起来："谁啊这是，怎么空手就过去了？"

江炼在纸上又写下两句话。

第二句是：陈大飞当时的精神似乎有问题。

第三句是：火场里好像有个奇怪的男人。

写完了，转头看孟千姿："可以啊你。"

亏得她追着那女人的"一愣"不放手，果然问出东西来了。

孟千姿一副不以为然的样子："没什么，女人的直觉而已。"

面谈室里，那个女人的部分显然已经结束了，她起身往外走时，还不忘抓走一颗巧克力。

江炼吩咐徐克用："后头的人进来，就照这个套路来。另外，有三项必问的：一、有没有人觉得陈大飞当时精神不太正常；二、他们出去救火时，是不是都拿了救火的器具；三、有没有人和那女的一样，看到过一个空着手的男人。"

有的放矢，接下来的问询，就要顺畅多了。

火葬场附近住了六七户人家，基本是小夫妻。当时火起，都是大人出去救火，把小孩儿关在家里。而每个人赶过去时，都是或端盆或提桶的，没有空手的。

除了先头那女人，没人注意过什么空手的男人，用一个大背头男人的话说："那头在失火，还有人正在被烧死，换了你，能有那心思看别的？不是我说，谁跟我一起救火的我都没注意。"

但几乎有半数的人，都认为陈大飞当时的精神有问题。

大背头男人用词更狠："他就是疯了，精神失常。"

还赌咒发誓说，自己救火的时候，听到陈大飞哭着喊："它……它抓我的脚！"

徐克用问："那当年公安调查，你说了吗？"

大背头男人说："说了啊，警民配合，当然要说。我们都认为，他当时是看火太大，吓傻了，出幻觉了。你说谁能抓他的脚？死人诈尸吗？这失火不比焚化炉，没法把人烧干净——当时火葬场登记了几具尸体，现场就找到了几副焦骨，都能对得上，就算死人诈尸，也把它给烧直挺了。"

江炼把第二句的"精神似乎有问题"几个字划掉，改成了"受惊吓，发疯"。

最后一个接受面谈的，是陈大飞的老婆，毛秋霞。

毛秋霞已经改嫁，过得挺不顺，不到五十岁的人，头发已经花白了一半。

这一次，江炼换下了徐克用，自己上场。

他问毛秋霞："陈大飞的精神，没出过什么问题吧？"

毛秋霞没听明白:"你是说他脑子有问题吗?没有,绝对没有,他就是有时候脾气急躁点儿,会跟领导较劲。"

"那他胆子怎么样?"

毛秋霞笑起来:"看你说的,我家男人……"

说到这儿,像是突然发觉自己已经再嫁,窘得脖子都红了:"大飞他……胆子很大的。你想,火葬场工作,搬死人抬死人的,他还经常一个人值夜班,胆子不大,那能行吗……"

从单向镜后头看江炼,感觉很不一样。大概是因为自己可以肆无忌惮地看他,他却看不到自己。孟千姿看着看着,害怕被人发现,警惕地瞅一眼边上的神棍,然而神棍专注得很,表情严肃,一直盯着内场,压根儿从头到尾就没留意过她这点儿小心思。

送走无关人等,面谈室里便只剩下了他们三个人。

三人围着那张面谈桌坐下,孟千姿随手拈了颗巧克力出来剥。送进嘴里时,忽然想起江炼先前关于巧克力的调侃。瞥向他时,果见他朝自己手里的箔纸看了一眼——她登时便觉得这巧克力吃得不是时候,吐出来又不合适,索性破罐子破摔,又抓了一颗在手上。

江炼把写了三句话的那张纸推过来:"如果今天得到的信息都是真的,那么我们应该可以为现场还原出一个故事来。"

他沉吟了会儿,斟酌字句。

"陈大飞当天晚上在火葬场值夜,可能发生了一些奇怪的事,于是,他去农用车那儿取了汽油,大概是想烧什么东西。"

孟千姿奇道:"但他就在火葬场工作,那儿有现成的焚化炉,想烧什么,干吗要取汽油这么费劲呢?"

江炼点头:"这确实是个疑点,我猜测,用焚化炉,意味着他要把东西搬到炉口,但他不敢搬,所以才会动用汽油。这也是为什么,那辆车的油箱附近,都是他的手印和指纹。

"也就是说,他确实是想放火,但是取了汽油回去之后,发生了一些事。"

神棍接口:"有什么东西要抓他的脚……会是死人诈尸吗?"

江炼想了想,缓缓摇头:"以陈大飞的胆子,我觉得,即便是死人诈尸,也不至于把他给吓疯——我觉得,当时发生的事,应该比死人诈尸更可怕。"

这世上,还能有比死人诈尸还可怕的事?孟千姿想不出来。

江炼接着往下说:"陈大飞当时就被吓疯了,很可能就是那个时候,失手放了火，但是……"

有个地方说不通，像搭积木，自以为一切顺畅，搭到最后，偏偏多出两块来。

这多出的两块，就是阎罗和那个神秘人。

往玄幻点儿想，那个神秘人就是阎罗死而复生。但死而复生这事，至多把陈大飞吓尿，不至于吓疯吧？而且，大背头男人说得很清楚，除了陈大飞，火葬场登记了几具尸体，现场就找到了几具焦骨——如果阎罗死而复生跑了，那现场应该少一具焦骨啊；如果阎罗死而复生之后，又弄了具尸体来凑数以掩人耳目，这速度，是不是太快了点儿？

而如果那个神秘人不是阎罗，阎罗也并没有复活，那陈大飞究竟是被什么吓疯了？神秘人又为什么要站在附近观望呢？

【09】

没有更多的信息支撑，火葬场的谜团只能僵持在这儿。好在，还有个阎罗待过的五百弄乡可供探查，不然，神棍真是能活生生怄死。

孟千姿说："我已经让路三明安排起来了，最早明天就可以过去。懒得跑的话，也可以派那头的山户实地拍摄影像传过来。"

神棍激动："这必须得自己过去啊，我们的关注点和别人是不一样的。他们眼里无关紧要的，对我们来说可能是至关重要的，必须用自己的眼去看。赶紧的，回去收拾行李。"

他还真是个急性子，说走就走，走得飞快。

然而，即便行李收好了，还不是得等到明天吗？

孟千姿丝毫不觉得有赶紧的必要，她目送着神棍走远，这才不紧不慢地起身。

江炼问她："那你去吗？"

孟千姿本想回一句"废话"，眼珠子一转，又改了口："我就不去了。"

事涉段太婆，江炼不信她会置身事外。他屈起手指："掐指一算，我觉得你还是……"

孟千姿差点儿笑出来："掐，还掐！再掐，折了你的手指头。"

江炼迅速把那只手藏进怀里，说她："你这人，真是……"

孟千姿鼻子里哼一声，拖开椅子就往外走。皮痒的人好治，多打几顿就不痒了。

才刚走到门口，江炼又叫她："千姿。"

回头看时，他还坐在原地没动，手里拈了颗巧克力："你这吃一颗抓一颗的，走了,不带一颗?"

孟千姿又好气又好笑:"你自己留着吧。"

江炼说:"那我帮你收着。"

他低头撑开衣兜,拈着的手一松,那颗巧克力就掉了进去,理好兜口之后,还不放心似的拍了拍:"你下次想起来,可以朝我要。"

第二天一早,想着反正是要出发,江炼准备带着行李直接去餐厅吃饭。这样,吃完了就不用折上来了。

哪知一出门,就看到孟千姿门口都是人,除了当值的,路三明在,辛辞在,居然还有穿白大褂的,一看就是医生。

江炼心里一惊,不觉就朝那里走过去。

昨晚上,路三明设宴邀请孟千姿,据说出席的都是广西这头山户中的佼佼者,江炼是外人,不便掺和,神棍虽然是三重莲瓣,但这种场合不适合他,也没受邀。

出什么事了吗?

一到近前,就听到路三明和辛辞两个都在自责,一个说"怪我怪我,没考虑周到",一个说"都是我不好,不该任着千姿胡吃的"。

原来,昨晚上宴席散得早,孟千姿兴头未尽,拽着辛辞作陪,逛夜市去了,而夜市小街,断断少不了吃的。

在山桂斋,孟千姿一日三餐都是有专人打理的,食材要用最好最新鲜的不说,还会控制食味,比如热不与凉同食,辣不和甜混吃,即便出门在外,有孟劲松看着,也会让她节制。所以,她这胃,其实一路养来,蛮娇贵的。

但辛辞哪会有这意识,只求让她高兴,看什么买什么。孟千姿宴席过后,本就一肚子山珍海味垫底了,一条街扫下来,又尝了什么螺蛳粉、桂花羹、糍粑、油茶、田螺酿,外加烧烤、冰茶,虽然每样都只是一两口,但夜市小食,卫生本来就堪忧,这样杂七杂八堆进胃里,焉有不造反的?

果然,到了下半夜,她的肠胃就闹开了,起身好几次,上吐下泻的,于是先把辛辞喊来,辛辞又联系了路三明——路三明一听,孟助理刚走,自己就把大佬招待趴下了,这可怎么得了——于是又急急请来了医生。

在场所有人的眼,都盯住了医生。

医生说:"应该跟昨晚吃坏了有关,多半是肠胃痉挛,大事没有,就是得休息好,多喝点儿热水,别受凉了,腹部贴个暖宝宝什么的,会舒服点儿。"

路三明点头如捣蒜。

170

辛辞忽然想起了什么："千姿说今儿要出门，这不能去了吧？"

路三明斩钉截铁："不能去不能去，那肯定不能去，这山路又颠又绕的，万一颠出个什么来……"

大佬既然不舒服，哪怕只是感冒，他都应该当重症对待！

路三明一瞥眼，看到江炼就站在跟前，还朝他征询意见："是吧？"

江炼下意识地就应了个"是"，顿了顿，又补了句："身体要紧。"

这顿早饭，江炼食不知味。

心里挺矛盾的，又想孟千姿能去，又想她能好好休息，自己也说不清是哪头占上风。和他正相反，神棍倒是吃得不亦乐乎，频频离席，回来时，手上必端碗端盘，还不断"安利"他——

"小炼炼，那里可以煎鸡蛋哎，还能煎双黄的。

"小炼炼，那里有蔬菜沙拉，还有牛奶麦片！

"小炼炼，有水果，切好的！核都给你去了，还有酸奶！"

江炼让他唠叨得烦："四五星级酒店，不都这样吗？早饭都是中西合璧的。"

神棍面上便露出羞赧的笑来，过了会儿，压低声音，向着他神秘兮兮："我以前……都没住过星级。"

江炼一下子笑出声来，觉得神棍这一派纯真，也怪可爱的，正想说什么，忽然看到，孟千姿由路三明他们陪着，也进了餐厅，坐在靠角落的一张桌上。路三明急吼吼的，忙着去拿餐，辛辞陪着孟千姿坐着，帮她把刀叉放齐、餐巾折起。

江炼想了想，又起身去取餐，拈着空盘子偶遇路三明。他朝路三明手里的餐盘瞥了一眼，白粥、蒸糕、芋头，都是清淡得连色都不带的。

江炼跟他打招呼："吃这么少啊？"

路三明说："不是，给孟小姐拿。"

"孟小姐怎么下来吃啊，不是该送餐上去吗？"

路三明觉得这话顺耳又在理，于是当他是知音："是啊，劝不住，非要去五百弄，我有什么法子？孟助理在还好，我这级别，劝得住吗？哎哟，我跟你说，做事难啊，下头的人做事难啊，心也累……"

怕那头等得烦，他连牢骚也不敢多发，急急端着餐盘去了。

江炼拈着盘子站着，心情忽然大好。

身后有人不耐烦："哎，你取好了吗？"

是挡着别人取餐了，江炼退开一步，很有礼貌地笑："你拿吧。"

171

他把空盘子边沿抵在两掌之间，走开几步，很灵巧地耍了个翻花，四下看了看，没什么想吃的，又把盘子送回原处。

　　早饭之后，如常出发。
　　一共四辆车，为了让孟千姿能躺着去，还专门给她调了辆房车，辛辞随车照应。
　　路三明的说法是："能舒服一程是一程，等到房车开不进去的地方，再让孟小姐换车不迟。"
　　江炼和神棍，则随路三明坐了头车。
　　五百弄乡位于桂西北，确切点儿说，广西四道弧，它位于第二、第三道之间，从桂林过去，满打满算，也要接近一天的时间。
　　从山谱上看，五百弄乡斜往上走是凤凰山，斜往下去是镇龙山，这么个龙凤簇拥之地，居然山贫地瘠，是个"被魔鬼诅咒的地方"，着实让人嗟叹。
　　路三明给他们做介绍："除了五百弄，还有七百弄乡呢。人家七百弄是发展起来了，还申报了国家地质公园。五百弄不行，太偏了，要不说现在荒废了呢。二十世纪七十年代还有住户，一九九几年的时候最后一家搬离，你算算，荒了快三十年了。"
　　又压低声音："一到晚上，黑森森的，伸手不见五指，满地都是大粽子石头山，有时候风大，风在石山间穿梭，呜呜的，像鬼哭。"
　　神棍觉得这话太夸张了："又不是雅丹魔鬼城，哪来那么多怪声啊？人家雅丹魔鬼城有怪声，也是因为地理环境特殊，并不是说有山有风就可以的。"
　　路三明说："这我还骗你？去了你就知道了。"
　　又突发奇想："我们要是搞旅游申报，也可以蹭雅丹魔鬼城的热度啊，就叫'广西石山魔鬼城'，保准能吸引不少游客。"
　　从桂林出来，起初还会走公路、过城市，再后来，车队基本上就都在峰高谷深的山岭间穿行了，一路上都没能见几个人。
　　路三明频频回首看后车，生怕这山绕路颠的，孟千姿会不舒服。还没到中午，就一迭声地吩咐司机："找个地方，找个地方休息一下。"
　　司机对路况挺熟："前头就是劳平乡了。今天是圩日，到了就热闹了。"
　　江炼不懂什么叫"圩日"。问了才知道，在南方一些地区，把赶集的日子叫"圩日"，而劳平乡是壮族、瑶族和高山汉族的聚集地，圩日时会分外热闹。
　　果然，没过多久，就到了个人来人往的大市集。车队停下，不少人下去看热闹——这市集热闹，赶集的人也热闹：一身黑衣的都是壮族人，叫"黑衣壮"，以黑为美；满头银饰打扮得花哨的，是瑶族，但都打赤脚，跟湘西的花瑶毫无相似之处；还有穿蓝上衣黑布裤，彩布围腰的，是高山汉，据说这些人原本是汉族，为了避灾遁入高山，久而久之，得了个"高山汉"的名头。

江烁且走且看，忽然瞧见辛辞，陷在一群彩衣姑娘里，也不知道是要买什么，一口一个"阿妹"的，惹来姑娘们阵阵哄笑。

江烁回头看不远处的那辆房车，犹豫了一下，还是走了过去。

车门虚掩着，江烁推门而入。

车里头比外头要安静多了，尽管仍有喧哗声进来，但淡如背景音。孟千姿裹着毯子蜷在床上，睁着眼，眉头不时蹙着，估计是确实不舒服。

江烁走过去，在床边的卡椅上坐下。

孟千姿听到动静，略抬了下眼，说了句："是你啊。"

江烁问她："感觉怎么样？"

孟千姿说："身子有点儿虚，这么热的天，还老觉得冷。"

又问："辛辞说外头是市集，好玩吗？"

江烁说："没什么好玩的，就是人啊、东西啊，东西啊、人啊。"

孟千姿说："哪有你这么总结的，照你这么说，这全世界都是人啊，东西啊。"

说到这儿，吸了吸鼻子："好香。"

是香，满市集的玉米浓香。

江烁说："高山汉擅种高山玉米，煮出来香气特别浓，据说甜度也高，跟内地玉米不一样——神棍已经啃了两根了。"

孟千姿让他说得不觉舔了下嘴唇，呢喃了句："我也想吃。"

江烁瞥了她一眼："你这人，怎么不长记性呢，为什么躺这儿的，忘了？还想吃玉米。"

真是哪壶不开提哪壶，孟千姿没好气，拽了毯子遮住自己的脸，不想看他。

哪知江烁继续讨她的嫌："这样，吃上吃不上，我给你掐算一下……"

还掐算，真心欠收拾，孟千姿一把掀开毯子，伸手就去抓他的手："我早说了，再掐，非折了你的手指头……"

她以为他必会像之前一样，迅速护住他的宝贝手，不让她碰到的。

没想到，居然抓实了。

这一抓实，她反倒没了主意，总不能真拗折了。正犹豫间，江烁的手轻轻一抽，从她指间滑出，又反包了上来。

他的手真大，把她整个手都包住了，掌心的温热透过她的手背，瞬间浸透肌

173

肤，孟千姿听到他说："既然觉得冷，还老掀什么毯子？"

说着，就这么握着，把她的手送回毯子里，又把毯子盖好，这才缩手出来。

孟千姿也忘了该答什么，半响才拉了拉毯子，说了句："也不是……很冷。"

她脑子里一片空白，蜷在毯子下的那只手微微颤着，仿佛不是自己的了。

忽然就有点儿糊涂，对刚刚发生的事没了时间概念：一忽儿觉得，江炼握住她的手，似乎握了有几秒；一忽儿又觉得，人家只是很正常地帮她把手送回来而已，并没有什么其他意思。

正心绪纷乱，听到外头喇叭响，一般这是车队再出发的信号，但她也没反应过来，只觉得那喇叭声像响在天外，只余一线余音穿透下来，拿尾梢触碰着她的神经，又听到辛辞上来，似乎在和江炼打招呼，然后江炼就下去了，因为，有车门关合的钝响传来。

再然后，车子摇摇晃晃，又上路了。

辛辞兴冲冲地过来，他手里拎了一袋煮好的玉米。走动时，塑料袋哗哗作响："千姿，我跟你说啊，他们这个高山汉人种的玉米，就是不一样，可好吃了！我特意买了让你尝尝……"

玉米的浓香就飘在鼻端，孟千姿心里盘算着事，胃口全无："不吃。"

辛辞还以为她是不舒服："千姿，越不吃越没劲，越躺越没精神。来来，你吃一口，就一口，我担保好吃！"

没完没了了还，孟千姿怒了，"腾"地从床上坐起来，吼他："不吃！说了不吃！"

辛辞吓了一跳，半天才说了句："千姿，你这……这么精神，可一点儿都不像生病的。"

孟千姿一肚子没好气，心说：你懂个屁！

她挪了下手，左手无意间碰到右手的手背，触了电般收回来，又低头去瞧右手的手背。

好像，江炼掌心的温度，还停在她的手背上似的。

还有，她的皮肤好细腻啊，有赖平日精心养护，但是江炼的掌心很粗糙。是该粗糙，他前些日子下崖时，磨掉了掌心的皮，估计还没长好呢……

他握了她的手，他是什么感觉呢？他有觉得她的手背很……细腻吗？还是说，人家真的只是出于关心，那么客气地一送，跟送辛辞的手、神棍的手，跟送个猪蹄、鸭掌，都没分别？

她胸口起伏得厉害，抬头时，看到辛辞那一脸莫名其妙，更来气了，齿缝里迸出一句话来："你就知道吃！"

辛辞悲愤极了。

整个车队的人都下去买玉米，神棍啃了三根，路三明买了二十斤没剥叶的，说要带回去给孩子吃，他只买了这一小袋子，还是献宝一样先送到她嘴边的，合着轮到最后，变成了他只知道吃了？

这世上，做个实诚人太糟心了！

【10】

下午，孟千姿换了辆车，房车固然舒服，但实在 hold 不住接下来的路了，听路三明那意思，现在还算好的，最后那段路，别说这种四轮驱动 SUV 了，连拖拉机都进不去——当地接待的山户还在想办法。

日暮时分，孟千姿见识到了这办法。

十一头骡子组成的骡帮。

赶骡子的农工有四个，来自广西百色，是被当地负责接待的山户重金从就近的工地上"挖"来的。据说大山里太狭窄崎岖，兴建工程的话大型机械根本施展不开，运送石子、石料等，只能依靠骡子这种最原始的运力。

车队到达时，十一头骡子一字排开，如待检阅。每头骡背上，除了留出坐人的位置，都已经满载装备，骡脖子上还各挂两三双雨靴，滑稽而又好笑。

十一头骡子，只能坐十一个人，骡工为了省钱，甘愿卖力气不坐，那去掉孟千姿、江炼、神棍、路三明四个人，就还能坐七个，这七个人，必须精明强干能办事，还得包括向导和医生。一番挑拣，辛辞自然被排除在外。

辛辞乐得不去，只把孟千姿该吃的药托给路三明。路三明捧着那药，如奉纶音，自觉肩上的担子又沉三分。

负责接待的山户姓皮名丘，人送诨号"貔貅"。此人长得人高马大，一身腱子肉，因为貔貅是能转灾化厄的吉瑞之兽，所以山户出任务时，多喜欢和他结队，图个吉利。

一见面，貔貅就向孟千姿检讨，说是知道来的人多，奈何骡子少，只能找到这几头了。

孟千姿不明白为什么不能用脚走，一定要坐骡子，不过也懒得问，人家这么安排，必有道理。

至于骡子不够，她也不觉得有什么不妥，山鬼办事，很少全员投入，一定会在后方留个后备的营地，那些剩下的人正好留作备用，这样一旦出什么事，还能有个策应，省得像水鬼那样，一灭灭一窝子，连发生了什么事都没人能说得清楚。

江炼上骡子时，还担心骡子上已经驮了这么多东西了，不一定能应付得住，牵骡的人满不在乎，用蹩脚的普通话向他吹嘘："我们在山下往山上运石子浇筑高压线杆，一次驮一方石子，有两百公斤呢，一天上下九趟都没事，你放宽心。"

一列骡队，就这么向着山内出发了，道路狭窄，没法并驾，只能单列行进。辛辞远远目送，觉得那队列越走越纤细，到后来，像是一列蚂蚁没入莽莽苍山。

走到半程时，孟千姿就明白这骡子和雨靴的用处了。

去五百弄乡，并不需要翻山越岭，之前车队已经翻过太多山头了，这一片恰是个地势偏低的盆地，只不过是盆地上散落太多大棕子石山而已，而那些石山是没法爬的，只能在石山之间的"弄"穿行——现在是夏季末，这儿雨季刚过，地被泡得宛如沼泽，一脚下去，湿泥能齐到大腿根，那几个骡工已然宛如泥人，骡子也好不到哪儿去，四条腿都没在泥里，远远看去，像是只用肚腹浮在泥上游走的怪物。

打头的貔狖回头跟她解释："现在还算好的。前一阵子雨太大，这弄全淹了，底下的漏斗眼下不去水，这些石头山跟淹在水里的岛似的。"

这道理，就跟家里的洗菜池子差不多，平时是可以下水的，但是水一大，或者下水口淤积的杂物一多，那口子就堵住了，得慢慢放水，或者动手去掏——大自然的积水放水，可比洗菜池子慢多了，但凡多泡上几天，那泥地就松软得不能看了。

貔狖怕孟千姿他们坐骡子无聊，还往后分发地图："这个，是路老哥吩咐我做的。我们参考山谱资料，又根据段太婆上一趟来留下的那些照片，标注了可能的住户点，但不知道哪户是阎罗住过的，实在打听不到了。"

纸张哗啦有声，一张张往后分发，颇似学堂里学生往后传试卷，那几个骡工一点儿都不好奇，只顾赶骡子走路。他们这骡帮，除了运石子，也载过不少视察工程的人，那些人嘴里聊的，什么绩效啊、考核啊、卫星图啊，尽是些他们听不懂也不关心的。

后头的神棍往前头喊话："那个皮……貔狖啊，段小姐当年为什么要去五百弄乡呢？"

貔狖见他喊话怪费劲的，就晃了晃手里的对讲机，神棍这才留意到，自己骑的这头骡背上也挂了一个，刚好奇地拿起来，就听到貔狖的声音从里头传出："段太婆当年，不是只去五百弄乡的。她那属于巡山，去了很多地方，只是到五百弄乡之后，不知怎的，就结束了，没再往下走了。"

神棍叹了口气，想说什么，又咽了回去，因为实在不会用这高级玩意儿。

还能因为什么啊,多半是遇到阎罗了吧。

最终到达五百弄乡时,天已黑透,每头骡背上都备了照明设备,还有手提式探照灯,那光打出去当真强劲,把周围一隅照得如同白昼。

可是那一隅之外,黑得太过浓重了。这儿废弃之后,没有再开发,却像是比从未开发过还要原始,因为不长林木,所以没什么生物来栖,静得有些可怕,光柱打出去,不时被巨大而厚重的石块阻断。那就是峰丛粽子山了。

路三明硬着头皮向孟千姿建议:"孟小姐,你看,要么今晚先住下?"

他自觉这安排不是很到位,但即便是一大早赶骡子进来,走完这淤泥路,探完那些废弃的住户点,也要到晚上了。也就是说,不管什么时候来,这"住一晚"总是免不了的。

都到这儿了,那是肯定得住下的,孟千姿擎起探照灯往周围扫了一圈,这范围内有几幢房子,大多塌架了。那些采石搭起来的,墙体倒还都完好。她吩咐路三明:"你派人四下看一圈,拣大的、比较牢的石头房子,大家凑合一晚吧。"

没想到的是,连这"凑合"都没机会。

前去查看的人回来说,因为这儿每到夏季就淤水被淹,这几十年下来,都不知道淹过多少次了。那些木头房子自然已经朽得跟棉絮似的。即便是石头房子,内墙外墙都是一道道的水线,而且长满了石苔青藓,日积月累,新长的固然是密密麻麻布满墙面,那些泡烂了的,就堆在屋里,滑腻如浆,臭不可闻。即便硬着头皮清扫,那味儿也去除不了。在屋里站一时三刻都受不了,更别提住一晚了。

这就棘手了,这儿的烂泥地虽比路上的要硬实些,但五十步笑百步,打地钉搭帐篷也不合适,与其窝窝囊囊夜不能寐地将就一晚,还不如打起精神来干活。孟千姿心一横:"都穿戴起来做事吧,一鼓作气,出去了再好好休息。"

她套上雨靴,扎紧靴口,从骡背上滑了下来,其他人也纷纷下骡。

只不过,人可以熬夜干活,骡子走了这大半天了,可得好好休息,不然明儿返程够呛。几个骡工靠骡子赚钱,很是心疼牲口,当下就要拽骡子去饮水。

这种山间洼地,雨季一过,势必有大小水塘,远近而已,水塘的水虽脏,但牲口是不在乎的,孟千姿让路三明挑两个身手好的人陪骡工一道去。说句不合适的话:山鬼出事,内部尚好解决,这种外人若有个三长两短的,可就太棘手了。

剩下的人也不分批了,这黑灯瞎火的,分批怕出事,都聚在一处,依着地图编号,一路去查看那些废弃的住户。

去了两个陪骡工的,孟千姿这头便剩了九个人,分工明确:貔狳和另一个孔武有力名唤汤壮的，负责出力气，抬盖掀框，清理现场；孟千姿一行四个主要是查看；剩下三个，两人照明，一人从旁放哨。

一行人便这样，且走且看，但老实说，看不出什么异常的，这乡里的人搬走时，大多带走了家什，剩下的，多是不好带的大件，而那些床板、朽桌什么的，即便大剌剌摊放着，又能看出什么端倪呢？

孟千姿有点儿沮丧，觉得这趟五百弄乡之行多半是一场空忙。来了，只求个心安而已。

江炼抽了个空子，上去跟她说："别人都是搬走的，阎罗未必，他走得一定匆忙，应该剩下不少东西。"

孟千姿不看他，但总想戗他两句："那不一定。没准儿他有老婆，他走了，老婆可以搬家啊。"

江炼笑："阎罗那样流落在外的，而且出逃时都……四五十岁了，还顾得上讨老婆？"

他回想了一下：没错，况家被劫杀是在二十世纪四十年代，当时阎罗二三十岁的样子，六十年代出逃，怎么着都四十来岁了。

阎罗的出逃路上，还能生发出爱情线？他有点儿接受不了。

孟千姿哼了一声："段太婆的照片，有阎罗的那两张，他的穿着打扮跟当地人毫无二致。也就是说，必然住了好多年了。如果不是那张脸，你会认出他是个外来的？

"一个人想要隐藏身份，最大的伪装就是让自己面目模糊，跟周围的人保持一致。他一个外人，又一直当个老光棍，太惹人注意了——为什么不找个什么都不懂的乡下老婆，伺候他，给他打理一切，以便他能安安心心做自己的事呢？"

这儿这么偏僻，住在这儿的人也必然是与世隔绝，不理外头形势，也压根儿不认识字的，阎罗想要遮掩自己、快速融入，最好的法子确实是跟一个当地女人凑成一对，这事对阎罗来说，有百利而无一害。

江炼一愣，半晌才说了句："也有道理。"

孟千姿乜斜了他一眼："所以说，男人啊，都这样。"

说完，一仰头出去了，吩咐貔貅："去下一间。"

江炼落在了后头，总觉得孟千姿这话余韵绵长，明着在说阎罗，暗里要敲打谁似的……

正想着，神棍撵上来，问他："小炼炼，你说，阎罗来五百弄乡，是随便选了个好藏身的偏僻之地，还是特意来的呢？"

江炼也说不好。

下一间是幢石头房子，还没进门，就觉得腐臭味熏人。貔貅提前给几人分发口罩。江炼刚戴上口罩，就察觉到这周围起风了。

盆地地势低洼，风的来势向来汹汹，而且粽子山耸峙，风刮过来，没法畅通无阻，频遭拦挡摩擦，难免发出怪声，深夜听来，怪瘆人的。

神棍奇道："还真跟雅丹魔鬼城似的！"

路三明扬扬得意："神先生，我还能骗你吗？这就是气流的摩擦震动。这才刚起风，你等着，风再大的时候，跟鬼哭狼嚎似的。"

果然，几人进了屋，四下看过无甚斩获，正想出门时，又一股劲风袭来，这趟风比上一遭要强劲多了，连朽坏的屋顶都被连连掀起，四野八方，幽咽声顿起，直如万鬼齐哭。而且这声音，跟雅丹魔鬼城还不同：雅丹地处旷野，声音来得快去得也快，粽子山却在洼地，声音四下萦绕，一浪接着一浪。孟千姿正觉头皮发麻，忽听到不远处有惊骇怪叫声传来。

听那声音，必是某个骡工无疑了，孟千姿急喝了句："怎么了？"

话音刚落，屋外屋内，两个声音一起应和："我去看看。"

外头的是那个放哨的，他占了地利，话音未落，人就蹿了出去。

里头的是貔貅。和绝大多数山户一样，总想在大佬面前表现表现，哪知一时情急，忘了地上腻滑，一踏之下，直直往旁侧摔了过去，双手急抓时，却又没实物可借手，直接就在墙上的湿苔上猛抓了一把，然后一路抓下，重重栽倒在地。

这时候，忽听腰上的对讲机响，是陪骡工的一个山户，在那头解释说："没事没事，乡下人胆子小，本来就疑神疑鬼的，忽然听到风声，又一脚踩滑，鬼叫个不停，才被我喝住了。"

合着是虚惊一场，孟千姿长吁了一口气。这一头，貔貅又窘又愧，手里抓了把又腻又臭的，简直是思之欲呕。

他挣扎着想爬起来，只是摔得太结实了，刚一用力，又是一声痛哼，江炼离他最近，见状弯腰俯身，把手伸给他。

他对貔貅印象挺好，这人这么大块头，却是个腼腆斯文的性子，有点儿反差萌。

貔貅满怀感激，说了声"谢谢"，换了干净的那只手握住他，就待借力站起。

哪知一握之下，这力没借上，江炼并没有拉他。

貔貅奇怪，抬头看江炼，就见江炼眉头紧皱，一直盯着石壁，俄顷喉结滚了滚，叫了声："千姿。"

孟千姿闻声回头，一时间没看出玄虚，只看到苔藓壁上，一行接地抓痕，那是貔貅栽倒时，一路抓出来的。

江炼咽了口唾沫，语气有些激动："灯光，赶紧把灯打过来，这石头上有刻痕。"

灯光立马儿就过来了，是有刻痕，就在貔貅抓下的苔藓某一处，非常无序，来来回回，像是有人用刀在反复刻画，试图锉磨掉什么东西。

孟千姿看了会儿，心头"怦怦"直跳，直觉有什么东西就快被发现了。

她说了句："把这面墙上的苔藓，都给我清干净。"

很快，这面墙上的苔藓就都被清理掉了。

确实是有字，都集中在下半部分。那个高度，像是有人坐在小马扎上，对着墙，一笔一画刻出来的，然后长久瞪视，抓耳挠腮、苦苦思索。

而那些字，后来又都承受了锉刀的锉磨，应该是想毁去的，也的确成功毁掉了一些。但没毁掉的那些，因为苔藓深深附在了刻痕里，这么一清理，反而更加清楚了，更何况有两盏射灯自左右打在了那面墙上。

江炼一眼就能看清楚那些凌乱分布的字。

大禹。

涂山氏生启。

三过家门。

孟千姿也看见这些字了，却愈加糊涂了：谁刻了这些字？阎罗吗？应该是，五百弄乡这种聚居地，应该找不到第二个会写汉字的吧？但阎罗怎么研究起大禹治水来了？

正想着，听到神棍喉咙里发出类似倒吸一口凉气的"嘶嘶"声，然后一屁股坐倒在地。

江炼看了他一会儿，低声说了句："所有人都出去，别影响神棍。"

他拽着孟千姿出来。

孟千姿还是一头雾水，频频回望屋内："干吗啊，他怎么了？"

江炼喉头发干，觉得自己的手都有些轻微颤抖："他可能就要想到些什么了，别影响他，给他空间。"

这样啊，孟千姿不吭声了。过了会儿，嘟囔了句："我怎么想不到。"

江炼失笑："你嫉妒他吗？千姿，人家神棍可从来不嫉妒你能剖山、动山兽、伏山兽。

"术业有专攻，他在那些玄异事里浸润了二三十年了，读的相关书籍比你多，经历的事也比你多。有些联系，只有他能勾连起来——反正他是你的莲瓣，有什么功劳算你的，揪死了别让这瓣花掉了就行。"

孟千姿想笑，还没来得及说话，听到神棍在屋内叫："小炼炼！"

孟千姿和江炼对视了一眼，一起进了屋。

神棍还坐在地上，一只手颤巍巍地扒在"大禹"那两个字上，过了好一会儿才开口："大禹治水的传说，你们都听过吧？"

孟千姿答了句："听过啊。"

神棍转头看她："讲讲看。"

又补充了句："要具体，前因后果要具体。"

孟千姿想了想："就是上古时候，洪水泛滥，当时的皇帝是尧吧，他就任命大禹的父亲鲧治水，听说鲧用了息壤，只知道堵而不知道疏，治水失败，就被尧杀了。"

神棍纠正他："不对，杀鲧的是舜，当时，舜帝已经即位了。"

这有什么区别吗，不都是皇帝吗，孟千姿满不在乎："后来，舜又任命鲧的儿子大禹治水，大禹比鲧聪明，就治好啦。"

江炼在边上听着，听她眉飞色舞来一句"就治好啦"，不觉微笑，觉得她实在是可爱。

孟千姿自觉答得不错，看到石墙上的字，又主动添加了点儿："大禹嘛，治水很努力，三过家门而不入。他老婆是涂山氏女，给他生了个儿子，就是启。后来就不兴禅让制了，禹传子，家天下，这就是夏朝了。"

神棍说："我想问你一个问题，舜杀了鲧，跟大禹有杀父之仇，大禹为什么不恨他，还帮他治水呢？"

孟千姿一时语塞，顿了顿才说："那当时……灾情严重，大禹一心为民，不计较个人恩怨呗。"

换作是她，她估计自己会计较。

神棍说："好。那我再问你，大禹是谁生的？"

孟千姿不假思索："禹他妈生的啊。"

话音未落，就听边上江炼没忍住，"扑哧"一声笑了出来。

孟千姿怒道："有那么好笑吗？"

说到后来，自己也笑了，倒不是觉得自己错，而是觉得"禹是禹他妈生的"这话，说出来太搞笑了。

只有神棍没笑，他定定地看着孟千姿，说了句："不是的。

"孟小姐，你对神话还不是那么清楚，神话传说里，从来没有提过大禹的母亲。

神话里说，鲧被杀死在羽山，从他的肉骨里，孕育出了大禹。

"而《山海经》的《海内经》是这么说的：帝令祝融杀鲧于羽郊，鲧复生禹。还有人说，那个'复'通'腹'，腹部。但不管是'复生禹'还是'腹生禹'，大禹都是鲧生的。而且，是死后生的。"

孟千姿愣了一下："但是鲧是大禹的父亲啊！父亲怎么能生孩子呢？还是死后生的。"

神棍说："没错啊。可是，是什么让我们觉得只有母亲才能生孩子呢？最早的时候，如果父亲也能生呢？不对，不是父亲生，是自体繁殖，另一种繁衍方式。现代科学，不是还有克隆繁殖吗？鲧又生下了一个新的自己，所以，对于下令杀他的舜，并没有什么仇怨。"

江炼听得心下发凉，电光石火间，脱口说了句："阎罗……"

神棍看向他，问了句："大飞为什么会被吓疯？一般死人诈尸，是吓不到他的吧？为什么现场的尸体数量，跟找到的焦骨数量是一致的？那多出的神秘人又怎么解释呢？

"但现在，我想明白了，有没有可能是……阎罗生阎罗呢？老阎罗的尸骨还在，但新阎罗……已经孕育而生。而且，迅速长成了。"

【11】

阎罗生阎罗？

风还在刮，迂回幽咽，破败的房顶不时掀起，又很快落下，发出"啪嗒"的单调声响。路三明他们站在门外，不知道里头的人在聊什么，又不好擅入，只得继续守着，还知趣地往外站开了些，以免听到些不该听到的。

江炼只觉自己两边的太阳穴都在突突直跳。但说来也怪，一旦接受了这个设定，又觉得，这种事儿并没有什么稀奇。

自然界本来就充满秘密，而生物是多样性的，存在各种繁衍生殖方式：海洋中的一些鱼类，如鳕鱼、鲱鱼等，有些就既有卵巢也有精巢，能够自行产出下一代；黄鳝可以雌雄性逆转，刚生下来时都是雌性，成熟产卵后又会变成雄性；就更别提很多植物的自花授粉了……

所以，为什么人类就一定得拘泥于两性生殖呢？上古时代，本就是一段无法考证的神奇岁月，鲧复（腹）生禹，也许那个时代，真的存在自体繁殖呢？

这"生"的过程，也许是可怕的，不然在火葬场当值的大飞，也不至于被吓疯了。但转念一想，女人生孩子，也是血腥的吧，只不过这么多年来，大家都习以为常了，再加上进入现代文明之后，有医院、产房、各种辅助器具等阻隔视线——如果自体生殖时，也被推入产房，掩上手术室的门，有专业的医生接生，那整个过程好像也顺理成章。

江炼打了个寒噤，有点儿被自己的想法吓到了。

孟千姿没说话，只喘息声略急。她在想另一件事，水鬼的事，和眼前发生的，有相似之处。

神棍吸了吸鼻子，觉得少了发挥的道具："有纸笔吗？有吗？"

这么一嚷嚷，外头很快就送进来了。

纸就是先前印好的那些住户方位图，背面可以落笔。神棍将纸铺在地上，紧攥手中笔，连咽了几口唾沫："我再强调一下，我们追着'箱子'，一路追到这里，一定要有全局观念，不能分裂地看问题，事情一定是有着关联的。

"还记得那口箱子上的雕镂图吗？都是上古神话，就我记得的，就有后羿射日、神农尝百草、伏羲制八卦、燧人氏取火……"

他在纸上写下这几个人的名字，齐齐整整排成一列，第一列。

"而我们在湘西忙活了一场，最后的关键，集中在蚩尤身上，蚩尤和黄帝之争。"

说着，又在纸上写下了黄帝和蚩尤的名字，仍是一列，第二列。

"再接下来，找阎罗。最后发现，阎罗躲进这个偏僻的山乡，在琢磨什么大禹、大禹从哪里来。"

他写下第三列名字：尧、舜、鲧、禹。

写完了，抬头问两人："看出什么来了吗？"

孟千姿一心二用，居然还能抢答："这是时间顺序啊。"

说是时间顺序也没错，但神棍想问的，其实是这些人的共同点。

他说："大致是时间顺序，中间有交叉，总之就是，这些人或前或后，都处在一个过渡的动荡年代里，亦即上古神话时期到末期。而且，非常确切的是……"

他指向禹的名字："从他开始，夏朝开始了，而夏朝是被记入中华民族的朝代纪年的。也就是说，上古神话时代由此彻底结束，人类主宰的时代开始了。"

江炼脑子里灵光一闪："大禹是鲧死后孕育的，而他本人娶了涂山氏女生子，是正常的男女结合，也没听说过禹死后，尸骨中又孕育出谁——好像他失去了鲧的这种自体繁殖能力。而这之后，繁衍生息一直就是男女结合，家庭式的。"

神棍点头："我们能不能这么设想，在禹之前，存在着两种繁殖方式，一是自体，二是两性。只不过自体这种是少数而已——不是普通人能驾驭的。就比如鲧，鲧那个时候，是被当成天神的，还窃来了神奇的息壤治水呢。只不过，这种自体繁殖的能力，似乎一代比一代弱，渐渐就……消失了。"

孟千姿冒出一句："如果自体是……自己生自己，那这不就是长生吗？像蛇一样，褪去旧皮，又换上新的……"

说到一半，觉得这比喻不太贴切，又住了口，江炼接过话头："比蛇还要更进一步，是另一种形式上的脱胎换骨，脱掉旧胎、长出新骨。"

孟千姿默默消化这话。

那口箱子……阎罗是最后拿到箱子的人，难道他自箱子里发现了这个秘密，或者得到了这种能力？

难怪他逃亡时，宁可抛家弃子，也要带上这口箱子：真的能永享长生，即便每隔一段时间就要受这"脱胎换骨"之苦，也是甘愿的吧？

江炼忽然想到了什么："阎罗生阎罗，那这生出来的，是跟他相貌一样呢，还是不一样呢？"

他代入自己去想，觉得相貌是否一样，也不是很重要：都享有长久的生命了，谁还在乎顶着一张什么样的脸呢？美或者丑，都只是一世经历而已。

哪知孟千姿脱口说了句："一样的，应该是一样的。"

江炼奇道："这话怎么说？"

孟千姿说："孩子跟父母长得不一样，很正常，因为他是融合并择取了两个人的基因，但自己生自己，能变到哪儿去呢？就像克隆一样，自己生自己，不应该是一模一样的吗？除非是基因突变。还有就是……"

她觉得话说不清楚，还是让他们自己看比较好："水鬼不是录了个视频给我嘛，你们先看了就知道了，我让劲松发过来……"

话没说完，想起孟劲松已经被自己强制休假了，掏出手机来看，信号极差，即便打了卫星电话出去，短时间内，也没法接收视频。

见两人都在等她解惑，她只好硬着头皮开口："我也只是……忽然之间觉得，事情可能有联系——还记得在悬胆峰林的时候，我给你们讲过水鬼的事吗？"

江炼点了点头，非但记得，印象还挺深刻，尤其是那个以刀穿喉的丁盘岭。

孟千姿斟酌了一下字句："水鬼家在二十世纪九十年代中期，有一趟漂移地窟之行。其中一路，有上百号人吧，不是找到了那个地窟吗？"

江炼"嗯"了一声，犹记得她当时说，那一路人挺惨的，几乎全军覆没，当场死了一多半，剩下来的那一小半，在接下来的十多年里，也都陆陆续续死了……

正想着，神棍一张脸涨得通红，失声叫了出来："我记得你还说，死状很惨，奇形怪状！有不少人，骨头疯狂生长，穿透了皮肉……"

江炼也想起来了，尤其是那句"骨头疯狂生长"，当时听来只是震惊，但现在，结合阎罗的事儿，就有点儿意味深长了。

就听孟千姿说："没错，那些侥幸当场没死的人，都被关押在一处秘密的地方，一直有医生检查并记录他身体状况，直至死亡。他们的身体情形都很奇怪，骨相普遍都变了，有不能受光照的，有不能吃某种食物的，总之千奇百怪。但是，也有共同点：一是都活不长，已知活得最久的，也不过二十来年；二是病发时，身体都会开始失血，到差不多油尽灯枯，血几乎会耗干，哪怕割破皮肉，都流不出多少血来。

"我就在想，成功的自体繁殖，是像阎罗那样脱胎换骨。那不成功的呢？不成功的，会不会就是水鬼那种，新的肉骨没能挣脱原身——严重的当场死亡，轻微的……畸形地结合在一起了？"

神棍茫然："什么叫畸形地结合在一起了？"

孟千姿也不知道该怎么说："因为即便是那些没有立刻死的，面貌骨形也发生了变化，像是身体里的骨架悄然重组。再加上这些人都活不长，很可能是这种畸形结合，使得物极必反，非但不能长生，反而加速了死亡。因为一个人，是由两具肉骨糅合而成的，这不是……"

她已经找不到合适的用词了，她就是想表达：一个人，应该有一具肉骨，但水鬼出事的那些人，看似正常，但其实身体里，是新、老两具肉骨。这是一种负担，会使"活着"成为一件特别消耗自己的事儿吧？

"等从这儿出去了，我安排你们看一下水鬼的那个视频，光靠我说也说不清楚。另外，有件事我没跟你们提，水鬼家出事的人里，有两个情况很特殊，一直活到了现在。"

神棍一愣："怎么个特殊法？"

孟千姿回想了一下："一个叫姜骏。他是身体萎缩，但头颅奇大，差不多有普通人两个那么大。而且，好像一个躯体里住了两个人，原本的自己还在，但完全被控制了——这个人，后来被水鬼关进了鄱阳湖底的金汤穴里。水鬼现在没法动用祖牌，也就下不了金汤穴，没法知道这姜骏是死是活，不过多半死了，因为姜骏当时严重失血，身体状况已经很不好了。"

江炼问："那另一个呢？"

"另一个叫易飒。她的特殊之处在于，出事的所有人里，她是最小的，当时只有三四岁吧。"

神棍瞠目结舌："三四岁这种，自己的身体都还没发育完全呢。"

孟千姿说："是啊，不知道是不是因为她年纪小，她出事的情形跟所有人都不一样，外表、外形没有发生改变，所以一直被误认为是没受到伤害的。不过，一年多以前，她也开始失血发病了——我特意把这两个人拿出来说，方便你们跟阎罗的情形做一下对比和参考。"

江炼长吁了一口气："所以，讨论下来，两个结论。一是阎罗身上发生的事，跟当年水鬼发生的事，可能是一样的；二是阎罗很可能还活着，而且跟之前相貌相同，没变？"

神棍摇头："不对，这中间还有个意外。"

江炼没听明白："什么意外？"

神棍说："阎罗预计到自己要死了，或者说是准备好迎接重生了，于是给孙子阎老七写信，把当年的赃物留给他，这都正常，属于交代遗嘱。但一个明知自己死后身体会出现可怕异常的人，必然会找个地方好好收藏身体，以免事情败露，怎么会允许自己的尸体被送去火葬场呢？万一没重生成功就被烧了，不是亏大了吗？"

江炼只觉后背一阵凉气泛起：没错，阎罗千算万算，没能算到车祸这场意外！也就是说，他的原本安排，还是被搅了。

神棍喃喃说了句："上古神话里，是说鲧生禹，但人家大禹并不是一生下来就是个成年人吧？而且鲧是尸身三年不腐，之后才生了禹的，并不是死后当天就……"

阎罗这种，神棍觉得挺玄的。像是无人指导，只凭意会模仿操作，谁知道……这人有没有活下来。即便活下来了，又会是个什么样子呢？

有了石墙上的发现，也算不虚此行。孟千姿有了斩获，也就不那么着急，又觉得不该图快，应该留待白天细细查看才妥当。而且，所谓"如入鲍鱼之肆，久而不闻其臭"，在这间石屋里待久了，那股烂腻的味儿，似乎也不那么难以接受了——于是吩咐貔狼带人清理安排，就在这儿凑合一晚。

正收拾着，骡子的闷哼声阵阵，是那两个山户带着四个骡工和十一头骡子，也找过来了。

反正屋里还在收拾，一时半会儿躺不下去，路三明问了句："刚才怎么回事啊，吓着了？"

其中一个山户悻悻："这胆子，针尖样小，被自己在水塘里的倒影吓着了，再加上风声有点儿瘆人，他就号开了。好家伙，他没怎么着，倒把我吓了一跳，一脚踩水里去了。"

有个耷拉着脑袋的骡工愤愤："什么自己的倒影？我瞧着，那就是漂在水底下的人。"

这应该就是那个当事人了，不忿自己被人小瞧，是以出言反驳。

那个山户嗤笑一声："说是倒影，你还嘴犟。因为我们在边上开了射灯，所以水面上有亮光，而因为水被风吹得有波纹，所以你那倒影既亮又在动，仿佛是人在下头漂——这科学道理，还要我跟你解释多少遍？再说了，我们是不是下水去捞了？有东西吗？"

那骡工自知理亏，不吭声了。

孟千姿见两人小孩儿一样在那斗嘴，觉得怪好玩的，虽说是一场乌龙，但也不能掉以轻心，于是吩咐路三明："这里人生地不熟的，晚上值夜人手要足，至少四个，四面都安排上。"

路三明自觉不能让大佬以及客人受累，胸脯拍得"嘭嘭"响："孟小姐，你放心，人手不够我顶上，你只管休息。"

石屋是内、外两间，孟千姿和江炼、神棍住了内间，路三明和另外三个住外间，方便后半夜出去轮班，剩下四个就守在屋子四面。

至于那四个骡工，因为天气不冷，硬要露天和骡子睡在一处，就跟怕谁把骡子牵走了似的。不过反正也挨着石屋近，加上值夜的就在外头，孟千姿也就由得他们了。

这一日颠簸劳累，身体又不舒服，临睡前吞了药，孟千姿躺下就睡着了。

半夜时，她醒了。

地面是潮湿的，又没能找到干柴烧了烘干，即便铺了两层地垫，那阴寒还是一阵阵袭上来，她腿脚都有些发麻，轻轻动了动小腿，又朝窗外看去。

石屋上是开了窗的，只不过这么多年下来，木框子早朽掉了，只剩了个四四方方的空洞，从那个空洞看过去，能看到那头值夜的山户正低着头，点起一根烟。

细小的火焰刚一冒头，就熄了下去。俄顷，烟头的火星亮起，只一点暗红，那山户吸了一口，打了个哈欠，又往前踱步。

他这一动身子，孟千姿忽然愣了一下。

这个角度看过去，自然是看不清人脸的，只能隐约看到人的轮廓，那山户原本站在那儿，如一个剪影，但现在那剪影移了开去，原本的位置，居然还有一个人影。

什么意思？是在对火吗？抑或闲聊？

孟千姿觉得都不会，山户办事，还是挺尽职的，不至于浑水摸鱼，而且值夜就该四下走动，可那个人影，分明没动啊……

孟千姿动作极轻地把身子坐起了点儿。

过了会儿，她看明白了。

那个诡异的身影其实并没有在那山户背后，这是一种借位。也就是说，他离着那山户挺远的，位置也隐蔽，山户没看到他，他也并没有借那山户去遮挡自己——只是凑巧，那个山户抽烟时遮住了他，走动时又把他给露了出来。而她是躺着的，这个视线角度，恰好看了个正着。

那个人，还是一动不动，仿佛沉默地窥视着这头。

孟千姿的心跳渐急，她百分百肯定，这人绝非山户，但是怎么弄呢？离得尚远，这头叫人的话，动静太大，势必会把那人惊跑。

正犹豫间，忽听到江炼低声说了句："我过去，带人从他后头包抄。"

【12】

孟千姿愣了一下。

江炼？他什么时候醒的？

江炼于这种野外环境，向来就睡得不熟。孟千姿在那儿睡不好，又是叹气又是辗转，只一会儿工夫，江炼就也醒了。只是一时间，不知道跟她说什么好，他一向不习惯问废话。

譬如问她"是不是觉得冷"，她若答是，他能有什么好建议吗？

忍着？起来跳一跳热身？加床被子？

都不合适，是以没有立刻开口，又发现孟千姿一直在微挪位置，似乎在注视着什么，于是也随着她去看，很快就发现了远处的那条诡异黑影。

路三明和貔狨都说得很清楚，五百弄乡长年不住人了，那这条黑影就很值得玩味了，不排除是个离群索居的隐士，但大半夜的不睡觉，长久窥视他们的营地，跟隐士的作为差得有点儿远吧？

孟千姿听了他的话，不及细想，一把攥住他的胳膊，低声道："不行！"

虽说那人离得很远，但她还是下意识地屏息，怕这头动静太大惊跑了那人："我们对这儿不熟，去包抄他太危险了。再说了，他那个位置，这儿有什么异动，很快就看见了，万一打草惊蛇，再找就难了。"

也是，江炼想了想："带人的话动静是大。你的人身手不一定利索，我自己去吧。一个人，进退都好控制。"

说着，就要欠身。

这什么人啊，越说还越来劲了，孟千姿一把把他拽回来："一个人更不行，万一出事怎么办！"

她用了大力，江炼只觉胳膊被她攥得隐隐生疼，但心中反而受用，顿了两秒，轻声笑道："你是要跟我从长计议吗？但千姿，那人说不准下一秒就转身了。"

孟千姿咬牙："要你说。"

她也有点儿紧张，怕那条人影说没就没，想了想，欲求个折中："我跟你一起。"

江炼压低声音："我也想你跟我一起……不过你不行，你不擅长悄无声息追踪寻迹，去了反而不方便。"

孟千姿找不到借口反驳，正犹豫时，江炼拿手覆住她的，略一用力，将她的手拿了开来："放心，追得着就追，有危险就跑，我犯不着为这事拼命——大家认识这么久了，你还看不出来我是个聪明机变的人吗？"

要命了，这种时候还在贫，孟千姿又好气又好笑。江炼已然抽身欲走："帮我打掩护，我离开这儿的时候，他最好看不到我。"

说完，把毯子旁掀，人已经溜蹿出去了，到了门边，没急着出去，吹了个极轻的呼哨，这是引值夜的过来，先内部沟通好，否则人一出去，四面值夜的先嚷嚷，那可就功亏一篑了。

事已至此，只能尽力做好下一步了，江炼跟她说，要打掩护，这掩护该怎么打……

孟千姿心念急转，手往边上一撑，碰到了射灯，脑子里闪过一线亮，瞬间就有了主意。

她开启射灯，光亮斜向上，在屋子里打了一圈，又切换模式，那光亮一顿一顿，像往外打急救信号。

一般而言，在黑夜的环境中，某处骤起光亮，是足以吸引人的全部注意力的，再加上这种射灯的光极亮，不夸张地说，正对着人的眼睛的话，可以让对方的眼睛"瞎"上好一会儿。如今虽然不是正打，但让那人眼前发眩是没问题的。而且，她紧跟着就变换了射灯模式，那些别有用心的人，应该会试图看个究竟的。

她没错过外头的动静。

江炼已经出去了，值夜的也演得很好，不紧不慢踱步巡视，仿佛什么事都没有发生。

过了会儿，孟千姿揿灭开关，怀抱射灯，坐在阴凉的地垫上，一颗心"怦怦"直跳。

她的眼睛也被刚刚光亮的频起骤灭弄得暂时"目盲"了，耳中灌入的，尽是自己的心跳和喘息。

过了会儿，一切归于平静，孟千姿略略往后仰身，回到原先的方位和角度，想看看那人还在不在。

万幸，还在。

非但还在，而且身姿身形与之前相比，有了点儿变化：似乎是闹不清楚这头在搞什么，曾变换过观察的方位。

孟千姿死盯着那个人不放，心里清楚那人是绝对看不到她的，但不知道是不是被黑暗和沉寂影响，仍然有着对视般的紧张和焦虑。

又过了十来秒，那人身形一晃，消失了。

同一时间，孟千姿一下子坐了起来。

她后悔了。

不应该让江炼去的，应该坚持安全第一。管那人是谁呢，大家伙齐全而来、全身而退才是最重要的。

忽然又想起江炼的话，"你还看不出来我是个聪明机变的人吗"。

聪明吗？机变吗？不知道。脑子里有点儿乱，想不起他是不是真的"聪明"和"机变"过。孟千姿一点点抓拽身上的毯子，把好好一张宽大的盖毯，搂压成胸腹和屈起的双腿间紧实的一团，还在使劲，想把那盖毯压挤得更小，同时感受着那越来越大的反作用力——似乎唯有这样，才能更踏实，也更舒服些。

她不断看夜色、看星斗的移位、看电子仪器上的时间流逝，命令自己画出一条时间忍耐线：不能一直等下去，得设定一个时间。到点还没动静，就得马上安排人去寻找、接应或者援救。

给江炼多久呢？

一个小时？太短了，他这一去一回，估计都要这么久。

两个小时？但如果有事绊住了呢？三个小时的话，会不会太长了点儿？万一出了凶险的状况，赶过去的话黄花菜都凉了。

孟千姿觉得，从小到大所有大考小考遇到过的选择题都没这么难。

她一咬牙，决定就定两个小时。

不能再多给时间了，江炼的聪明机变，就值这么多了。

说两个小时，就两个小时，凌晨四点刚过，孟千姿就把所有人都叫了起来。

一片射灯光亮中，迷迷糊糊的神棍摸索着戴起眼镜，看眼前晃来晃去的人和走来走去的腿，听各个方向传来的对话，终于搞明白一件事。

——江炼不见了，是为了去追一个神秘人，已经一去不返……有两个小时了。

这还得了？神棍赶紧爬起来，路三明看到了，忙拦下他："神先生，你不用。

孟小姐说了,身手跟不上的都留在这儿,去了也是添乱,这儿还得留人保护呢。"

神棍这辈子最缺身手,只得眼睁睁看一行人离开。孟千姿带了路三明、汤壮等五个人一路循迹而去,貔貅和另外三人留下,负责保护神棍和骡工。

问起详细情形,貔貅也说不出个所以然:"当时我正……值夜呢,炼小哥把我叫过去,让我给打个掩护,别瞎咋呼,说那个方向……"

他抬手指了个向:"有人正窥视我们,但我偷偷瞧了,也没看见,反正,炼小哥就走了。我以为能很快回来呢,孟小姐可能也觉得不好了,两小时了呢。"

两小时,杀了、埋了、坟头踏平了都够了。

貔貅有职责在身,要随时眼观四路,只聊了两句就匆匆上岗去了,那四个骡工倒是轻省,被闹醒了一会儿,知道没自己的事,又翻了个身呼呼大睡。

内、外两间石屋里,便只剩了神棍一个人,他坐了会儿,听外头风声不息,又从四四方方的窗洞往外瞧,晨曦未至时黑暗最是浓重,怎么看怎么凶险。

神棍悚然心惊,他在随身的包袋里摸索了会儿,摸出一个木柄的弹弓和几个石丸来。

他确实没什么身手,但人被逼急了,亦可上阵。

这弹弓、石丸,就是他行走江湖的贴身利器。虽说这十多年来,从未真正派上过用场,只打伤过两只鸡……

但是,输人不输阵,用来吓吓人也是好的。

黑夜寻人,其实是件事倍功半的事。很多痕迹,大白天一目了然,到了晚上,再多光源都嫌不够。汤壮打头,手持射灯,几乎趴伏在地,像条嗅踪的犬,反复确认许久,才能大致指向。

路三明在边上看着,觉得真心费劲,想跟孟千姿说:没事自然是好,但真出什么事,肯定早出了,现在再赶也是晚集,不如等天亮再说——但话到嘴边,不敢出口,于是越发觉得自己和孟劲松之间的差距有如鸿沟。

孟特助曾经惹得孟小姐掀翻茶几呢,多有勇气啊!换了自己,孟小姐瞪个眼都要抖三抖。

就这样且走且寻,很快,东边天上现出了一丝鱼肚亮。

其实广西虽名字里带了个"西"字,那只是跟广东比而已,对比全国其他省市,并不算很西,而且现在正处夏末,天亮还是比较早的。但孟千姿不觉得,她直觉是从深夜找到了天亮,而江炼依然没下落,多半是不好了——这念头一起,手足发凉,脸色跟那鱼肚色也没什么两样了。

路三明还道她是因为生病，后悔没把辛辞托付给他的药带在身上，正想建议她是不是就地休息一下，就听汤壮激动地大叫："那……那……那不是炼小哥吗？"

循向看去，远处的一座粽子山侧，果然有个人朝这头过来。看身形挺像，不敢确认。不过这不是问题，很快有人取了便携式的望远镜过来。孟千姿接过来，向着那个方向细看，果然是江炼。他似乎也听到了这头的人声，正加紧往这儿来。看那身形步伐，应该是没受伤。

孟千姿长吁一口气，撂开望远镜，这才发觉自己后背都有些汗湿了。

不过也好，发出这一身汗来，先前的不舒服，倒是去了大半了。

约莫一刻钟之后，双方会合。

泥地里这么一折腾，个个儿都如泥猴，孟千姿倚了块石头坐着，没动，看路三明迎上去和江炼寒暄，无非是这个问有没有事，那个答没事，那个又问怎么都来了，这个答说四点就被孟小姐叫起来了，找了有半夜了。

过了会儿，江炼向着孟千姿过来。

到近前了，只低头看着她笑，又说："不是说了不会有事嘛，这么兴师动众的。"

孟千姿没好气："你是老天吗？你说没事就没事？就怕万一懂吗，你……"

说到这儿，似是懒得动，说他："站过来点儿。"

江炼莫名其妙，又往前走了两步，孟千姿侧了下身子，脑袋探到他背后去瞧了一眼，然后嘟囔了句："还真没受伤。"

她这是什么脑回路，看前面不够，还得检查一下后面？那要不要再给她看看……侧面？

江炼在她面前蹲下身子。

她腰以下也全是泥，这还不止，脸上、脖子上也有一道道溅上的黑污，但江炼并不觉得她狼狈，反觉得黑白分明，肤色被衬得更加白皙，眉眼也生动，只略一垂首抬眸，怎么看都不腻。

孟千姿似有所感，赶紧伸手去抹脸，警惕道："你看什么？"

脸上有道泥痕已经干结了，这一抹不打紧，干灰簌簌落下，孟千姿做梦也没想到，自己有一天会在男人面前，不眉眼精致也就算了，身上还往下落灰。

江炼看她还留了道没擦尽，很自然地伸出手去，快挨到她脸时，才觉得不合适，而且自己的手也干净不到哪儿去，但缩回来反不坦荡，于是拽起衣袖边，在她脸上揩了揩，说："拿衣服擦比较干净。"

孟千姿愣了一下，只觉得有硬衣边在脸上刮过，和他的手一样，粗糙而又干燥。

江炼问她："你是不是该问我点儿什么？"

还真是，这焦虑了半夜，她都把正事给忘了，但转念一想又觉得，真有斩获，江炼应该早就说了。

她说了句："人平安回来就好，其他的，无所谓，慢慢来吧。"

江炼笑："白水潇当时又是扔美盈落悬崖又是换车过溜索的，我都没把人跟丢，你觉得在这种地方我会没收获？"

他在这儿略顿了会儿，才说了句："我见到阎罗了。"

阎罗？

孟千姿脑子里一激，这些日子，虽然频繁提到阎罗的名字，但她一直觉得，这人像个纸面人物，是不会落实到现实中的。

她有点儿猝不及防："是……是那个阎罗？"

江炼点头："就是那个阎罗。"

"长得……跟之前一样？"

江炼回想了一下："差不多，没有变形。"

"那……那他人呢？跑了？"

"没有，在那儿呢，绑起来了。我回来，就是想喊你们过去的。"

孟千姿有点儿不敢相信："这么顺吗？"

江炼说："特别顺，连绑都不是我绑的。"

孟千姿糊涂了："还有别人？"

江炼摇头："没有，他自己绑的自己。我怕他跑了，就又给他把手绑了一道而已。先过去吧，事情诡异得很，到了那儿，我再跟你细说。"

也行，孟千姿撑住石头起身，忽然又想起了什么："那……他说什么了吗？你有没有问出点儿什么？"

江炼苦笑："没有，什么都没说。而且，你永远也别指望他会跟你说什么。"

阎罗的舌头，被人割了。

【13】

既是要去见阎罗，无论如何都不能漏了神棍，孟千姿派了一个腿脚利索的回去通知，自己带了人跟着江炼一路往前，沿路或摆石子或插木枝作标。

五百弄乡面积不算小，但和大多数城市一样，适合住人的就是几个片区——除了平地面积稍大的"弄"，其他狭地，即便是当年没荒的时候，都三五年没人涉足，更遑论现在了。

路三明眼见越走越偏,奇道:"这种地方,还能住人吗?"

江炼回他:"这要看这人,对'住'的要求是什么样的。"

孟千姿在边上听得感慨,觉得这阎罗对住还真是没要求,但也真心奇怪:当年那个追财逐利的黑心师爷,抛妻弃子、隐居偏地,一路的"付出"可不谓不多,难道不是为了更好地享乐人间吗?怎么落到现在这个境地了呢?

又走了约莫半小时,江炼停下脚步,指着不远处一座粽子山的山腰间,说了句:"那儿。"

所有人都往那儿看,却不觉得有异常。这些粽子山因为覆盖的泥皮太薄,长不了高树,周身覆满矮草湿苔。这季节,正是草木葳蕤之时,长势极旺,恰如一张绿毯,把山体围裹得葱绿一片。

孟千姿心知必然有异,要了望远镜过来,对着山腰那一带细看,俄顷,"啊"一声叫了出来。

这原理,跟悬胆峰林之上的悬崖绿盖是一样的。那一处,其实不是实的,有个洞口,被绿藤枝叶什么的遮住了。若不是有人提醒,再加上望远镜的放大拉近,还真不会注意。

不过上山就有点儿艰难了,这种山,本就不是供人攀玩的。汤壮先上,由洞口处绾结长绳当简易扶手,这样,余下的人就能上得相对轻松些。

到洞口时,孟千姿拽开那团绿盖,本以为能看到一个口小肚大的山洞,没想到只是一条两三米长的甬道,大概只能供一个人爬进去,还得低着头爬,否则会撞到。

不待她开口,江炼就给她解惑:"腿先进,一点点往里蹭,到底时直接往下就行,下头才是洞。不过地方不大,无关人等,就别都往里进了。"

说完了,自己打头先上。

懂了,这洞的结构,像拿吸管吹泡泡,那个"大泡"是缀在端头之下的。

孟千姿第二个进,进之前,擎起望远镜回头张望了一下,在错落的粽子山之间,远远看到了神棍。他胯下骑骡,一脸焦急,再三催动,显然是怕错过什么关键的——骡工和其他人,反被甩在了后头。

孟千姿估量了一下那距离,没法等他了,先自己看了再说。

她依着江炼的法子,也蹭进了甬道,到底时脚下一空,好在心中有数,以手撑住洞沿,轻松跃了下去。

江炼已经等她一会儿了,正好整以暇地坐着。见她下来,也不多话,朝角落处努了努嘴,示意她自己看。

孟千姿循向看去，第一眼，脑子里冒出滑稽的四个字来。

变形金刚！

《变形金刚》系列电影火的那两年，网上有不少达人模仿，但钢铁材质难搞，于是只求有个样子，比如胳膊、腿、躯干、脑袋上各套一个纸箱，就是个穷酸版的cosplay了。

阎罗也是如此，只不过，他不是用纸盒，而是用铁条焊接成的框架。

确切地说，阎罗就躺在一个铁条的人形框架里。

孟千姿看到他的胸口上下起伏，这说明呼吸正常："他这是……"

江炼说："被我打晕了。"

原来如此，孟千姿仔细看那个框架，越看越觉得，这框架是棺材的变体。

——棺材是长方条形的，而这个是人形的，头、胳膊、腿都有各自安放的框位，而且框进去了之后，确实无法自如屈伸。

——棺材是上下盖合起来的，这个也有上下盖。

——棺材是四面闭合的，这个因为是铁条焊接成的，条框之间总有距离，所以孟千姿能清楚地看到里头躺了个阎罗。

这还不止，那个铁条的人形框架上，有七八根铁链连着石壁，而石壁上，又有滑轮、齿轮之类的装置。孟千姿还看到一个电铃，考虑到这儿并没有电，应该用的是电池。

环顾洞内，确实有生活痕迹，还有一些特别破旧的小物件。孟千姿直觉，应该是从被废弃的五百弄乡捡来的。

她心中约略有点儿概念，但越理越糊涂，于是回头看江炼："你一路追他到这里，都看到些什么了？"

江炼追踪阎罗，谈不上费力，因为阎罗本就是个没什么身手的人。没有进洞之前，江炼也并不知道这人是阎罗，黑灯瞎火的，谁能瞧见谁啊。

追至洞口时，他耐心在外候了一阵，直到确信那人没发觉，而甬道尽头处又隐约透出些火光，才匍匐着一路爬了过去。

那甬道尽头处，其实也盖了个木盖，只不过大概为了透气，上头钻了几个孔洞，江炼就透过那些孔洞往里瞧。

先看到，石洞一角点了根蜡烛，只两指节那么长。

又看到一个水淋淋的人。

真是水淋淋的，虽说没有全身上下都在滴水那么夸张，但很明显，曾在水里浸泡过——江炼一下子想起了那个被惊吓到的骡工，他曾信誓旦旦说水下漂了个人，然后被陪同的山户无情地嘲笑了。

也就是说，这人之前……在游泳？

不过他很快给自己纠错：谁会在骡子饮水的泥水塘里游泳呢，这人应该是在"泡水"吧。

不过紧接着，他就不再纠结这人到底是游泳还是泡水了，因为，他认出这张脸了。

居然是阎罗！

江炼曾亲笔画过他的容貌，也曾利用电脑绘制过他不同年龄时的长相，对这张脸实在是太熟悉了，反复看过，确信没有误认。

现在的阎罗，四五十岁，也就是说，如果神棍的推测没错，阎罗在火葬场"生"出的，是年轻的、青壮版的自己。

打眼看去，阎罗的神色颇不安定，可能是被山鬼这群不速之客闹的，心事重重地踱了几步之后，准备就寝。原本想吹蜡烛，看到只剩了那么点儿，估计也懒得吹了，于是径直躺下。

洞里其实是有点儿阴凉的，不过到底是夏末，没枕头、不盖被子、席地而卧也就算了，躺进一个人形铁架里，算是怎么回事呢？

就在这个时候，阎罗伸手扯动铁架旁牵连的一根链索。

刺耳的电铃声骤然响起，江炼浑身一僵，头皮阵阵发麻，还以为是自己暴露了，但很快，他听到了铮铮的链响，紧接着，从洞顶缓缓放下又一个人形铁架，看那架势，可以和下头那个拼合在一起。

而阎罗，像是习以为常，已然闭上了眼睛，压根儿没朝那个铁架子瞅上一眼。

孟千姿一直听到这里，才插了句话："是上、下两个铁架子拼在一起的？"

江炼点头，示意她细看："你看，他不是刚好被框在了中间嘛，跟棺材差不多，先躺进去，再利用简易的机关，把盖给放下来。"

孟千姿皱眉："但是为什么要响……就寝铃呢？他一个人住，又不需要提醒谁。"

江炼笑："我也纳闷了好久，后来仔细检查了才发现，这可能是阎罗的能力问题——这个机关，他只能设计到这样了，扯动对应的链索时，上头这个铁架就会起落。起落的时候，电铃就会响。其实他需要的，不是就寝时响铃，而是……"

孟千姿接下去："而是……起床时响铃？"

也不对啊，这电铃是最普通版，不具备定时闹钟功能，只可能是阎罗醒了之后，自己扯动链索，把上头这个铁架子摇起。人都醒了，还要闹铃干吗呢？

江炼说:"你别急,听我往下说,这就是整件事的最诡异之处了……"

话还没完,洞顶的入口处蓦地探下一个头来,急吼吼道:"什么诡异?哪儿诡异?"

神棍这人,可能会晚到,但绝不会不到。

因着江炼曾经提过,下头"地方不大,无关人等,就别都往里进了",路三明觉得应当知趣,就带了人只在外头守着,随时听里头动静。

神棍猴急地赶到之后,听说人在洞里,立马儿就往里钻,钻得太快,以至于路三明那句"腿先进"没来得及说出口。

于是头先探了下来。

这就尴尬了,腿先进可以往下跳,但头先进……

江炼和孟千姿都没有过来接他的意思,任他挂吊在那儿,如同洞顶结下一个大瓜。

江炼没向神棍交代前情,谁让他晚到呢?

他继续往下说。

江炼没轻举妄动,也没惊动阎罗。他直觉,一个人睡觉时,要如此大费周折用铁架子把自己框得死死的,必然是有原因的。

他想等这原因出现。

所以他耐心趴伏在那儿,一分一秒地挨,挨至烛火熄灭、阎罗鼾声四起,然而一切正常。

江炼转念一想,自己趴在这儿一直看人睡觉也挺傻的,阎罗这一觉到天明,自己难道也趴着看一夜吗?再说了,出来也够久的了,孟千姿怕是会着急。

他寻思着,先把这阎罗给绑上,再回去叫人比较保险。

于是他慢慢往外退,现在是头在前,不好进洞,他想掉转个方向再进。

刚退了约莫三分之一的距离,忽然觉得有点儿不对。

鼾声停了。

非但停了,还响起了清嗓子似的轻咳声。

这是……醒了?

江炼又爬回来,想看看下头是什么情形,眼睛都凑到孔洞了,才反应过来自己傻:蜡烛已经熄了,里头是黑的。

不过,好在他在甬道里已经趴了一会儿,眼睛能稍微适应点儿。所以,还是能依稀看到，阎罗的头在那儿左晃右晃，嗓子里发出奇怪的"嗯"声，指甲也在不断挠擦铁架，让人听了心里发毛。

搞什么鬼？阎罗怎么突然像变了一个人似的？

江炼太想看到下头的情形了，思忖片刻，当机立断，从身上摸出一根便携式的照明棒，迅速掰亮，把那木盖掀开一道缝，直扔了进去，又瞬间盖上了盖子。

神棍听得倒吸一口凉气，说他："小炼炼，你胆子也太大了吧，还有，你还盖上盖子干什么，这不是脱裤子……"

说到这儿，蓦地想到在场还有女士，用词要文雅一点儿："多此一举吗？"

江炼笑笑："我当时想，他反正是一个人，这洞也只有一个出口，被我正堵着，我不怕惊动他，我只是不想立刻现身，想观察一下，阎罗会是什么反应。"

某种意义上，一个人面对突发情况时的反应，多少代表了实力的强弱——阎罗要是尖叫发抖，那完全不足为惧。

照明棒是幽绿色的，下头的整个山洞都镀上了荧荧的一层绿。

江炼看到，阎罗愣了一下，纳闷地看了眼盖子——然而盖子处静悄悄的，并没有什么人闯入。

他又盯着那个照明棒看，那表情……

江炼很难形容，但有一种强烈的直觉：这人不是刚刚的那个阎罗。

刚才的那个阎罗，是心事重重、愁苦而又木讷的，但这个，给人以狡诈多智、满不在乎、扬扬得意之感。

江炼决定不等了，也来不及再掉转什么方向——他径直下跃，半空一个翻转，把身子正了过来，落地时，阎罗吓了一跳，直勾勾地看他，面上露出惊惧不定的神色来。

江炼步步走近，他注意到，阎罗一直在看手边的那根链索。按说他只要一拉索，铁架子就会抬起，整个人就能从桎梏中挣脱，但他为什么只看不拉呢？

江炼问他："你是谁？是阎罗吗？"

阎罗不答，只是笑得诡异，江炼从没遇到过这种情况，心一横，厉声恫吓："你不说是吗？信不信我……"

说到这儿，又一件诡异的事儿发生了。

阎罗的身体抽动了一下，是睡梦途中被惊扰、将醒而未醒的那种抽动。

紧接着，阎罗的眼珠快速转动，这情形着实可怕，有几次转得只剩眼白，饶是江炼胆子大，还是被惊出一身冷汗，还未及细想，那翻转就停了。

这一次，眼前是双惊恐的眼，那表情，也确实是先前那个阎罗的了，他张大嘴，似是要喊，却只能发出喉声。

江炼心念一动，迅速扼住他的下颌，迫得他张开嘴来，这才发现，嘴里那条舌头，早就被齐根割走了。

电铃声响起，是阎罗挣扎间拽动了链索，江炼眼疾手快，一拳把他打得晕死过去，又扯动另一根链索，把刚刚上抬的铁架子复了位。

这也是为什么他会说此行"顺得很"，的确很顺，从头到尾，他也就是挥出的那一拳，用了点儿力气。

江炼讲述的时候，孟千姿还怕阎罗醒了装睡，几次去检视他的眼皮，确信人还晕着，这才放心。

讲完了，满室静默。

神棍头朝下探得难受，早缩回去了。此时，只有声音自洞口处幽幽飘下来："两个人，感觉确实是两个人。"

江炼点了点头，看向孟千姿："我怀疑阎罗知道这件事，他把自己困在铁架子里，还设了电铃，就是防止另一个出来乱跑——因为另一个只要扯动链索，电铃就会响，原本的阎罗就能醒来，就好像我当时恫吓声太大，也把他惊醒了一样。"

孟千姿恍然，她看向依旧昏睡的阎罗："这是……双重人格吗？他这一重生，还重生出另一个人格来？"

江炼沉吟："也不像，他把自己关得这么死，连铁架子、电铃都用上了，如临大敌般……"

神棍的脑袋又探了下来："有可能是双重人格，也有可能是不同的两个人，你们可别以为不同的两个人不能共用一具身体，我认识一个朋友，老石，跟我一起住的，他就经历过这种事，而且他当时的情形，更惨……"

他绘声绘色："这阎罗，至少清醒的时候是自己。睡梦时，另一个才会溜出来。我们老石当时可吓人了，体内的两个人是共存的，清醒的时候，两人还能吵架——一个做这种表情，另一个做那种表情；一个吼到一半，突然变成了另一个的声音。一张脸，根本经不住这种扭曲，久而久之，那脸特可怕，好像是两张脸叠加在一起的，又好像一半一半，人家就叫他'阴阳脸'……"

他"啧啧"了好一阵子，才想起自己离题了，于是又扯回来："想知道怎么回事，把阎罗叫醒呗。有没有冷水？泼醒他嘛，问问就行。舌头不在了，可以写字啊，这阎罗不是个文化人嘛，既认得白石老人的画，肯定会写……"

说到这儿，勉强回了个头，朝外头喊话。

过了会儿，貔貅的声音透过甬道，隐隐传下来："这附近，找不到水啊，水柜也没有，孟小姐是要做什么用？不干净的行吗？"

孟千姿没好气："行，再脏都行。"

"那……骡子尿行吗？"

孟千姿愣了一下，很快点头："也行。"

这阎罗，劫杀过况家，跟她段太婆的死有莫大关联，还曾间接导致了火葬场员工大飞的死，先赏他一瓢骡子尿热身，好叫他知道，天理昭昭，报应不爽，管他迟到多少年，管他是不是重生，该是你受的，必将会是你受。

【14】

骡子尿很快送进来了，用水袋包进来的，神棍小心翼翼捧下去递给江炼——两人交换了个眼神，都觉得有点儿一言难尽：那尿还是温热的。

但不能立刻就泼，阎罗被泼醒之后，该怎么拉开个架势对付他，得有个计议，而且，谁来主审，是个问题。

孟千姿用嘲笑法排除了江炼和神棍。

"你？"她对神棍说，"你确定吗？就你这屁股在一处都坐不稳的，嘴一滑喊出个'小阎阎'，那可怎么办？"

神棍非常气闷，不过他承认，自己是不具备主审的气场。

"至于你，"她乜斜江炼，"你会吓唬人吗？你之前恫吓他的那句'信不信我……'是跟电视上学的吗？怕不是要笑死我。"

江炼无语，他确实很少凶神恶煞，即便偶尔为之，也比较生硬，让人一看就知道是假的。

孟千姿掸了掸衣服上的尘土，抬脚钩过一个凳腿残缺、布面都绷裂了的小马扎，安安稳稳地坐下了："所以说啊，有些人，既没有恶人的气质和气场，又没有扮恶人的演技，还争什么呢？"

说来也怪，明明是个破马扎，她这么一坐上去，如临王座。睥睨一切，神态傲然，脚边若伏上一只虎或豹，再合适不过了，一点儿也不违和。

江炼突然想起，初见孟千姿时，自己是被暴揍了一顿带过去，然后，屁股还没坐稳，她一刀就飞了过来。

神棍的声音从洞顶飘下来："我看她行。"

江炼笑了笑:"我也没意见。"

阎罗被凉臊的骡子尿淋醒了。

他的头很疼,一片混沌,模模糊糊睁眼,发现洞里亮得出奇,心下陡然一惊,这洞里长年如夜,即便点蜡烛,光亮也该是幽暗而昏黄的。

急抬头时,就见前方不远处两个斜打过来的亮白射灯,那光道子几乎射瞎了他的眼,他赶紧抬手去遮。过了会儿,才又眯缝着眼,犹疑地往前探看。

看清楚了,那两个斜架着的便携式射灯之间,坐了个年轻女人,她二十六七岁的年纪,很漂亮,但那脸、那表情、那阴冷眼神以及讥诮似的微微上挑的嘴角,一看就知道很不好对付。

那女人身后,还站了个男人,但因为射灯的位置低,他的上半身都隐在了昏暗中,看不清楚面目。

阎罗咽了口唾沫,这才想起半夜时分,电铃响起过,然后,他就被人打晕了。

打晕他的人是谁?是那伙乘着骡子来到五百弄乡的陌生人吗?他们怎么找到他的?为什么找他?这中间,有什么过节吗?

阎罗的神经渐绷紧,眸光闪烁不定。

就在这个时候,孟千姿开口了。

"醒了?"

阎罗又咽了一口唾沫,身子不自在地瑟缩了一下。这女人,让他有一种无法言说的胁迫感。

"咱们聊聊,你不能说话,脖子总能动的,该点头就点头,要是不摇也不点……我这儿有人会修理脖子,随时帮你按摩。"

江炼虚心学习,原来狠人都是这样的,说得点到即止、笑里藏刀,是比直白的恫吓来得更有力量。

"你叫阎罗?"

阎罗口唇发干,良久才点了点头。

这名字,几十年没人叫过了,这女人怎么知道的?

孟千姿嫣然一笑:"说起来,咱们渊源可不浅啊,我提几件事,帮你回忆回忆。

"你是湘西武陵人,一九三九年的时候,没插香头,秘密投了个山匪,叫黑三,帮他出谋划策、劫道做账……黑三的板斧要得不错啊,可惜了,再多的财也带不走,湘西剿匪的时候,叫迫击炮轰了个四分五裂。"

阎罗傻了,他万万没想到,这才刚"聊"上,自己就被人起了早年的底。

"一九四几年，你们做了笔大买卖，踩了七八天的点，劫了一户姓况的大户，有印象吗？黑三捞了个盆满钵满，你的收获也不小，有白石老人的画，还有一口箱子，是吧？"

阎罗怔怔地看着她，这都多少年前的事了？骤然提起来，让他有恍如隔世之感。

孟千姿眼眸一冷，声色俱厉："是不是？你的头是摆在那儿给人看的吗？"

这一下猝然变脸，别说阎罗了，就连江炼和神棍都吓了一跳。

阎罗赶紧点头。

孟千姿转怒为笑，说他："这就对了。只我一个人说话，多寂寞啊！你得给点儿互动，这样不是很好吗，多和气。"

江炼放弃了学习的念头，他要是这么搞，迟早精分。术业有专攻，能者居之，以后遇到这种事，还是孟千姿来吧。

孟千姿果然说得和气："二十世纪五十年代末，你知道有人要斗你，连夜出逃，老婆孩子亲爹亲妈一个不带，只带上了箱子，是吧？"

阎罗机械点头。

孟千姿叹了口气："我给你介绍一下，这位是……"

她伸出手，钩了钩江炼的下衣边，江炼思忖着是该自己亮相了，于是前跨一步。

阎罗看他的脸，认出来了，这就是那个把他打晕的人。

"这位是况家的后人，人家的箱子，你也借了不少年了，也该还了吧？"

听到"箱子"两个字，阎罗的身子颤了一下。

孟千姿看在眼里，不动声色："这箱子，在你这儿吗？"

这话问出来，江炼和神棍的呼吸几乎是同时屏住了。多年追索，一路辗转，为的就是这口扑朔迷离的箱子。

三双眼睛的注视下，阎罗慢慢摇头。

不在？箱子已经易手了？

孟千姿心内一沉，但面上不露："那你总知道在哪儿吧？"

阎罗迟疑着，又点了点头。

孟千姿能看得出来，"聊"到这儿，阎罗已经没之前那么紧张了——若用棋局来比，他之前是被一举击溃，步步被动，现在跌跌跄跄，已然在试图控局，想向她下子了。

不能给他这机会，不能让他知道自己知道了多少，也不能让他有所倚仗。

孟千姿微微一笑："好，这是第一个问题，先放着，咱们继续。"

阎罗一愣，他原本以为这女人是找箱子，而他知道箱子，手中有所持，就可以讨价还价，没想到这女人轻飘飘一句话，就这么带过了，又要继续。

还继续什么呢？

孟千姿说得不紧不慢："二十世纪七十年代中期，你就住在这个五百弄乡。有一天，来了群外乡人，在这儿又是拍照又是探看，其中有个老太太，姓段，名叫段文希。"

阎罗已经不震惊了，只听着，想看她究竟能说多少、多远、多深。

"你想办法结识了她，然后，你和她去了昆仑山。那几天，昆仑山的天气不大好，还发生了雪崩……再然后，你回来了，她再也没出现。"

说到这儿，她身子前倾，压低声音，如同耳语般说出一句话。

"你杀了她。"

说完这话，孟千姿的心"怦怦"跳起来。

这最后一句话，她问得相当冒险，因为之前所说的，都还算有确凿依据，但这一句是纯蒙，只要蒙错了，就会立马儿打破她在阎罗面前无所不知的形象。

但她没能忍住。

阎罗木然地又点了一下头。无所谓了，他一生最大的秘密，就是由那口箱子引申出的一系列牵扯。劫杀况家那么多条人命都认了，债多不愁，这一条也不用抵赖。

孟千姿脑子里嗡嗡的，只觉指尖都在发凉。

居然蒙中了，她的段太婆，传奇般的人物，竟真是折在这个催命般的阎罗手中的。凭什么啊！这人这么猥琐、这么鄙陋、这么……

她激动过甚，一时间，竟找不到更尖刻恶毒的词来形容阎罗了。

山洞里静默极了，阎罗觉得奇怪，不安地向着她看了又看。

神棍没再往下看了，他翻了个身，仰躺在半明半暗的甬道里，心里头五味杂陈：段小姐，那么优秀的人物，二十世纪二十年代时就出洋读书，一身功夫，恣意洒脱，应该有个轰轰烈烈的死法——譬如像梅花九娘那样，迎战强敌，大胜之后力竭身死，含笑而亡，或者哪怕真的是与山雪同崩呢——才不负这一生。怎么死得这么让人扼腕呢？

孟千姿低垂着眼，嘴唇微微颤着，忽觉身后的江炼伸出手来，在她肩上轻轻握了一下。

她回过神来。

她出生时，这位段太婆已经去世很久了，谈不上感情深厚，要说惊闻噩耗多么痛苦伤心，实在夸张了点儿。她一是气，山鬼的山髫，居然在这种破阴沟里翻了船；二是为大娘娘难过，高荆鸿要是知道了，得多自责啊。

孟千姿清了清嗓子，僵硬地笑了笑："说到哪儿了？哦……咱们继续。"

她硬从芜杂的思绪中又牵出头来："二十世纪九十年代，你在桂林，当了个环卫工，那时候你年纪大了，身体也不好，开始安排后事，给自己的孙子送了笔小财，至于自己怎么样，你还没想好……

"谁知道，造化弄人，你还没准备好，就被一辆肇事车撞死了。"

阎罗的身子彻底软下来。

如果说之前，他还绷着劲儿，想探知眼前的这个女人究竟知道多少，那么自她说出他被撞死了这句话之后，他就不用绷着了，他像一张摊开的纸，被人看明白了。

他委顿在地。

孟千姿说："火葬场里发生了什么，就不用我说了吧？现在，我告诉你我是谁。"

阎罗对她的身份还是好奇的，略抬了眼看她。

"我是山鬼这一代的王座，你杀了段文希，就是杀了我的长辈，而他……"

孟千姿示意了一下江炼："他的亲族长辈，死在你手里的更多，你觉得，被我们两个找到，你还能活命吗？"

阎罗笑了一下，那种自知大势已去、无力回天的笑。他垂下眼，直觉已经不是在人间了，这是幽冥阴司，欠债还债，有命偿命，不活就不活吧，反正活着也是遭罪。

孟千姿话锋一转："不过，你身上还是有我们感兴趣的东西，也就是说，你这个人还有点儿价值。咱们公平交易，一买一卖，我出价，看你愿不愿意卖了……纸笔给他。"

江炼走上前去，把纸在阎罗面前摊开，又搁下一支笔，做完这些，就近站定——不敢离得太远，怕阎罗把这笔当凶器，一时兴起搞个自残什么的。

孟千姿说："一路那么辛苦，无非是图过上好日子，但你瞧瞧自己，抛家弃子、客居异乡，得到什么好处没有？没错，你是又得了几十年寿，但这几十年，过得跟狗一样……还不如狗，现在的狗过得可不差啊，不像你，睡觉都睡不安稳。"

阎罗被她戳中心事，气息有些粗重。

"我出第一笔价，一年之内不杀你，保你吃香喝辣、生活富足。你既然跟段文希相处过，就该知道，王座说话，说一不二，而且，山鬼的财力和人力你应该很了解——睡着之后也会有人看护，不会放着'那个人'乱来。这第一笔价，买个答案——那口箱子，现在在哪儿？"

想了想，她又添了句："现在不好细说，你可以先给个大致答案，细节什么的，咱们之后慢慢聊。"

阎罗抓起笔,看了孟千姿一眼,在纸上写下两个字,又举起来给她看。

叁年。

果然是接受老式教育的人,至今还习惯写老式字体。

孟千姿冷笑:"就一年,没的谈。"

顿了顿,话中有话:"阎罗,生意先得开张,才有回头客,我可不止一个问题啊。"

阎罗攥紧笔,顿了顿,似是主意已定,又俯身写下三个字,正待举纸,忽听头顶有人大叫:"写的什么,我看不见哪!"

头一抬,看到上方洞口处垂下个脑袋来,光源都在下头,上头晦暗不明的,那头脸便显得分外恐怖。阎罗猝不及防,吓得手一抖,将纸扯开了一道口子。

原来,自纸笔送到阎罗面前起,神棍便又探头下看了,其实想下来,只是出洞掉个方向再进来的事儿,但他唯恐错过什么重要场景,于是就这么趴着,直到实在看不见,才叽里呱啦出声。

江炼也是服了他了,不得已过来,把他倒竖着托接下地。

神棍一落地,便三步并作两步奔到阎罗面前,急急探头看那张纸,然后倒吸一口凉气。

昆仑山。

箱子在昆仑山!

他脱口说了句:"我就知道,昆仑山没那么简单!"

箱子最早也许就是自那儿来的,现在,居然又回那儿去了!

孟千姿皱眉,厉声说了句:"站一边去,别乱说话!"

神棍这才反应过来,这是人家的主场,赶紧闭了嘴。

孟千姿看向阎罗:"第二笔价,加半年。你是用什么把我段太婆引去昆仑的?"

阎罗没有犹豫,又写下两个字。

龍骨。

龙骨?

孟千姿不屑地笑:"光凭你嘴皮子说,段太婆就会相信,并且千里迢迢跟你去了?"

段文希固然是个浪漫的人,但绝不冲动,不见到点确凿证据,是不会贸然千里行的。

阎罗写下一行字。

——我给她看了残片。

205

残片？龙骨残片？

孟千姿心里一动："哪儿来的？"

不可能是那口箱子里的，阎罗开不了箱，难道是况家收藏的、放在其他箱子里的？

阎罗终于露出了在湘西时才有的、黑心师爷奸狡的笑，他写下两个字。

一年。

孟千姿想都不想："三个月，你要是不愿意答，这题就过。还有，我提醒你，别就这种小问题跟我讨价还价，你没这个资格。"

阎罗依然没犹豫，有人命血仇在前，能多挣一个月是一个月，他又写下三个字。

镇龍山。

怪不得阎罗要住到这五百弄乡来，不是没道理的，这是龙凤簇拥之地，五百弄乡斜下行就是镇龙山，阎罗在镇龙山找到了龙骨残片。

孟千姿定定地看向他："我听说，点燃龙骨，可以看到来生，是真的吗？我段太婆看到了？"

阎罗摇了摇头，写下一句话。

——不知道，我只知道，是个入口。

入口？

神棍的脑子里蓦地跳出一句话来。

——能帮你听到……徘徊在入口的人……不甘的声音。

入口，是那个入口吗？

神棍激动得不行，正想追问，突然发现，阎罗有点儿不对了。

他身子有点儿抽，眼睛眨得频次加快了，偶尔翻起，又很费力地睁回来。

神棍不明所以，江烁在夜间却是见过类似情形的，他有种不祥的预感：在阎罗身上能问出来的，在那个人身上，未必了。

他抓紧时间，又抛出一个问题："你本来是个普通人，是怎么做到脱掉旧胎，又活一世的？"

阎罗的眼睛翻得更厉害了，握笔的手也颤个不停，但他不写，只是伸手去指自己写过的两个字。

叁年。

这人真是钻营到家了，江烁不能擅自做主，这三年五年的加上去，难道要养这杂碎到老吗？

他急回头看孟千姿。

孟千姿也觉得情形不对，但反正切换过去了，再切换回来呗，浪费点儿时间罢了，她笑笑："一年。"

阎罗不干，他很坚持，手指头一直戳在"叁年"上，因着身子的抽动，手指头也在动，把本就残破的纸张戳得哗啦作响。

孟千姿哪能让他占上风："一年，你可以先写出来，反正只是大致回答，我们感兴趣的话，再给你加价。"

阎罗觉得可接受，于是低头去写。

但这一次，越写越艰难，身子不断地抽，眼白又翻了上来，手上用的力太大，纸不断被笔尖划破，江炼看到，他的字越写越飞。

他写："我吃了……"

第四个字，是个"鹿"字，确切地说，是"鹿"字偏旁，但只勉强撑到写完这偏旁，他就垂着头，不动了。

三人都不说话，只呼吸渐急，等着看阎罗的变化。

顿了会儿，阎罗慢慢抬起头来。

谁都能看出，这绝不是刚才那个阎罗了，他的眼里透着诡诈的光，脸上带莫名窃喜的笑意，目光从孟千姿移到神棍，又移向……

大概本来是要移向江炼的，但只刹那间，身子蓦地一震，又移回了神棍。

他上上下下把神棍打量了一遍，表情几经变换，目光烁动不定。

这是怎么回事？自己长得并非妖形怪状，怎么着也不值得打量这么久吧？

神棍觉得后颈背发凉，忍不住问了句："你认识我？"

让人始料未及的事发生了。

阎罗点了点头。

神棍张口结舌："你……你是谁？"

这一定不是阎罗了，也不是什么双重人格，神棍敢对天发誓，这辈子，自己从未跟阎罗有过交集。

那会是谁呢？自己这几十年来经历过太多事，也认识太多人了，一时间还真没头绪。

阎罗四下看看，拿起了笔。

江炼注意到，这个阎罗不会拿笔，他用的不是惯常姿势，甚至也不是握毛笔的姿势，他是直接握住了笔身，像握着一节树枝。

他也不是在写字，他在画画，但他也并不擅长画画，只是乱涂，涂出个大概的轮廓和姿势——你只能知道，涂的是个人，然后，又涂了个人，两人之间，隔了点儿距离。

最后，他在那两个人之间，又添了个东西。

他添的，是口箱子。

于是那整幅图，看起来像是两个人一起抬了口箱子，又像是一个人正把箱子……递给另一个人。

【15】

神棍只觉莫名其妙，但这莫名其妙里，渐渐掺进不安。

他舔了下嘴唇，追问阎罗："什么意思？你……你有话就写下来。"

江炼提醒他："这人可能不会写字，你慢慢来。"

神棍的太阳穴突突乱跳，火烧火燎的事儿，可怎么"慢慢来"啊！他有无数问题，都涌在喉间，一时间，不知道先问哪个好。

江炼便帮他问："你不是阎罗吧？"

然而，阎罗像是没听到一样，看都没看他一眼，也没看孟千姿，完全当这两人不存在，只饶有兴致地打量神棍，神棍越是发急，他就越是得意——一切尽在掌握，看入局者被耍得团团转的那种得意。

孟千姿忽然提高声音："我们刚刚一直追问他箱子的事，他就画了口箱子，这有什么稀奇的。这人就是阎罗，故意装神弄鬼，耍你呢，别上当。"

神棍一愣，旋即反应过来，明白了孟千姿的意思：不能用对付阎罗的法子来对付这个人了，她是要激将，激这人再漏点儿信息出来。

于是他做恍然大悟状："我说呢，明明一点儿印象都没有，他非说见过，亏得孟小姐提醒，不然就被他蒙住了。"

阎罗只是嘿嘿笑，似乎并不吃这激将，但又不想见神棍得意，于是又抬起了笔。

江炼从旁细看，这次画的根本不知所云，像个几乎被抻直了的"S"形，只两端还留点儿弯尖，孟千姿也一头雾水，但神棍却越看越是心惊。到末了，脸色煞白如纸，突然一把揪住阎罗的衣领，大吼："你是谁，你怎么知道的？你是怎么知道的？"

那人被他晃得东摇西撞，只脸上笑意不变。江炼见神棍失常，忙上去架开他，低声说了句："你冷静。"

那人仍是一脸诡异的笑，还伸手出去拍了拍神棍的肩膀，似是要安慰他，然后抓起笔，又伏向纸面。

孟千姿暗自吁了口气，还好还好，不管事情多么云遮雾罩，这人肯"开口"就是好的……

就在这个时候，让人始料未及的事发生了：那人笔尖陡然掉转，用尽浑身的力气，一头向着笔尖直撞了下去。

原本，江炼站得离阎罗近，就是防他自残的，但后来，"公平买卖"，双方聊得渐入佳境，他也就放松了警惕，而且为架开神棍，不觉退后了两步，而孟千姿站得就更远——事发突然，根本来不及施救。

神棍猝不及防，"啊"的一声大叫起来。江炼也是脑子一嗡，孟千姿照例处变不惊、神色如常，一颗心却直往下坠，"扑通"一声入了冰水。

这还没完，阎罗身子一抽，突然仰头，嗓子里"嗬嗬"的，拼命抓舞着手挣扎起来。江炼看到，那笔尖是自右眼眶处入眼的，笔身已然全部没入，显然是直插入脑，没救了。

但这个挣扎的阎罗又变回原先的那个了，他一脸绝望，拼命抓抠眼眶，眼眶处一行血迹直漫延过下巴，被他抓得抹散开来，但他没能挣扎多久气息就弱了，到末了，伸手抓住孟千姿的脚踝，独眼中满是愤恨，另一只手哆哆嗦嗦指向她。

孟千姿知道，他这是愤恨她不守承诺，她给他出价，又是许以一年又是加半年，但实际上，他写下了那么多字，却连一刻钟都没撑到。

孟千姿口唇发干，却还记得有最紧要的事要问："箱子在哪儿？在昆仑山哪儿？"

来不及了，阎罗的独眼瞪视着她，眼眸中的光亮渐渐黯淡下去。

他死了。

山洞里死一样的寂静。

有喧闹的、欢腾的人声隐约从上方的甬道里传进来，那是路三明和貔貅他们，穷极无聊，边等边猜拳耍乐。

神棍看阎罗不动了的尸身，腿一软，一屁股跌坐在地。

孟千姿动了下脚踝，想甩脱阎罗的手，但他死前抓得太紧，动了两下竟甩不脱，于是她也就不管了。她觉得自己快疯了，一切秘密近在咫尺，不管是阎罗还是那个假阎罗，两人都掌握着太多的秘密——只这一瞬间，失之交臂，眼睁睁看那些真相倏忽飘过，怎么抓都抓不到了。

半晌，江炼轻笑起来。

他说："怎么了啊？劲头都哪儿去了？"

说着走了过来，蹲下身子，先帮孟千姿掰开阎罗紧抓着的手。孟千姿低头看他，忽然觉得气恼："你不着急吗？眼看着……"

她怄得就快说不下去了。

江炼说："前进的道路总会有迂回反复的。两个钟头之前，你还跟我说'人平安回来就好，其他的，无所谓，慢慢来'。换个角度想，我们也只不过是回到了两个钟头之前的进度——还不止……"

他捡起地上的那张破纸抖了抖："还多了一些信息。"

人可以自我安慰到这地步吗？孟千姿气得不想看他。

她这反应也在江炼意料之中。他看看孟千姿，又瞥了眼神棍，叹了口气之后，忽然就乐了。

他说："论资格，你们两个都轮不上在我面前愁眉苦脸。"

说完，先指神棍："你，是为了解一个困扰你的谜题，外加为了几个身负凶简的朋友，想缓解他们的状况。"

又指孟千姿："你，主要是为了搞清楚你段太婆的死因以及当年的秘密——我说句不合适的话，段太婆死了几十年了，真相反正也晚了这么久，再晚一阵子，又有什么要紧的呢？

"可是我呢，我是为了美盈的命。她那条命，也就在这一两年了。眼睁睁看着答案在面前化为乌有，我才是那个应该就地打滚、号啕大哭的人吧？"

说到这儿，他拿手拈起胸口处的衣服，上下抖动了一回："心如死灰的人在这儿呢，能不能过来安慰一下？不然我扯根绳上吊了啊。"

边说边作势去抓之前用来捆阎罗的绳子。

孟千姿又好气又好笑，但江炼说得也在理。他虽然平时不大表露，但阎罗这根线一断，最焦心的必然是他。

她在江炼身边蹲下，伸手拍了拍他的背，江炼煞有介事地点头："我觉得好多了。"

两人又去看神棍。

神棍也看他们，经江炼这么一开解，虽说没先前那么丧气了，但也振奋不到哪儿去。

江炼问他："可以的话，能不能透露一下，那人刚才画的那个形状代表了什么？看到之后，你为什么会那么反常？"

神棍犹豫了一下，长叹一口气，慢慢卷起上衣的下沿。

随着这衣沿的上卷，江炼看到，他的腹部，有一道狭长的、暗褐色的胎记，自心窝处，一直延伸到肚脐，形状就颇似一个押长的变体"S"。而且，打眼看去，很像是曾被开膛剖腹，留下的凶悍一刀。

见两人看清楚了，神棍又慢慢地把衣服放下。

孟千姿奇道："你这胎记，是从小就有的？"

她记得，神棍是在所谓的小村村村口被人捡到的。老实说，一般老百姓，因着忌讳，不会去收养身上有这么奇怪胎记的孩子。

神棍摇头："小时候没有，成年后开始长的，起初就在心窝处有个红点，后来越长越长。这两年，就固定是这么个形状了——我偷偷去看过医生，医生也说不清是怎么回事，也没见有什么副作用，我就随它了。就是太怪了，有碍观瞻，我就能遮就遮吧。"

可是那个假阎罗，怎么会知道呢？

神棍百思不得其解："那人画那幅图是什么意思啊？我没见过他啊，更加没摸过那口箱子。"

孟千姿回了句："那不一定。见到山胆的时候，你不是产生过幻想吗？看到自己把山胆放进箱子里，边上还有人唱票般念什么'山胆一枚'。"

神棍急得跺脚："那怎么能是我呢？山胆在你们的峰林里悬了有几千年，把山胆放进箱子里，怎么也得在那之前，天上还有龙呢。我充其量就是和那个古人……在那一瞬间心灵相通，或者脑电波的频率对上了，看到了他的经历而已。"

也不对，那个假阎罗说认识他……

神棍真是要恼死了，拿拳头一再捶地："都怪我，我要是手脚快点儿，拦下他，不让他自杀就好了。"

江炼说："想开点儿。阎罗被杀这事，根本就是注定的，再防也防不住。难道你们没发觉，那人是在阻止阎罗告诉我们真相吗？连赔上这条命都无所谓——现在想想，阎罗的舌头，根本就是被那人割掉的。"

只要是探讨问题，神棍必然能打起精神来。他不住地点头："阎罗'重生'之后，从垂垂老矣回到青壮盛年，必然很得意，想着大展拳脚，在新时代再闯出什么成就来，但他很快发现，自己是有问题的。"

江炼接口："他睡着以后，身体会被另一个人主宰。我假设，那个人会外出、会摸东摸西，甚至会闯祸，而一旦有大的动静，阎罗就会醒过来。也就是说，他经常在醒来的时候，发现自己不在床上，而是在陌生的地方做着怪异的事，甚至是被人追打。总之，是各种匪夷所思的。"

孟千姿嘀咕了句："那人干吗不潜伏着呢，何必在阎罗面前暴露自己？他看上去可比阎罗心机深沉多了……"

江炼一怔，脑子里闪过一线光亮。

他说了句:"等会儿,你刚说什么?再重复一遍。"

孟千姿茫然:"我说……他干吗不潜伏着?人在暗处,总是方便行事的。他要是不暴露,阎罗也不至于睡觉时又是放铁架子又是按电铃的。"

没错,从阎罗的布置来看,这人不占主导,应该只有在阎罗入睡、意志力比较薄弱的时候才能出现。他如果行事处处小心,阎罗很难发现他,充其量会以为自己在梦游。

神棍冷不丁冒出一句:"如果他不知道呢,如果他不知道这身体里还有个阎罗呢?"

还能这样?

江炼只觉头大如斗:"你的意思是,两个人,共用一个身体,互相不知道对方的存在,各行各事。过了一段时间,都察觉到自己有问题,阎罗找出那个人的过程,也是那个人试图找出阎罗的过程?"

这问题复杂了。

孟千姿觉得怪费劲的:"其实一间房子里,可以住两个人的,再多几个也行——这两个人,看来没找着和平共生之道。"

凡事都可以商量嘛。你轮白天,我轮晚上,各自保护好皮囊,晨昏分割时交接不好嘛。

江炼缓缓摇头:"不对,他们有根本性的矛盾。那个人怀揣秘密,而阎罗可能知道这个秘密,所以,发觉彼此之后,阎罗还好,那人顷刻间如临大敌——他做的第一件事,估计就是割了阎罗的舌头,防他乱说话。再然后,也就是今天,为了守住这个秘密,他不惜杀了阎罗。

"这秘密一定非常关键,因为阎罗清醒的时候,那人是出不来的。但事态紧急,眼见就要事败了,那人估计是使尽浑身解数,终于夺得了片刻的身体主导权,但他也知道夺不了多久,阎罗就会再次出现,唯有杀之,才能一劳永逸。"

说到这儿,江炼突然想起什么:"你还记不记得丁盘岭?我倒觉得,营地里只有他一个人,却出现了那么多厮打的痕迹,而且最后,他是以刀插喉自杀——他的情形,跟阎罗很像,会不会是看似自杀,实则是被杀?他身体里有另一个人,阻止他向外传递信息?"

孟千姿心头一紧。

何止是像,简直如出一辙,丁盘岭死时和阎罗一样,也在写字,同样没写完,他写了"找山鬼邦('帮'字的上半部分)"。

她喃喃说了句:"如果这样,这个秘密,就不是某一个人的。"

江炼点头:"这个秘密应该关系重大,假阎罗连命都不要了,绝不是在保全自己。还有,你还记得白水潇的那个洞神吗?它在被山胆杀死之前,不惜牺牲白水潇——我们当时猜测,它也是在向外传递信息。

"如果把所有的事联系起来看,洞神、假阎罗,还有杀丁盘岭的人,处在同一条利益链上,保守的是同一个秘密。

"这个秘密,也许关系到一个重要的人,甚至是一群人,所以,假阎罗他们才不惜自戕——一般来说,只有为了更重要的个体,或者是群体,才会出现这样的操作。"

孟千姿心念一动,思绪忽然飘开了去。

江炼还在继续:"至于这个秘密……"

他看向阎罗没写完的那行字。

——我吃了鹿……

到底吃了什么呢?

神棍也在想这个问题,鹿字做部首,一般是上下结构,比如麝、麋等,左右结构,尤其是做右侧部首的,很少很少……

正想着,江炼已经说出来了:"不会是麒麟吧,这儿又是镇龙山又是凤凰山,又是龙骨的,龙凤都有了,外头还守着个貔狖,有麒麟也不奇怪。只不过,麒麟很大吧,阎罗能吃一头?吃一块麒麟肉还差不多。"

很好,又是个上古神兽,《礼记》里把"麟、凤、龟、龙"称为"四灵",麒麟的地位,比之龙凤也不差,就是不知道为什么到了今天,龟尚常见,麟、凤、龙却都杳然无踪了。

神棍喃喃道:"麒麟,对,就是麒麟。"

江炼觉得奇怪,他说是麒麟,只不过是猜测,但到了神棍这儿,几乎是板上钉钉了:"为什么?"

神棍咽了口唾沫:"小炼炼,想到麒麟,你会联想到什么?"

还能想到什么,吉祥呗,瑞兽呗。

但话将出口时,又一个念头闪过,江炼脱口而出:"麒麟送子。"

神棍点头:"之前你问阎罗,是怎么做到脱掉旧胎又活一世的,他回答说是吃了什么东西,我们根据字形,猜是与麒麟相关,而中国民间,自古又有麒麟送子的说法。

"你们不觉得奇怪吗?这麒麟很能生吗?怎么就成了送子的象征了呢?

"会不会是,在上古神话时期,麒麟真的跟某种生殖是有关的,只不过……自体生殖?

"那口箱子现在在昆仑山，阎罗应该是去了昆仑山之后，才具备了'阎罗生阎罗'的能力的。也就是说，他吞吃的那个和麒麟相关的东西，也在那一带。"

他有点儿激动，正想宣布说，昆仑之行看来是怎么都绕不过了，一直沉默着的孟千姿忽然没头没脑地冒出一句："它们。"

神棍莫名其妙："什么它们？"

孟千姿说："江炼说的，假阎罗、洞神以及杀丁盘岭的人，处在一条利益链上，他们不惜丧命，也要保守秘密，因为这个秘密，可能关系到一大群人。

"这一大群人，就是'它们'，'它们来了'的它们。"

凤凰眼

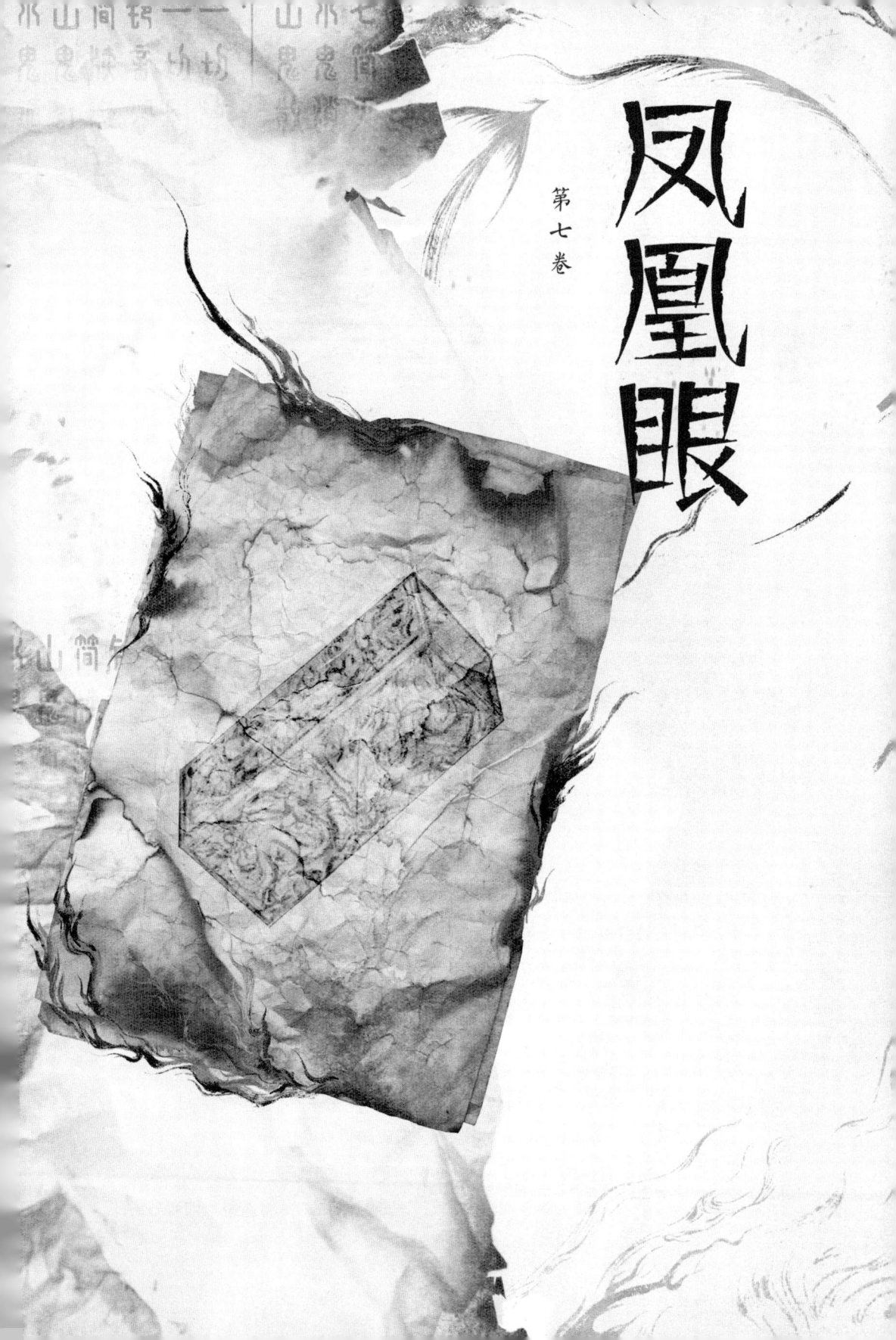

第七卷

【01】

　　出五百弄乡时,孟千姿让人把阎罗的尸体给带上了,想看看会不会再有一次"阎罗生阎罗",不过一直没异样,只见渐有尸斑和腐坏,未见再生。

　　辛辞他们都等在就近的寨子里,见一行人出来,还颇感惊讶,说什么"怎么这么快就回来了",孟千姿觉得好笑,在五百弄乡发生了那么多事,于她都有隔世之感,在辛辞这儿,居然只是"这么快"而已。

　　她没有急着离开这片龙凤簇拥之地,暂时也在寨子里住下。安顿好之后,先联系了孟劲松,让他把水鬼的那个视频给发过来。

　　神棍和江炼花了近半天的时间,从头到尾把那个视频给看完了。

　　总体来说,孟千姿给他们讲述的已经囊括了视频的绝大部分内容,但视频的体量如此大,总有些地方是她忽略的。

　　她没提到的内容里,有三点相当重要,而这三点,是把碎裂的图拼接到一起的重要关节。

　　一是那个"它们来了"。

　　原来,水鬼三江源漂移地窟之行,那些没有当场遇难但陆陆续续发病死亡的人,在生命末期、病情加重时,大多会出现精神恍惚的谵妄状态。在这种状态里,他们总会反复念叨,甚至割破皮肉蘸着血写下一句话,叫"它们来了"。

　　因为不知道这个"它们"究竟是男是女,所以用"它"替代。

　　而水鬼自己,也对这个"它们"做了种种推测,比如会不会是外星人,又如地球上可能出现过不止一轮文明,这个"它们",是上一轮文明的人类,因着各种不可抗力，最终走到绝处，然后试图重生自救。

不能说这个推测就是错的，但神棍总觉得有点儿……

江炼看出了他的疑惑，把视频暂停："是不是觉得，水鬼的推测很合规矩、很科学，一点儿都不像一个传统的老式神秘家族？"

没错，就是这种感觉，神棍这几十年游历下来，颇接触过一些身世玄秘的人，这些人自有其气质，和常人迥然有别。

但水鬼，怎么说呢，他们明明身具异禀，但行事和思维方式和普通人差不多。

二是尸巢。

水鬼在长江鄱阳湖下的金汤穴里，储存着大量的尸体。由这些尸体的服饰来看，各个朝代的都有——据说是不同时期的溺水者，死后都被抓取会集至此。

而不管这些人是什么时候死的，尸身都保存完好，宛如沉睡——因为这些尸体，是用息壤保存的。

息壤，了解中国上古神话的人，都不会陌生。

《山海经》的《海内经》云，"息壤者，言土自长息无限，故可以塞洪水也"，简言之，就是一种具备神奇活性、可以自己生长的土壤。

所以当年洪水泛滥时，会有鲧窃息壤治水的传说，因为息壤无限生长，洪水来得越猛，它就越能堵嘛。只可惜堵不如疏，最终治水失败，被杀于羽郊。

而且，不只鄱阳湖下的金汤穴，黄河壶口下的金汤穴疑似也是用来储存尸体的，只不过储存手法不同，"澜沧江—湄公河"下到底有没有，水鬼因为不敢再凭借祖牌下水了，没能确认，但水鬼三姓，一共三条河，其他两条都有了，这第三条大概率也是有的。

这一段，神棍反复看了好几遍，才确认说的确是息壤——神话里才有的息壤，居然就这么突然出现了，而且被水鬼随口提及，平常得像是提及家里的米粮。

视频里，还说到息壤的一个特性：它是会最终老死、化成尘土的，但因为不断新生，所以生生不息——听起来，跟自体繁殖的"脱去旧胎、新胎又起"颇有异曲同工之妙。

神棍忍不住喃喃道："水鬼家……这么神奇，我在这一行也混了几十年了，怎么就从没听说过他们呢？"

要知道，一个"行业"，其实说小也小，他大半辈子都在这一行兜兜转转，转到最后，很少有什么事是没听说过的，人也都成了熟人，即便不熟，牵藤挂蔓的，总能攀上关系。

就譬如山鬼，他虽然是最近才打入内部并一举高升，但十几年前，他就知道有这号人存在了啊。

江烁回答:"水鬼是把自己捂得太深、藏得太好了吧。"

要么说事情发生的前后次序是很重要的呢。换了之前,江烁看到这些,只会觉得水底藏尸这种事阴森可怖,但现在,一切皆有指向。

鲧窃过息壤,死后尸身不腐,复(腹)生禹,金汤穴里既有息壤,又储存了大量尸身,难怪孟千姿会想到"它们来了"。

三是在三江源的漂移地窟里,有一个巨大的、几层楼高的肉块太岁。

这个太岁,外部由息壤环包,状如人的大脑,颅顶有个池子,形似砸进脑顶的大漏斗,池子里的物质都是水精,液态的水精;内部则有许多腔室,里头悬挂着串串或浅或深,葡萄般的挂串。

那池水精,就经由道道血管一样的脉管,注入太岁内部的腔室里悬挂着的那串串挂串。

水鬼当时觉得这玩意儿是一切祸事的根源,用尽方法想毁掉漂移地窟里的一切,甚至动用了喷火枪,但一切都是徒劳:水精不怕火烧,不怕水淹,无惧任何利器;而太岁呢,是无知无识、可以自生自长的肉块。

江烁一边看视频,一边随手在纸上画图示,神棍则在一旁不断倒吸凉气,又大叫:"不可能啊!地下挖出来的太岁,我这些年见过不少,太岁哪会长这么大啊?而且太岁就是肉块,所以有个别名叫'聚肉',怎么可能里头还有腔室呢?"

江烁随口问了句:"太岁是不是一种灵药啊?听说它又叫'肉灵芝',吃了应该挺补身子的。"

水鬼当时怎么没有割两斤回来呢,元气大伤,补充点儿营养也好啊。

神棍点头,顿了顿又补充:"不过还有一种说法,认为太岁是一种神兽。"

神兽?

江烁笔头一顿,这一路以来,"遇到"的神兽也太多了吧,龙、凤、麒麟,现在是太岁……

他有点儿纳闷:"太岁还能是神兽?"

神棍给他解释:"只是一种说法,因为太岁最早是在《山海经》里被提到的……"

又是绕不开的《山海经》。

神棍继续往下说:"《山海经》里提到狄山,说那里有熊、罴、文虎、豹、视肉。视肉也是太岁的别称——看出来了吧,列举的都是动物,而视肉是跟它们并列的。

"另外,晋代学者郭璞曾经标注过《山海经》,说'聚肉形如牛肝,有两目也,食之无尽,寻复更生如故',连眼睛都有了,这还不是神兽吗?只不过,这种神兽可能比较迟钝，都是肉块嘛，太胖了，所以不受后人喜欢，渐渐被忘了吧，没能获得跟龙、凤、麒麟一样的地位。"

江炼哭笑不得：这世界对胖子的恶意真是源远流长，连神兽似肉而过胖，都会被请下供坛，然后被遗忘。

神棍感慨："难怪水鬼忙活了这么久，始终没理出确凿的头绪来，这事的很多线索根本不在水下，而他们尽在水里折腾，花再多时间和精力也无济于事啊。"

丁盘岭真是水鬼的大功臣，一句"找山鬼"才帮他们推开了对的那扇门。

正唏嘘间，有人推门而入。

不看也知道是孟千姿，只有她进房车是不敲门的，理由还挺充分：我自己的车，我还要敲门？你们要是不想人进，就锁上门呗。

她早等得不耐烦了："这么点儿视频，看这么久，够我看两遍了。"

神棍说："这不是得讨论嘛。"

说着，又向孟千姿牢骚了一回水鬼的封闭。

没想到，引发了孟千姿的共鸣："水鬼就是这样的。他们的行事和思维方式当然更接近普通人，因为他们跟同行根本不来往啊。守着自己那点儿开锁金汤的小秘密，好像有多了不得似的……"

江炼突然插了句："不对，水鬼守的秘密，才是核心秘密，所以他们必须最封闭、最盲目。他们的封闭不是蠢，而是被引导设计的。"

孟千姿没听懂，神棍也是一头雾水。

江炼把自己画的那图拿给孟千姿看，孟千姿看了半天不得法："你这画的什么？"

完全是三岁小孩儿都能画的简笔画，看上去，像一个花盆里有一个立起的方孔铜钱，铜钱脑袋上，还立了个漏斗。

江炼说："我这是抽象画法，一解释你就明白了，那个肉山太岁，其实是由四个部分组成的。"

他先指那个"花盆"："这是息壤，其实哪怕只是普通的土壤，都有着神奇的力量，使得绿树生长、花蕾绽放、万物勃发，你可以把息壤想象成是土壤的升级版——土是拿来种东西的，息壤也可以啊，它就是个花盆、底盘，用来养上头的东西的。"

神棍也是一点就透："拿来养……太岁？"

土壤一般是用来养植物的，而太岁却是活的、神兽，也许人家息壤就是可以养活物呢，而且把体型正常的太岁养成了一座巨型肉山——这样想想，太岁体内有腔室也不奇怪了，成倍放大了嘛，缩回正常体型的话，那些腔室可能也只拳头大小。

江炼点头:"第二部分,也就是这个圆,代表的就是太岁,但是,太岁也不是主角,它是用来养护腔室里的那些东西的。这个方孔,代表那些东西,而那些东西,又是和水精融合在一起的。

"我说的就是这四部分,息壤、太岁、水精以及那些如同葡萄串一样的东西。

"我们退一步想,水精是干什么的?之前聊过,水精是能存储意识的,或者通俗点儿说,存储鬼魂的,意识是要跟什么相结合的?魂魄又是要跟什么相结合的?"

孟千姿下意识地答了句:"肉……肉体啊。"

"所以,"江炼长呼一口气,"那些葡萄串一样的东西,会不会就是卵或者元胎呢?太岁像一个胎盘一样,给那些元胎提供给养——所谓的自体繁殖,只不过元胎抓取了这个人的一切生理特征以及所有意识,完美地复制出一个健康的年轻体。"

神棍口吃:"你……你的意思是,阎罗是吞吃了这个东西,才能做到'阎罗生阎罗'的?也不对啊,阎罗不是吞吃了什么麒麟吗?而且,他去的是昆仑山,这漂移地窟在三江源啊。"

江炼失笑:"这你都想不明白吗?三江源为什么叫'三江源',因为是大河源头。而还有一种说法,大河源头来自昆仑雪水,三江源和昆仑山,那根本就是在一起的,而且漂移地窟到底是从什么地方漂出来的?它的起始位置,会不会就是昆仑山呢?就好像家里头的扫地机,在各个房间乱转,但是电耗完了,总会转回原地充电——也许阎罗去昆仑山,选择的正是漂移地窟盘亘在昆仑山底的时候呢?

"至于阎罗说吞吃了和麒麟相关的,这只是一个名称,想得大胆点儿,礼记四灵中,龙、凤、麒麟都已经灭绝了,既然说太岁也是神兽,而且有'肉灵芝'之称,是最好不过的营养供给体,难道是不是在借太岁的腹孕麒麟的胎。"

神棍喃喃道:"借太岁的腹孕麒麟的胎……那就是麒麟胎……"

他忽然想起了什么,脱口说了句:"麒麟胎是连着水精的!"

江炼"嗯"了一声,他知道神棍已经想到了。

——麒麟胎让人有自体繁殖的能力,原装的麒麟胎像个崭新的芯片,完美下载这人的全部意识,并复制更新这人的身体;

——但太岁体内的麒麟胎,不是原装的,它早已和水精相融合,也就是说,这"芯片"里,已经有一个人存在了;

——这就是为什么阎罗吞吃了麒麟胎之后,尽管成功做到了"生阎罗",却招来了一个奇怪的,甚至心心念念要让他闭嘴的人。

江炼说:"所以我才说,水鬼家守护的才是最核心的秘密。他们从一开始就被祖师爷设计了——一直认为金汤穴是个保险柜，做了上千年的买卖业务，还沾沾自喜于这个生财的饭碗；谨遵家族规矩，把自己遮得严严实实，以至于出了变故，找不到任何人去求助，只能瞎子摸象般白忙。他们如果不封闭，而是像山鬼这样广结同行，这秘密，能守得这么严实吗？如果不是丁盘岭传话，逼着他们迈开了求助的第一步，他们现在怕是还忙着在三江源找漂移地窟呢，而咱们现在又会在哪儿呢？"

又会在哪儿呢？

他可能还在武陵山里，忙着钓蜃珠，永远也钓不出道道来，因为武陵山的那颗蜃珠是个次品，二三流货色。

孟千姿应该在山桂斋，百无聊赖地过着她的富贵生活。

神棍呢，大概在有雾镇的大宅里做"科研"吧，或者一头扎入另一件玄奇异事。

冥冥中，一切皆有首尾，诸事都有安排。

江炼看向孟千姿："漂移地窟里的那个局，水鬼花了那么大力气，带了喷火枪都没能破得了，是因为根本没找对工具——那东西的死敌，是山胆。"

孟千姿脑子里灵光一闪："但是'山水不相逢'。"

"没错，山、水两家，一开始就被要求着互不来往，其实山鬼家多少也被老祖宗设计了：首先，连坐王座的都不知道山胆的功能是什么，只知道要供着，尽量别去动它；其次，你们一直以为山胆在第三重山，要不是当时神棍在，谁能知道那个山胆是假的。"

孟千姿愣了好一会儿，以她自小培养起来的对山鬼奶奶的感情，一时间还真不能接受自己是被设计的："有什么事，连对自己子孙都不能说呢，明明白白说出来，让子孙执行不好吗？"

江炼笑笑："应该是疑心太重吧，说是子孙，上千年下来，隔了多少代了，有些不肖子孙连祖坟都刨。换了你，你敢把大事交托出去？"

这倒也是。

江炼继续往下说："这让我有一个想法，山、水两家，起初是一头的，也从来就没有过节和矛盾，他们共同布置好一切之后，相约就此陌路：只要山胆不出，漂移地窟永远安全。但他们还不放心，所以在崖上设了个岗哨。"

孟千姿心念一动："就是那个洞神？"

江炼点头："洞神是它们的马前卒，而白水潇只不过是马前卒的小喽啰。现在我们再说回山胆。明知道有它在，漂移地窟就不安全，为什么不毁了它呢？"

孟千姿迟疑了一下："毁不掉吧？水精就已经很特殊了，喷火枪都干不掉，山胆这种物质，更加不知道怎么对付了。"

江炼也是这想法："毁不掉，落在别人手里又不放心，只能自己想办法收着——怎么跟后人交代也是个问题，绝口不提吧，怕后世出个不知轻重的，剖山时好奇带出去了；如实交代吧，又不行，只能模棱两可，告诉你这东西重要，别去动它。"

可惜了，精心布置如斯，也没能算到，孟千姿剖山时，把神棍给带进去了。

"毁不掉"这话，触动了神棍的心事："还有那七根凶简，也是毁不掉，连大圣人老子出面，也只能暂时封住……"

又喃喃道："这箱子里的东西，好像都是很难毁掉的……"

江炼脑中似有火花闪过，脱口说了句："还记不记得我们之前聊过，山胆在山鬼手里，箱子被况家人带走了，而七块兽骨根本不知道流落何处。这三条线，从来都没交集，似乎是有人布局，不想让这些东西聚到一起？"

神棍点头。一般而言，箱子里头的东西才重要，但这件事里，连箱子本身都有况家人世代守着。

江炼问了句："如果让这些东西都重新归入箱中，会怎么样呢？"

神棍皱眉："都归入箱中，应该不会怎么样吧，因为本来就在箱子里，后来箱子被偷了，东西才被瓜分的。"

孟千姿说："这可不一定。"

她提醒神棍："别忘了，你手捧山胆时，出现过幻象。你的幻象里，远远不止这一口箱子，天上还飞着龙呢，但现在，龙去哪儿了呢？那些其他的箱子去哪儿了呢？那些箱子里又装了些什么呢？"

她突发奇想："不会是龙背着那些箱子，飞到另一个维度的世界里去了吧？"

【02】

忙完已是晚上。

段太婆的事已有了结果，论理该跟高荆鸿说一声，但大娘娘年事已高，身体又不大好，孟千姿犹豫再三，电话拨给了仇碧影——五妈这两天还在山桂斋，由她转达最合适不过了。

仇碧影是烈火性子，听到自家长辈是折在阎罗手上的，气得破口大骂，待到听了阎罗的种种经历，又觉得毛骨悚然，半晌没作声。

末了问她："那你下一步打算怎么办？"

孟千姿想了想："现在线索不多，哪里有线头就揪哪里吧，阎罗说是在镇龙山找到的龙骨残片，我准备在这儿多待两天，调一下这头的山谱，看个究竟。"

孟千姿忙的是正事，仇碧影不好说什么，顿了顿又问她："那个江炼，还在那儿呢？"

其实她口气柔和，但孟千姿还是无端反感，眉头皱了又皱，耐着性子解释："江炼是帮况家找箱子的，而况家也是整件事里的重要一环，难道还把他撇开吗？"

仇碧影犹豫了一下："那他……有没有对你……"

孟千姿光火："没有！没有！江炼一直在认真做事，没工夫来追我。我很好吗？是什么香饽饽吗？人人都看得上我吗？五妈，你别在那儿想一出是一出行不行！"

她这一发火，仇碧影反而不用藏着掖着了："小千儿，你看看你，又发脾气，你明知五妈不是那意思。"

孟千姿见她赔小心，又觉得过意不去，语气缓回来："五妈，你放一百二十个心，人家江炼从没说过喜欢我——他不说，难道我冲过去跟他说别喜欢我？人家回一句，孟小姐，你想多了吧……我臊不臊啊？"

仇碧影在那头笑："也是，他不开口也就算了。要是开口……小千儿，为他好也为你自己好，别磨磨唧唧耽误人家，当断则断吧。"

挂了电话，孟千姿什么心情都没了，枯坐了会儿之后，扯了条毯子出门。

夜已经挺深了。

这寨子是个杂居寨，壮、瑶、汉族都有，服饰上的差别挺大，但建筑上没什么典型风格，貔貅的人租下了这一排好几个院落，椎子里拔将军，最过得去的一个就留给了孟千姿几个人。

这小院也就是个农家小院的样式，屋檐下悬着一串串红彤彤的晒制辣椒，院门光有门框，没门，大概熟门熟户，没必要关门防贼吧。

院子里，放了几张竹制粗编躺椅，夏天纳凉用的。现在是夏末，躺椅还没收，但夜晚已经有点儿凉意了，孟千姿过去躺下，又把毯子盖在身上。

身底下的竹篾条凉丝丝的，身上盖毯子的地方却又温暖得很，这上下反差，还蛮惬意。

孟千姿躺了会儿，刚迷迷糊糊有了点儿睡意，忽听到后面房间里有开门声，紧接着有人往外小跑，经过躺椅时，那人"咦"了一声，叫她："千姿，怎么睡这儿了？"

是江炼。

孟千姿拢了拢毯子，问他："干吗去？"

江炼指了指门外:"用房车。"

寨子太偏,基础设施跟不上,屋里没马桶,上厕所一般是野地茅坑解决,孟千姿的房车有污水箱,用房车,基本上就是上厕所的代名词了。

孟千姿瞪他:"我同意你用了吗?是白用的吗?一次一块!"

江炼哭笑不得:"那我回头给你。"

"那不行,先交钱,再上车。"

江炼没办法,又一溜烟儿往回跑,再出来时,手里抓了手机,边走边点。孟千姿听到自己的手机有消息进来,点开一看,江炼给她发了个红包,一块五的。

还朝她喊话:"不用找了,五毛钱打赏你的,太敬业了,大半夜还在这儿看厕所。"

孟千姿又好气又好笑,目送他消失在院门之外,又去收那红包,将点而未点时,一股颓丧袭上心头,忽然就觉得,自己怪没劲的。

江炼并没想招惹她,她何必去主动招惹他呢?

她撂了手机,身子往毯子里缩了缩,又往上拉毯沿,遮住了自己大半张脸。

天上有星,疏疏朗朗,不知名的虫子在墙根处有一声没一声地啾鸣,偶尔不知哪个方向会传来狗叫声——深夜的狗叫声会让人发慌,觉得是有鬼过路或是有贼翻墙。

有熟悉的脚步声,是江炼又回来了,说她:"你就这么露天睡吗?"

孟千姿说:"又没碍着谁。"

江炼笑,径自回房了。孟千姿见他就这么走了,又有点儿失落——哪知他很快就出来了,装备带得比她还全——除了毯子,还有枕头。

江炼就在她隔壁那张躺椅上睡下,转头看她时,才发现她没枕头:"你这样,不硌得慌吗?"

"有点儿。"

"那回去拿啊。"

那多麻烦啊,孟千姿回他:"我能忍。"

一个人的忍耐力用在哪儿不好,用在犯懒上。江炼无语,顿了顿盼咐她:"头,抬一下。"

孟千姿欠起身子,等感觉到脑后垫了一个枕头,才又松弛地躺下去。

每次占了江炼便宜,都格外有成就感。

江炼说她:"懒成这样,宁愿在这儿摸黑看厕所,也不愿多走两步路回去拿个枕头。"

孟千姿慢条斯理地回他："我是懒，但我还不是枕着枕头了？有人节俭又勤快，那又怎么样，省下的口粮被人吃了，搬来的枕头被人睡了。"

江炼无从反驳，只好岔开话题："临睡前，神棍跟我说，暂时没新的线索，他想去趟昆仑。"

孟千姿说："去昆仑我不反对，但我建议，最好有了更具体的线索之后再去，阎罗只给了句'昆仑山'，昆仑山那么大呢。"

"我也是这么说的，但再一想，他去昆仑，也许能有收获。"

这话怎么讲？孟千姿转头看他。

江炼说："神棍这人是个宝藏。我们现在，除了不放过每一条细小的线索，还得指望他——你记不记得，他起初光是听到山胆的名字，就做了找箱子的梦？"

孟千姿点头："然后，山胆对他是有反应的，手托山胆时，还曾出现幻象……还有那个假阎罗，好像也认识他。"

江炼接下去："这些幻象和感应，我觉得会继续出现的，只要他更深入地接触到某些东西——如果昆仑山真的是清点箱子、出现龙影的地方，那他到了那儿，只要接近原址，多半会有感觉。"

孟千姿听懂了："你把他当探针？"

江炼"嗯"了一声。

就让神棍这根人形探针在昆仑山漫山遍野地梭巡好了，没准儿能帮大家做最基础的定位，好过满山抓瞎。

孟千姿想了想："如果这样，我建议，还有一根更灵敏的探针和他同行。"

江炼好奇："谁？"

"况美盈，她的血可以开箱——她现在的身体已经出现异样了，但依你们所言，越接近箱子，她就越能得到安抚，血液应该也就越趋于平静。她的血才是最灵敏的信号，比神棍那虚无缥缈的感应要靠谱多了。"

江炼没吭声，过了会儿才说："你是让她不时放血……去测试和箱子的距离吗？这样会不会太受罪了点儿？"

孟千姿说："况同胜有一句话，我还挺欣赏的。况美盈也该为自己的命做点儿什么，而不是坐享其成，任你在外头拼命——放点儿血怎么了？水鬼家赔上了那么多条命，至今还没个结果呢。"

也是。

江炼不再坚持："我明天就给美盈打电话，昆仑山那种地方，苦寒之地，她得做好吃苦耐劳的准备。"

说到况美盈，忽然就勾起孟千姿一桩心事来，她犹豫再三，终于忍不住问他："你当初，为什么不让况美盈喜欢你啊？"

江炼一愣，旋即失笑："这很难理解吗？一个人，连生命都不是自己的，那感情总该是自由的吧？

"我当初察觉干爷有这意向，又发现自己是第一人选，我喜欢她也就算了，但我并不喜欢她，当然止不住反感。

"但寄人篱下、受人恩惠，又不想把事情做得太激烈，思前想后，觉得其实也好操作：只要美盈不喜欢我，就万事大吉了。因为干爷虽然倾向于老式包办婚姻，但很疼美盈，不会强逆着她来。"

孟千姿好奇："那你都用了什么法子啊？"

"多着呢，"江炼现在回想起来，自己都觉得好笑，"学坏，花心，今天追这个，明天腻味那个，逃学、抽烟、混酒吧、偷东西……总之，是把她反感的事都做了个遍。结果……"

听这语气，结果好像不尽如人意。

果然。

"结果，我很快发现，白演了。美盈喜欢韦彪，怪不得每次都拿怜悯的看傻子似的眼神看我，还苦劝我悬崖勒马，回头是岸。"

孟千姿蜷在毯子里笑成一团。

江炼笑着看她，他很喜欢看孟千姿笑。她一开心，他也跟着开心，就如同现在。能让她笑笑，当年那些糗事，好像做得也不是那么没意义："这也就算了，她还去跟我干爷告状。要知道，那些事我都是当着她的面做的，唯恐她看不见，这下可好，人证物证俱在，时间地点都说得上，想赖都没法赖。

"我干爷是老派人物，信奉'棍棒底下出英才'。一听，这还得了！当时，他手下雇了不少人办事，一声令下，把我吊起来打，打得我半个月没下来床。"

明明怪惨的，但孟千姿对他同情不起来，就是想笑。

"还没完呢，美盈给我送饭，还一身正气、一脸正色地说，江炼，我是为你好。你现在可能不明白，会气我，但将来会感激我的。"

孟千姿笑得肚子都疼了。

江炼唏嘘："事后，我还挺愤愤不平的，觉得自己年少英俊，美盈怎么也该倾心于我吧……结果她中意的是韦彪，害我判断失误，还挨一顿打。"

孟千姿忽然感慨，低声说了句："是啊，你以为你漂亮、有钱，是人都该喜欢你，结果并不是……人的心思，太难看透了。有人会设计让人不喜欢自己，也有人会设计让人喜欢自己。"

江炼觉得她话里有话,却也不便追问,顿了会儿,才说:"如果有人设计你,让你喜欢他,那你得小心了,这人一定不是真喜欢你。真喜欢你,永远没法设计。"

真心喜欢,会患得患失,全无章法,没了套路,也没了逻辑,手足无措,口笨嘴拙,只想把颤巍巍的一颗心送给你看。

孟千姿沉默半晌,才回了句:"是。"

真怪,明明聊得好好的,气氛却突然沉闷,江炼还没来得及细思个中究竟,就听到身后不远处,门"哗"地被拉开,有个人光着脚板跑出来,脚掌和地面相拍,发出"啪啪"的声响。

江炼和孟千姿同时起身,转头去看。

是神棍,猴急地跑到江炼的门口,似乎是想叫门,又发现门原本就是开的,有点儿发蒙。

江炼轻咳了两声,招呼他:"这儿呢。"

神棍又"啪嗒啪嗒"跑过来,气喘不匀,神情迫切,张口就是一句:"小炼炼,我刚……又做梦了。"

刚还说到这个呢,他居然就做梦了!孟千姿心头一喜,拥着毯子就坐起来。

江炼就淡定多了,他示意了一下空着的那张躺椅:"挪过来,坐下,慢慢说吧。"

他一早就觉得,神棍今儿又是"故人相认",又是看完了水鬼的视频,这么多信息涌入脑际,是该想起什么来,再做上一两个梦了。

神棍是念叨着孟千姿的问题睡下的。

——龙去哪儿了呢?那些其他的箱子去哪儿了呢?

然后,渐入黑甜。

梦里,群山耸峙,明月高挂,旷野被映照得如同白地,有巨大的篝火燃起,火焰几乎冲上中天,有很多人围篝火而坐,围成了一个巨大的圆。

和从前一样,他看不清那些人的服饰和长相,只依稀知道,有很多人、很多身影晃动,抬起头,看到巨大的山壁。

山壁上,鸟影晃动。

这一次,他知道那鸟是什么了,因为他看到了映上山壁的长长的尾羽。

再联想到那华丽的翎毛……

这是凤凰吧!

他想回转头,去看凤凰的真身,也不知道为什么,脖子僵硬,总转不过去。山

227

壁上，凤影张开双翅，迎风扶摇而上，华美的身影完全舒展开来。

神棍就说到这儿，他双眼发直，似乎还沉浸在梦中的情境里。

孟千姿沉不住气："然后呢？"

神棍喃喃道："然后……它就落下来了。"

"落到篝火旁边、人圈里去了？"

神棍摇头："不是，是死了的那种落。你知道它死了，再也飞不起来，中途气绝，很无力地坠落的那种落。"

居然死了？

江炼问了句："你凭什么说是死了呢？毕竟你只看到了坠下的影子。"

神棍叹了口气。

因为接下来，全场大放悲声。

他也在其中，也在呜咽，即便是睡梦里，都能感受到那种无力和绝望，然后，潮水般的低泣低诉在篝火周围漫延开来。

江炼心中一动："他们在说话？"

神棍点头。

"说的是你听得懂的话吗？我的意思是，说的应该是古语或者艰涩的方言，不是普通话吧？"

神棍愣了一下，他从没想过这个问题，仔细回想之后，他字斟句酌："说的语言，其实我是听不懂的，跟现在通行的普通话根本不一样。但是在梦里，我听到了就能理解、能明白他们说的是什么。"

懂了，江炼示意他继续："那些人，如泣如诉地在说些什么？"

神棍吞咽了一口唾沫。

那些人反复念叨、低低吟唱着的，其实表达的都是一个意思。

——最后一头麒麟已经离去，金翅凤凰也活到了尽头，只有我们老迈的龙，还在半空翱翔，可它越飞越慢，身侧再也没有云雾相从。

——失去了它们的引领和陪伴，我们将去往何方？我们的荣耀和辉煌，将如烧尽的篝火，再也不见闪亮……

这低诉，嘈嘈切切，在白亮的旷野上播扬开来，被风带到很远很远的地方。

就在这个时候，轰然一声巨响，四野震颤，连地面都似乎倾侧了一下。篝火仍在燃烧，但所有的低诉声都戛然而止，四周静得可怕，空气中蔓延着令人窒息的紧张和惶恐。

孟千姿的心都揪起来了，她最受不了这样的渲染和停顿，恨不得揪过神棍的衣领逼他往下说:"发生什么事了?这响声是怎么回事,没人过去看看吗?"

神棍的回答差点儿把她气昏过去:"我也想去看看怎么回事,我这不是醒了吗?"

半响,江炼轻声答了句:"麒麟走了,凤凰死了,现在这巨响,可能是龙……陨落了。"

【03】

龙陨落了。

是怎么陨落的?悍然自高空砸下吗?难怪会四野震颤,连地面都为之倾侧。

孟千姿很想知道那是幅什么场景,听人描述描述也好,然而没法逼神棍回去继续做梦——神棍的梦,真比大旱季的泉眼水还金贵,这么多日子了,也才冒了一两回泡。

她怀着无比的惆怅,偎着枕头,渐渐睡着了。

到半夜时,听到江炼叫她,孟千姿迷迷糊糊睁眼,只觉面上有丝丝凉意,又听到江炼轻声说:"千姿,下雨了,回房去睡。"

她浑噩地"嗯"了一声,用脚摸索到鞋子,昏昏沉沉回屋,刚挨到床就又躺下了。

早上,被密簇的雨声吵醒,透过贴了花格膜的窗户往外看,能看到一道一道的雨线。一夜间,雨竟下大了。

孟千姿躺了会儿,才发觉这声音不对,雨声中还掺了手机响铃,她伸手四下去摸,摸着了之后凑到面前,只一眼,便"噌"一声坐了起来,睡意全无。

视频电话的邀请人是高荆鸿。

孟千姿匆忙拢了一下头发,点击接受邀请,屏幕上现出了高荆鸿的脸,双目红肿,头发也有些凌乱,看背景,是倚靠在床上的。

原来,大娘娘也会有不注意仪态的时候。孟千姿心中先怪上了五妈,觉得是仇碧影传话不够委婉,转念一想,大娘娘跟段太婆情同母女,消息传得再委婉,也免不了要狠狠伤心上那么一回的。

此时的高荆鸿,不像个处事得宜的长者,倒似个不知所措的小孩儿,张口就问她:"姿宝儿,我段娘娘,会不会暴尸荒野啊?"

孟千姿不答。

会吧,她觉得会。阎罗这样的人,杀了人,还会好心帮忙收葬吗?

只是这话,不能直说。

高荆鸿眼圈泛红："昨晚上，我梦到我段娘娘了，她说她死得不安生，上不着天下不着地的，每天都很累、很辛苦……"

孟千姿说："大娘娘，你这就是日有所思夜有所梦了，是你太焦虑了，不用当真。"

高荆鸿答非所问："我一早就让柳姐儿找了昆仑那头的归山筑，从现在开始，地毯式地一寸寸搜山，我这只要一想到，段娘娘死都不能入土，我就……"

话没说完，突然就哭了。

孟千姿从来没想过高荆鸿会哭——过去，无论发生多悲伤的事，大娘娘至多会伤感，仪态优雅地叹一口气，连拧眉的姿态都恰到好处。

她愣坐着，不知道该怎么去安慰，后悔自己接了这个电话，不接的话，就不会看见大娘娘的崩溃。又忽然觉得，这些自己一直以来依靠着的人，其实也不是时时坚硬如铁。有些时候，反会要她去支撑。

好在，柳姐儿很快赶到跟前了，手脚麻利地扶高荆鸿躺下："哎哟鸿姐，自己身子自己不知道吗？可不能这么造……"

孟千姿悄悄挂断了电话。

顿了顿，她又打电话给路三明，吩咐他尽快把这一带的山谱给她送过来。

江炼起床时，貔貅已经安排人备早饭了，就在雨檐下放了张小方桌、设几个小马扎，还问是嗍粉还是吃油茶。一大早的，江炼不想吃得口味太杂，于是要了油茶。神棍正选择困难，听他要了油茶，也有样学样。

洗漱了过来才发现，还不如嗍粉，这油茶太隆重了，猪骨熬的茶汤，边上一溜儿排开的小碟，有青葱、香菜、米花、脆果、酥花生、粉肠，还有切得连皮开边、呈蝴蝶状的鱼片——这哪是吃油茶啊，赶得上涮火锅了。

孟千姿的屋门紧闭，大概是还没起，檐上雨线滴落，桌上佳肴生香。

这用餐的环境倒挺好。

江炼便忙着搭配自己的油茶，明知没什么希望，还是问了神棍一句："昨晚……继续做梦了没？"

神棍斜了他一眼："小炼炼，你是指望我梦出大结局呢？"

江炼说："那最好不过了，能偷懒的话，谁想东奔西跑。"

油茶烫嘴，一时间下不了口，大概这碗里的汤也如湖中水，又勾得神棍想起水鬼的事来："哎，小炼炼，水鬼只三个姓呢。"

没错啊，要么人家又称"水鬼三姓"呢。江炼呷了口汤："丁、姜、易三姓，挺好记的。"

"那你觉不觉得，这三个姓，很值得玩味？"

玩味吗？江烁舀了勺米花入嘴，这儿的米花不是爆米花，而是糯米经蒸熟晒干之后油炸而成，嘎嘣脆香，很有嚼头："不都是百家姓里的吗？"

神棍鄙视他："全天下姓丁、姜、易的人多着呢！一个姓，通常有好多源流，我昨晚上仔细捋了一下三姓的源流，发现其中大有文章。"

江烁拈过桌上的纸巾擦了擦嘴，暂停进餐："你讲。"

如此配合，让神棍觉得自己很受重视，油然而生一股成就感："易姓，你拆一下字，上头是个'日'，下头是个异形的'月'。传说中，黄帝象日月之形以作'易'。这个姓，是黄帝后裔。

"姜姓，源出神农氏，因为炎帝生于姜水，于是以水定姓。"

来头似乎都不小啊，江烁沉吟："那丁姓呢？"

"丁姓倒没这么直接，但是，丁姓有一系源流，是来自姜姓的。《姓氏》书里说，'系承姜'，也就是说，从姜姓分出过一支，从此姓丁了——如果现在水鬼三姓的丁姓，是从姜姓分出来的话，那么水鬼三姓，全部源出炎黄，而且……"

说到这儿，他压低声音："你有没有发现，三姓很封闭，不跟外姓联姻的？"

江烁奇道："没有吧，视频里那个叫易飒的姑娘，她找的男朋友，不就是姓宗嘛，叫'宗杭'。"

神棍没好气："我说的是之前！之前！"

之前啊，那确实是，江烁点头。

三姓互相通婚，所以后代绝跨不出这三个姓去。更让人瞠目结舌的是，三姓可以吸纳外人，但有两个条件。

一是对方改姓。

这也就算了，改个姓嘛，不是特别计较的话，其实不痛不痒。

二是要对方做绝户。

也就是说，你入了三姓，终身都别娶妻生子了，不允许留下后代——这就很崩溃了。要知道，中国人的传统观念可是"不孝有三，无后为大"。

所以，以上两个条件一结合，其隐含的意义可谓不言而喻，那就是：没门儿，我们不纳外姓。

江烁喃喃道："也亏得三姓各支的人都很多，婚配时可择取的范围大。这要是人少一点儿，近亲结婚，一来二去的，那可……"

神棍觉得他眼皮子太浅了："这种神秘的家族，你以为会受什么近亲结婚或者断代的制约吗？你那是没听说过掌铃盛家……"

他发觉自己跑题了，于是把话题又扯回来："水鬼的这种做法，你看出什么道道没有？"

没有，江炼试图碰运气："说明他们家规很严？"

神棍叹气："小炼炼，我真是高估你的聪明才智了。你除了得目观全局，还得透过现象看本质：表面上，他们是封闭、家规严苛，但往更深处想，你不觉得，他们这是保持血脉的……纯粹吗？"

江炼心中"咯噔"一下。

还真的，丁、姜、易三姓互相联姻，这血缘亲缘，数千年来都只在三姓内部流转，好不容易加入个外姓，又是不允许留下子嗣的，也就是说，血脉永不会被"污染"。

神棍补充："你再看山鬼，山鬼就不一样，这些天我们遇到的，姓孟的、柳的、沈的、路的……我怀疑，山鬼的姓拎一遍，都能出一部《百家姓》了。谁更古老、纯粹，谁从体质和血脉上更接近古早时的祖辈，这不是一目了然吗？所以啊，水鬼之所以那么封闭、之所以守护着最核心的秘密，又之所以在二十多年前被指引着去了漂移地窟，那都是有原因的……"

正说着，院门口有人声，循向看去，有个穿蓑衣戴斗笠的人进来。

这种老式的防雨装束只在这些偏远的村寨还沿用着。江炼先还以为是当地人，直到那人站到雨檐下，斗笠一摘，露出一头柔软的微濡长发来，江炼才认出，居然是孟千姿。

她把斗笠竖靠在墙根，又脱下蓑衣，抖了抖水，挂上墙面。侧转身时，江炼看到，她背上背了个卷轴样的藤制画筒。

他笑着跟她打招呼："我以为你还在睡呢，原来起这么早。"

又指桌上："吃点儿吗？都是才上的，很新鲜，也热乎。"

孟千姿摇头："吃过了，我一大早就起来忙了……这个，这个好吃……"

她指江炼手边的那一小碟米花，一个没忍住，伸手捏了一小撮送进嘴里。米花是油炸的，把她几个指尖都裹上了油，她晾着指尖，正没理会处，江炼递了张纸巾给她，又推了个马扎过来："坐下吃。"

说来也怪，她是真吃过了，原本也没想吃的，但听他一说，也就很自然地坐下了，擦了手，瞥见江炼拈了小碗在给她盛茶汤，又提醒他："给我少盛点儿，我吃过了。"

江炼原本一汤勺舀得满满，听她一说，又往外倾出了些，顺口问了句："都忙什么了？"

被他这一问，孟千姿有点儿意兴阑珊。

她先是去看了阎罗的尸体，心里对"阎罗生阎罗"还存了点儿指望，然而，一日夜过去，加上天气并不凉爽，那尸体，越发腐败得让人反胃。

她无精打采地拿勺子搅了搅油茶："怎么说呢，道理都知道，打翻的牛奶就别再去管它了——但每次一想起来，还是怄得要命。阎罗要是还活着，咱们得少走多少弯路啊。"

阎罗这么大个宝藏，居然就这么错失了。

神棍抹了抹嘴："孟小姐，你是钻牛角尖里去了。我接下来的话，应该能让你好受点儿：阎罗最大的价值，是他知道段小姐和箱子的下落——但是箱子在哪儿，不难找的。小炼炼说了，可以让况小姐陪我一起去昆仑，我对她的血很有信心。

"至于其他方面，那个阎罗知道的，估计还没我们多。"

孟千姿奇道："这话怎么说？"

神棍说："你站在全局的角度去想就知道了，一口箱子以及里面的东西，被拆得四分五裂，由不同的人带走——况家只是守护着一口空箱子而已，充其量是条支线，而阎罗所有的线索，都来自对这条支线的解读，他能知道多少？"

江炼点头："阎罗这个人，贪财好利又惜命，他弃家逃亡时都带着那口箱子，又不远千里去昆仑，目的应该很明确，就是为了找到那个什么麒麟胎，吞吃以求长生。"

说到这儿，他伸出手指接了点雨水，在桌面上画了个有圆心的圆，又画了条直指圆心的箭头："阎罗应该是从某个点切入这件事，偶然接近了最大的秘密，但他并没这个意识。从头到尾，他知道的就是这根线，但我们现在至少拼接出一部分圆了吧。"

反正再怎么怄天怄地也没用，还不如吃这安慰，孟千姿嫣然一笑："阎罗知道得如果没那么多，那我就舒服了。"

江炼指了指她背上的画筒："这个是什么？"

孟千姿这才想起背上还背了东西，她解下挂绳："想调山谱来看的，但存放山谱的地方有点儿远，一时间送不过来，我就让对方把电子版的发过来，同时让他们在那头张挂，给我直播认谱火眼读图。"

她打开画筒盖，把里头的纸张抽出来："这是打印出来的。我们的山谱有谱记，也就是说，像图书馆的借阅记录一样，谁在什么时候调过山谱，都有记录。早些年是手写的，现在都可以电子查询。

"还记不记得阎罗说，他在镇龙山找到了龙骨残片？我本来是想重点查看镇龙山的山谱的，结果无意中点开谱记，发现我段太婆当年造访过五百弄乡之后，曾经调过凤凰山的山谱来看。

"段太婆有个很好的习惯,她实地去过哪儿之后,总会留一些更新的注解。"

说到这儿,她展开手上的 A3 尺寸打印纸,拿手点向一处:"看这儿。"

山谱的画图倒没有什么稀奇的,无非就是各色山形轮廓,孟千姿想让他们看的,是那行写明了添于一九七五年的注解。

——凤凰右眼里,会飞出活的凤凰。

神棍这一下吃惊不小:"凤凰右眼还能生凤凰?凤凰是通过眼珠子自体繁殖的?"

孟千姿哭笑不得:"不是,凤凰山里有个峰头,名字就叫'凤凰右眼'。"

【04】

凤凰右眼里,会飞出活的凤凰。

神棍翻来覆去,把这话念叨了好几遍,才想起来要抱怨:"这么重要的事,你们这头的山户怎么从没说过啊?"

孟千姿早料到他会有此一问,答得不紧不慢:"这可不能怪山户,他们就没觉得这话重要,这只是凤凰山一带流传的民谚罢了,并不是我段太婆原创的。你去网上搜搜,全国有多少个凤凰山?没一百也有八十,当地人都会信誓旦旦地说什么山上落过、飞过、栖过凤凰。"

神棍一时语塞。段文希去完凤凰山后,随手在山谱上添加了一行当地古已有之的民谚。在当时的山户眼里,的确不是什么值得报备的大事。

但现下看来,就觉得这行字添得意味深长。

江炼问了句:"那谱记里,有段太婆调阅镇龙山山谱的记载吗?"

孟千姿点头:"也调了。也有句注解,叫'风起龙出',但这话也很普通。"

神棍喃喃说了句:"是挺普通的,但又有点儿不普通。"

《易经》里说"云从龙,风从虎",那意思是虎啸风生,所以风常伴虎出,至于龙,那是腾云驾雾、常伴雨水而出,但段文希写的是"风起龙出",恰和《易经》反了过来——当然了,普通人眼里,云雾风雨没什么不同,所以"风起龙出"也并不突兀。

江炼没神棍那么抠字眼,继续往下问:"那个凤凰山有凤凰右眼,有左眼吗?"

孟千姿摇头:"我也觉得,凤凰一双眼,有右眼就该有左眼,左右对称嘛。但是很奇怪,把山谱翻来覆去看了好几遍,这儿还真是只有凤凰右眼。"

说到这儿,乜斜了眼神棍:"怎么样,你出征昆仑之前,要不要去凤凰山转一圈？"

昆仑山远在千里之外，跟昆仑一比，凤凰山可谓近在咫尺了。神棍心痒痒的，觉得磨刀不误砍柴工，去凤凰山转一圈也未尝不可。

下午，雨仍是没有停的架势，哗啦哗啦，连绵不休，把温度都带低了好几度，这种天气，正适合窝在家里伏案"搞研究"。

房车成了个工作间，越来越多的山谱和谱记资料都传了过来，打印机"咔咔"的，一直在打印资料。桌上铺展不开，孟千姿就以地为桌。到末了，三人都席地而坐，面前铺满纸张，空气中满是纸页和新墨的味道。路三明过来给几人送点心小食，都迈不进脚来，只能放在门边。

孟千姿偶一抬头，看到这幅场景，又是新奇又是感慨：以往这种活儿，她都甩手交给孟劲松，吩咐他有了明确的结论再跟她汇报，从来不会亲自参与，但其实，这种全身心沉浸和投入的感觉，挺好的。

她手脚并用，越过一地狼藉，端了盘果干过来嚼。广西正在北回归线上，盛产各种水果，比之别处品种更优，譬如融安的金橘、乐业的猕猴桃，晒制成果干，别有风味。

神棍忽然"咦"了一声，把手中的那一页打印纸给她看："什么叫'不探山'啊？这凤凰山，在宋元时候是不探山吗？"

原来，这些谱记按时间顺序呈电子表格状被打印出来，也确实如之前提到过的，跟图书馆的借阅记录差不多，每一行都列明了是山谱第几版、调阅年头以及调阅人为谁，但神棍拿的那张上，宋元那三四百年，全部合并表格并标红，只简单备注了几个字：不探山，盛家。

孟千姿给他解释："我们山鬼不是有探山和巡山的传统吗？但某些山头，我们当它不存在，探山不去，巡山也不去，完全绕过。我打个比方你就知道了，这就跟租房子似的——房东把房子租给了租客，总不能还隔三岔五往房子里跑吧，当然要尊重人家隐私。"

神棍的心突突跳："意思是，这个盛家，租住在这个山头，你们就绕开这山了？"

差不多吧，孟千姿点头，又补充了句："'租住'只是比方，我们并不是房东，盛家也从来没交过租金。"

江炼奇怪："那为什么你们这么卖盛家的面子呢，他们住了，你们就不探？"

孟千姿耸了耸肩："老交情吧，好像一直以来就是这么着的。就好比'山水不相逢'，为什么我们从不跟水鬼打交道呢？习惯而已。"

又是一个老交情，江炼心中一动："你们关系很好吗？"

孟千姿又给他打了一个比方："好比那种……不来往的穷亲戚，突然冒出来要米要粮，反正你财大气粗的，总会打发他们点儿。"

江炼接过神棍手中的表格细看："宋元时候是不探山，那现在，又能探了？"

孟千姿的回答让他啼笑皆非："这盛家，就跟屁股上长钉似的，老搬家。一个地方住不长，住几代就要搬。有时候，是从一个山头搬入另一个山头。有时候，你也不知道他们搬哪儿去了，可能是进城了，然后某一天，忽然又回到山里了——最近一次，他们住的是八万大山，结果前一阵子又搬空了，我看看啊……"

她拿过手机，点进自家的App，俄顷点头，似是很满意，还把手机屏幕给江炼看："下头人做事挺利索的。你看，今年年初的时候，八万大山还是不探山呢，现在状态已经恢复成'正常'了。"

她又想递给神棍看，一抬头才发现，神棍还保持着先前的姿势，不断地吞咽唾沫，那表情，又是激动又是焦虑。

孟千姿奇道："你怎么了？"

神棍问了句："这个盛家……是不是掌铃盛家啊？"

孟千姿"嗯"了一声："你知道他们？"

何止是知道啊，神棍一颗心跳如擂鼓。

江炼觉得这名字挺耳熟的，顿了顿才想起来，早上吃油茶的时候，神棍提过一嘴，好像也是个挺神秘的家族——其实光听名字就已经觉得神秘了。

掌铃呢。

他提醒这两位："这儿还有个人不知道什么掌铃盛家，你们是不是能帮个忙……给信息同步一下？"

这信息同步，体量有点儿大，千头万绪的，孟千姿一时也不知道该从哪儿理，好在江炼也没指望她，这种事儿，还是神棍讲起来比较面面俱到。

神棍的第一句话就是："那个在有雾镇跟我一起住的室友，老石，叫石嘉信的，就跟掌铃盛家有关。盛家、石家，是由来相生的，像绞缠着的麻绳，一直都是比邻而居。"

神棍对掌铃盛家的了解，来源于两个人：一个是他早年游历西部时误下山崖，在崖底遇到的一个坠崖濒死的盛家男人；另一个就是和他同住的石嘉信了。

事实上，在接纳石嘉信作为室友时，他意外得知自己的一个好友季棠棠就是有掌铃资格的盛家后人。可惜的是，季棠棠嫁了一个他惹不起的老公，亦即把阎老七的鼻梁打断的岳峰——就在他上蹿下跳表示要"真诚"采访季棠棠时，岳峰揪着他的衣领把他扔出了门，黑口黑面地告诉他，自己家里不欢迎讨论这些不愉快的往事。

神棍敢怒不敢言，为表示抗议，整整半年没登这对夫妇的门，但是岳峰根本不在意，神棍原本就是大半年才登门一次的，他还嫌来得太勤快了呢，爱来不来。

好在，石嘉信弥补了这一遗憾：季棠棠的母亲爱上外人，私奔出逃，所以她是个从小就游离于大家族之外的，但石嘉信一直在家族内部长大，谁的"性价比"更高，一目了然。

传说中，死人与活人阴阳相隔，是没法进行"对话"的，想沟通的话，需要中间媒介，而铃音是唯一能够自由穿梭于阴阳两界的声音。

掌铃盛家，有九个不同的支系。每一支系都有一种特殊的铃，共计九种。每一种铃都关联着某一类死亡的方式，譬如客死异乡的，又如身首异处的——而九种铃中，路铃为首，死人的诉求可以撞响这九种铃之一，响铃声即为铃语。

这铃语，只有各个支系具备掌铃能力的女人才能听懂，换句话说，她们能感知逝者的未竟之意。久而久之，就衍生出了一门神秘而又古老的营生——经常被人请去，安抚逝者的不甘、倾听他们的愤怨，于现世加以化解。

但奇怪的是，这种能力的传承毫无章法，必须是掌铃者头胎生下的女儿才可以。

事隔这么久，神棍讲起来，还是忍不住啧啧称奇："必须是头胎，如果第一胎生的是儿子或者第二胎才生女儿，这能力就没了，失传了，也就是说，断代了。

"还记不记得我早上说，这种神秘的家族，不受什么近亲结婚和断代的制约？我就是想举盛家做例子来着。

"他们不怕断代，甚至习以为常，一旦断代，可以随便找一个女人来，哪怕是街边硬绑来的，然后用九种铃传人的血给她换血，这叫'蝶变'，大概是要帮这女人破茧成蝶的意思吧。"

"破茧成蝶"还能这么用吗？江炼心头腾起一股凉意。

"九种血，哪怕只输一种血，血型不符，都能死人的吧？何况是九种血混合，把那个女人本身的血给置换掉呢？这还没完，行蝶变的女人和石家的男人一起，又可以生下有掌铃能力的女儿。

"还有，为什么盛、石两家由来相生，一直比邻而居，是因为盛家的女儿一直是嫁给石家的男人的——这个跟水鬼三姓习惯内部联姻很像，但水鬼三姓好歹各个支系的人数多啊，盛家、石家，充其量就是个寨子的规模，反复嫁娶生育，到最后那都是近亲了。

"但我每次跟老石争论，说这种事儿不科学，他都会不耐烦，说什么科学本来就解释不了。"

说到这儿，他愣了会儿，一时接不上，于是看孟千姿："孟小姐，你有什么补充的吗？"

孟千姿其实对盛家了解的还没神棍多，或者说，她对这家人从来就不感兴趣，也不想深究，所以听来的都是些边角。听神棍问起，只是点了点头："差不多吧，盛家号称能感知死人的怨气，和死人对话——当初段太婆在昆仑失踪，我大娘娘急得不行，病急乱投医，还找过盛家人呢。"

段文希的事，居然还曾经……惊动过盛家人？

神棍震愕半晌，惊喜非常："然后呢，怎么弄的？盛家怎么说？"

孟千姿这阵子为了段太婆的事，跟高荆鸿联系频繁，由大娘娘口中知道了不少早年发生过的事儿，见神棍这么热衷，觉得他多半要失望："不怎么样，雷声大雨点小，排场十足，什么结果都没有，气得我大娘娘背后说她们是江湖骗子。"

孟千姿对盛家人的定位是"不来往的穷亲戚"，偶尔上门，张口就是圈山要地，不过山鬼也无所谓，山头而已，爱占就占，不探就不探好了。

受人之惠多了，难免嘴软手短，所以，山鬼忽然求告上门，盛家还挺重视的，更何况，山鬼家财丰厚，本就是个大金主。

孟千姿有点儿不屑："九种铃中，路铃为首。他们为了表示郑重，还动用了路铃的掌铃人，母女两代，母亲叫盛……什么锦如，女儿盛清屏，当时那个女儿还小呢，十几岁吧，但说什么初承掌铃之力，青出于蓝，各方面的感知力都会更敏锐一点儿，我大娘娘也就同意了。

"大娘娘就依着她们的要求，把我段太婆的贴身物件啊、家里找到的散落的头发啊，总之是能收集的都收集到了，满怀希望地送过去。

"结果怎么着？一场折腾，什么都没有。她们的路铃动都没动。那母女俩还言之凿凿地说什么两个可能，一是人还活着，只是找不到；二是可能故去了，但是没有怨气，所以路铃没感应。这不全是废话嘛。"

她嘀咕了句："我看也像江湖骗子。"

这就有点儿尴尬，神棍觉得有必要为盛家人说几句话，毕竟他颇有几个朋友是跟盛家相关的："孟小姐，你也不能以偏概全。要知道，盛家把铃动叫作'怨气撞铃'，怨气怨气，未竟之意，撞铃之后产生的铃语，那是死人愤懑的诉求、不甘的……声音，段小姐没有怨气撞铃，说明她……去得还是挺平和的，是吧……"

他觉得有点儿圆不下去了，死于阎罗之手，还能算去得"挺平和"吗？

就在这个时候，一直没有吭声的江炼忽然冒出一句："铃语是……死人的诉求？"

神棍随口应了句："是啊。"

"不甘的诉求？"

"那当然了，"神棍觉得江炼变蠢了，这么直白的解释都要问个不休，"盛家把这叫'怨气撞铃'，你想想看，怨气怨气，要是没不甘，哪来的怨气？"

江炼知道神棍还没想到，不只神棍，孟千姿应该也没想到，这两人身在此山中，都对盛家太熟了，反没他这外人看得明白，于是进一步把话挑明："你们还记不记得，花瑶的巴梅法师解读结绳记事，其中有一句话是，'能帮你听到，徘徊在入口的人……不甘的声音'。"

神棍毫无心理准备："哈？"

他半张着嘴，半响才结结巴巴："这……这怎么能一样呢？"

"不一样吗？"江炼反觉得越想越像，"徘徊在入口，什么入口？阳间到阴间，也是有个入口的吧？

"因为心有不甘、余愿未了，所以在入口处徘徊，希望自己的冤屈或者诉求，能被人听到，进而化解。

"还有，段太婆去找龙骨，说是点燃龙骨可以照见来生。我们问阎罗时，他却说他也说不清，只知道是个入口——你如果把这两个回答结合起来看，点燃龙骨，照见的就是来生入口。

"可什么是来生呢？真有来生的话，人死之后的状态，不就是来生的前奏吗？心无挂碍的，走入来生；心有不甘的，徘徊在入口。"

【05】

让江炼这么一说，神棍也觉得，巴梅法师解出的那句话，就是指向盛家的，尤其是，盛家是又一个跟山鬼有着老交情却又不互相走动的家族。

他瞧向孟千姿，满怀希望。

孟千姿知道他在想什么："别问我，我不知道。谁也不清楚盛家是什么时候搬走的，这头的山户只是偶然发现八万大山空了而已。而且，以盛家的封闭，我也不觉得你那个叫万烽火的朋友能有什么办法。"

这倒是真的，万烽火那头擅长帮忙找人，找的一般都是身处正常社会体系中的：譬如阎罗，因为当过环卫工，有个正式编制，所以找起来相对容易。盛家这样身居大山圈地自囚的，还真不好入手。

他犹豫再三，说："我找找老石吧，他一年到头都在家，从不出门。"

说着，拿手机拨了家里的固话。

石嘉信很快就接了，为了方便孟千姿和江炼也能听到，神棍点了免提。

有个死板而又冷漠的声音传来："哪位？"

神棍清了清嗓子："我。"

听到是熟人，石嘉信的声音略微缓和："要回来了？"

这还真是佛系室友，对什么都不关心，对答仅限"走啦""回来啦"。

神棍说："不是。有个事问你啊，关于盛家的。他们家的铃，是从哪儿来的啊？"

盛家的铃材质特殊，不可能是自行打造的。

石嘉信说："不知道。"

不知道也正常，秘密嘛，总不可能尽人皆知。神棍继续问他："那……盛家有多少年的历史了？最早能追溯到什么时候？"

石嘉信回答："也不知道，最早……能追溯到猿人吧。"

孟千姿差点儿笑出声来，江炼也简直是要喷饭。但这回答并没有错，活在现世的每一个人，都身负一条漫长的传代脉络，非但能追溯到猿人，再较真点儿，科技再给力点儿，怕是能追溯到某个单细胞生物。

另外，江炼注意到，石嘉信这么回答，并不是在抖机灵或者活跃对话气氛——那声音依旧死板淡漠，只平淡叙述，并不急你所急。

神棍没好气："你怎么什么都不知道？"

石嘉信回他："你又不是不知道盛家。本来就不是书香世家，近几十年，读书认字的都少，又老在搬迁避祸，即便有家谱，也零零散散，能往上追溯个一两百年就很了不起了。再早，问谁都不知道了。你也不用去问盛夏，她知道的还没我多呢。没事了吧？没事我挂了。"

手机里传来通话中断的提示音，神棍握着手机，怅然若失。盛夏就是季棠棠的原名，石嘉信早年做过一件对不起她的事，后来，又受过她不少惠，所以，现在虽然活得无牵无挂、无欲无求，但事涉季棠棠时，总会比其他事上心，说得最多的就是"没事别老打扰她，人家就想过平静的日子"。

看来这一时半会儿的，是探不到更多关于盛家的事了，神棍虽有点儿沮丧，但还不至于大失所望：探寻秘密嘛，从来就是这么曲折反复，很少一马平川的。

他看向孟千姿："要么，请路路通赶紧安排一下，咱们尽早去凤凰山……"

正说着，手机又响了，看来电显示是"家里"，应该是石嘉信又打来了。

神棍心头一动，直觉应该是石嘉信想起什么了，赶紧又点了免提。

石嘉信的声音还是平直得没有任何感情起伏："你要是对盛家的铃感兴趣，我手上有一只，寄给你好了，你慢慢研究。"

同住这么久了，神棍从来没听他提起过手上还有铃。一时间，激动得声音都抖了："你手上有铃……是什么铃？"

"盛家九铃，路铃为首，我手上这只，是路铃。盛家的铃一共两套，一套在各支系的掌铃人手里，另一套按照不同的方位，埋在他们住的山里，又叫'镇山铃'，我这个，就是挖的镇山铃。没什么用，扔在杂物房，都落满灰了。你如果想要……"

神棍大叫："要要要！"

"地址。"

是要快递过来吗？如此神秘的物件，这石嘉信还真是一点儿都不放在心上。孟千姿唯恐有失，急忙吩咐神棍："我让山户上门去取，然后人工背来广西。别乱寄，寄丢了就不好了。"

神棍依言转述，石嘉信无可无不可："那随便你吧。"

他一点儿都不关心跟神棍说话的女人是谁，也没问上门取货的山户又会是谁，爱谁谁吧，自己的争斗已经被证明了是一场笑话，而别人的争斗与己无关。

雨天不方便赶路，路三明查了天气预报，结果大概是赶上当地雨季了，天天都是雨，好在第二天还算给力，午后才会下雨，上午正好用来出行。

当下无话。

第二天早起，果然雨暂时收住了，辛辞过来给孟千姿梳理头发，小曲儿都哼上了。他最爱跟着孟千姿到处跑，因为处处都有高规格接待，凶险事儿又沾不到他的身。大多数时候，他只需在外围等候即可，权当游山玩水了。

头发梳顺，他"请示"孟千姿："编还是散？"

孟千姿想了想："编吧，进了山爬上跃下的，散着头发不方便。"

辛辞心中有数，拿过挑梳，一缕缕帮她挑分，又问她："千姿，你跟那个江炼，现在什么进展啊？"

孟千姿从镜子里看了他一眼："你这话，是自己好奇呢，还是帮别人问呢？"

辛辞答得滑头："都有。我好奇，老孟跟我聊天时，也会问。还有啊，你以为路路通他们不八卦？我听到他吩咐貔貅的人来着，说什么要对炼小哥客气，别以为人家不是三重莲瓣，没准儿将来，比莲瓣还高得多呢。"

孟千姿没吭声，这也是没办法的事：谁让她是王座呢，在哪儿都是被议论的焦点。

她说:"不管是谁问你的,告诉他们,没什么,别瞎操心。"

辛辞神秘兮兮地凑过来:"千姿,我是坚定站你这头的,你让我怎么回复我就怎么回复——不过,真没什么啊?"

孟千姿哭笑不得,顿了顿说:"真没什么。"

辛辞皱起眉头,一下下挑理她的头发:"不会啊。"

那次,孟千姿因为江炼的事大发雷霆,赶走了老孟,他就直觉这两人得发生点儿什么。到如今,都朝夕相处、同进同出这么久了,还是这么不温不火的吗?

辛辞嘀咕:"这江炼,是不是那种不主动也不拒绝的啊,千姿,他是等你追他呢?"

孟千姿淡淡回了句:"那他有的等了。"

她不再说话,只是看镜子里辛辞左一缕右一缕地编结头发,半晌突然冒出一句:"其实这样挺好的。"

跟江炼的相处很舒服,彼此的距离也恰到好处。他如果再近一点儿,如仇碧影所说,她大概就得"当断则断"了,所以,现在不是很好吗?不会尴尬,不会窘迫,也不会为难。

辛辞牢骚:"那不能总这样啊!人与人之间的关系,不进则退,没听说过永远保持恒定不变的距离的。他不进,那就得你进。你一直不进,他觉得这么干吊着没意思,估计就得退了。"

孟千姿沉默半晌,说了句:"退就退吧。"

早饭后,车队出发,直奔凤凰山。

凤凰山名为山,其实应该叫"凤凰山脉",也并不止一两个山头——一路延绵有好几十公里,跨了四个县市,峰头无数,有名点的山头有牛洞坡、羊角山、白马山等,那都是记入县志的,没名的,要么继续籍籍无名,要么就被当地人随口乱叫。

凤凰右眼,就是典籍无名,只流传在四围乡民的口头上的。峰头并不高,那山峰形状,你硬说像个鸡头或者凤头,别人也不会跟你争,反正给景点命名,说好听点儿是求个意会,说不好听就是穿凿附会。

那"凤头"顶上一侧有个山洞,大概远看如眼,而且位置在右,所以被传成了凤凰右眼吧。

山是野山,没被纳入任何旅游规划,想上就上。一行人把车停到山下,一路往上，貔貅介绍说，附近县乡的居民偶尔会来野炊郊游什么的——难怪沿路几次见到包装袋等不可降解垃圾，还见到三两废弃的石搭灶头以及灶下被烧得焦黑的地面。

及至到了那个洞，也真的就是个普普通通的洞而已，各种电子仪器探过，没有任何异常。有了湘西那次的经验，孟千姿还怕这洞会不会也通了什么山肠，然而一番仔细查找，结论是：这就是个洞。

这洞里，怎么看也不像能飞出活的凤凰。

孟千姿搜前查后了一番，有点儿累了，便坐在洞口休息。这儿风景一般，但因为是峰头处，凉风习习，还挺惬意的。

神棍四下看过，下了初步结论："幌子！这肯定是个幌子，真正的凤凰右眼绝对不是这儿，不过，可能会很接近。"

就如同悬胆峰林的那首偈子，所谓的"瞳滴油，舌乱走"，初看以为是眼前景，细究才知道另有所指。

江炼也有这感觉，不过一时半会儿的，也不知道往哪个方向去找，又不好干坐着，只好仍洞前洞后地转悠。正没理会处，听到手机消息进来，拿起来看了会儿，苦笑着说了句："徐克用发了花絮过来，我转给你们。"

孟千姿愣了一会儿才想起来，徐克用是万烽火那头的人，跟江炼对接，负责提供阎罗的消息的——忽然联系江炼，应该是有新发现了，但是所谓的"花絮"，又是什么鬼东西？

俄顷消息进来，她点开了看。

原来，徐克用起初查阎罗，几乎是完全从"环卫工"这条线入手的，后来江炼知道了阎罗曾在五百弄乡住过，便把这线索提供给了徐克用，请他从这条线再下点儿功夫。

要知道，五百弄乡已经荒废了几十年了，原住户早不知道搬哪儿去了，即便浑身是劲，也很难使得出来——徐克用叫苦不迭，但"客户至上"，唯有硬着头皮接下，然后从临近的县乡入手：这阎罗住五百弄乡的时候，总得出门办事吧？这一出门，总得接触人吧？阎罗这长相如此独特，就不兴有人对他有印象？

这一查，还真有，然而寥寥几条，多是"瞥见过"的那种，实在拿不出手，徐克用灵机一动，就把这些编撰成了"花絮"，郑重地发来，以示自己并未终止调查——看，我们还查出些边边角角呢。

孟千姿滑动手机屏，往下拖着看。

有个邻乡的村民回忆说，阎罗是个卖货郎，偶尔会挑担子进村，用针头线脑蜡烛火柴什么的换鸡蛋。

原来这就是"花絮"，孟千姿没好气。那年头，乡下人谋营生，多半是干这个。

还有个人说，阎罗还会帮人箍碗磨刀。有一次，刀口磨豁了，还跟主人家差点儿打起来呢。

都是鸡毛蒜皮的事，怪道是花絮。

拉到最后一条时，孟千姿已然意兴阑珊，但忽然扫到了"镇龙山"三个字，心中一动，忙打起精神来看。

是有个住镇龙山山脚下的村民，当时还是个小孩儿，上山帮家里捡柴火时看到的阎罗，而且印象颇为深刻。

当时，阎罗在磨刀。

其实磨刀一点儿都不稀奇，山民上山砍柴，常遇到刀头发钝的情况，经常就地坐下，捡块石头浇把水，然后"霍霍"磨上一阵——那村民之所以印象深刻，是因为阎罗是坐在悬崖边磨刀的。

花絮里还引用了那村民老长一段原话："谁会坐在崖儿口磨刀啊，而且那个崖儿口不简单，我们叫它'来风口'。上一秒还好端端的，下一刻大风就来了。曾经有人站那儿撒尿，'呼啦'一声，连人带尿都刮下去了，死得挺挺的。

"我就朝他喊话，说坐那儿太险了，风一来，他会坐不住的。结果那人也不理我，好心当成驴肝肺嘛，我就不想睬他了。经过的时候，我看到他腰间拴了条绳，系在附近一棵大树上——看来他知道那叫来风口，也怕自己被刮下去，我就没再管他了。"

来风口……

孟千姿朝貔貅招了招手。

这两天，貔貅帮孟千姿办事，都是经由路三明转达，忽然直接被叫上前，难免受宠若惊。

孟千姿问他："镇龙山上有个来风口，说是风很大，你知道吗？"

貔貅常年驻守龙凤簇拥之地，对周围的山形山势，哪会有不了解的。更何况，听说大佬要来，他临时抱佛脚，又复习了一遍，怕的就是遇上如现下般的突击发问。

当下赶紧点头："是有，有好几个呢。受山形山势的影响，气流来得很突然，也很猛，听说刮下过人呢。一般人赶路，经过来风口，哪怕离着还有几米远，都不敢停，要快步撵过去。"

江炼和神棍见孟千姿朝人问话，也都下意识凑过来听，待听到什么"来风口""风大"之类的话时，两人对视一眼，不约而同，都想起段文希在镇龙山的山谱上添的那句标注。

风起龙从。

果然，孟千姿也跟他们想到一块儿去了："那刮大风的时候，有没有什么传说，说当地人见过龙啊？"

貔貅吓了一跳，半晌才结结巴巴："孟小姐，镇龙山虽然名字叫'镇龙山'，但从来没听说过有人见过龙的。你要是问龙的塑像，那倒是有的……"

刚说到这儿，半天上滚过一记闷雷。

现在的天气预报真是准，才刚午后，这雨就如期而至了。

貔貅抬头看了看天，有点儿担心："孟小姐，我们还是赶紧下去吧。这雷雨天，又是在高处峰头，万一遭了雷……"

也是，孟千姿便站起身来，招呼一行人往山下走。

没想到这场雨来得极快，才刚走出一程，便已铺天盖地地兜头浇下来，一时间，天地间白茫茫的一片，近在咫尺都看不清人。

原本，为了预防下雨，一行人随身都带了雨具的，但现在，伞张不开，一张就翻转，雨衣也不济事，那雨滴子跟黄豆一样直往人身上砸，穿不穿雨衣都疼——正兵荒马乱间，忽然听到"轰隆轰隆"的响声。

孟千姿还没反应过来，就听到貔貅大吼："不得了了，走山了！赶紧跑啊！"

走山，又叫"溜坡""滑盖"，亦即俗称的"泥石流"。

话音刚落，有几个沉不住气的山户已经一溜烟儿往山底下冲去，这种事是有连锁反应的，有一就有二，很快，一连串人都跟了下去。孟千姿听那轰隆声尚远，很怀疑是不是这座山头。再说了，按常识来说，真遇到走山，也不该往下跑，应该往垂直于泥石流下泻的方向冲。

这还是山户呢，都能犯常识性错误，孟千姿一阵恼怒，又被漫天大雨浇得心浮气躁，大吼了句："不要慌……"

话还没说完，忽然感觉有人迅速抓住了自己的手。

与此同时，头顶上方轰然有声。这一次，这座凤凰右眼，是真的走山了。

【06】

雨太大，眼睛都很难睁开，一时间也看不清人都在哪儿，孟千姿就听身侧江炼大吼了句"往边上跑"，旋即一股大力涌来，人已经被拉得飞跑起来。

山头太多，"隆隆"声似有回响，压根儿分不清方向，也顾不上其他人了，落脚完全是盲落，会忽然踩空或是踩滑，这一跑便跑得跟跟跄跄，没跑出几步，险些被拖倒。孟千姿百忙中往山上一瞧,透过重重雨幕,隐约瞧见一大片流动着的浆黄色就快漫延到跟前,其间还夹杂着石子翻滚时的"哗啦"声。

说时迟,那时快,江炼一把攥住孟千姿肩膀,狠狠地把她往一侧推了开去,自己却来不及迈步了,瞬间被巨舌般的泥浆冲倒,然后被泥浆裹带着,接连翻滚着往山下去。

江炼这一推用了大力,孟千姿完全是跌翻出去的,连打了几个滚才止住,身体直接跟尖锐的石块相硌相碰,全身上下无一处不痛,但危急时刻,也顾不了那么多了,翻身在大雨中撑起身子,脑子里一片空白,大叫:"江炼!"

她觉得江炼已经被泥石流活埋了,但不要紧,只要扒得及时,应该还能把人给扒出来。

可大雨如注,天地间茫茫一片,完全辨不清人在哪儿。孟千姿拼命拿手抹去浇在头脸上的雨水,努力睁开了眼睛看。

就在这个时候,不远处的泥汤里站起一个人来。

那人全身上下裹满泥浆,宛如泥猴,但幸好雨大,瞬间就把那些泥浆给冲淡了,渐渐露出清晰的形容来。

是江炼。

孟千姿呆呆地看他,一屁股坐倒在地,全身的力气一下子就泄了。又回过头,慢慢抹掉脸上的水,看向上方高处。

她的预料没错,发生严重走山的并不是这座山头,凤凰右眼的走山主要是泥流,而非泥石流。大概是因为连日暴雨,山土松动,一时经受不住,往下冲刷了一程——幸好广西的山不是秃山,多少是长了些植被的,所以这泥流夹杂的山石不多,破坏性也有限,只肆虐了一时半会儿就止住了。

江炼踩着雨水和泥浆,很快到了她跟前,伸手过来拉她。孟千姿不想说话,径自握住他的手。本想借力起来的,哪知腿上一用力,奇痛无比,当即坐倒,嘴里痛叫道:"疼,疼疼!"

江炼也不知道她疼在哪儿,但他心中有数,刚刚误以为是生死一瞬,那一推用的力太大了,不夸张地说,倘若倒地的姿势有差,人被摔出个三长两短来都有可能。

总不能就在这大雨里浇着,下山的路还远,山上刚刚泻下泥流,反而相对安全,而且山顶那个洞也方便避雨,江炼转身将后背朝向她:"上来,我背你上去。"

这种时候,也顾不上其他了。孟千姿嘘着气搂住他脖颈,江炼双手托住她腿弯,没费什么力就起了身,抬头看看方向,甩开步子,从旁侧迅速绕上去。

雨还是大,浇得人眼前发糊,江炼的两只手都要用来托住孟千姿,没法腾出来抹掉头脸的水，只得不住闭眼睁眼，或者偶尔晃晃脑袋，试图把那些雨水给甩开些。孟千姿见他实在费劲，犹豫再三，终于忍不住伸手出去，帮他抹了一把。

江炼愣了一下，只觉有一只纤长温柔的手，抚过他额头，顺过鼻梁，柔软的掌心甚至触到他嘴唇，然后自他下巴处收走。

他下意识偏头看她，她的长发被雨水浇透，正贴着他脖颈，很密实的感觉，微痒。

孟千姿却没敢看他，微蜷着那只手，蜷了满掌心的水湿和滚烫，那温热和酥麻的感觉一直传到了手肘深处，只记得掌心似乎触过他的睫毛、嘴唇和微微有点儿刺手的下巴——男人的下巴，刮得再干净，也总还是有点儿刺手的。

她听到江炼说了句："挺好，现在看清楚了。"

看清楚了就好，孟千姿低声应了一句，却再没敢去伸手帮他抹了。

雨这么大，却只是斜打，山洞里反是干燥的，江炼放下孟千姿，先去卷她裤脚。

难怪站得困难，她小腿骨正前方青紫了一大片。这还不止，再撸起袖子，瘀血青紫也就算了，胳膊上有两处还划出了血口子，肩膀处的衣服也破了，磨蹭掉一块皮，伤口被雨水浇浸，看不出血，已然冲得泛白。

江炼却还好，一来男人相对而言总是皮糙肉厚些；二来他只是在泥流中打了几个滚，泥流是顺着道路下来的，身子滚落之处，反没什么尖利的石头。

不过，他倒是情愿自己皮开肉绽。这救人救得太"用力"了，过犹不及——如果什么都不做，孟千姿也顺着泥流打几个滚，反而不会受伤，现在这一身伤，全是他那一推推出来的，他反落得个完好无损。

赖谁呢，总不能赖这泥石流不够大吧？

孟千姿疼归疼，看江炼呆呆的，又觉得好笑，偏过了头拼命忍住。

事起仓促，手边也没什么药品，江炼只得先把衣服割开撕下两条，草草帮她扎住伤口，又掏出手机，本想联系一下神棍他们的，结果刚那一番折腾，手机屏粉碎不说，还浸透了泥浆，显像都不利索了。

他只好把手机又塞回去，自己找话说："他们怎么不上来呢？"

按说这种泥流压根儿不会造成伤亡。既然不是真的走山，路三明他们就不会有什么事，应该早找上来了。

孟千姿心知肚明："是不敢上来吧，估计在挖空心思编派理由呢。"

山鬼的戒律很严，这种遇到危机抛下大佬自己四散逃命的事儿，属于严重失职，按律是要受严惩的。

今天这事，不能这么轻易就过去。

247

江炼走到洞口，看漫天雨线："这雨太大了，估计下不久。"

孟千姿闻言抬头，看江炼被雨帘映衬着的背影，忽然愣住。

如果这一趟，不是乌龙，而是真的走山呢？江炼会不会真的就被活埋了？

他跑的时候，可以不拉上她的，他向来就跑得很快。

泥流迫到近前的时候，他也可以不管她的。她的那些下属，上到路三明，下到貔狨，还有一个发过誓要"生随尔身，死伴尔侧"的三重莲瓣——当然，这个莲瓣本来就是个半吊子，当不得真的……

他们不是都没管她、一哄而散了吗？

反而是江炼这个"外人"，跟她没什么关系的，一直陪在她身边。

孟千姿嘴唇嗫嚅了一下，想说些什么，想问问他为什么这么做，又觉得这问题尴尬，会让江炼不知道该怎么答。

正神思恍惚间，听到江炼轻笑一声，她还以为是笑她，赶紧抬头看。

然而不是，江炼是看着山下的，说："来了，一溜儿大黑伞，估计是请罪来了。"

那一溜儿大黑伞下，确实是以路三明和貔狨为首的惴惴不安的一行人。

神棍不在其中，他的应急反应一般，路三明他们跟着跑时，他没往下跑；江炼吼着"往边上跑"时，他又跑得不够快；及至被泥流给带倒，又没有江炼那种自发的、滚倒时对身体的自我保护意识，于是如轱辘般骨碌碌往山下滚，受罪不少，挂彩亦不少，后来被找上来的路三明他们当伤员给抬下去了。

所以整桩"事故"，见血挂彩的就两个人，一为大佬，二为大佬的三重莲瓣，其他各色人等，除了跑得气喘吁吁及湿身，毫发无损。

一行人到洞外，却都你推我搡的不敢进，一个个举着伞，宛如待长的蘑菇。江炼向路三明说了孟千姿受伤的事。听说是要药品，有个山户飞也似的下山去取——路三明满怀羡慕看他的背影，只恨自己位次太高，不能借拿药的机会避此尴尬。

雨势渐收，蘑菇们却还在洞外攒动，孟千姿冷着脸，说了句："是要站到雨停吗？"

江炼乐得看这热闹，于是盘腿在一边坐下，他挺喜欢看孟千姿凶人，不管是审阎罗，还是跟路三明他们算账。

大佬既发了话，实在不好再拖延了，路三明硬着头皮带着貔狨进来。两人在路上已经有过商量：各说一半，一个自责，一个检讨。

貔狨先开口，那么大的个子，垂首溜肩，仿佛矮人半截："孟小姐，这事，主要赖我。是我沉不住气，先吼了句'走山了，赶紧跑啊'，也是我第一个跑的，大家伙都是被我连累的——我当时也不知怎么了，想到自己可能要死，又想到家里老婆孩子，一下子什么都忘了，我这是……太不应该了！我认罚，怎么罚我都认。"

路三明清了清嗓子，和貔貅无缝衔接："主要还是我的责任。我身为广西这头的负责人，很多事情没落实到位，遇到紧急情况，应该以孟小姐为先的，但是我们觉悟不够……"

这说的都是些什么冠冕堂皇的话啊，江炼险些笑出声来。

孟千姿问两人："说完了？"

多说多错，两人互看一眼，先后点头。

孟千姿冷笑两声，突然发了怒："说的什么屁话，没一句说到点子上。"

怎么会一句都没说到点子上呢？路三明额头冒汗，脸上红一阵白一阵的。

孟千姿说："山鬼戒律，很多条放到今天已经不适用，我也不是很在乎。谁的命都宝贵，没义务为别人牺牲，记挂着老婆孩子没错，第一时间逃命，也是人之常情。"

江炼唇角不觉扬起微笑。

"但你们身为山户，近山亲山，对一切山变山况都应该了解，是不是真的走山，走山时应该怎么办，不该有个常识吗？今天幸好只是泥流，没有造成什么损伤，如果真的滑坡了，就你们那逃法，逃得出去吗？再记挂你老婆孩子，老婆孩子也看不到你了！"

貔貅口唇发干，只是不住点头。

"还有你，"孟千姿看向路三明，"你自己都说了，你是广西这头的负责人，相当于南岭的归山筑都是你管，位次这么高，不是让你享清福的。你带人办事，总得对人负责吧？事危生变，你应该第一时间稳住阵脚、给出对策，而不是听风就是雨，跟着别人一起跑——他跑你就跑，你的主见在哪儿？"

此刻，雨势更小了，孟千姿的声音清楚地传了出去，洞内外静寂一片，连咳嗽都没人咳一声，倒是有"啪嗒"的脚步声传来，是那个下山取药的山户又气喘吁吁地上来了。

江炼走到洞口接过急救包，无意中看向山下，不觉咋舌，这场雨还真是又大又急，远近山根处都已经汪水了，明晃晃的一片，宛如湖泊。这凤凰右眼，倒像是从湖泊里拔起来的。

不过广西就是这样，在某些地方，甚至有"吨湖"现象。

一场暴雨之后，地下河道意外阻塞，雨水渗透不下去，索性在低洼的山谷间聚集成湖，湖里还能养鱼泛舟呢——最有名的就是来宾市忻城县的十年吨湖：一场

249

豪雨，造就了一个山间湖泊，一直坚挺了数年。十年后的某一天晚上，附近村民听到吨湖方向传来"隆隆"的闷响和奇怪的声音。第二天起来一看，湖面下降了一米多，湖中还有不少巨大的漩涡。几天之后，整个湖都消失了。有关专家考察后推测，是长久堵塞的地下河道又突然畅通，把整个湖给"吞"下去了。

不过这样的吨湖少之又少，而且凤凰右眼一带没听说有什么吨湖。江炼估计，这短时间内聚起的水，很快就下去了。

孟千姿一通发泄完，心头纾解不少，见江炼拿着急救包进来，也知道是要包扎，于是赶路三明他们："行了，话我就说到这儿。剩下的，自己下去好好想想吧。"

路三明在那儿听训，洞内外都有手底下的人，直如公开处刑，恨不能找个地缝钻下去。如今听到让下去自我反省，如逢大赦，赶紧应声出来。然而见到洞外的山户，又觉面上无光，急急就往山下去。剩下那些山户面面相觑，跟也不是，留也不是，于是稀稀拉拉，有跟着往下走的，也有走了一程又停下、防这头还有吩咐的。

江炼给孟千姿包扎伤口，笑着说她："真凶。"

孟千姿余怒未消："本来嘛，这还是山户呢！遇到个山变就慌成这样——觉悟到不到位我是不知道，但业务能力一定是不过关的……"

说到这儿，不觉叹气："我六妈管着这头，她不上心，下头自然也就松散。"

江炼岔开话题："凶是凶了点儿，不过心肠还真好。"

孟千姿没听懂："心肠好什么？"

江炼说："'谁的命都宝贵，没义务为别人牺牲'，你一个坐王座的，能有这想法，还不是心肠好吗？"

孟千姿却不觉得这个值得称道："一个坐王座的，心肠好算什么优点？"

在她看来，或者在几位姑婆眼中，诸如心思缜密、精明强干、技艺超群、才智过人这种，才算是王座标配。

江炼笑了笑："这都是你们上头的想法，怎么不去想一想下面的人都是怎么想的呢？我这种下头的人啊，从来不在意上头的人是不是上天入地、神通广大，关我什么事啊——她如果能顾惜我点儿，把我当跟她一样的人来尊重，我就觉得，这追随不亏了。"

又压低声音："刚刚，路三明是面红耳赤的，但我看外头的人，都激动得很呢——恭喜你，在这儿圈了一拨粉丝。"

孟千姿"噗"地笑出来，顺势把手递给江炼，由他扶着起身。

歇了这么久，走路还是一瘸一拐，不太利索，外头有不少双眼瞧着，背她不太合适，江炼便搀扶着她往外走。到洞口时，本想让她看看山根处的那个"湖"的，哪知道这头的水下得好快，只这么会儿工夫，已然肉眼可见地消退了。

江烁才架着她走了两步，忽然心头一震，说："千姿，你先站着。"

说着，手臂尽量伸长，由她握住借力，身子却又退回到洞口，向着山下张望。

孟千姿知道这一出必有缘由。若非不远处还零零散散有不少山户，她早单脚蹦着往这儿跳了，但既然有山户在，她就得讲究仪态了，但又耐不住，急得追问他："是什么？看见什么了？"

江烁心头跳得厉害，又扶着她过来，在这洞口选了个角度站定，又指下头给她看："千姿，你看现在这个形状，像不像只凤凰啊？"

像吗？孟千姿茫然，那汪水的轮廓，是有点儿类似一个臃肿的鸟形，但说到凤凰，相差太远了吧。

江烁却比她有耐心。他惯常画画，习惯先打轮廓，轮廓自然是和成品相差甚远的，但就是因为打轮廓习惯了，所以对粗略的线条走向很敏感。他屏住呼吸，轻声说了句："现在在退水，千姿，你仔细看，注意水退的方向。"

孟千姿继续盯着看，看着看着，心头一震，全身的鸡皮疙瘩都起来了。倒不是吓得，而是实在没想到。

一般而言，水都往低洼处退，地面积水的消退没什么形状可言，但眼前的退水不同，宛如沙画，退着退着，居然退出一个凤凰的形状来，还不仅仅是个轮廓，那一瞬间，你能看到水道分流，千道万道，像极了密集的鸟羽排布。

类似什么呢？类似现下流行的在酱醋碟上玩的巧妙装饰：碟底做出凹凸不平的精细图案，但与边上同色，酱醋倒得多时看不出，不倒时看不出，唯有倒得刚好、铺满浅浅一层时，才有精妙的图案隐现。

如果下头的地面并非凹凸不平，那就是地面以下有玄机：某些地方的材质渗水轻易，另一些地方却难以渗透，这才会在某个瞬间，排布成精细的图案。

孟千姿只这一愣神，下头的图案已经不像凤凰了：水退得太快，下一秒像只蜷着的鹌鹑，再下一秒，已然四不像了。

她只觉得喉头发干，喃喃说了句："凤凰右眼？"

这得凑足多少巧合啊：要恰站在这洞口，因为这是最佳观望角度；要天上下雨，这雨得足够大，这样退水时才能现出，或者足够小，刚好铺满那轮廓；还得时间凑得刚好，迟一秒或者早一秒，那图案都不对……

现在想来，冥冥中像是一切注定的：如果不是突发泥流；如果不是进洞休息；如果不是在洞里待得久，恰好赶上退水；如果不是江烁多看了那么一眼……

一定会错过的吧。

正如此想时，忽然反应过来，急得嚷嚷："糟了糟了，我没拍下来！那个凤凰，它的眼，在哪个位置来着？"

又要等下一轮下雨吗？

就在这个时候，江炼慢悠悠地说了句："千姿，你怎么老把我的强项……忘掉呢？"

【07】

时间已经是下午。按照惯例，贴神眼不该在晚上进行，得即刻开始。江炼脑中对方才所见还有点儿印象，先三两笔涂画了个大致的轮廓出来交由路三明，让他遣个小分队先找起来，自己再接着画精细些的。

不过，况美盈不在身边，得另找人协助他。

这想法一说，神棍主动请缨，他摔得滚了个七荤八素，至少是今天之内得"静养"，不好到处走动——他便寻思着卧倒在江炼身侧，间或给他递个笔什么的，这样既发挥作用，又能近距离观察到贴神眼，时间便不算浪费。

江炼说："你不行。"

神棍奇道："为什么？"

江炼并不正面回答，循循善诱："以前一直是美盈协助我，她不是个女的吗？"

神棍恍然，原来贴神眼这事对性别还有要求。

江炼也没再说什么，反正，这儿只有他会贴神眼，规则由他定，说什么是什么。

孟千姿便陪着江炼进了房车，她从未从头到尾参与过，觉得好奇且刺激，铺纸削笔的当儿，便问江炼："一进入那种状态，是什么都察觉不了了吗？除非被拳打脚踢、火烫水激？"

江炼点头。

"那被绑起来、被卖去挖煤了也不知道？"

江炼觉得这对话走向挺迷惑的："你想干什么？"

孟千姿慢条斯理地把削成的笔根根放好："我也不知道。我不是很了解我自己，有些时候，我会做出很残忍的事儿来，没法自控——你醒了之后，要是发现自己在煤矿里，可别怪我。"

江炼很淡定："我自信自己的价值，比纯卖力气的挖煤工要略高一点儿。谁要是贪图那仨瓜俩枣的卖身钱把我卖去挖煤了……只能说，她脑子不太好。"

孟千姿也不反驳，只是在他行将入定时，又提醒了他一句："要不要多看我两眼，以后你就只能看见煤了。"

能被她给气笑了，然后凭借自己的聪明才智逃出煤矿——那种小煤矿的安保，应该不够他玩儿的——找到孟千姿之后，质问她："你为什么把我卖去挖煤？"

他差点儿真的笑出来。

和孟千姿在一起，真是什么事儿，不管好的坏的，都能盎然生趣。

房车里要保持绝对安静，神棍自然只能在车外待着，他头脸蹭破了好几处，贴了四五条创可贴，看着颇为滑稽好笑。

雨已经停了，凉风习习，又有躺椅和遮阳伞，路三明搬了小马扎过来跟他聊天，时间很好打发。

聊着聊着，神棍又想起盛家的事来："你们那个……八万大山，就是之前盛家的不探山，具体在哪儿啊？"

广西的地图上，有六万大山、九万大山，就是没有八万大山，但广西山头极多，哪一座无名山又都可能是——这个就看山鬼内部是怎么给这些山头命名的了。

路三明说："远呢，离这儿有段距离。"

"那……宋元的时候，盛家住凤凰山，是这儿吗？"

路三明不太确定："凤凰山是个大称，好几十公里，跨四个县呢，具体是不是这儿，我得查查。"

他掏出手机一通操作，然后摇头："不是这儿，还得往东去，在邻县的邻县。"

原来还不是这儿，神棍想了想，蓦地心中一动："住八万大山之前，她们在哪住呢？宋元之前，又住哪儿呢？能不能再往前查，譬如秦汉的时候、夏商周的时候？"

路三明觉得这位三重莲瓣真是想一出是一出的："神先生，国家的历史，夏商周都还没记载得无比详细呢，你觉得我们山鬼会有？还有啊，山鬼探山，是经历了很漫长的一段时间，不断完善，才慢慢形成系统有记载的，有的地方开展工作早，记录就早，有的地方开展得迟，记录也迟——总体来说，别说秦汉了，能有隋唐时的记录就很不错了。"

没关系，有多少查多少，神棍提要求："那你看看，只要是有记载的，这盛家都在哪儿住过啊？"

亏得大部分记录都已经电子化，App也及时录入了，不然，还真是个大工程。路三明一面筛选一面应声："他们要是搬进城市里了，那我们就没记录了，只要是在山里住，大多是有的。"

他一键点击，把查到的记录生成轨迹显示："你看，基本都在广西这一带山区

253

绕，来回换山头，选的还都是孤山险山，人迹罕至、易守难攻的那种……"

神棍凑上去看。

确实是在桂西北一带来回绕，没什么规律可循，住过哪儿，哪儿就有一个定点。那些点都是零散分布的，神棍也看到了八万大山，离这儿是有段距离——但这距离只是相对而言的。

他还看到，凤凰山脉沿线，散落了有四五个点，虽说并不在一处，但至少说明，盛家选择这一条山脉定居的次数，还是挺多的。

路三明还在细看年代信息："最早……真是从隋唐开始记的。在那之前，他们住哪儿，可就不好说了——没准儿住镇龙山，也没准儿就住在这凤凰右眼，反正没记载，一切皆有可能。"

说到这儿，抬头看了看天，天色已经渐暗了。

路三明便给貔貅打电话，想问问进度。

貔貅很快就接了，语气中显见的急躁："找不到啊，哎哟路哥，你来你也找不到，这不是山就是树，不是沟就是谷，拿着一鸟图，往哪儿找啊？"

路三明先前被孟千姿训斥过一场，牢牢记住了自己是个负责人，要有主见、要引导下属："所谓当局者迷，你找不到，是'只缘身在此山中'，你要时刻跳出周围地形的束缚，要想象整体的轮廓是什么样的……"

正说着，忽听到身后江炼说："山谷的范围太大了，我建议你结合周围山形山势，调个电子地图出来，然后给貔貅做移动定位，再和我的图作叠加对比，能差不多叠上的地方，应该就是了。"

神棍闻言回头："这就好了？"

天还没黑呢，往常他画一幅，不得好几个小时吗？

江炼把手里的画纸递给他："这个分情况，把方位地标、大致的地形走向画出来就可以了，用不着那么精细。再说了……"

他没回头："心里没底，怕画得时间长，耽误得久一点儿，人就被卖走了。"

神棍和路三明看图的看图、调电子图的调电子图，也没顾得上去听他在说什么。

倒是孟千姿，刚从房车上下来，听了个满耳。

有外人在，她也不好说什么，心里却想：你以为你好卖呢！人家煤矿上的工头，说不定还嫌你不够粗壮、不够糙、不够皮实呢。

有些人，就是不大认得清自己。

江炼的方法还挺奏效的，几番定位，数次比对叠加，大致的方位就确定下了，

254

路三明让貔狳就地守着:"我们这就过去,你四下看看,周围是个什么情况。"

没什么情况,貔狳拍了四面的照片过来,跟任何地方的任何山间都没什么两样。

孟千姿留了一半人就地设营,也负责照管不便马上行走的神棍,自己带了另一半人,背上必要的装备,循着路径往那儿去。

从山顶俯瞰,以及从电子地图上看,那地方都不远,真正走起来才知道要命。而且这一带接连暴雨,地面泥泞湿滑,终于和貔狳他们会合时,天已经黑透了。

到处都是湿的,篝火都烧不起来,只能打手电或者用探照灯。一时间,光柱条条道道,路三明提醒大家尽量别往天上打,叫外头的人看到,以为有人在这儿盗猎或者盗伐,又会有一番麻烦。

江炼在附近走了好几圈,又对照着图一再琢磨,终于选定了一处洼地里的小土坡,这土坡底面直径有一两米,凸出地面也有一米多,而且附近不远处有几道分岔的溪流,犹在潺潺过水——可以想见,现在是水退下去了,水再大点儿的话,洼地里蓄满水,土坡却冒出水面,恰如一个眼窝,那几道分岔的溪流,也正是凤凰头上的翎毛形状。

心心念念的凤凰右眼,会是这个不起眼的小土坡吗?又说"凤凰右眼里,会飞出活的凤凰",难道这土坡下头……

神棍在那头看直播,夜色太浓重,屏幕上无数噪点,本就看得心里疙疙瘩瘩不爽利,见一群人还在研究,越发沉不住气了,抓过步话机就向这头发号施令:"挖啊,开挖!我跟你们说啊,南宋有个地理学家,叫周去非的,他写过一本书叫《岭外代答》,岭外,那就是专讲这一带的。里头还写过凤凰呢。

"说凤凰在深林筑巢,产卵之后,雄凤会用木枝混合桃胶,把雌凰封闭在巢穴里,只留一个小气孔出气,然后雄凤会出去寻找食物,找到了会回来饲喂雌凰,找不到就会把孔洞封上,让雌凰窒息而死……"

孟千姿没听说过周去非,也没看过什么《岭外代答》,只是听得气闷,心说这雄凤是什么逻辑,你自己没能耐找不到吃的,凭什么把人家雌凰给活活憋死。

"你看这土坡,跟个坟包包似的,没准儿就是被封住孔洞的凤凰巢,又没准儿雌凰被憋死了,但凤凰蛋还在啊,一直受地气孵化。你们一开挖,它接触到外界人气的催化,破壳成功,一只活凤凰就飞出来了,这就是所谓的'凤凰右眼里,会飞出活的凤凰'。"

孟千姿真想"呸"他一口。神棍的书面理论是挺多的,也挺会引经据典,但典故只是辅助,从来就不是直白的真相——要是事事都能由这些典故臆测出来,也未免太简单了。

不过有一点他是说对了：这儿既是"凤凰右眼"，是得破个土挖挖看。

步话机的声音挺大，在场的一干人都听见了，山户本来就对各种奇异怪事的接受度挺高，再加上那句话是当地民谚，多少都听说过，是以并不十分震惊——跟随大佬做事，就该多做少问，见事不惊。

更何况，神棍还说，土坡里会飞出个活凤凰来！

难不成今晚，大家会有亲睹凤凰的眼福？

一时间窃窃私语，议论纷纷。有人过于激动，不敢朝孟千姿建议，就去向路三明献策："路哥，咱们是不是得准备个笼子或者绳网？万一凤凰真飞出来了，先稳住它？到时候自己养着开心，就算上交给国家，也能受嘉奖啊。"

孟千姿哭笑不得，她重重咳嗽了两声，待那些私语声都平息下去了，才示意了一下那土坡，说："开挖吧。"

山鬼的装备又称"山鬼箩筐"，里头该有的都有，是进山的百宝箱。孟千姿这头首肯，那头十来把山铲已经组装完毕了。

不过这土坡不大，用不着全员上阵，当下有七八个人围上去，挥铲如风，剩下的人不好干站着，竟真的有牵绳编网的。

万一呢？

孟千姿自是不用动手，就在不远处站着看。江炼比她忙，他接手了给神棍直播的任务，而神棍猴急的，仿佛恨不得把脖子由屏幕那头抻长到这头，一直催促江炼近点儿、再近点儿，自己好看个仔细。

这土坡不全是土，全是土的话，早被雨季的频繁大雨给冲刷没了——果然，没挖多久，就听到金石相碰的铿锵声，土壤间不断拨拉出石块来。

孟千姿等得无聊，走到就近的一块石头跟前，拂了拂上头的土沙，正想坐上去，忽然听到一声闷响。

这是铲子碰到什么了，但绝不是石头，也不会是金属，倒像是……

孟千姿头皮微麻，转身向场子里看去。

土坡已经挖没了，现下是一个浅坑，原本热火朝天的"劳动"现场，顷刻间便变得死寂，山户们面面相觑，个个儿心中都有怀疑，但不好说破。

只江炼于这状况不熟，见大家都戳着不动，还有人往坑上退，心下奇怪，问了句："怎么了？"

关键时刻，路三明又想起孟千姿的"教导"来，自己身为负责人，就该判断形势、当机立断、给出引领。他咽了口唾沫，大声说了句："都到这份儿上了，继续挖吧，不缺这一铲，真挖错了，该赔礼赔礼，该烧香烧香。"

这话倒也在理，几个山户犹豫了会儿，重又下铲。只是这次，挖得小心翼翼，还不时俯身下去，用手拂开下头的泥壤。

江炼约略明白是怎么回事了。

果然，过了一会儿，事态明朗，几个山户停下铲子，都尴尬地退了出来，为首的貔貅看向孟千姿，硬着头皮说了句："孟小姐，是口……棺材。"

山鬼和水鬼一样，素来有"敬死"的传统，再大的仇怨，一死万事消。遇到山间散落的无名尸骨，还会帮人入土，代为下葬。挖人坟茔的事，是绝不能做的，一旦误挖，要原样回填，烧香赔罪。

神棍在那头没听清，但也察觉气氛不对了，声音都低了八度："怎么了？发生什么事了？"

江炼把步话机的外放关掉，调成私人对答，低声说了句："挖着棺材了，看这架势，不能再挖了。"

神棍一怔，心下发急，再说话时，便有点儿口吃："这不行吧，好不容易发现的凤凰右眼，万一里头有秘密，这一停挖……孟小姐怎么说？"

江炼看了孟千姿一眼："没说话呢，暂时都僵着。"

话刚落音，就听到孟千姿说了句："拿香来。"

早有人备在一侧了，闻言分香，又有人帮着点起，孟千姿取了三根，径直上前，那几个动铲的也轮流过来取了，然后一字排开，站在孟千姿背后。

孟千姿朗声说了句："山鬼王座孟千姿。"

说到这儿，略作停顿，其他几个人便依次报上名字。有说得响的，也有心头惴惴声音低沉的。

待名字报完，孟千姿才继续："误挖老人家家宅，香头三枚，于此赔罪。"

说完了，手持香头就是三下躬身，后排人等也跟着鞠躬。江炼静静看着，只觉香雾袅袅，混着静置的几道斜打光柱，气氛分外森然，却也迷离。

礼行完了，孟千姿却不忙插香："老人家，这山里多雨，你家宅又低洼，常年淹水，损棺伤骨，不是好地穴。今日相逢，是你我有缘，我帮你另择佳穴，移棺迁居。"

说到这儿，单膝蹲下身子，将三枚香头插入地上。起身之后，又是一拜，这才说了句："移棺，继续挖。"

【08】

怪道古人行事时讲究"师出有名",这"名头"之于人,直如酒之于尿人,都是能提气壮胆的——那几个山户,先时心头忐忑,认为自己做了挖人棺木的缺德事,好生晦气,让孟千姿这么一说,顿时就觉得自己是在行善事、积阴德。没错啊,有谁会希望自己的坟老是被泡在水里呢,无亲无故的,帮你择穴,还帮你迁居,这好事上哪儿找去?

于是一改先前颓丧,插上香头,重又执铲下坑,挖得更加卖力了。

一出僵局,居然就这么举重若轻地化解过去了。那头的神棍长舒一口气,这头的江炼也觉得这招行得巧。

他继续且走且直播,走到孟千姿跟前时,夸她:"很聪明啊。"

孟千姿没看他,还矜持起来了:"我不知道什么叫聪明,我也就是心肠好而已。"

江炼也不驳她,省得助长她气焰。

人多力量大,七八个壮劳力运铲如飞,挖口棺材还是小意思的。不一会儿,众人七手八脚地就合力把棺材给抬上来了,恭恭敬敬放置到一边。

有个素来爱开玩笑的山户,还跟棺材打招呼:"老人家,不用谢啊。"

众人一阵哄笑。

只路三明纳闷地看那口棺材,似是想说什么,又咽回去了。

起棺之后,当然还得继续挖,之前那些在边上站着看的,便接过铲子,上手挖这第二轮。江炼觉得自己当甩手掌柜不太好,也想上去帮忙,貔貅赶紧把他拉住,一迭声的"你坐着""我们来就行"。

江炼便不坚持了。他跟孟千姿走得近,人人都觉得他身份特殊,不敢把他当劳力使,他要是硬凑过去干活,反会让人不好做。

挖土这事,实在犯不上持续直播,江炼想暂时中断,神棍不同意,生怕自己错过关键的:"你要嫌举得累,揣兜里好了,有情况时再拿出来给我播。"

也行,江炼放好手机,不忘对着步话机嘲笑神棍:"凤凰巢穴,应该不会安在棺材底下吧?"

凤凰好歹也是一代神鸟,被个坟茔压脑袋上,也忒憋屈了。

神棍犹在垂死挣扎:"这要看情况的。万一当年凤凰巢被持续的走山给深埋了呢?咱们现在的地面,远不是古早时候的地面。有些老城遗址是在现代城市的地下几米甚至十几米深呢。"

258

再说这第二拨人，歇了那么久上阵，干劲十足，只半个小时左右，这坑就几乎齐胸深了，但并没有什么发现，众人渐渐地对"地下能飞出个凤凰来"这事，也就不太热衷了。

就在这时，也不知道哪个山户，一铲大力铲下，又是一声闷响。

这响声，和早前挖到棺材时那声响，一模一样。

几人下意识地停了铲，你看我，我看你，心下都有点儿发毛，其中有一个年纪轻些的说了句："老子还不信这个邪了，再挖挖看。"

孟千姿觉得有点儿不对，和江炼对视一眼，同时向着坑边走去。

才刚走了几步，坑下形势已经明朗了，有人仰着头朝上喊话："孟小姐，又是……一口棺材。"

声音都有点儿带颤了。

棺材叠棺材，还是这么直上直下的，事情……不会这么巧吧？

孟千姿把坑沿的堆土踩实，蹲下身子，探身往下细看，确实又是一口。

路三明这才凑上来："孟小姐，你看这棺材……"

他指向不久前被挖出来、静置在边上的那一口："糙得很，没抛光没上漆，只有个棺材的轮廓，不知道在这儿埋多久了。但山里的雨季可长咧，这一年年水浸过来，没见它有朽烂啊。"

还真的。

之前只顾着移棺挖土，没太注意这些细节。普通的棺材，在这样的环境下，几年雨水浸泡下来，不散也得腐三分，但挖出来的这口，包括还半埋在土里的那口，似乎都没这问题。

其他的人也凑到坑沿边，交头接耳，议论纷纷。

有个人说："这种是不是借风水啊，我看人家小说里写，有块地方风水太好，但已经埋了人了，又不好挪动，后来者想借这风水，就会把自己的墓造在先头那个墓的上方，压住他。"

另一个人啐他："这儿也叫风水好？四面都是山头，中间一块洼地，待久了我都嫌压抑……"

又有人胆怯："你们觉不觉得这事……要不然，咱们撂手吧，万一挖出什么邪门玩意儿……"

一时间，各种声音，都往孟千姿耳朵里灌。

她拧着眉，没说话。

不大可能是借风水，因为两口棺材的用料和形制看起来都差不多，像是同一批制作出来的，粗糙得毫无二致。

还继续挖吗？

她想起这一路的辛苦，一根一根线头地捋，好不容易才捋到这儿，此时放弃了，怕是得怄死。

继续挖。

孟千姿深吸一口气，说了句："再拿香！"

她照例带着人持香三鞠躬，这一次，也不啰唆那么多场面话了，只说了句："两位做邻居习惯了，要迁一起迁，大不了原样回填，再给两位赔上十年八年的香火钱。"

插完香头，她把路三明叫过来，吩咐他拨两个人过去，专门看守挖出来的棺材。

把棺材挖了一半的这干人重又下坑。只是这一次，劲头没先前那么足了，都挖得很沉默。一时间，场子里只余粗重的喘息和铲尖压进密实土中的轻响。

江炼往场子外围走了几步，把刚刚发生的事向神棍说了。

要说神棍对各类玄异的传说典故那是如数家珍，但对丧葬礼仪什么的，就有点儿一头雾水了，他从没听说过这种棺下还有棺的情形。

至于这棺材是什么年代的，他也没头绪："原始氏族时期，是墓葬坑，就是一个氏族的男女都往一个大坑里填。但到黄帝的时候，就已经有棺椁了，所以地下发现一口棺材，还真不好说是什么时候的。你走近去看看，棺材上会不会有什么雕花啊、图漆啊……"

江炼劝他死了这条心，第二口棺材虽然还没出土，但目测和第一口差不多，都很粗糙，别说雕个花、刻个字了，连边都没怎么刨平呢。

再等了会儿，第二口棺材也挖出来了，坑已经有一人深，抬是抬不出来了，一干人接麻绳悬吊，又抬又顶又拽又喊号子，这才把棺材弄上来，然后非但恭敬，甚至是有些畏惧地，把这棺材和上一口并排停放。

两口棺材，黑压压戳在那儿，看得人极其窒闷。

第二拨人中场休息，第一拨人又下了坑，看了眼时间，都快午夜了。

这种时候，在阴森森的山里，挖出两口棺材来……

孟千姿后背泛起凉意，不觉咬住了下唇。

江炼过来，给她递了瓶拧开的矿泉水，但没说什么。他知道，孟千姿已经有压力了，此行最好能挖出点儿什么来，若是最后以连挖两口棺材收场，势必大跌脸面。

坑下的人已经没法把挖出的土给甩飞上来了，坑沿站了一圈人，用麻绳和帆布结成简单的吊袋，把一堆堆的土给吊上来。

孟千姿一仰头，"咕噜噜"喝下大半瓶。微凉的水顺过喉管，进了肚腹，给她郁结的内火降了点儿温。喝完了，她用手把瓶子上半截捏得哗啦响："我还就不信了，有本事，再给我挖出一口棺材来。"

江炼想的却是另一件事："段太婆造访过五百弄乡之后，曾经几度玩'失踪'——她结识了阎罗，又调了凤凰山的山谱，肯定也来过这儿，有阎罗提供的线索，她不难发现凤凰右眼。你说，她当时，挖过这儿吗？"

不待孟千姿回答，他自己先摇头："应该没有，这儿不像挖过的样子。"

孟千姿给他扫盲："挖过的土和没挖过的土，短时间内是能够看出差别，但你别忘了，我段太婆即便挖过，也是在四十多年前。

"四十多年了，雨打风吹水浸虫钻的，哪能看得出来挖没挖过？而且，如果是我段太婆挖，一定会回填得相当完好——这是山鬼的规矩……"

话刚落音，坑下传来貔貅近乎崩溃的叫嚷声："孟小姐，又是一口棺材，第三口了啊！"

孟千姿差点儿要气笑了，又来一口，这是要叠罗汉吗？

她走到坑沿去看。

这坑已经两米来深了，坑底露出一口棺材的盖面来，从那色泽和材质来看，和前两口还是一样的。

孟千姿的心头掠过一丝冲动：她真想把这些棺材都起了盖，看看里头到底是什么人，为什么要玩这套把戏。

但思来想去，还是忍了，挖人坟茔已经是失德了，起人棺盖就更过分了，好比私闯民宅还剥人衣服，实在开不了这个口。

坑下的山户差不多已经放弃了，虽说体力尚存，但心理那道线都崩了，一干人或倚壁而立，或一屁股坐倒在地——但都不约而同，把脸朝着她，脸上是同一句询问：

还继续挖吗？

貔貅哭丧了一张脸："孟小姐，要是这样一口口棺材挖下去，挖到天亮也挖不完啊。"

神棍在那头听说，又挖出了一口，也是半天无语，末了问江炼："你看那情形，还能继续挖吗？"

江炼低声说了句："山户们开始有情绪了，不过，要是千姿强硬要求，应该还能继续挖。"

神棍沉吟了一下："三口棺材，这么直上直下一字排开，不像是任何丧葬仪式，倒像是故意的，有点儿邪术的感觉。我也说不准棺材的数量到底有多少，但古代有

261

种说法叫'三三不尽'。

"表面上看，是说一除三永远除不尽，其实暗合'道生一，一生二，二生三，三生万物'的意思，三就代表了无穷无尽。如果真的是某种法术，以三口棺材代表无数口，那这第三口，应该就是最后一口了。"

不过他也只是猜测，不敢做定论："要么，你跟孟小姐说说，再坚持一下？"

江炼"嗯"了一声："都到这地步了，不继续太可惜了，功亏一篑。我跟千姿说说看吧，实在不行，让山户休息，我再往下挖。"

神棍激动："加我一个，我也去。"

江炼笑了笑，收好步话机，抬头看时，估计边上的山户已经揣摩出孟千姿不会轻言放弃了，又在递香头给她。

这一次，她连接都不接了，厉声说了句："事不过三，我倒要看看，这坡地里，还能耍出什么玄虚，给我再挖！"

又扭头看路三明："你下，把挖不动的人给换上来，你也挖不动了，我替你。"

路三明听她语意坚决，哪会有二话，抓了把铲子就下去了。江炼觉得自己也该带个头，从地上捡了把备用的，也下坑了。

众人一看，就差大佬亲自撸袖子上阵了，这是动真格了，当下不再磨叽，又热火朝天地干了起来。

很快，又到了起棺的时候。

一般的做法，是一铲自棺底沿边处铲入，使得棺材彻底松动，但一铲子下去，居然发出了刺耳的铿锵之声。

江炼觉得奇怪，蹲下身子，伸手拂开浮土，只觉入手冰凉。

而对面那几个人，已然看出了端倪，惊愕之下，说话都结巴了："这是铜……青铜吗？浇铸的？"

这口棺材，左右前后及上面都还是正常的，唯有底面，是看不到的，因为完全被青铜焊住了。感觉上，像是这棺材跌入了不深的铜水之中，铜水迅速凝结，于是把下底面给焊死了。

江炼沉吟的当儿，边上的人已经把浮土都给清开了。真是铜，青铜盖子，能听到铲尖剐擦青铜面产生的刺耳声响，还有人兴奋地在青铜盖上跺脚，发出厚重而又沉闷的声响。

孟千姿长吁一口气：终于挖出东西来了，还好，这坚持没白费。

就在这个时候，江炼怒吼了句："别说话，都别说话！"

一路行来，江炼从没有过声色俱厉的时候，众人一怔，旋即噤声，半是被江炼吼的,半是……自己也察觉出异样来了。

有隐隐的、穿行般的剐擦声,自脚下传来,不知道是不是错觉,让人觉得整个地块,都被带出了微弱的颤动。

这下头有东西。

这东西,一定……不是凤凰。

【09】

天上有很细的一牙月亮,云气在月前月后慢慢游走。

几道探照灯和手电的光虚弱地穿透黑暗。光柱里,细小的浮尘介质上下浮舞。

有风吹树叶声,有不知哪里传来的滴水声,唯独没有人声。近二十个人,原地或戳或坐,呼吸轻细,干咽唾沫的动作都轻了,步话机也没了声响,只余"嗞嗞"的电流音——不过,倘若听得够仔细,还是能听到话筒深处那压抑着的喘息的。

青铜盖下方的怪异剐擦声也消失了。感觉上,像是因为上头的剐、铲、踩、踏,惊动了下头的什么东西,而当上头安静之后,那东西也就重又遁去了。

过了会儿,坑底那一干人终于有了动作,但也仅是动作:他们互使眼色,极力扭曲面部的肌肉以传递信息,像演哑剧般,走路时只拿足尖轻轻压地,还有人索性脱了鞋,拿光脚掌蹑足行走。到坑边时,便死抠住泥壁往上爬。

坑沿的人反应过来,忙探身下来帮忙,或拉或拽——中途,也不知是谁踏脚不稳,将泥壁间嵌着的一颗小石子踩落下去,那小石子"咣当"一声砸在青铜盖上,这还不够,还弹滚了一下,青铜盖便响起了初时清亮、继而绵长的幽幽震音。

一瞬间,所有人都变了脸色、屏了呼吸、止了动作,心跳都跟着那小石子同一幅度起落。好在,这声响慢悠悠荡尽,并没有引发什么异常。

很快,除了江炼,一干人都爬上了坑沿,而且,爬的时候不觉得,现在站上平地了,反心慌气短、一阵腿软,于是三三两两蹲坐下去。

孟千姿没说话,只是朝坑底的江炼不住招手,示意他赶紧上来。

江炼向她打了个手势,表示不忙,让她放心。

都逃上去干什么呢,上去了不还是干站着?在下头才能看得仔细,只要尽量不发出声音,应该还是安全的——话又说回来了,难道发出声音,就一定不安全吗?

细想又觉得好笑,连那东西的面都没见过呢,仅仅是怪异的声响,居然能把近二十来号人吓到腿软。难怪有人说,这世上最吓人的,从来都是自我脑补。

不过,江炼也不敢用铲子了,他蹲下身子,拿手去拂推地上的土。

孟千姿在原地干着急，但江炼不上来，她也没办法，又不能贸然也下坑——大佬都下了，其他人敢不跟吗，岂不是白爬上来了？

她皱着眉头看了会儿，吩咐貔貅拿了双安全手套过来，打了个极低的呼哨，引得江炼抬起头之后，扔给了他。

泥土濡湿，还夹着细石尖砂，江炼一直拿手推抹，的确吃力。他扬手抓住手套，朝孟千姿笑了笑。先把手套夹在一侧腋下，两手在裤边上擦抹了会儿，才又戴上了继续。

刚刚那一拨人其实已经差不多铲挖到底了，江炼做的，只是收尾清理。坑沿上的人一来担心，二来好奇，都探身往下瞧。有条件的使望远镜，没条件的就用手机的拉近放大功能，越瞧越是心惊。

这坑底，除了那口棺材的所在，全是青铜盖。这盖子并不是一块块拼接的，完全是个整体，一丝一毫的缝隙都没有。

猜测没错的话，当年，这青铜盖是直接拿铜汁浇筑成的，浇筑时急促而又粗糙，以至于那表面并不十分平整，布满让人不舒服的褶皱，有些像狰狞疤痕，有些如暴凸的筋节肉膜。

而且，江炼已经清到坑底边缘处了，那青铜盖却还继续蔓延伸入土里——也就是说，你根本不知道这青铜盖有多长、多宽、多大面积。

眼见没什么好清理的了，江炼才向坑沿上招了招手，貔貅垂了条绳子下去，把他拉了上来。

站在坑沿往下看，比之在坑底时，感觉又不同，尤其是那第三口棺材，孤零零高凸出青铜盖，极其怪异。

江炼指给孟千姿看，同时压低声音："这青铜盖，估计是没什么可能撬起来了，动用大型机械也不太现实，看来看去，那口棺材，反而成了唯一的入口了。"

还真的，像道门，开棺即是进门。

看着看着，孟千姿几乎有了错觉，觉得棺盖正以一边为轴，极缓慢地开启，又觉得下一秒那棺盖就会"嘭"地飞弹出来，而棺材里，会涌出极可怕的事物。

她可以强硬要求山户挖坑，却不能下开盖的命令。事情太诡异了，她带人办事，可不能办成水鬼那样，别说全军覆没了，就算是零星死伤她都很难接受。

进不敢，撤又不甘，孟千姿下令就地扎营。

因为天气预报说晚上还会有雨，地面扎营不太合适，路三明便安排人手在树上扎营，又吩咐貔貅想办法把那个坑口给盖住，否则下雨时"砰砰砰"的，青铜盖被砸得频发震响，又引来那个未知的玩意儿可就糟糕了。

趁着一干人扎营的当儿，江炼联系了神棍，神棍自打步话机里出现江炼怒吼的那句"别说话，都别说话"之后，就一直没敢出声，几乎要把耳朵塞进听筒里，想听听这头发生了什么事，却只听到风声树声。

愈安静愈可怕，神棍急得如热锅上的蚂蚁，差点儿就要以三重莲瓣的身份带着人拄着拐往这儿赶了，而今听到江炼的声音，如释重负，接连拍了好几下胸口。

听完江炼的叙述，又看了发过来的照片，神棍也是如坠云雾之中，半晌才说了句："这应该不是墓吧，如果是正儿八经的墓室，得有个基本造型吧，哪怕是坟，也该有个墓碑啊。"

江炼没吭声，谁知道呢，万一是墓呢，万一那棺盖打开，下头是个千人冢、万人坑呢？

"还有啊，"神棍忽然想到了什么，"你确定那是个青铜盖子？"

差不多吧，看着像，江炼想了想："还记不记得悬胆峰林的崖口也有很多青铜支架，方便崖顶的绿盖集结成形的？跟那个材质差不多。"

神棍一拍大腿："这就是问题所在！你想想，青铜器大量被使用是什么时候？要知道，战国末年的时候，中国就已经盛行铁制品了。"

江炼"嗯"了一声："不用你说，我也看得出来那玩意儿有些年头了。"

那三口棺材，怕是有好几千年的历史了，也不知道是什么木质，在南方这种多雨易浸水地带埋了这么久，居然不朽也不腐。

神棍说："我不是要说这个，你说到悬胆峰林，让我想起了蚩尤——传说中，蚩尤一族，擅冶铜铁。那个时候，黄帝都不懂这技术，蚩尤部落仗着青铜武器，所向无敌，黄帝起初是一直落败的，'九战九不胜'。"

江炼心中一动，他只是看出那青铜盖年代久远，但神棍更进一步，圈画出更具体的时间了："你的意思是，这儿跟悬胆峰林那儿一样，都有可能是蚩尤一族的手笔？"

神棍激动："咱们绝对是找对地方了。在悬胆峰林找到了山胆，牵出了阎罗，由阎罗和段小姐之间的关联，又找到了这个凤凰眼——这个凤凰眼底下要是没东西，我把头割给你……"

江炼皱眉，这什么怪癖，赌输赢不赌点儿实在的，硬要塞他一个头……

"可能是跟山胆一样神奇，甚至比山胆还要更重量级的东西。孟小姐呢？临门一脚，她就……扎营睡觉了？"

江炼倒是挺体谅孟千姿的："能看出来，山鬼是不愿意动人坟茔的，更别说去开棺起盖了……"

神棍着急:"这肯定不是坟啊,是一种……障眼法,就好像在悬胆峰林,三重山有块假山胆,诱骗人止步回头——你想想,挖凤凰眼,一挖挖出个棺材,五成的人觉得损阴德,自然就止步不挖了;再挖到第二口,晦气极了,又有三成的人放弃了;挖到第三口,九成九的人都得崩溃……"

这倒是,山户刚刚那一连串的情绪变化,和神棍的描述基本吻合。

神棍还在絮叨:"这就是对方的诡计,不能让它们给骗过去。你跟孟小姐说说,她不像是不敢冒险的人。"

江烁知道神棍没抓住重点:"这不是敢不敢冒险的问题,在悬胆峰林,我们知道要找山胆,目标明确;当时,只我们三个人,千姿只对自己负责,下决定很容易。

"但现在,第一,根本不知道要找什么,底下又有那么诡异的怪声,换了你,你敢冒险?你要跟我说,箱子就在下头,那我咬咬牙,也就开棺下了,但箱子在昆仑山,我这条命,就算要丢出去,也得丢在昆仑山吧。第二,她要对太多人负责了。她做什么决定,意味着那十几号人也会跟着她一起——她敢吗?稍有不慎,就是一条人命。"

神棍哑然,顿了顿,嗫嚅了句:"那……那凤凰右眼这条线,就这么算了?"

江烁语焉不详:"看看情况,再说吧。"

挂了电话,江烁向着营地过去。

估计是忌讳那个坑,营地特意避开了一段距离,江烁的想法里,在树上扎营,大概就是搭个树屋,到近前一看,简直叹为观止。

近二十号人的营地,分布在三四棵枝干粗壮、叶片繁茂的大树上。

没有树屋,树上高低错落,像是垂挂着一个个鸟笼。

他上树细看,才发现是一个个防水的锥袋,因为没有平顶,雨水会顺着锥面泻下,顶部就不会承压,底面有折叠塑料板,非常轻便,但材质挺硬,张开后人可以坐进去,把锥袋侧面的拉链一拉,自成一个封闭的小天地。

喜欢荡悠悠感觉的,只需顶上悬垂的那个受力点就可以。想要稳固些的,可以另加两道不同方向的牵引绳,绑在不同的方位,三点支撑。

孟千姿已经坐进高处的一个锥袋了,手边还亮着手电,锥袋里满兜晕黄色的光,她垂着眼帘,长发拂落,像坐于佛龛,连眉眼都多出几分脱俗之气来。

江烁往上攀了几步,停在她面前:"你们山鬼这个……"

他指锥袋:"挺有意思啊。"

孟千姿并不满意:"哪儿啊,只能坐躺,身材特别瘦小的人才能蜷着睡,这睡笼还需要改进。"

还真有个"笼"字。

江炼不多啰唆，直奔主题："你怎么想的？"

孟千姿朝他勾勾手指。

江炼哭笑不得，并不想配合她，但下意识地，还是靠了过去。

孟千姿说："我还是想着，能下去看看。就是……"

江炼说："就是，起棺开盖，说出去太难听了？"

孟千姿摇头："这倒不是主要问题。明眼人都能看出，这多半不是棺材了——我想的是，怎么下才最安全。我们进来得太仓促，野营的装备是足够了，但对战的装备不足，水鬼下漂移地窟，还带了喷火枪呢，我们总不能拿着铲子和匕首下吧？"

有道理，江炼问了句："那东西……如果是活物，算山兽吗？"

如果是山兽，孟千姿金铃在手，管他是什么东西呢，都不足为惧了。

孟千姿有点儿发蔫："我也想过这个问题，但那个坑，已经有四五米深了，不知道那青铜盖有多厚，那东西还在更底下。这种地底下，多半不归我管。"

也是，江炼不吭声了。这跟天坑还不同，人家天坑虽然也是负地形，但好歹头顶是天啊，而且那些悬胆峰林，最早是因底部蚀空，才从地面塌陷下去的。

"我和路三明商量了，明天一早就联系六妈和七妈，她们是后援，也是掠阵。再调一批上档次的装备来，就比如那个棺材口……"

她朝地坑的方向示意了一下："那下头封闭了这么久，你知道是什么情形？会不会有霉菌、未知的病毒？至少也得有生化服吧，还得弄个探路机器人，得有夜视摄像、生物侦测功能吧？"

江炼倒吸一口凉气："有钱人啊！"

孟千姿坦然受之："那当然。科技发展了，就应该以科技来便利一切——都什么年代了，探毒气还放只鸡进去，探路还靠人肉滚吗？"

说着，示意了一下底下一处锥袋："那个，你的。"

循向看去，自己的锥袋距离她不远，一米多吧，矮了也有一米多，晃悠悠的，只顶部受力悬吊。

江炼皱眉："为什么我在你下头？"

孟千姿奇道："你还想在我上头？"

都是成年人了，于一些隐晦的段子多少知道点儿。孟千姿话刚说完，忽然意识到有歧义，会让人想歪——当然，她已经想歪了，颊边隐隐发烫。

但她假装什么事都没有，江炼未必能想到的，他没留意的话，也就这么过去了。

本来嘛，很正常的对话，对话不歪，是人心歪。

江炼偏偏就心歪了。

他装作不动声色，还反思了一下自己：看千姿那坦然面色，人家就是正常反问，自己想东想西，可见不太纯洁。

他轻咳了两声："那我就在下头好了。"

说完了，又觉得不该去搭她的话，真是越搭越歪。

于是又咳嗽两声，身手麻利地下去，钻进了锥袋，仰头向她道了声晚安，"刺啦"一声拉上拉链。

孟千姿也不说话，偏等他拉链都拉好了，才又叫他："江炼。"

"刺啦"一声，江炼露了个脑袋出来："什么？"

孟千姿说："知道为什么把你安排在那儿吗？"

为什么？

江炼正寻思着，就见孟千姿探身出来，一手扶住树干，另一只手往这儿推。

江炼顿觉不妙："哎哎，过分了啊……"

他期盼着孟千姿长了条小短胳膊，然而并没有，她胳膊老长了，只那一推，他就连人带笼，在树上悠悠荡开了。

孟千姿咯咯笑。

江炼自我安慰：权当找回童心，荡秋千了。

另外，以后不可轻易钻进别人的笼子。

孟千姿作弄了一把江炼，反把自己作弄精神了，在锥袋里左倚右靠的，就是睡不着。

好不容易睡去，天上又开始落雨，哗啦哗啦，还伴着风，甚至响起了雷声。

她的锥袋有三根固绳，还是止不住摇晃，她又想起江炼，于是梦里都在给江炼绑牵引绳：看到自己被雨浇得透心凉，还拼命伸着攥了挂钩的手，想钩住江炼锥袋上的环，但江炼随着锥袋急舞，摆锤样在她面前摆过来摆过去，每次她都钩不住。

然后便雷响、雷响、雷响。

孟千姿猛然睁开眼睛。

不对，这不是雷响，这声音犹如击鼓鸣钟，是那个青铜盖在被什么东西猛然撞击！

她一把拉开锥袋拉链，翻身下树。到树底时，看到江炼也下来了。其他锥袋里的人估计还没反应过来，大半都还在睡着，也有觉得蹊跷，纳闷地开了手电的。

雨还在下，顷刻间便把她浇了个透心凉，她一路向着地坑边狂奔。才跑至中途，那震响声就停止了。孟千姿心里打了个突，下意识停步，但瞬间又反应过来，跌跌撞撞冲了过去。

到近前时，就见原先盖在地坑口的大帆布已经揭开了。值夜的人，外加几个山户，有傻站着的，也有跌坐在地的，都面无人色。

孟千姿大吼了句："怎么了？"

她也不当真指望他们答，脚下不停，直冲到坑沿边。

探头看时，只觉脑子里嗡嗡有声。

那第三口棺材，已经不见了。确切地说，被什么东西撞了个七零八落，一地密密麻麻的白骨，还有劈散裂开的木头——这要真是口棺材，里头葬着的绝不止一个人，而是层层叠叠，你挨我挤。

原先棺材停放的位置，破了一个大洞，打眼望去，只知道黑漆漆的，似乎还泛着水光。

孟千姿回头看那几人，厉声喝了句："发生什么事了？"

江炼也到了，闻言止步，先不忙看下头，也去瞧那几人。

有个胆子大些的，结结巴巴回答："神……神先生，在下头。"

神先生？神棍？

孟千姿只觉一股凉气从心头升起。

她这才注意到，除了值夜的山户，另外几个山户，并不是她进山时带进来的，而是她留在营地做后备顺便照顾神棍的。

【10】

原来，神棍之前听江炼电话里那意思，觉得凤凰右眼这条线怕是要搁置。

搁置就搁置吧，他也没办法，就凭他一个人，连棺材板都掀不起来。他都已经悻悻睡下了，辗转反侧间，又"噌"地坐起来。

不对啊，他应该现场观摩一下的——直播和照片哪里比得上亲见呢，万一这干人第二天一早就撤回来了，他岂不是看都没看上一眼？

再说了，亲眼得见，心灵受到震撼，没准儿他又能做个梦呢？一梦梦出个大结局，省了大家多少事儿啊。

于是又喜滋滋地坐起来。

一下午休整，已经可以下地了，神棍拄了登山杖去找营地的负责人。

三重莲瓣有要求，负责人不敢怠慢，赶紧安排人陪同，又向那头打了声招呼，连线的人说，孟千姿和路三明都刚睡下，不敢去叫。

不叫就不叫吧，等醒了再说也不迟，神棍就是去观摩一下，又不是要翻江倒海，负责人便派了几个山户一路陪同。还吩咐说，遇到不方便的地方，就背着神棍走，反正他干瘦干瘦的，没什么分量。

出发时天还好好的，中途开始落雨。到营地时，大雨如注、电闪雷鸣。几个人带着神棍找到地坑，那儿有两个山户值夜兼守棺材，正窝在临时搭就的遮雨棚里看棚身随着风雨摇摆。

神棍先围着前两口棺材转了两圈，没研究出个头绪来，又提出要下地坑。

值夜的山户对地坑还是有点儿忌惮的，但话又说回来，除了那怪异的剐擦声，这青铜盖子没什么特别的。而且，之前所有人都狼狈地爬上来之后，江炼还一个人在下头待了好久呢，也没见出什么事。

更何况，三重莲瓣，上赶着巴结还来不及，谁还阻拦他啊。

于是很快放行，但职责所在，还是吩咐他要保持安静，绝对不能大喊大叫或者敲打踩踏。神棍也有点儿紧张，点头如捣蒜。陪着神棍同来的山户便笑那值夜的小题大做："你看看这打雷下雨的，就算敲打踩踏也听不见啊。"

答话的人自然不会讲得这么详细，三两句话交代原委，但孟千姿还是听得心焦："那他下去都干什么了？"

那人哭丧着脸："没干什么啊，神先生很守规矩的。"

值夜的便把遮盖的帆布掀开了一角，用绳子把神棍放了下去。为安全起见，还有一个山户也陪同着下了。

本就是晚上，又遮了帆布，下头黑洞洞的，神棍戴了个头灯，山户拎了个射灯——虽说有帆布遮雨，但水是无处不渗的，加上底下泥壤松动，整个青铜盖上业已浮了层泥汤。

神棍在下头小心探看，轻手轻脚从这儿走到那儿。为保存资料，还小心地掏出手机，不时打个亮拍个照。

上头几个人看了会儿就倦了，加上大雨砸头，搁着谁都不是舒服的事，于是又缩回遮雨棚里，寻思着看到射灯往上打信号的时候，再过去把人拉上来。

头一声震响出现的时候，几个人还抬头看天来着，心说这雷可真大，明明滚在天上，却带得山谷和地面都震动了。

但自然界的雷声总有间隔，且有闪电做先兆，那震响却"轰隆轰隆"如同战鼓，而在这种声音的遮掩下，人的喊叫声是听不见的——几个人纳闷了几秒，突然间毛骨悚然。

这好像是……有什么东西，在疯狂地撞击青铜盖吧。

几人面面相觑，几乎是同时反应过来，拔腿就往地坑边冲。还没到近前呢，就听到"砰"的一声碎裂震响，那块大帆布被底下急速冲起的碎木板和尸骨给兜上了半空。

而等几个人冲到坑沿边打开手电看时，原本的那口棺材已经被强力冲得四分五裂，只余棺材大小的、黑森森的一个洞。神棍不见了，坑底只余一地碎木尸骨、一个破碎的射灯以及那个蜷缩在角落处目瞪口呆、瑟瑟发抖的山户。

所以，当时到底发生了什么，得问那个山户了。

可惜的是，那个山户也没法提供很多。

据他说，事情发生的时候，一切都很正常，神棍蹲下身子看脚下的青铜盖，他则立在边上帮着打光。

再然后，就是"轰"的一声，像是有什么东西，自下而上，重重顶冲在青铜盖下，他猝不及防，射灯险些脱手。

神棍一脸困惑地看他，居然还以为是他误碰误触了什么："你干什么了？"

他结结巴巴答："我打……打光啊。"

说话间，又是一下震响，那震力透过青铜盖，直把人的腿都给震麻了。

这一下，傻子都知道青铜盖底下有东西了。

更骇人的是，那冲撞还在继续，而且每一次都响在不同的方位，也就是说，那东西在不同的位置试探着想上来——这要让它撞到棺材底那还得了？别处是青铜的，棺材可是木头的！

两人张皇之下，同时大叫："走走走，快走！"

说话间，跌跌撞撞飞奔到垂绳边，向着上头疯叫。可惜了，天上雷动，脚下震响，人的喊叫声直如散缕细丝，压根儿就听不到。

只能往上爬了，那山户还算舍己为人，在下头托着神棍的屁股把他往上推举，然而神棍并不是爬绳的料，手忙脚乱，力气使了不少，才上了一米多。

就在这个时候，轰然一声碎响，那棺材四下碎开，同时，有一股巨大的腥臭味和风声自背后袭来。

那山户本能之下，向着一侧闪躲，拎着的射灯也骨碌碌滚落地上。天上没亮，下头漆黑，射灯的打向又偏了，他只看到，有一道巨大的黑影，直冲向自己刚刚所站的方位。好在神棍已经往上爬了点儿，没有直接受到冲击，但那东西大概带到了绳子，一扯之下，贴壁的垂绳向着坑内荡开，神棍再也抓不住，"哎哟"一声直摔跌在地上。

那东西旋身而走，看情形，又要向着神棍发起攻击。

按说今天接连几摔，神棍应该早爬不起来了，但求生的欲望使得他动作居然敏捷起来了，撑地爬起，一瞥眼看到那黑影当头罩来，一声"妈呀"，慌不择路，向着前方就跑。

那山户随身是带了匕首防身的，但那东西体型如此大，挥舞匕首上阵简直如同儿戏。慌乱中，他也顾不上什么了，手脚并用爬到射灯边。一回头，眼见那东西就快追上神棍了，不及细想，一甩手，把射灯狠狠砸了过去。

然后，只顷刻间，发生了两件事。

一是神棍突然脚下踏空，倒头栽了下去——原来，他惶急之下已经跑到了棺材破口处却不自知。

二是射灯的光在半空翻转，翻转间，他看到一条覆满鳞甲的肉尾当空甩来，瞬间把那个犹在空中的射灯击得粉碎。

再然后，那东西也自那个破口处急跃而下。只眨眼间，就已经消失了。

只是听人讲述，就已经觉得惊心动魄了。当时的场景，还不知道要紧张凶险到何种程度。

孟千姿伸手抹了把脸上的雨水，这才注意到，路三明他们已经赶过来了，貔貅还为她撑起了一把大黑伞。

大家都自发地没敢下坑——当初只是一点儿剐擦声，就已经人人如惊弓之鸟了，而今满坑白骨的，还多了那么个阴森森的洞……

江炼蹲在坑沿边看了会儿，忽然抓住坑沿的垂绳滑了下去。孟千姿一惊，急趋近来看，就见江炼一路避开骨架，走到那个破口边，打着手电往下照了一圈，然后两手撑住残存的棺沿，如撑井壁，侧头听了片刻，然后抬头看上来，对着她摇了摇头。

这表示没消息，没消息也许是好消息吧。

孟千姿强迫自己要往好处想，尽管内心深处她觉得神棍可能已经横死了：在地面上都没能逃掉，更何况是进了那东西的老巢呢。

江炼重又上来，径直走到孟千姿身边，低声说了句："至少二十个人。"

孟千姿没听明白。

江炼解释："棺材里的尸骨，光是头骨我就数了二十个。那个棺材里，至少堆了二十个人。"

任何棺材,都堆挤不了二十具尸体,所以,也许是等尸体白骨化之后,化整为零填装进去的。

不过孟千姿最关心的不是尸骨,她喉头发干:"那个棺材下头,是什么?"

江炼摇了摇头:"看不清楚,太暗了,只知道是有水,我得下去看看。"

没等孟千姿说话,他看向那个陪着神棍下坑的山户:"那个东西是什么,你真没看清?"

自己可算是唯一目击者了,居然提供不了有价值的线索,那个山户满脸愧色:"真没看清,当时太暗了,整个过程也就几秒钟,人又慌里慌张的……"

江炼笑了笑:"没事,那种状态下,看不见是正常的,能想起什么说什么。你说那东西巨大,是竖向的大,比如说熊那种,还是横向的大,比如说蛇啊、蜥蜴啊那种?"

有选项就好办了,那山户脱口说了句:"横向的,像大鱼那种,蹿得也很快。"

江炼"嗯"了一声:"但是你看到了它的尾巴,说是长满鳞甲——应该不是鱼尾吧?"

那肯定不是了,那个山户艰难地调整自己的措辞:"不是鱼,是爬行类,啊不,两栖类的那种大。它蹿下去追神先生的时候,我听到很大的落水声,能在水里生活,那应该是两栖类。还有……"

他吞咽了一口唾沫:"真的是特别大,腥臭气也重。"

江炼点头:"看棺材底的破口就知道了,小不了。"

说到这儿,他看孟千姿:"帮我准备些工具吧,我下去探一探。"

孟千姿沉了脸,一句"你休想"几乎就要破口而出了,顿了顿又忍了,在这么多人面前,给他面子。

她说:"借一步说话。"

说完,接过貔貅手中帮她撑着的伞,大踏步往外走去,江炼也撑着伞跟上。走开了一段之后,孟千姿蓦地立住,旋即转身,硬邦邦说了句:"不行,不可以!我不同意!"

江炼觉得自己怕不是有点儿受虐倾向:平时,别人温温柔柔跟他说话,他从来没什么感觉,但她这么疾言厉色,他心里反舒服受用,想老实听话。

孟千姿绷了脸:"如果伤亡已经发生,那伤亡必须就控制在他这个'1'上。我也很想救他,假如他现在就在洞口挣扎,我会用尽所有方法施救——但现在,下头没动静了,什么都看不到,他说不定已经被啃吃了,那东西还在下头潜伏着……谁

273

也不准下，厉害的装备没来之前，谁也不准下。"

江炼说："如果现在失踪的不是神棍，是你大娘娘，你也在原地等装备？说真话。"

孟千姿沉默了一下，顿了顿才说："如果是我大娘娘，我心里一万个想下，但我更加不能下——长辈走了，山鬼的担子在我身上。我会原地等装备，但我不拒绝敢死队：有山户在明知有生命危险的情况下请愿的话，我会同意。"

江炼说："好。"

他继续往下说："第一，我不是山鬼，可以不听你的命令；第二，我自愿去当神棍的敢死队。"

孟千姿胸口剧烈起伏着。她盯着江炼看，连说了两个"好"字。

说完了，撇下江炼，转身就走，走到中途时，吼了句："路三明！"

路三明吓了一跳，大声答了句："在！"

"他要什么就给他提供什么。只在地面上尽力协助，地面下，看他的命了。"

山鬼这一趟所带的装备有限，江炼也提不出更多的要求，他只要了个山鬼箩筐，另外请山户架设了个简易滑轮，这样，遇到危险，他在下头三震绳身，山户就可以紧急把他拉上来。

等待的当儿，他又去找了孟千姿。孟千姿坐在先前值夜人搭设的遮雨棚里，周身的"生人勿近"气场。察觉到他过来了，很快侧过身子，偏了脸不看他。

既然没遮住耳朵，总还是可以听见的，江炼在遮雨棚边蹲下身子："千姿，不是要跟你对着干。"

孟千姿没动。

"我其实也是赌一把，神棍有百分之五十的概率已经死了，还有百分之五十的概率活着，而如果他活着，营救的时间早晚，就很重要了——早一天，早一个小时，甚至早一刻钟，结果都会大不一样。

"你不好下，你一下，那些山户，不管愿意不愿意，都得拼命陪着你下。这儿的人中，只有我最适合下了，而且有充足理由：我在为美盈找箱子，这条命，是可以搭给她的，而神棍是整件事的关键，他如果没了，光靠美盈在昆仑山洒点儿血去找，估计没指望。

"所以，去找神棍，一半是朋友之谊，有一半也是自己私心，救他等于在救美盈，万一丢了这条命，也是丢在帮美盈找箱子的路上，算是不负承诺，也不负干爷。

"总之，我会特别小心的，我还想将来跟你再下悬胆峰林，去喂小白猴呢。"

说完了，抬眼看孟千姿，她还是没动。

江炼叹气："行了，我走了。万一我真的出事了，我会记得，这最后一眼，你给我看的是这么漂亮的……后脑勺。"

说完了，起身往外走，走了几步，似有所感，下意识回头。

这一下，不是后脑勺了。

孟千姿正恨恨地盯着他，没好气道："说那么多，婆婆妈妈的，我没让你去吗？没吩咐人帮你吗？"

是让了，也吩咐人帮了……

江炼说："我还以为，你要让我多加小心呢。"

简易滑轮就架设在棺材破口边，方便人下缒，但操作牵引点却立在坑壁边，且两个操作的山户身上都有绑绳——这样，一旦出现情况，他们可以拼命拉江炼，上头的人也可以拼命拉他们。

孟千姿站在坑沿处，看江炼一寸寸下降，那一句"小心啊"盘在唇间喉口，直到江炼整个人没入下去，都没找到机会说。

她垂下的手死死揪住衣边，搓在手中捻了又捻，忽然问身边的路三明："我没有派人下去救神棍，是不是……特别冷血啊？"

路三明多少揣摩到她的心意，赶紧说了句："哪儿啊，你硬派人下，才是不负责任吧。那东西么么大，我们手里只有山铲、匕首……而且，这是地下、水里，不是山鬼的场子，大家要是硬上，指不定出什么事呢。"

孟千姿环视了一眼四周，没吭声。

如果，如果不是身边跟了这么多人的话，她也想下的。

一入棺下，压抑非常，黑得也更浓重，脚底下的水却泛着极亮的水光。

江炼屏住呼吸，只慢慢推上手电，四下探看。

怎么形容呢，这棺材像是嵌在房顶上的，破棺之后，底下是个屋子大小的空间，但这屋子是呈环形的，环壁上似乎还开了不少条不知道通往何处的甬道……

江炼没来得及细看，只是猛然间把手电停在了正对面的环壁上。

那上头居然有密密麻麻的刻字。

而且，第一行打头的三个字，就是"段文希"。

【11】

　　谁都没想到，江炼刚下去不久就在震绳了。孟千姿还以为是出了事，心中一紧，待看到震绳的幅度很缓，又暗自松一口气。

　　江炼上了坑底，想想还是别高声说话，于是拽了垂绳上来。雨已经小很多了，他推开遮过来的伞，向着孟千姿说了句："段太婆下去过，还在墙上留了言，挺长的，三两句说不清楚，就在下棺不深的地方，有一部分还淹在水里，看不见——是我拍上来给你看，还是你们下去看？"

　　他这话其实没别的意思，但是听在有些山户耳中，有点儿不中听：自家长辈的留言，自己不敢下去看，难道还让外人拍上来吗？

　　路三明脱口说了句："那当然是我们自己……"

　　话没说完，因为忽然反应过来，自己去看，派谁去呢？万一下去了，看着看着，那东西又出现了……

　　他一阵头疼，不怕一万，就怕万一啊。

　　孟千姿问："留言的内容……机密吗？"

　　江炼想了想："算是挺机密的吧。"

　　孟千姿说："那我去吧。"

　　为免路三明他们阻止，她把话说在了前头："于私，我段太婆是大娘娘的养母，等于是我祖母辈；于公，既是山鬼前辈留下的机密，也该我去看——你们在这儿等着，有事马上地面施救。救不上来，就按照之前计划的，调曲俏、冼琼花过来，所有装备配齐了，再下棺口。"

　　路三明脸色都变了："孟小姐，这不行吧？你还是等装备都过来了，再下去看吧，这万一……"

　　孟千姿说："看留言需要多久？再说了，就在下棺不深的地方，一翻身就上来了——你有这劝说的工夫，我已经看完了。"

　　路三明没话说了。

　　大佬既要下棺，其他人也不好在坑沿上干站着，有一半人便也跟着下了地坑，帮忙再添置一个滑轮。

　　江炼看到路三明那惶惶样，又是好笑又是理解，对他说："你不用担心，我会先下，停在孟小姐下头。真有了状况，会提醒她先走，也会帮她挡一挡，不会有事的。"

路三明喜出望外:"那……这样,炼小哥,真谢谢你了啊。"

这什么屁话,孟千姿听得心头火起,人家活该帮你去挡吗?

待要训路三明两句,又想起今天刚让他在众人面前丢了脸,不好打脸打两次,而且,他都一把年纪了……

只好忍下来。

不过,借着往身上系缚绳的机会,她还是低声问江炼:"你就不怕吗?"

江炼知道她的意思:"怕啊,但是,我反正是要下去找神棍的,顺手掩护你一下,不是一举两得吗?做事嘛,就得做得性价比高一点儿。"

说着先缓放轮轴,渐入棺下,孟千姿深吸一口气,旋即跟上,刚没入棺底,还没来得及稳住身子,就听到江炼说:"其实啊……"

循声看去,江炼在她下方不远,虚仰着身子,正抬头看她:"我知道找箱子这事,势必凶险。我只是希望尽快把这些凶险都给经历完了,把大事给了了,以后,就可以过得轻松了。"

孟千姿问他:"你觉得找箱子这事,对你是个压力?"

江炼点头:"大压力,再心甘情愿,也是大压力。所以总想跑步前进,快点儿,再快点儿,受再多苦、冒再大险都不怕。早一天解决,就能早一天去做自己想做的事儿,再不用背着石头喘气。"

孟千姿略略动容。

江炼老是笑,有时候,那笑近乎懒散,这经常给人以错觉,认为多大的事到了他跟前都不是事儿——原来,他也有压力的。

孟千姿说:"那……想做什么事儿?"

江炼唇角弯起,回她:"就是去过好日子咯。"

说着,顺绳而下。

江炼确实停在了她的下方,更靠近水面。孟千姿却没法一起下,她得从头开始,一行行看那墙壁上的字。

第一行字是:段文希于此取凤凰翎。

翎,就是鸟身上的羽毛,直白翻译,就是段文希从这儿拿走了凤凰的羽毛。

孟千姿屏住呼吸,一行行地看下去。

段文希也是老派人物,所以措辞文白夹杂。这墙壁上,记叙的恰是她五百弄乡之行时发生的奇事。

孟千姿飞快研读,再加上适当推测以及对段文希性情的了解,差不多能够还原出大致的故事。

原来，那几日，段文希由山户陪着，在桂西北一带巡山，中途下榻五百弄乡。

某日半夜鸡叫，以段文希行走江湖的经验，一听就知道是有人扮鸡。开门看时，见到门下一张字条，邀她孤身前往村外土路右数第五座粽子山后见面。

此时已是二十世纪七十年代，江湖道门早已不再流行，所以，虽然事情诡异，但段文希一见之下，还是心生亲切，有种重温昔日江湖生涯的感觉。

她虽然年已古稀，但豪气不减当年，以她的阅历，也不惧什么宵小。再说了，她本就烦那些山户像跟屁虫一样跟进跟出的。

于是偷偷避开众人，径直赴会。

粽子山后，得见阎罗。

一叙之下，阎罗曾在湘西为匪，虽说正邪两分，但依然可算武林同路，而且风云变迁，现今是新社会了，什么劫匪、侠客，俱成过往。粽子山后，一已古稀，一已花甲。

所以，段文希并没有太反感这人曾经为匪。

阎罗生性狡诈多疑，估计是暗中偷听了山户的对话，开门见山，说是早年劫道，偶得一个大秘密，其内有宗大富贵，想送与段文希。

原话是：得麒麟晶者成神，得长生。

段文希哪会相信这个，哈哈大笑。哪知阎罗不慌不忙，从兜里掏出一个用湿漉漉手帕包着的物事来，手掌托着，送到段文希跟前。

说来也怪，他原是用手掌托着那手帕包的，但是手掌撤去，手帕包仍悬浮于半空，不坠不落。

段文希笑声陡止。

当着段文希的面，阎罗解开手帕包，手帕一散，旋即往下飘落，但里头的东西，仍然悬于半空。

那是一块看似普通、灰白色、小孩儿手掌大小的薄薄骨片。

阎罗说，这是龙骨残片，真龙的那个龙。真龙腾雨而飞，龙骨濡湿而悬、干燥而坠，而龙性傲，绝不暴尸荒野，龙骨摊放于地，只一炷香的工夫，遇石没于石，遇土没于土。

这块残片，是他于镇龙山来风口，花费数年时间，断断续续锉磨崖石才找到的。传说当年，有人携龙骨灰烬，于来风口处抛撒，结果大风吹来，灰烬呈龙形而走，是为风起龙出，蜿蜒半空，许久方落。时至今日，站在来风口上，细观其下苍莽林木，还能隐约辨出似有一条苍龙卧伏其中，那是当地的水土树木受龙骨灰烬的影响所致。

而大风吹不走残片，那块残片在风中孤悬片刻，缓缓落下，最终没于崖石之中。

与镇龙山的"风起龙出"相对应的，是凤凰山的"水显凤眼"。

阎罗住在五百弄乡这十几年间，借着卖货郎的身份，频频造访凤凰山，上下凤凰右眼足有上百次，终于在前不久的一个落雨天，找到了线索。

他直言看中山鬼的通天手段，想借力成事，邀段文希同掘凤凰眼——正如来风口有龙骨残片一样，凤凰眼内，藏有凤凰翎。

普通的火是点不燃龙骨的，只有凤凰翎燃起的火才可以焚化龙骨——手握龙骨残片，再寻得凤凰翎，以凤凰翎点燃龙骨，是寻得麒麟晶的关键。而且，据说龙骨焚烧时的光亮，可以照进来生。

段文希没理由拒绝，她半生都在寻访玄奇异事，怕是以这一件最为离奇，而且，人到暮年，会好奇来生。与其在山桂斋里垂垂老矣，做一个等死的老太婆，不如老马再上鞍、宝刀重出鞘，宁可死在路上，也不老朽于床榻。

她写道：凤凰眼，掘地不止，凡三重棺，九铃族人于荒野集怨骨六十有六，三三不尽，六六无穷，以无穷尽之隐晦怨气，压凤凰翎之瑞光。第三重棺为帝门，由此而下，莫响青铜罩，响则土龙至……

刻字就到这里，其他的，都淹在水下了。

看到"土龙"两个字，孟千姿只觉气都喘不过来了，脚下就是水面，极混浊，上头漂浮了一些被撞碎的棺木，手电光下探，隐约可见白森森的骨头浸沉其中——这应该是落下来的人骨，再干燥的骨头，比重都比水大，是只沉不浮的。

一瞥眼，恰看到江炼正试探着想下水，孟千姿压低声音，急喝了句："回来。"

江炼闻声回头，知道她已经看完了："说是有土龙，土龙，是龙的一种吗？"

孟千姿摇头："不是，是鳄鱼，段太婆的叫法是老式的，我大娘娘受她影响，至今还把鳄鱼叫'土龙'，或者'猪婆龙'。"

说话间，她频以手电照向水面，也照向各条甬道深处。鳄鱼若枯木般浮于水面时，手电光能探测到它的眼睛，但若沉在水底，那就不好说了……

她周身发寒，觉得此间说话太过危险，一拉江炼："升得高点儿，到高处再说。"

江炼转动腰间绑着的轴承，随着她升到近棺底的地方，孟千姿犹在警惕地瞧向水面各处："你先别下了，等装备吧。真的，你听过山户的描述，那条土龙的身形太大了，而且，这么诡异的地方，这底下的鳄鱼绝对跟你在动物园看到的是不一样的。

"现在有两个可能，第一是，神棍刚下水，就被那条土龙给吞了，那现在早死了，救也白搭；第二是，神棍运气好，藏起来了，只要他能藏得久一点儿，等我们的装备来了，还有救援的可能——你是没法救的，凭你这把小匕首，戳在鳄鱼身上，它根本不痛不痒好吗？"

江炼无从反驳。人也奇怪，不知道那东西是什么时，还有跃跃欲试的勇气，但一旦知道了……

他这一把小匕首撞上巨鳄，大概只有送死的份儿了。

那至少，先把段文希的留言给看全吧。他清了清嗓子，正想说些什么，忽然又止了声，半响，才低声问她："你听到什么了吗？"

孟千姿"嘘"了一声，凝神听了会儿。

也不知道哪条甬道深处，传来断断续续、咣当咣当的，微弱的敲打声。

江炼精神为之一振："是人敲的，千姿，绝对是人敲的！我去看一下，很快，不会走远的。"

说着，旋即下滑，孟千姿还没来得及出声阻止，他已经滑入水中。

原本以为水很深，预备着要游一段，一站之下还好，只到腰间，江炼深吸一口气，急步趋近最近的那条甬道，静听两秒觉得不是，又换另一道——那敲打声本就微弱得可以，还时断时续的，半天不响，让人止不住心焦。

孟千姿在上头看着，一颗心都要跳出来了。她也不是鳄鱼专家，不知道这畜生什么习性，人在水中走动搅动水流时，会引起它的注意吗？

她脑中掠过一个念头：索性一不做，二不休，下去把江炼打晕带回去省事，这么瞪眼看着……

就在这个时候，江炼突然指向一条甬道："这儿，是这条！"

他跨步进去，才走了几步，心里"咯噔"一下，这甬道居然不是直来直往的，走不了多久，边侧就有个岔口，再拿手电往前照，前方还有岔口。

江炼脑子里嗡嗡的：这不是甬道，这地下，是个迷宫！

正如此想时，忽然毛骨悚然，站在水里的双腿突被暗流推涌，水里有什么东西直直朝着他过来了！

急抬头看时，面前水面已然推涌成浪，有个巨大的黑影来势奇快，顷刻间已在数米开外。

江炼来不及去想什么了，大吼一句："千姿！快走！"

话未落音，整个人便向着离得最近的一个岔口扑了进去。

孟千姿眼睁睁看着江炼进了甬道，觉得真是得打晕了，她这性子，见不得这种玩火的事儿。

方转动轴承，往下才降了一米多，就听到了江炼的示警。与此同时，水浪推涌，有条土龙直蹿了进来，带入一阵扑面疾风。

这真是鳄鱼吗？

身形足有五六米长，是有个鳄鱼的形，全身披挂鳞甲，但长了狗一样的四条腿，根根都有肉柱那么粗，刚蹿进这环室，顷刻间长身站起，腥臭味瞬间盈人口鼻。

孟千姿急震绳身，大吼："拉绳子！"

绳身急往上蹿，但来不及了，这土龙太大，又蹿得太快，只低吟一声，两条前腿就蹿扒住了破裂的棺口，滑轮都是简单架设在棺口边的，哪经得住这力，直接被抓得绳崩轮落，上头一片惊呼中，孟千姿"扑通"一声，重重摔落水中。

【12】

孟千姿这一摔，几乎沉了底，好在她也算略识水性，立马儿撑地翻身，眼睛看不见，但身体的自然感觉在，敏锐察觉到了那土龙正直扑下来，于是向前急蹿以图避开。

哪知蹿了没两米，前探的手猛然杵到一物，像是个圆台，痛得她紧咬后槽牙，又暗自庆幸是手臂在前而非头在前，否则当头撞上，势必头破血流。

身后水流急涌，激起巨大水花，幸好这环室地方有限，土龙身形太大，腾挪不是那么方便，她仗着身姿灵活，急避到圆台另一侧。

还真是个圆台，粗估大概直径在一米多，高也有一米多，先前没看见，是因为被水淹没了。

她这一下后怕非常，幸亏滑轮架设在棺材的破口边，要是再往中心移上那么一两米，人栽下来，不是落入水中而是正砸在这圆台上，不死也要去半条命吧。

正念头急转，就听"刺啦"的锉磨声，是那土龙一只臂爪从圆台上直扒而下，听那动静，爪尖都已经抓陷进了石中。防水手电早掉进水里，在水下漾开模糊的一圈光晕，借着这光，她看到，光这皮肉褶耷的前臂，就差不多有她的腰粗。

她真个心惊肉跳，直觉上去是不可能了。为今之计，只有往甬道里跑。希望里头够复杂也够大，这样，找个地方藏好，还能有机会等到六妈和七妈的救援。

闭气太久，她实在憋不住了，仰面出水，觑准那土龙方位，身子一个猱纵反向而去，想窜入最近的甬道。

然而，人的速度哪赶得上水生水长的土龙？才刚游拨了两下，就觉得有巨大的、更深沉的暗影，急蹿向她，甚至是更前方罩下。

孟千姿脑子一激，不得不瞬间入水，被逼得反要向着土龙蹿去。果然，才一蹿开，土龙的爪掌就已经拍砸下来，"砰"的一声，那一处的水都被砸拨开，她整个人吃不住力，被水浪带得扬了起来。

余光觑到土龙另一只爪掌又当头击下，不及细想，迅速借水涌之力旋身，但还是被掌缘带到，整个人又翻入水中。

水浪埋没了她的头脸，她猝不及防，猛烈呛咳，生死一瞬间，脑海里竟滑稽地闪过幼时场景。

她那时候喜欢蹲在野地里扑虫子玩，很小的飞虫，比蚊子还小，惊惶地左扑右闪，却躲不过她肉乎乎小手掌的一再连击，终于"啪"一声，再抬手时，掌中粘了只被拍扁的小飞虫。

何其相似，今日她也成了飞虫，在土龙的肉掌间丧魂落魄，苦寻一线生机。

暗影在起伏不定的水面上晃动着压近，就在这个时候，上方忽然传来杂乱而又迫切的大力踩踏声。

怪道段太婆在留言里写"莫响青铜罩"，原来人在地底而上头的青铜罩又被敲响时，产生的音量是如此之大。

那土龙似有所感，起身仰头，孟千姿趁此机会，猛然出水，待向甬道口扑跃过去时，听清上头传下的声音，眼眶忽地一热。

一定是山户都跳到坑底的青铜盖上了，在上头用尽全力，又敲又砸，她听到貔狖扯着嗓子吼"这里这里"，还听到路三明大叫"用力一点儿，大家用力敲啊"。

急回头看时，那土龙已经做人立状抬高臂爪。看那情形，是要扒住棺材破口——真要让它扒住了，只需纵身一跃，就可以进到坑底，山户都在底下，直如饿狼和小羊同瓮，到时候，得死多少人啊？

孟千姿心下大急，脑子里嗡嗡的，也不知哪来的勇气，一把拔出匕首，疾冲两步，踩上土龙斜立的背脊。

土龙背脊是湿滑，好在全身披挂鳞甲，鳞甲却是粗糙的，她就以这土龙背当攀梯，一口气提住，直往上蹬了五六步，及至看到土龙那足有碗口大、水晶球般颤巍巍的眼珠，手起刀落，用尽浑身的力气插了进去。

真不知道这土龙眼珠有多大多深，反正匕首是直插至没柄，连自己的手都陷了一半进去，那瘆人的手感几乎麻了她半边身子，而还没等她来得及缩回手，土龙喉口歙歙抖动，发出让人毛骨悚然的吟声，一个猛甩头，她整个身子都被甩了出去，重重撞上墙壁，又摔坠下去。

孟千姿只觉眼前一黑，就什么都不知道了。

也不知过了多久，迷迷糊糊间，听到有人叫她："千姿，千姿。"

声音缥缈而又旷远，似是来自天际，她茫然睁开眼睛，觉得好像是躺在谁的怀里，又看到天歪地斜，一片昏暗，一个白亮的小太阳，在眼前忽上忽下。

真是讨厌，她一伸手，就把那个小太阳给打飞了。

见孟千姿这副情形，江炼心头发急，连掌心都挂了一层汗。

避开那土龙之后，他本是想往岔道里再躲的，但又记挂着孟千姿的安危，不知道她平安上去没有，于是又泅水出来确认。

才刚赶到环室，就看到水花乱溅，那土龙正在里头狂暴地又拍又打，江炼被扬洒过来的水兜了满头满脸，还没来得及细看，就听上头青铜盖响，再抬眼看时，孟千姿已经纵上土龙头脸处悍然下刀了。

从下刀到她被甩出去、昏厥，一切发生得太快，江炼也来不及援手，只是趁着那土龙因着剧痛躁狂地四处冲撞、巨尾乱甩的那几秒钟，泅到孟千姿身边，带着她迅速游进了甬道。

而刚进甬道不久，那土龙就跟过来了，气势汹汹，横冲直撞，江炼不敢有丝毫耽搁，知道土龙身形太大，擅长猛进而不便拐弯，于是尽拣迷宫的岔道走，不断进岔道，总之是尽量避免走直线。也不知道在这迷宫内兜兜转转了多久，土龙那沉闷的怒吟声终于听不见了，而江炼也彻底不知道自己把自己带到了哪儿。

直到这个时候，他才发现，这迷宫的底面并不是平的，而是高高低低，有时候水深齐脖，有时候并无积水，迷宫一般都是二维平面的，搞不好，这是个三维立体的。

谨慎起见，他又往里绕了一阵，在一条窄的、没积水的小夹道里停了下来，静听了一阵，确定周围死一般安静，没什么活物潜在身侧，这才压低声音，尝试着去叫孟千姿。

她一睁眼，目光涣散，懵懂茫然，江炼就知道她还不清醒，于是拧亮手电，本想让她眼珠子随着光亮转动慢慢回神的，哪知她手一抬，就把手电给打落了。

江炼没办法，一手搂着她，另一只手去捡那滚落的手电。

就听孟千姿问了句："山鬼……被它咬死了吗？"

江炼一愣，顿了会儿才反应过来。他将手电斜支在一旁打亮，低声回了句："没有，它没爬上去。"

其实，他也不是很确定，那土龙先时没爬上去，谁知道后来有没有呢？这地下迷宫幽深安静，恍如另一个世界，上头发生了什么，他实在不敢说。

孟千姿"哦"了一声，身体似是松软下来，眼睛直盯住那道细细的手电光，又问："我撞到头了吗？"

江炼觉得应该没有，他伸手在她后脑勺轻轻抚了一遍，说："没有，没有起包。"

孟千姿叹了口气，眸里还是没亮，幽幽说了句："你不懂，脑子的事很难说，也许里头已经有血块了，过两天，我就要死了。"

江炼哭笑不得，听到她说话还挺有逻辑的，略放了点儿心：应该没大碍，只是一时间清醒不过来。

于是尽量哄着她："不会的，睡一觉就好了。"

孟千姿像没听见一样，自顾自在那儿喃喃道："死了以后，就要收骨小蒙山了，小蒙山太荒了，得给我多种点儿花啊。"

这是在安排后事吗，还挺淡定的。江炼不知道该怎么答，只能含糊地"嗯"一声。

她又说："你跟辛辞讲，我最喜欢戴的那三套首饰，要给我陪葬，不给下一任，我要了。"

连首饰都惦记着……

江炼忽然很想听听，她会不会提到自己。

但是她思绪很乱，一会儿说这儿，一会儿说那儿，上一句说山桂斋该装修了，下一句又说山户太疏于训练……

然后，没头没脑地，一下子就提到他了。

"江炼这个人，长得挺帅的……"

江炼觉得自己应该谦虚点儿，听到夸奖要不动声色，但反正四下没人，他还是忍不住笑了，原来在她眼里，他还是挺帅的。

"但脑子不行……"

江炼的笑瞬间就垮了。

孟千姿还试图求得他的共鸣："是吧？"

江炼艰难回了句："我看他……还行吧。"

孟千姿说："不不不。"

她叹气："我都让他别下了，他还是要下，脑子呢？就拿这么长的刀……"

说着，比画了个寸长的距离："就要去斗土龙。救人不是凭运气的，要靠实力对不对？我都说了不行，就是不听，结果呢？是不是被吃了？"

江炼这才明白过来：他出声示警之后，土龙旋即出现，在她混乱而又混沌的意识里，她以为他被土龙给吃了，认为自己要死了。

她低声重复了句："结果呢，是不是被吃了？"

说到这儿，又呆呆盯着那道细细的光柱，江炼就这么亲眼看着，看着她眼眶渐渐泛红，眸底慢慢罩上水亮，盈入睫根。

只突然间，她没能忍住，那眼泪就下来了。江炼听到她说："我都说了别去，要等装备，不是不救人，不能用命换命，就是不听！一口吃了，也不知道咬没咬到，疼不疼……"

她伸手揪住江炼衣襟，将脸深埋向他怀里，难过到肩膀一抽一耸的："都不听我的话，烦死人了！这么难管，这叫人怎么管……"

说到后来，渐渐没了声音，江炼低头看时，原来又睡着了。

他看了她一会儿，拿手背帮她擦掉脸上的泪痕，撅灭手电，倚住墙壁，想了想，又不放心似的拿手去轻抚她后脑勺，一寸寸摩挲。

应该没大碍，这种被生生摔晕的人，还是别硬叫醒了，等她休息够了，就好了。

侧耳去听，周遭还是没动静，之前那以为是来自神棍的、零落的敲打声也没了，也许，是一通慌不择路奔逃之后，离得太远了吧。

他不敢也睡，总得有人守夜，省得一眨眼就看到那条土龙。听说畜生的报复心比人要重多了，土龙在孟千姿手上吃了亏，估计不会这么善罢甘休。孟千姿虽然重创了土龙一只眼，但说实在的，江炼不觉得会对它有什么实质性的损伤。

这种长期生活在黑暗地底的生物，视力应该早就退化了，本就是个睁眼瞎，有眼没眼都一个样。

他搂住孟千姿，听她安静而又匀长的呼吸，另一只手轻轻绕卷她的头发，在指腹间一根根搓摩。

思绪又回到了初下棺时，段文希的那篇留言。

段文希的那次掘挖，似乎没遇到过什么凶险，甚至没有遭遇土龙，因为如果真的照面，势必会有一场恶战，那她的留言里，就会提到力战土龙，而不是什么"莫响青铜罩，响则土龙至"。而且，她连这个设置的用心都说得很清楚，什么"三三不尽，六六无穷""九铃族人""以无穷尽之隐晦怨气，压凤凰翎之瑞光"。

也就是说，段文希拿到了下这个凤凰眼的正确指引，也顺利拿走了凤凰翎——这指引，只可能来自阎罗。

追根溯源，来自况家。

看来之前的猜测没错，阎罗当初抢到的，除了况家的箱子，也许还有什么密本地图，里头提到了镇龙山的龙骨残片和凤凰山的凤凰翎，只有先拿到这两样东西，才能在昆仑山找到麒麟晶。

没理由把这样的大秘密无私分享给段文希，阎罗拉段文希下水，一定有必须要借助段文希的地方。是什么呢？那年头，信仰和理想为先，山鬼的人力和钱，都不大吃得开……

他心中一动，忽然想起，孟千姿曾经说过，在她之前，山鬼王座空悬了三十二年。

孟千姿应该是一九九几年生人，空悬三十二年……也就是说，从二十世纪六十年代开始，山鬼无王座。

那么，七十年代时，不管在资历阅历还是能力上，段文希都是当之无愧的山鬼第一人。

阎罗前往昆仑山寻找麒麟晶，一定有什么关卡，是必须山鬼出面才能破解的，这才迫切地、热情地邀段文希同行，也许还嘱咐了她不要把秘密向第三人透露。所以，哪怕是亲如养女的高荆鸿，也不明就里，只知道段太婆是要找什么龙骨、看什么来生。

——得麒麟晶者成神，得长生。

长生他是可以理解的，毕竟"阎罗生阎罗"嘛，生出了一个彻头彻尾的自己，又活一世，当然是如假包换的长生。

但是，成神？

想什么呢，就阎罗那样，有半点儿神的样子吗？

他一笑置之。可说来也怪，这个念头，一经触及，挥之不去。

什么是神呢？

通常来说，首先要活得久，凡人寿数有限，神灵却能享千百载。

其次，是得有普通人不具备的本领，或者说，远远高出普通人的水平——哪怕是现代社会，行业翘楚、领域精英，还经常被人称为"大神"呢。

上古时代，生产力发展水平极低下，先民们活得战战兢兢、如履薄冰，一场天灾、一次感冒、一只凶兽，乃至一个处理不当的小伤口，都能要人的命。

你只能遮风挡雨，他却能呼风唤雨；你遇到凶兽只能瑟瑟发抖，他却能伏之动之；你下水只会淹死，他却能如履平地；你只道一死万事休，他却能听到逝去者的声音……

在先民眼里，这些人，自然可称为神了。

可话又说回来，呼风唤雨，如果只是窥知了自然规律呢？伏动山兽，如果只是打破了不同维度间的壁垒，可以沟通呢？在水下如履平地，如果只是掌握了与水同脉同息的能力呢？听到逝去者的声音，如果只是借助了更高级的工具呢？

何谓神？只不过先人一步，高人几分。在那个年代，却人神有别，泾渭分明。

但又是什么，能让这些"神"先人一步，高人几分呢？

江炼心中一动，不觉坐起。

不就是长长久久的生命和时间吗？

【13】

孟千姿第二次醒，比第一次时就要清醒多了。

睁眼还是茫然，但是会一会儿看这儿，一会儿看那儿，似乎要串联起什么来。江炼打手电时，她皱着眉头推开，又捂住眼睛，说："刺眼。"

江炼便把手电搁下。过了会儿，她自己坐起来，拿手扶住头，仿佛那头有千斤重，又喃喃问了声："几点了？"

山鬼箩筐里有袖珍表盘，正面电子，反面机械，以防遇到干扰时电子计时失灵。江炼正反面对过，回她："凌晨五点了。"

"那……"

江炼知道她想问什么："你被撞晕之后，我带着你逃进迷宫，这里七拐八绕的，土龙没跟上；没再听到敲打声，我也没敢发出大的声音，怕把土龙又引过来——这种地下生物，听觉应该特别敏锐。"

孟千姿忽然想起了什么："这土龙能站，前后肢都长，四肢着地时，像狗一样，这是鳄鱼吗？"

江炼也不是生物专家，对鳄鱼知道得很少："是或者不是，对我们来说没什么区别，都是巨大的威胁就是了。"

也对，孟千姿没再说话。

她估算了一下时间，凌晨五点，六妈、七妈就算是半夜得到消息，调齐各种装备，再赶过来，最快也得中午，也就是说距离救援到达，至少还有七个小时。

七个小时，总不能干坐着，何况干坐着也危险，你不动，不代表人家土龙不动啊。

她想了想："要么，我们四处找找看吧。神棍要是没死，找到了最好；要是死了，收个尸也是好的。"

其实她心里觉得，死了的话，早被吃了，压根儿没尸可收——但话还是要说得委婉。

说完了，又指山鬼箩筐："里头有什么能防身的家伙吗？"

问是问了，没抱太大希望。山鬼进山时，不用考虑山兽袭击，所以一般不带什么厉害的家伙。

江炼先掏出一把匕首来。

不看到这玩意儿还好，看到了就来气，孟千姿瞪江炼："我当时说了危险，让你赶紧撤，你还非要下水……"

没错，江炼立刻自我检讨："是我脑子不行，拿着这么点儿长的刀就以为能斗土龙。你昏睡的时候，我已经想明白了，救人是要靠实力，不能凭运气，我当时真是……太不应该了。"

咦？

他这么口若悬河，把话全说了，孟千姿反没法发挥了。她的性子素来如此，对方若死犟，她必追骂个狗血喷头；对方若是态度好，积极自我批评，她又会想办法把话说得圆融，给人留点儿面子。

她说："也不是，你就是当时太心急了点儿吧，脑子不行这种话，太过了。"

江炼想笑，心里说：那还不是你说的？

两人便一前一后，在这迷宫间安静地兜找开来。岔道太多，每过一个岔口，孟千姿都要在岔口处刻一个箭头，旁边写个"1"字，代表这是第一次探路时走过的。

她有个执拗的想法：迷宫再大，大得过数字标注吗？大不了发挥愚公移山的精神，一处处标，从1标到10，乃至100，总能穷尽的。

不过渐渐地，便有点儿丧气了，这迷宫的隔墙不是横平竖直的，而是弯弯曲曲，更倒霉的是，这迷宫好像不是平面的，有些甬道是斜向下或者突然转向下的，只不过被水淹了，这就意味着，底下也许还有空间——好消息是自半夜之后，应该没再下雨了，那些水正在一点点下退。

那间环室里的水也应该退了，孟千姿惦记着段太婆那几句被水淹了的话："也不知道最后几句，写的是什么。"

一句话提醒了江炼："留言里提到九铃族人，是掌铃盛家吧？"

应该是，孟千姿点头。

江炼喃喃说了句："这件事，当初参与的人不少啊。"

孟千姿没听明白。

江炼在一处没有积水的夹道处停下，仔细听了听周围动静，这才低声给她解释："悬胆峰林里，花瑶参与了，因为有结绳记事；山鬼参与了，因为剖山才能到九重；蚩尤族人可能也参与了，因为他们善冶铜铁，而崖口有很多青铜支架。

"而这凤凰眼，盛家参与了，因为收骨六十六具嘛；蚩尤族人大概也参与了，

288

因为这儿又有大规模浇筑的青铜制品；况家没准儿也参与了，否则对这儿不会如此熟悉。

"至于水鬼，看似跟这些都没联系，但是他们另有'任务'。他们在大江大河之下，建起了金汤穴，金汤穴里有尸巢。他们还知道一个地方，叫'漂移地窟'。

"任何一家，任何一件事，孤立来看，可能也就是神秘家族、诡异奇事，百般求索无解，唯有像神棍说的那样，要有'全局'观念，把所有事凑到一起，才能发现，其实当初是很多人，共同做了一件事儿——只不过做完之后，如鸟兽散，相互间淡漠了联系或者再也不联系，一代代下来，才导致最初的真相再也没人知道了。"

孟千姿默然。

这么大规模，这么多人力，到底是做一件什么事儿呢？是为了漂移地窟里的"它们"能够借尸重来吗？"它们"又是谁呢？

漂移地窟里那葡萄般的挂串，会是麒麟晶吗？如果是的话，阎罗也到过漂移地窟？

不对，阎罗去的是昆仑山。难道真如之前推测的，漂移地窟虽然累世漂移，但每隔一段时间，总会回到真正的起源处？

神棍又是什么来历呢？他直言要找一口"被偷走的箱子"。梦境里，他亲手把山胆放入箱子里，看起来，像是箱子的守护方……

还有死去的金翅凤凰、半空坠落的巨龙，压在三口棺材下的凤凰翎，风起龙从的龙骨灰烬，一切的源头是什么呢？意义又是什么？

不能再想了，越想越觉得头大如斗，孟千姿攥拳成锤，在脑袋上敲了两下，似乎这样就能把自己敲得更开窍点儿似的。

江炼还偏不让她消停："千姿，我问你啊，'得麒麟晶者成神，得长生'是什么意思？"

这还需要问吗？孟千姿乜斜了他一眼："就是阎罗生阎罗，长生不死咯。"

江炼摇头："不对，这句话最关键的两个字，其实是'成神'。"

孟千姿失笑："这就是一种夸大的说辞吧，阎罗哪像是成了神啊！他要是成了神，我们还制得住他？"

江炼笑笑："你换个角度想，是不是我们把'神'想得太无所不能了呢？总觉得神有通天彻地之能，吹口气死人就活了，挥挥手山就让道了——如果上古时候，'神'这个词不是这个意思呢？"

他想了想，换了个更浅显的说法："比如这个世界有黄种人、白种人、黑种人，你知道大家的本质都是人，只不过是人种不同。同样人种下头，也还有不同的细分，例如按照地域区分，看你的划分规则如何。

"最早的时候，神和人，也许只是简单的类似左与右、黑与白、上与下的区分呢？没有谁比谁更高贵，就是按照某种规则，划分成了两个人种。"

孟千姿觉得自己脑子不够用了："按照……按照什么规则？"

"生殖方式，一边是可以自体繁殖的，一边是两性繁殖。只不过是生殖方式不同，没有高低之分，自体繁殖的就叫神，两性繁殖的就叫人。"

好像也说得通，现代科学喜欢给生物分类，哪怕是同样的物种，不同的生殖方式，似乎……也该分个类。

孟千姿插不上话，只能听他说下去。

"但是在接下来的漫长岁月里，两方渐渐拉开了差距，'神'族人不遗余力地把自己给'神'化了，凌驾于人之上，使得人自惭形秽，甘愿弯下膝盖，做神的奴仆，真正把对方捧上了神坛。'神'这个词，从此才被赋予了那么多的意义。"

孟千姿更糊涂了："怎么拉开差距，又怎么把自己'神'化呢？"

江炼回答："是时间。

"一直以来，人类传承的遗憾之一，是上一代的智慧、学识、感悟、成就，永远无法简单地一键递送给下一代。下一代必须从头学起，还未必青出于蓝。

"杰出音乐家的儿子可能对音乐没兴趣，甚至不识乐谱；杰出物理学家的女儿可能物理挂科，满足于当个服务员。我们也经常感慨说某某伟大的科学家，如果能再活十年、二十年，必将会有更多的发明创造。"

孟千姿约略明白点了："但是'神'族人没有这个问题，因为它们是自己生自己？"

江炼点头："如果说，起初是同一条起跑线，那从第二代开始，就已经拉开差距了。想想看，全新的年轻肌体，但已经有了一世的积累——就如同这头刚生下来的，就有了爱因斯坦的一切学识，已经在研究艰深的科学谜题了，那头的还在学爬，几代之后，能不拉开鸿沟一样的差距吗？人看神，会不屈膝膜拜吗？"

孟千姿心跳如擂鼓，嘴唇翕动着，却又不知道该接些什么。

只听到江炼在说："有了一世又一世的时间，当然可以对这个世界乃至世界之外进行更深入的探求——人的智慧学识即便不能一键递送，繁衍了这么多代下来，在科学上还有了这么多的成就呢，何况是它们？

"现代人务实，讲究科学，但它们走的似乎是玄学方向：怎么样去遵循天地间的规律，效法自然；如何打破维度，和山同脉同息，和水同脉同息，和兽沟通交流；也在研究人的肉身死了之后，灵魂到底去了哪里，到底能不能和逝者再有对话……它们不断地重生，必然会有巨大的突破。"

说到这儿，话锋一转。

"但是，谁都知道，现实是，当今世界，人才是世界的主宰，自体繁殖什么的，几乎没再听到了。有句话叫'物竞天择，适者生存'，也就是说，在这场神和人的生存竞争中，虽然神一度占据了上风，但最后，人才是被选中的那个，它们还是落败了。"

孟千姿没有说话，她突然想起神棍那一个又一个的梦。

——神棍捧着山胆，放入箱子，周围还有无数的箱子，而边上有个人唱票般念"山胆一枚"。

山鬼家视若珍宝、累代收藏的物件，在那个场景中，像是一个普通玩意儿。

——群山耸峙，明月高挂，有巨大的篝火燃起，很多人围着篝火而坐，大放悲声。

他们唱念："最后一头麒麟已经离去，金翅凤凰也活到了尽头……我们将去往何方？我们的荣耀和辉煌，将如烧尽的篝火，再也不见闪亮……"

那场景，确实弥漫着一股曾经辉煌过的大族走到末路时的悲凉和凄婉。

严格说起来，江炼的叙说还只是假设，但孟千姿几乎没有丝毫怀疑，只是顺着这条线继续往下想："那它们为什么会落败呢？因为战争吗？"

上古之末，最著名的一场大战，就是黄帝和蚩尤大战，但神话中，黄帝是神，蚩尤也是神，严格说起来，并不是人和神的战争。

江炼沉吟了一下："这种落败，不应该是某一次战争，应该是一段过程——衰落的过程。

"从黄帝、蚩尤大战，直到大禹开启人皇时代。大禹的父亲鲧，还可以腹生禹，但到了大禹，是娶涂山氏女，没有再继续自体繁殖——给人的感觉，不是他不想自体繁殖，而是不能了。

"自体繁殖，一定有某种缺陷，使得它前期虽然占据上风，但后来慢慢劣势凸显，只是我还不知道这劣势是什么。"

劣势……

孟千姿嘀咕了句："应该是有时间限制吧？如果能永无止境，无限重生，那女娲、伏羲什么的，都能活到现代了。黄帝的时候，就没听说女娲、伏羲了。"

说完抬头，见江炼正奇怪地看着她。

孟千姿紧张："我说错什么了吗？"

她怕自己说了什么蠢话。

江炼摇头："不是……"

他喃喃道:"时间限制……没法繁殖……"

说到末了,喉头发干,声音都激动得有点儿发颤:"不是,千姿,也许神和人各有优劣势。人的劣势是时间限制,但优势是繁殖;它们的优势是时间,劣势是繁殖限制!"

它们还有繁殖限制?

孟千姿结巴:"它们不是自己……生自己吗?"

江炼知道她还没明白:"人比它们活得短得多,但人可以代代繁衍,子嗣绵延;它们通过繁殖方式,拥有比人长久得多的生命,但只是长久,而不是无穷无尽,它们的限制是繁殖,自体的生命走到最后的尽头之后,就趋向灭绝,也就是说,虽然有一段时间风光无限,但是族人渐渐灭绝,越来越少了——渐渐地,谁更占据上风,显而易见了。"

说到这儿,他的心跳得厉害:"这个时候,它们就得做出选择了。"

孟千姿下意识接了句:"就像大禹娶涂山氏女那样,学习人的生殖方式,乃至和人通婚?"

这样生下来的,再也不是自己了,"自己"是彻头彻尾消失了,但怎么说呢,聊胜于无,好歹有自己的血脉啊。

只是这样的话……

她喃喃说了句:"一定有人不同意。"

江炼接了句:"对,一定有人不同意。"

历史上,每次进行变革,冲突必然如影随形,魏孝文帝只是迁个都呢,多少老臣哭着反对,更何况是这种的,放弃神由来已久的地位和血脉,泯然众人。

孟千姿只觉身上发凉,也不知道是地下阴寒,还是心理作用:"黄帝和蚩尤,不会是因为这个,打起来的吧?"

心里有个声音说:为什么不会呢?

双方一定各有拥趸,蚩尤的追随者甚至不在少数,即便是那些原本为黄帝效命的,都可能改旗易帜。

这场战争打得旷日持久,但终于分出了胜负。

大禹即位在尧舜之后,算是黄帝一系了,他的父亲鲧或许是最后一个自体繁殖的人,而他顺利完成了过渡,开启人皇时代。

蚩尤在大战之后,据说被黄帝枭首,但他的追随者败入边陲绝地,当时甚至不是华夏正统,而这些山林地带,至今流传着一些神秘不可测的法术,比如蛊毒,被认为是一种极高明的虫药体系;又如符咒,被认为是对天地自然规律的一种巧用;

再如赶尸，被认为是对人死后的一种尸体研究……

更重要的是，悬胆峰林、凤凰眼、漂移地窟、尸巢……这一系列的设置背后，都有一道漫长纤细、幽幽通往上古的脉络，脉络之上。始终悬着颤巍巍的不甘。

有这样的设置，必然有所图谋。

【14】

不过，再震惊也得顾眼前事，阴谋假设得还太远，身边的危险却是实打实的。

两人继续在迷宫里兜找，也继续在岔口刻下小小的标符，对身在迷宫何处，完全没有概念，只知道暂时还没走过回头路。

孟千姿忽然想起环室里那个被水淹没的圆台，比画着跟江炼说了："我段太婆说，取了凤凰翎走了——那凤凰翎，会不会就是供在台子上的？"

有可能，江炼想了想，添了句："段太婆那一次，也太轻松了吧？"

是挺轻松的，径直找到了凤凰眼，连挖两口棺材，小心翼翼地给第三口去盖，经由棺材底下了环室，全程没有响过青铜盖，也就应该没有遭遇土龙——不是应该，是绝对没有遭遇，否则她哪来的闲情逸致在墙壁上洋洋洒洒留了那么多话啊。

孟千姿觉得这"轻松"也并不稀奇："段太婆是拿到了正确的指引，没走任何弯路，直捣黄龙，换了其他不明就里的人，也许会从迷宫别的入口进，那就千难万难了，而且八成会遭遇土龙，有来无回。"

也是，江炼没再说什么，但他还是觉得，这样的安排透着点儿……怪。

连着绕了几个岔口之后，他终于想明白怪在哪儿了。

"千姿，你觉得，那个土龙设置在这儿，是干什么的？"

孟千姿正俯身刻下又一个箭头，听到这问话，默默在心里翻了个白眼儿，相处这些日子，她对江炼的一些套路已经很熟——这是明明已经有所发现了，非披着不说，要借她这块砖来引他的玉。

想不理他，又迫切想听他接下来要说什么。

谁让自己的脑子转得没人快呢，只好先配合作答："守护凤凰翎吧，总不能让随便误闯进来的阿猫阿狗把凤凰翎给拿走啊。"

没错，江炼"嗯"了一声："怪就怪在这儿，你不觉得，那个土龙离那个环室，太远了吗？"

他解释："这土龙长年在地底下，总得有自己的窝，在那儿吃饭睡觉，乃至交配繁殖——毕竟这下头究竟有几条土龙，谁也说不清楚。

"但是之前,我观察过那个环室,甬道很长,内里无数岔道,就眼睛看到的范围,都不适合土龙居住,也就是说,它的巢穴还在更深处。

"这就怪了,看家狗还得挨着门呢,它一个看守凤凰翎的土龙,离着凤凰翎那么远,不合适吧?而且,只有青铜罩被大力踩踏发出声响,它才能察觉,然后巴巴赶过来看——这要是哪个贼动作轻点儿,青铜罩不响,它就不来,凤凰翎也就这么……被拿走了?"

孟千姿被他给问住了,半晌强词夺理:"也许……土龙默认,从棺材口下来的人,是对的人,可以拿走凤凰翎;其他那些,从别处进来的,才是……敌人。"

江炼啼笑皆非:"你也是从棺材口下来的,土龙好像没觉得你是'对'的那个吧?话又说回来,凤凰翎都被段太婆拿走了,这土龙没东西可守护了,它还那么拼命,上蹿下跳、真情实感个什么劲儿呢?"

孟千姿一颗心"怦怦"跳起来。

对啊,看家狗都没家可看了,还那么警惕做什么呢?甚至主动攻击了神棍——人家神棍只是在坑底转悠了一下,连声响都没出啊。

她咬了下嘴唇:"你的意思是,这底下除了凤凰翎,还有别的东西。这东西,是连阎罗和况家人都不知道的——那才是土龙真正守护着的?"

江炼说:"你看,你也这么想,说明不是我一个人多心。到底真相是什么,走一步看一步吧。"

说到这儿,忽然笑起来:"我现在真的是很好奇神棍,他在这整件事里,到底是个什么角色。"

孟千姿低声说了句:"他应该是'神'族吧?或者说,他看到的,都是某个神族人的经历吧。"

神棍亲口说过,那些人说的并非普通话,比最难懂的方言都要晦涩,但他一听就懂,若非本部本族,怎么可能对那些语言那么熟悉呢?

她收起匕首,向着前方幽深处那些数不尽的岔口发呆。

这神棍,到底在哪儿呢?

她觉得,有九成在土龙的肚子里。

因为,就以他那让人……无语凝噎的身手和迟钝的身体反应能力,能从土龙的口里逃出去?

从某种程度上说,孟千姿对神棍的判断是中肯的。

神棍当然没有书写出勇斗土龙的壮举。土龙不是蛊虫,蛊虫可以被他的屁股坐死,但他的屁股,还不够去填土龙牙缝的。

一直以来,对比旁人,神棍都是很有运气的,一生经历过不少凶险,末了都全身而退,以至于他的好朋友毛哥一度把他视为遇难呈祥的吉祥物,还曾经把他的照片洗了有十多张,放在客栈的后门、灶下、墙根、下水处,美其名曰"镇宅"。

但这一次,神棍的运气明显欠佳。

他摔下棺口直坠入水时,撞到了被水淹没的那个圆台,虽说不是脑袋正冲着撞上的,但总归是磕到了,一吓一撞一磕一带的,瞬间就昏了过去。

不过,没过多久,他就悠悠醒转了——可能是因为他的整个身体,都在持续地、不断地晃动,使得他没法像孟千姿那样,安稳昏睡。

还可能是因为,腰臀处传来的剧痛。

起先,他还以为是被磕撞的,但是又不对,身体晃得太奇怪了,周遭的腥臭味儿太浓了,腰臀处的剧痛又是那种锉磨般、撕扯似的痛。

他用尽浑身的力气睁开眼睛。

头灯还在,圈绳还箍在他的脑袋上,电池似乎出了问题,光很微弱,还时明时灭的。

借着这颠扑不定的光,他终于看清楚自己的处境,一颗心瞬间跌入了谷底。

难怪他老是摇晃。

他被一条巨鳄——是的,巨鳄,他没看到段文希的留言,不知道这玩意儿还有个名字叫'土龙'。他就被这么一条巨鳄咬在嘴里,着牙处是腰臀,难怪那里那么疼,牵扯着的那种疼。

他看不到自己的腿,也许正在另一侧荡着;他仰起头,看到一只泛阴森光亮、颤巍巍如一汪水般的眼;转头往后看,只能看到一再耸动的、无比皮实的鳞甲……

哗啦水响,是前头要过水了。

果然,身下一凉,大半个身体已经浸入了水里。幸好这段水不深,他的头脸虽然软塌塌地浸入水下,但偶尔,因着晃动,又会荡出水面。而巨鳄的两只眼,如两只硕大的灯泡,始终在距离他头脸不远处的水上漂浮。

他的脑海中冒出一个念头来。

——我要死了。

他还以为,昆仑之行才是最惊心动魄的终结之旅,没想到,脚还没抬出去,就在凤凰山这儿……栽了。

【15】

这段水不长,也不深,很快就拐进了没有积水的夹道,但接下来的那几段就要命了,有几次,人甚至是被深埋进水底的。

神棍这人,其实没什么水性,但还是拼命憋住气,生怕自己一个呛咳惊动了巨鳄,又给他来上一口。

他这纤细的腰——是的,相比鳄口,实打实的纤细——可经不住巨鳄牙齿的折腾。

就这么兜兜转转,其实没过多久,但任谁在巨鳄嘴里叼着,以相对论的原理来说,都会觉得时间漫长难熬。

神棍心里,大半辈子都已经过去了,突然间,他被粗暴地甩落下来。

这一落,牵动伤口,真个痛彻心扉。神棍在地上骨碌打了两个滚,膝下意识两手交叉格挡在头脸前,想徒劳地抵挡一把,但那巨鳄压根儿就没用眼看他,身子一旋,巨尾一扫,要不是神棍低头快,脑袋大概当场就会被扫开瓢——饶是擦着头皮过去的,那股劲风力道也不小,扫得他脑子发闷、头皮生疼。

然后,那巨鳄就蹿出去了。

神棍原地呆坐了几秒,这是先不着急吃,把他当粮食……储备?

但他很快反应过来,时间宝贵,哪怕只多给他一分钟,他也要积极求救。最重要的是,得让山鬼知道他还活着,而不是被吞吃了——这样,他们才会部署营救。人家地震之后的救援,也得先确认废墟下头有生命体征呢。

神棍干咽了口唾沫,忍着腰部、臀和腿的痛,又使劲拍了两下头灯以迫使它照明正常,然后紧张地打量着周围的一切。

这是个……地下洞穴兼裂缝暗湖,说是湖有点儿夸张,其实也就是个大池塘大小,水极其混浊,呈黄褐色,岸边不断有高处裂缝里渗漏下的水注入,在死寂的水面上激起极微小的痕纹。

这应该就是那条巨鳄日常活动和栖息的老巢吧?

看着看着,神棍眼前一亮。

他发现,这个洞穴高处,有一多半也被焊上了青铜盖,甚至一路下沿,连低处都有浇盖,给人的感觉,这洞穴之前并不是个死地,后来有人大规模填塞,又浇筑青铜汁,才形成了今时的"绝地"。

敲击青铜盖会发出声音,如果整个青铜盖都是一体的,他在这儿敲,地坑那儿的山鬼没准儿会听到。再说了,地下这么安静,本来就易于传声吧。

神棍激动起来。他四面摸索，很快找到一块拳头大小的石头。能敲几下是几下，信息传递出去就行。他甚至计划着，敲击四五下之后，就迅速趴回原地继续装死。也许那条巨鳄蠢笨，即便被声音引回来了，也不知道是他敲的呢？

说干就干，神棍脱下外衣，紧扎在腰臀的伤处，以免血液滴滴答答流下来，然后攥住石块，借着洞穴的天然地势，向着高处攀爬，觑着位置差不多了，拼尽力气抬起手来，"砰、砰、砰"一下下砸击青铜盖。

他每砸几下，就停下来，侧耳听周围动静，以便随时冲回去装死。砸到第三还是第四次时，余光忽然瞥到了点儿不对的。

水面中央有一处不大的范围，泛起了金色的光晕，但那金色中，又有不同色彩的光晕流转烁动，煞是好看，但只一瞬间，那光晕就不见了，像是被什么遮住了。

神棍还以为自己出现幻觉了，拼命闭眨了几下眼睛再看。这一次，没看到什么光晕，倒是看到了水面下有个巨大的暗影，正缓缓上浮。

水里居然还有东西？

神棍的身子整个儿僵住了，他攥紧石头，倚靠着那处石壁不动，极度的寂静中，几乎能听到自己上下牙关咯咯叩击的响声。

那光晕又神奇地出现了。这次是在另一侧，只在巴掌大的水面上飞快地溜滚了一下，但神棍顾不上去追逐什么亮光了。他看到，有个巨鳄的头脸，部分浮出了水面。

这地下，居然有两条巨鳄！

而且，他以为先前叼着自己的那条就已经够大了，现在看来，跟这条一比，只是小巫见大巫——这一条并没有出水，他也并没有看到全貌，但窥一斑而知全豹，光那老枯木般色泽发黑的鳄头，就几乎有一张小桌子那么大了。

怪不得那头小的巨鳄会把他甩落在这儿，合着是孝敬这头老的，上贡来了？

神棍一动也不敢动，连呼吸都停滞了。好在，这一头，似乎之前是在沉睡着，现在也没大醒——它朝向神棍这一侧的那只眼，眼睑有很明显的皮肉下耷，半闭不闭的，只露一条窄窄的缝，敲击声没了之后，它也就没再上浮了，静静略停了会儿，又缓缓沉了下去。

不过，它这一上一下，暗湖的水被搅得更混浊了，很多排泄物和腐殖质被搅了上来，把水面搅得浅一块深一块的，更瘆人的是那气味，真是闻之欲呕。

神棍垂着手，手上的石头似乎突然有千斤重。现在，打死他他也不敢敲了。再说了，敲了不是害人吗？真把山鬼给引过来了，山鬼那装备，充其量是匕首和甩棍。那棍子，给巨鳄当牙签都嫌细。

297

他一屁股坐倒在地，环视这个阴森森的洞穴。这儿，就是自己的葬身之所吗？

他在腰后摸了摸，想看看身上是不是还有什么可利用的，末了，摸出一把弹弓，还摸出一个小巧的酒葫芦。

段文希的酒葫芦。

——我饮半壶，留君三口；无缘会面，有缘对酒。

因为这葫芦小巧，又不重，那之后，他就一直带着，大多数时候别在腰后。至于那三口酒，上崖之后，他呷过一口，结果头晕了大半天，他本就是个一杯倒的体质。

但他还是决定，要都喝完，不负段小姐的知遇之恩，至于人家到底哪知遇他了，他并不在意。他都打算好了，剩下的那两口，找到段文希的尸身时，他得饮一口；箱子这事彻头彻尾了结时，他再饮一口。

现在看来，没机会了。

他要被鳄鱼吃了。

命运对他还是优待的，赋予他一杯倒的神奇体质，又于冥冥中安排了，他濒临绝境时，身上恰有一壶酒——他宁可醉死时被鳄鱼啃了，也不想清醒地去体验这一切……

正想着，外头突然起了动静，是那头小巨鳄又窜回来了。也不知道为什么，周身杀气腾腾，极其狂躁，一张嘴，满是杂乱的森森白牙。

一看就知道是要来撕扯他了，神棍拧开酒葫芦，"咕噜"灌了一大口，然后恶狠狠地盯着巨鳄，把葫芦盖塞进了弹弓的弹皮里。

来吧，他要做人生中的最后一搏。他这一辈子，打弹弓就没打准过，也许，在生命尽头，有酒壮胆，这颗来自段小姐的"弹子"，裹挟着他的悲愤，会迸出奇迹的力量，一举击瞎这巨鳄的眼！

葫芦盖携着破空声呼呼而去。

酒劲发作，神棍一头歪倒在青铜盖边。

他没看到，那颗"弹子"，打在了距离那条巨鳄十来米的石壁上，又骨碌滚入湖水中，坠出一圈又一圈的纹路来。

奇迹，一般是不会降临在如他这样没准备、没训练以及瞄都没瞄准的人身上的。

风声凛冽，篝火熊熊。

神棍看到，自己垂着手，正将山胆放入箱中，边上人便唱票般念："山胆一枚。"

有了之前的经验，他仔细去听那人的发音和用语，真的不是普通话。他这辈子走南闯北，也算听过无数方言，但也不是他熟悉的任何一种。

不过，他就是能清楚明晰地知道对方所表述的意思。

这个放置山胆的人到底是谁呢？神棍拼命想找一面镜子，想看清这个人的脸和自己是否相同，却怎么也找不到。

下一刻，他感觉自己跟着那个人在走，不断让过急匆匆的一个人，又一个人。那些人，依然只是幢幢的影子，但能看出，他们手上拿着不同的东西。

迎面过来一个人，那人问他："你那口箱子，还有空地吗？"

他听到自己回答："空，我那口，才装了一半。"

那人松了口气："我的已经满了，这个就移到你这儿吧。"

说着，将沉甸甸的一包东西交给他。

他便兜着这包东西往回走。路上，经过一口又一口半开的箱子，也听到此起彼伏或清晰或模糊的点算。

——正本，《山经》一卷，《海经》一卷，《大荒经》一卷。

——伏羲氏凿制，阴阳八卦双鱼石盘一口。

——女娲，抟土人偶十六只。

他就这样深一脚浅一脚地走回箱子旁，守在箱子口的那人朝他手中看了一眼，又念："北斗骨七块……"

下一刻，场景忽然变了。

还是在深夜，风声呼啸，野地空旷，百里无人，幽深的小山洞深处，却有飘忽的一支火把燃起，火光把窃窃私语的两个人的身影映上石壁，鬼祟而又巨大。

"这是所有的凤凰翎吗？全在这儿了？"

"全在这儿了。"

"龙骨呢，怎么是一包灰？"

"这是烧过的，我全刮来了。另外的实在找不到，不知道被他们藏哪儿了——别急，我再想想办法，打听一下。还有，工匠查到了吗？"

"查到了，凤凰鸾图案的箱子一共四十口，都是出自况……"

外头似有异声，两个人影仓皇回顾，其中有一个人伸出手，一把就将火头给攥灭了。

场景又变，这一次，不是晚上了，朗朗天光，周遭的一切都白得发亮，白得晃人的眼。

他仰躺在地上，眼睛被光亮刺得睁不开，有个被白光融到扭曲的人影怒吼："给我挖他的心，抽他的肠！"

他惶恐至极，待想躲时，只觉身侧地上忽然冒出无数只手，有一只指甲极尖利，"噗"的一声便刺入他心口，然后拽住两侧的皮肉一撕到底，那无数只手便跟上来，乱抓乱挠……

　　他惨叫声连连，大呼"救命"，然而，忽有一只纤长而又微凉的手，死死捂住了他的嘴。

　　神棍拼命晃动着脑袋，苦于张不得口，猛然间睁开眼睛，就见孟千姿脸色发白，用力捂住他的嘴巴，压低声音骂他："这不是来救你了吗？喊什么喊！"

　　而边侧，江炼提着一把匕首，正警惕地看向洞口处，又轻声嘱咐神棍："千万别发出声音。快中午了，山鬼后援可能到了，只要咱们能悄悄出去……"

　　他和孟千姿，就是兜转了无数次之后，柳暗花明，突然间摸到这个洞口的。
　　那头独眼土龙，正伏在洞口，沉沉地睡着。
　　其实鳄鱼这种生物，遇到需警戒的情况时，是不会完全入睡的，有一种说法叫"睁一只眼闭一只眼"，就是说鳄鱼半个脑子睡着，另半个脑子却是清醒的，必有一只眼睛睁着——但孟千姿误打误撞，一刀插瞎了它的眼，而鳄鱼身上最脆弱的部位就是鼻和眼。

　　近十几年间，有记载的几次鳄口逃生，生还者无一例外都是尽全力击打鳄鱼头脸，甚至拿手硬生生插瞎了鳄鱼眼。所以那条鳄鱼受伤不轻，是以睡得较死，江炼和孟千姿也正是得益于这个，才冒着危险，偷偷自洞口处绕了进来。

　　哪知刚到跟前，还没来得及推醒他，神棍突然作死大叫什么"救命"，亏得孟千姿反应快，一把捂住了他的嘴。

　　见到同伴，神棍如释重负，忙紧闭了嘴，连连点头，表示绝对配合。正待站起时，屁股忽然碰到什么东西。
　　是那个酒葫芦！
　　就听"哐啷"一声，这酒葫芦就砸在边侧的青铜盖上，然后继续滚落，向着更低处砸去。

　　孟千姿头皮发麻，不及细想，一个猱身下翻，伸手就去抓那酒葫芦，可惜只差了那么一点点，没抓住。又是一声敲击响，那葫芦继续下跌。

　　也顾不上那么多了，孟千姿又是一翻，然后贴地滑纵，及时伸臂一探，这一次，终于是及时把那葫芦给抓住了，人也离水边没几米了。

　　她很轻地吁了口气，扬起那个酒葫芦，朝着江炼和神棍笑了笑。
　　江炼没笑，他隐约觉得，孟千姿身后的水有点儿不对。
　　而神棍，则惊得脸都白了。这个时候，也顾不上什么响声不响声了，他用尽浑身的力气，大吼了句："快跑，赶紧跑！"

【16】

  孟千姿并不知道身后发生了什么,但看神棍这架势,也知道大事不妙,她顾不上回头,向着旁侧便翻——来自身后的威胁,一般都是走直线,以曲线逃避,大概率是没错的。

  果然,几乎是她刚一动,水声就起了。一个巨铲般的鳄头,直铲在她一两秒前所在的位置,顺带着兜扬了她满头满脸的水。她正待站起,劲风又至,是那鳄头顺势回摆,孟千姿躲闪不及,直接被这一摆撞得"扑通"一声入了水。

  而那巨鳄压根儿也没上岸的意思。鳄头回摆,只是为了入水——几乎是在孟千姿落水的同时,它也以泰山压顶般的架势,直直冲没了下去。

  整个过程,只两三秒的工夫,江炼几乎还没看明白发生了什么事,偌大水面上,就没人也没鳄了,只余岸边水花散落,湿了一大块,外加湖水漾动不止,被翻搅得更混浊了。

  江炼脑子里嗡嗡的,三步并作两步直蹿到岸边。一时间急火上冲,声音卡在嗓子眼儿里,竟没叫出来。他倒不是怕跳下去,但跳也得有个确切的落处,现在这满眼浊黄,叫他往哪儿找人去?

  他死死盯住湖面,飞快转着手中的手电角度,只盼着孟千姿的头能在某一处冒出来,好叫他有个施救的方向。然而洞里太黑,水面又太大,这一线手电光,实在照不过来。

  江炼的手心都出汗了。就在这个时候,他听到神棍又叫:"那条!那条又过来了!"

  是原本睡在洞穴口的那条独眼土龙!

  接连这么多动静,是该醒了,过来就过来吧,江炼也没那心思管它,然而这一条,偏就冲着他来了。

  来势极快,神棍骇得声音都劈了。江炼急回头时,恰迎个正着。这土龙四肢着地狂奔时,就一点儿也不像鳄了,倒像只身形巨大的悍狗。

  神棍眼见江炼不跑也不躲,还以为他是吓呆了,直觉他下一秒必将丧生鳄口,急扭了头不忍去看。

  江炼站在水边,心念急转,原本是想着,在最后一刻从旁跃开,土龙收势不及,必会跌入水中,这样可以多赢点儿转圜的时间……

  转念一想,孟千姿还在下头,生死未卜的,再放一条土龙下去,可怎么得了?

更何况，这一条还跟她有仇。

于是紧咬牙根，只是站定不动，待到近得能看见这土龙瘪奄的独眼时，身子往下急溜，瞬间仰面溜入土龙腹底，任手电滚落，两手死死抓住匕首的柄，刃尖朝上，向着土龙的下腹直豁而去。

印象中，鳄鱼身披鳞甲，但腹部应该是柔软的，而且土龙来势甚急，借势下刀，若能豁它个开膛破肚，这一头的威胁也就差不多解除了。

只顷刻间，土龙便从他上方蹿了过去，江炼撑地急起。

可惜了，相比土龙的体型，这匕首实在是太小了，入肉是入肉了，但离预想差得远了。那土龙甚至都没落水，只在岸边急转了下，半个身子拖入水中，头还是向着他的。

江炼也顾不得什么了，向着湖面大叫："千姿！"

又吼神棍："你赶紧看看，孟小姐在什么地方！"

吼得声色俱厉，其实心里早慌了。都这么久了，孟千姿怎么还没上来呢？

神棍急应了一声，头灯经这一夜消耗，早没了电。他捡起孟千姿落下的手电，拧到最大挡，来回向着湖面扫视。

没有，都没有，近处的水色浊黄，而远处光线太暗的地方，那水色几近褐黑了，但不管是浊黄还是褐黑，都只上下轻荡，凝着一种异样的死寂。

神棍的手止不住发抖。

孟小姐呢？都下去这么久了，又不是水鬼，普通人早闭不住气了，她不会是叫下头那条巨鳄给……吞了吧？

江炼也是这想法，一时间脑子发木，恶气却直往胆边生。这一刻看那独眼土龙，只恨不能把它生吞活剥，竟没什么怕的感觉了。他抬起手背抹了把鼻端，齿缝里迸出几个字来："还不滚出去叫人！"

神棍愣了一下，这才意识到江炼是在跟他说话："那……那你呢？"

江炼没再理他，倒是神棍自己回过味儿来了：江炼不在这儿拖着巨鳄，他哪有机会出去求救呢？他一万个想留下来帮忙，但他这战斗力，还是别在这儿碍手碍脚了吧。

念及此，不再犹豫，一狠心向着洞口处疾奔。

没想到的是，那土龙似有所感，竟撇下江炼，向着神棍急蹿了过去，江炼哪拦得住？情急之下，也顾不得会受伤了，伸手就去抱土龙的尾巴。

抱住了才知自己荒谬：力量太悬殊了，抱住了又能如何，难不成还能把土龙给拉回来？

那土龙察觉到了尾巴上有异物，只不耐烦地扬尾一扫，江炼整个人就已经被带上了半空，行将被甩开时，他忽然看到了土龙那褶皱眼皮环绕着的、水晶球般的独眼。

昨儿晚上，这土龙就是因为伤了一只眼，痛得暴躁地打滚，给了他把孟千姿救进甬道的时间。

匕首还攥在手中，赌一把吧，这土龙是更想抓到神棍呢，还是更恨戳瞎它眼的仇人。

江炼的身子被甩开时，用尽浑身的力气，觑准土龙的独眼，一把将匕首甩了过去。

其实，江炼掷飞刀的准头也就一般，人嘛，总不可能样样都擅长，但幸运之处在于，这土龙的眼太大了，即便不是正中靶心，也总能掷中的。

果然，江炼被狠狠甩砸在石壁上，五脏六腑都被摔得一阵翻覆，险些晕过去时，清清楚楚看到，那匕首稳稳入了土龙的眼，土龙瞬间暴起，原地乱滚，而神棍借着这片刻时机，身形已消失在了洞口。

江炼笑起来，他用力抓住近旁凸出的石头借力站起，没去管那条痛得死去活来的土龙，只是又大声叫了句："千姿？"

"千姿你还在吗？"

洞穴空旷，叫喊声在水面上方、青铜盖侧幽幽回响。

湖面平静得让人心头发毛，仿佛从未涌出过那条巨鳄，也从未吞噬过孟千姿。

他回想起孟千姿入水的刹那，那条巨鳄旋即跟下去的恐怖场景——那速度、那角度，外加那块头，什么都能撵上，什么都能吞咽吧？

这条全瞎的土龙终于自疼痛中恢复过来，慢慢将头脸对准了他的方向，一只眼里还颤巍巍晃着匕首的柄——果然，即便全瞎，也并不影响这种长年生活在地底的生物追击敌人。

现在，江炼手里连被孟千姿嫌弃过的小匕首都没有了，真正的赤手空拳。

他心算了一下时间，估摸着还能为神棍拖上个一时半会儿，于是向着土龙招手："来来来，炼小爷爷再陪你玩上两招。"

土龙嘶吼着扑了上来。

江炼再无进攻的机会，只能躲闪了。前几次仗着身形优势，还能勉强撑住。到了后来，就渐渐左支右绌了，毕竟一夜没睡，又一路都在消耗体力。

还因为，实在没什么斗志了。

到了最后，被土龙巨尾扫得骨碌连滚，如同陀螺，冷不防背上吃了一抽，抽得他眼前发黑，喉口一阵腥甜，又硬生生咽下去。

他大声叫："哎，哎。"

一边叫，一边摇摇晃晃站起来，单手前挡，似是要讲和谈判。

土龙长年活在地下，视力退化，对声音格外敏感，忽听到声音，身形略顿。

江炼说："不玩了，炼小爷爷打不过你，走了。"

语毕笑了笑，翻身跃入水中。

正如孟千姿预料的那样，曲俏带着后援人员和装备，于正午前赶到。

半夜之后就没再下雨，环室里的水已经退了，路三明一口咬定，昨晚看到的是一条巨大的鳄鱼，还表示自己连夜做了功课：鳄鱼的要害是眼睛，遇到状况要先攻击眼睛；鳄鱼的咬合力很强，但张嘴的力道很弱，有时候一根棍子死死压抵住，就可以让鳄鱼张不了嘴。

不过最后又补了句，这些可能不适用于底下那条，因为底下那条可趴可站，四肢也长出一大截，比通常意义上的鳄鱼要厉害多了。

曲俏倒无所谓这个，反正带了足够的麻醉枪，兽用麻醉剂的分量也管够，体型太大的话，剂量给它加倍，不愁它不倒。

她让人先放了七八个生命探测器下去。

这是利用热能原理，侦测附近范围内有无生命活动迹象的。底座是微型的机械车船，平地时是遥控前进的小车，遇水时切换模式，可以转成小船，底座上带夜视摄像头，可以及时将下头的影像传送回来。

环室有七条甬道，每条都进了一辆探测器，看回传的信号和影像，安全距离已经足够，曲俏安排三人一组，第一批共计二十一人进了甬道，都带足了装备，多方向搜找并行，自己则停在环室，先去看段文希的留言。

虽说她和山桂斋联系不多，但重要的事还是有耳闻的，也知道段文希当年的失踪可能另有隐情，不过这洋洋洒洒一大篇，又是麒麟晶又是凤凰翎的，还是看得她云里雾里。

好在她的大部分精力和关注都已经给了戏，对于其他的，好奇心从来不炽。

水才退不久，水线下的那段颜色尤深。

上头写着：金翅凤凰翎一枚，插于台心，金光流转，内蕴七彩，撷羽在手，如玉生温，无罩无匣，千年不腐，蔚为神奇。

曲俏看向环室中央那个圆台，这圆台应该是一整块大石凿就，跟外头那两口棺材有相似之处：不雕琢，也不事修饰，粗糙得很。

圆台中央，有个细细的小孔，恰能插一根鸟羽，想来段文希下棺之后，一眼就看到了。

——至此，方信阎罗所言非虚，遂决意成行。得麒麟晶者成神，何谓神？我等凡俗，不敢妄生狂念，得窥玄机一二，于愿足矣。

留言就到这里。

曲俏正发愣间，忽听上头有人声，听传下来的只言片语，似是冼琼花到了，又听路三明一迭声的"孟助理"，好像那个孟劲松也在其中。

正待上去打声招呼，步话机里忽然"呲呲"有声，曲俏知道有发现，忙把耳机塞入耳中。

果然，听到有人大声报备："找到一个了，找到一个了！"

曲俏也不用追问找到的是哪个了，因为下一秒，她就听到了神棍结结巴巴而又急乱的声音："孟小姐……孟小姐掉进水里了，一直没上来，江炼还在那儿……水里有鳄鱼，岸上也有，一共两条，水里那条更大。"

什么叫"一直没上来"？曲俏心里"咯噔"了一下，后背激起一阵寒凉，还没来得及说话，就听步话机里传来冼琼花的声音："第几道？第几道找到神棍的？"

那头立刻答："四道，第四道。"

"所有人进第四道，再重复一遍，所有人进第四道。"

话音刚落，棺口处迅速缒下两个人来。

打头的那个，是七妹，冼琼花。

曲俏仰头看着她落下。

冼琼花四十岁出头。从小女生男相，又爱留短发，眼拙点儿的人经常错辨她性别。穿着也简单，夏天就黑裤白T恤，冬天就多加件运动外套。莫说走在人群中了，就算一个人走，也极不起眼，跟曲俏几乎是两个极端。

不过人不可貌相。她办事极利落，从不拖泥带水，虽说有时候话说得不中听，但对事不对人，行事也公道，整体上还是很得人心的。

曲俏自打和山桂斋疏远之后，跟这位七妹也很少见面，不过彼此的关系倒还好，属于见了面能坐能聊的那种——只要不聊那件事。

她朝着冼琼花点了点头。

身侧不断有人奔进奔出，那是得了指令的人纷纷撤出，改入第四道。

冼琼花甫一落地，便急着解缒带，也不说废话，快人快语："六姐，你上去坐镇吧。你的功夫都在戏上，荒废了这么久，我怕你身手跟不上。再说了，我是山耳，你是山肩，我位次高过你……姿姐儿怕是不好了，我不跟你说了。"

说着，也不等曲俏回答，已与她擦肩而过。她身后跟着的果然是孟劲松，一脸焦急，也顾不上跟她寒暄，只恭敬地点了下头，就急急跟进去了。

神棍一路跌跌撞撞，乱拐乱奔出来，找是找到了救援，但他不记得回那个洞穴的路线。

好在这趟山鬼来的人多，效率也高，加上还有各种仪器帮着打前阵，找起来就快多了。

冼琼花到的时候，正赶上人鳄大乱斗的现场，见到这么大的巨鳄，她也吃惊不小，但有十多支麻醉枪对着，十五六口人围着招呼，且那巨鳄光眼部位置就插了两三根药剂针，更遑论肚腹上了，她觉得问题应该不大，径直绕过那群人，进了洞穴。

洞穴里比之外头，就要冷清多了，探灯的光条条道道。

怪了，进来的那三四个山户站得离岸很远，手拿着仪器或者显示屏交头接耳，显是忌讳水底下的东西，却有一个全身上下湿淋淋的年轻男人坐在岸边，悬垂的腿甚至伸进了水里。

神棍站在他身后不远，一副手足无措的样子。

冼琼花说了句："那是……"

孟劲松接口："江炼。"

冼琼花"嗯"了一声。她听过这名字，但具体不大清楚。

对答间，已经有个山户急急迎上来，脸色煞白，把仪器显示屏送到她面前。

冼琼花懒得看："说。"

那人面色又白三分："我们到的时候，迎头撞上鳄鱼，兄弟们就围攻开了。我和另外几个进来，就看到那个江小哥一直在水里浮上潜下。他说孟小姐已经落水很久了，可是，我们看了探测仪……"

冼琼花瞥了眼探测仪。

探测仪是以热能为依据的，但鳄鱼是冷血动物，所以成像的颜色跟一般温血动物不大一样，但因为跟周围有反差，所以还是能大致看得出轮廓——这水下，只有那条巨鳄，没有其他。

冼琼花说："千姿呢，会不会通过什么水下裂缝逃走了？"

那山户嗫嚅着回了句："这里是绝地，即便有裂缝，也是渗水的，没有……人能通过的道理。"

冼琼花"哦"了一声，又看了眼成像仪："那是被吃了？如果吃了的话，成像仪能拍到鳄鱼肚子里是什么样吗？能拍出来里面有个人形吧？"

那山户答得更小声了："拍……拍不到。"

冼琼花不再说话，顿了几秒，才喃喃说了句："咱们姿姐儿，就这么没了？"

说话间，就听"扑通"一声，循向看去，是江炼又下水了。

冼琼花面无表情，说了句："这是干什么？拉他上来，哪有这么找的，不要命了吗？"

说到这儿，心头蓦地一动，重又看向江炼："他一直在这儿浮上潜下？"

那山户点头。

"水里有鳄鱼，就没攻击他？"

山户犹豫了一下："他说，岸上的那条不下水，水里的那条不上岸。而且，水里的那条，哪怕他游得再近，甚至伸手摸到了，都没动过。他是这么说，但我们……不敢下水试。"

【17】

水里的那条不上岸，甚至人到身侧，都没动过……

冼琼花皱眉："水里那条，是死了？"

那山户赶紧摇头："没，没有，说是之前还动过，也袭击过孟小姐，但是不上岸，也就是说，只要离岸远点儿，还是安全的。就是不知道为什么，孟小姐落水之后，那条巨鳄就跟冬眠了一样，一直贴着水底趴着了。"

冼琼花心跳得厉害："那会不会是，它趴着的地方，有什么通道？"

那山户也不敢说："这个……要它挪个位置才能知道。它那块头，怕是要开个起重机进来。但是七姑婆，这么大的池子，下头如果真有个通道，泄水的水压是很大的，那巨鳄会被水压吸附在那儿，动都动不了。"

这原理，就跟游泳池排水似的，排水口处的吸力会非常大，人如果被吸住了，直接被压强撕裂开也是有的。

"但神先生说，之前那巨鳄还浮出水面活动过，而且，巨鳄浮起来的时候，也没见这湖有泄水的迹象……"

说到这儿，湖面处又传来水声，是江炼再次浮出水面。看他拨水的动作，就知道他的气力也所剩无几了。

冼琼花并不欣赏这种的，知其不可为而为之。在她看来，不是犯蠢，就是刻意表演。

她冷冷地说了句："这是扑腾给谁看呢？真沉下去了，还不是要我们捞？"

说着，转身去向洞外。

孟劲松没动,他朝着江炼看了会儿,吩咐那个山户:"喊他上岸,总不能看着人家死在我们面前。"

江炼筋疲力尽地上了岸。

安全起见,山户都撤出了这个洞,离得最近的,也是在甬道里。江炼不想走,一个人坐在岸上看死寂的湖水发呆,脑子里混沌成一片,什么逻辑、思考,都扔到九霄云外去了。

只反复想着同一个问题:怎么可能呢?

一个大活人,怎么一下水就不见了呢?

他拒绝去想"水里头还有巨鳄,可能是被巨鳄吃了"这个可能性。每次想到,两侧的太阳穴便抽搐般暴跳。

神棍进进出出的,给他送水,给他拿吃的。江炼没动过,他觉得自己没资格动山鬼的食物。

神棍每次进来,就给他讲一些外头的进展。

——小巨鳄被绑起来了,鳄嘴拿麻绳绑了一道又一道,爪子包了好几层厚橡胶皮,四条腿是互相绑上的,说这样就跑不了了。

——我听他们说,遇到鳄鱼,真的只能攻击头脸,其他地方,实在没法下手。

——在一处高点儿的洞穴里,发现了成堆的碎蛋壳。这底下,都不知道孵出过多少鳄鱼。

——发现了十来处入口,但都是人进不了的,动物能进。他们说,这里可能是以小养大,小的出去找食,进来喂大的,长大了,就不再出去了,也有可能会互相吞吃……连线的专家说,适者生存,它们会自我进化以适应极端的环境。

——曲家妹子哭得很厉害,冼家妹子一滴眼泪都没掉,还在问炸药能不能炸死水下那条,孟助理……

他住了嘴,没继续说孟劲松。

孟劲松当然是有气的。他见到神棍时,冷冷地说了句:"我或许很多事会做得让千姿不高兴,但至少,我在她身边,没让她冒过生命危险。这十多年,我只有这一次被迫放大假。"

神棍当然听得懂这弦外之音:只放了这一次假,孟千姿就出了这么大的事。

但这话,不好转述给江炼听。神棍喃喃道:"我也没想到会这样。早知道,我就不看棺材了,他们让我别大声说话,我连咳嗽都没敢咳……你们不来救我就好了,我都这把年纪了,死了也不算吃亏……"

江炼打断他:"你别说话,我贴个神眼。"

神棍一愣:"你现在要画画?"

江炼摇头:"我不画,我就是想看看……千姿出事的时候,一切都发生得太快了,我没看清……"

说着,他已经闭上了眼睛,气息浅弱,一动不动了。

神棍没想到江炼就这么"贴"上了。那自己呢,是要在这儿"护法"吗?有什么禁忌和注意事项吗?怎么连交代都不交代一声呢?

他急出了一身汗,怕有人高声吵嚷,又怕水底那条巨鳄会悍然出击,还怕江炼在身体极度虚弱的时候贴神眼,会贴出什么事来。

就这么如坐针毡,惶惶不安。也不知过了多久,江炼身子一颤,合紧的眼皮下,眼球快速地动着,喉咙里发出"嗬嗬"的声音,两只手蜷得如同鸟爪,拼命在地上抠抓。

神棍吓了一跳,怕惊动水下巨鳄,还不敢高声叫嚷,只得先赶紧扶住江炼。

低头看时,就见他拼命想睁眼,但只能睁出眼白来。

神棍一下子想起来了,贴神眼的人有一个自然醒转的过程。如果是被惊动或者强行想醒转,就会陷入这种半癫半痴的状态——这种时候,最好是水激火烧,或者是打醒他。

水边神棍是不敢去的,身上也没火种,只好下手去打。一巴掌过去,先把自己吓一跳,觉得那"啪"的一下,太响了,于是改成拳,打脸下不去手,便往肉厚的地方招呼,都不知道挥了多少下,手腕突然被攥住。

他听到江炼含糊地说了句:"行了,够了。"

边说边撑地坐起。

神棍还怕自己出手太重了:"我……伤着你没?"

江炼喃喃说了句:"有光。"

神棍没听懂:"哈?"

江炼抬头看他,有点儿激动:"我看到了,千姿摔进水里的时候,水面上有一处,泛起了光晕,金不金彩不彩的,但很快就消失了——那巨鳄沉下去之后,那光就消失了。"

一句话提醒了神棍:"是不是那种金色里有七彩的光晕的?我也看到过啊!"

前头发生的一切都太凶险了,他居然把这节给忘了!

他结结巴巴,把自己看到那光时的情形说了一遍。

江炼敏锐地注意到了事情的相似之处:"当时,那巨鳄也在动?"

神棍猛点头。

湖面下肯定有什么东西，被那巨鳄给遮住了，只有巨鳄移动的时候，位置相错，才能偶尔泄出一些。

江炼激动得声音都颤了："我们去找七姑婆，千姿说不定就困在下头呢。"

然而，对江炼的发现，冼琼花并没有什么兴趣，她从路三明口中已经听说了昨晚的一切。

在她看来，江炼比神棍可恨。神棍落下棺口，还情有可原，毕竟谁都想不到土龙会突然发疯，但你江炼——明知道下头有巨大危险，还要下去救人，这不是没脑子是什么？再说了，救出谁来了？最后还不是山鬼后援带了装备进洞，这才把人给救出来吗？

成事不足，败事有余。

她能耐着性子听他把话说完，已经很讲礼数了。

听完了，她问他："所谓的彩色，有没有可能是你眼花？又有没有可能是水被光照时，发生的什么折射、散射？"

江炼说："不是眼花。"

但是否折射、散射，他不好说。

冼琼花冷笑："以那条巨鳄的体型，光凭我们这点儿人，是没办法挪动的。起重机不可能开得进去，炸药我们也商量过，但不了解下头的地形，很可能导致坍塌，太危险了。再说了，它又不是死的，你游近它身侧它不动，你推它挪它翻它时呢？所以你来找我，是想让我帮什么忙？"

江炼听出她语意不善，但还是硬着头皮回答："那条巨鳄先前是动过的。如果它遭遇危险，很可能会挪动，我们可以把它引开……"

冼琼花打断他的话："引开了之后呢？以它的战斗力，我们山鬼得死多少人？就算真的有彩色的光，如果只是它肚皮底下压着的一块彩色的晶石呢？彩色的光等于千姿吗？"

是不等于，太多不确定性了。江炼咬牙："但哪怕有一丁点儿的希望，我们都该试一试。"

曲俏一直坐在边上，双目红肿，一声不吭，只听到此处时，帮江炼说了句话："七妹，他也是关心千姿，哪怕有一线希望，我们也该试一试……"

冼琼花生硬地打断她的话："六姐，这不是唱戏。

"别说我不关心千姿，我连夜赶到这儿，就是为了千姿，但我知道，什么叫接受现实。千姿若真的还在，哪怕我死，我也会拼命去救她。可现实摆在眼前，仪器上的显像清清楚楚，我不会拿什么一线希望做幌子，揪着什么光让大家做无谓牺牲——我们既然商量好把破鳄的事交给水鬼，那就等水鬼派合适的人来吧。"

这沟通看来不会有成效了，江炼笑笑："没事，我就是跟你说一声。孟小姐多少是因为我才出事的，我会自己想办法，给你们一个交代。"

说完了，转身就走。

这什么态度！冼琼花大怒，厉声向孟劲松道："把他给我关起来。这两天，别让他在我面前晃，也不准他再生事！"

孟劲松应了一声，很快出了帐篷，身后传来冼琼花余怒未消的声音："最烦这种不自量力的人。"

孟劲松出了帐篷之后，脚步就缓了，只目送着江炼大踏步走向地坑边，而神棍跟在后头一溜小跑，帐篷外站着的两三个山户也听到了里头传出的话，都簇向孟劲松身边："孟……助理，七姑婆说要关，咱们要上去一起摁住他吗？"

孟劲松点头："是。"

他伸手进兜，摸出一支烟来，不紧不慢叼上，离得最近的那个山户忙摸出打火机，殷勤地给他点上。

孟劲松面无表情，猛吸了一口，又悠悠吐出，这才说了句："不是没追上吗？"

山户在迷宫里已经拉起了指向的发光带，江炼便一路沿着发光带疾走，偶尔经过某一处甬道，会遇到三两值守的人，江炼也不吭声，只经过一个人时，拍了下他的肩膀，顺手捞走了他的山鬼箩筐。

那人莫名其妙，但山鬼箩筐说白了就是个工具包，标配，丢了可以再申领，所以也没在意。

神棍一溜小跑地跟着，也不知道该说什么，只是快到岸边时，才嗫嚅着建议了句："鳄鱼是水里的，也许人家水鬼有效多了，小炼炼，其实咱们是不是应该等等……"

江炼猛然停下脚步。

神棍吓了一跳，有点儿不知所措。

江炼说："你以为我不知道带了装备的山鬼后援更有实力，水鬼会对水下的凶兽更有办法吗？我怕的只是在等的这段时间里，你或者千姿会撑不下去。

"六、七姑婆她们过来，用了十二个小时，水鬼来得只会更慢。这段时间，谁知道会有什么变数？千姿如果还活着，她从昨晚开始，就没吃过饭、没喝过水了，我还不知道她有没有受伤，你让她怎么挨？谁爱等谁等，我不等。"

311

说完，背起山鬼箩筐，径直向着岸边走去。

神棍看着他的背影，鬼使神差般地突然冒出一句："小炼炼，你还要去昆仑山找箱子呢。"

江炼浑身一震，顿了顿回过头来，问他："你这意思，是我一定回不来了，千姿也回不来了，是吗？你什么居心？"

神棍口吃："不不不，我是……"

江炼笑起来："我还回来呢……万一真回不来……"

他想了会儿，说："万一真回不来，我就靠你了。我感觉，谜题都快解出大半了。看在大家同是寻箱者联盟，又共同当过三重莲瓣的分儿上，昆仑山这段，就拜托你多费心，不然……"

神棍还以为他要说：不然，我做鬼也不放过你。

哪知他说了句："不然我在下头，没脸见干爷，做鬼也抬不起头来了。"

江炼潜入水中。

他已经潜下来好多次了。有几次，摸到过粗糙而又厚硬的鳞甲，对大致的路线还有印象。

终于，浮出水面换了几次气之后，他又摸到了那条巨鳄。

可以理解这巨鳄为什么不动，它有这样的体型以及如此安全的鳞甲，何须忌惮他这样的小鱼小虾？

江炼最后一次浮出水面，吸入一口长气。入水时，还看到神棍在岸边不远处戳着，像一棵老树，一棵让人安心的老树——自己的托付，神棍一定会尽心的，就好像对身负凶简的那几个朋友一样尽心。

他潜入水底，顺着巨鳄的身形一路摸索，由尾，到身，再到脖颈，大致确认了巨鳄头部的方位。

这一刻，他觉得自己有点儿无赖：我靠近你你不动，摸你你不动，现在我揍你，你还能不动吗？

他攥指成拳，向着那巨鳄眼部，狠狠地捣了下去，一拳不够，再一拳——神棍说鳄鱼的要害是眼睛，其实谁的要害不是眼睛呢？谁能经得住眼睛被人暴打呢？

果然，那巨鳄躁动起来，鳄头只一摆，面前的水带起底部泥沙，顷刻浊重，江炼拼命睁眼，看到了浊黄水色间隐现的森森齿牙，也看到了巨鳄的身子微微掀动时，肚腹下露出的带彩色的光晕。

一定就是那里，下头必有玄虚。

江炼脑子"轰"的一声，也顾不上鳄身掀开的那条线是多么细窄，拼尽全身的力气，两手撑地，先将腿向着那一处挤塞了过去，想像条鱼那样，就那么滑进去。

哪知刚一动，就感觉身后有大力阻来，他脑子转得极快，立刻猜到是鳄牙挂住了山鬼箩筐。这个时候，只能舍车保帅，把这包给弃了。

他双臂后溜，迅速将身子松脱出来，然后顺势撑地借力，果然，那一处不是实的，像是条水道。

在巨鳄的身体重重挪压下来之前，他成功将自己的整个身子都送了进去。

然而，没有预想中的顺着水道一泻而下，也没有掉落在什么安全的所在，他惊惧地发现，自己被陷在一个水团里了。

四面都是水，然而这水比湖水清澈多了，往上看，黑沉沉的一片，那必是巨鳄的肚腹又压了下来，往下看……

他看到，下头似乎是一个洞穴，有极其绚烂的、七彩烁动的环光在半空悠悠流转，环光外围，笼罩着一层淡金色的晕，如纱似雾，缥缥缈缈，似金沙弥散，又如星斗成环。

顿了会儿，他才看清，那不是环光，而是一根根金色的翎毛，不知为什么反了地心引力，就那样悬浮于半空中。

而在那一圈光环下方……

江炼只觉得浑身的血一下子都涌到了头上。

那是孟千姿。

她趴伏在地，一动不动，像是已经死了，身周业已晕开一大摊血，那血被凹凸不平地面分作了数道，还在不停地……往外流着。

江炼狂躁起来，拼命地捶打水团，但人是没法跟水较劲的，多大的力道，都会被水分之散之。他觉得自己像个困在水袋里的观赏动物，在那团水里不断翻转、扑跌、乱抓乱荡，却怎么都出不去。很快，他的那口长气耗尽，开始呛水，而在这一波又一波的翻转间，他还能清晰地看到地上的那根根血线，仍在不断向外漫延。

【18】

就在江炼以为自己会死在水团里时，忽觉一股大的吸力传来，整个人身不由己，一下子从水团中被推挤而出，重重摔砸在地上。

这一摔毫无防备，直叫他眼前金星乱晃，但他手摸到孟千姿的血觉得冰凉黏稠时，又瞬间清醒了，手脚并用着爬到她身边。一眼就看到，她腿上有两处皮肉豁开，血就是从这伤口里流出来的。

江炼心里慌慌的，急去拽山鬼箩筐，一摸摸了个空，这才想起刚刚已经被他弃掉了，现在真个手无寸铁，连想撕衣服包扎都没工具。

他拽起自己外套里穿的T恤的下摆，用牙死死咬住撕开，又大力扯成一条一条，双手发着抖给她包上，这才伸手去摸她心口，洞里阴森冰凉，他自己也刚在水团里浸过，心乱如麻间，思绪定不下来。一时间摸不到温热，也摸不到心跳，慌得额头冷汗都下来了。

又去测她颈动，也忘了颈动该切哪一处，只在她脖颈间来回去探，心中不住问自己：怎么切不到呢？怎么切不到呢？

忽然间，指腹探到一脉极微弱的起伏。那一刹那，居然没反应过来是怎么回事。他愣了一下，瞬间狂喜，把她身子搂进怀中，不住叫她："千姿，千姿！"

顿了顿，又握住她一只手，挨个儿指头地慢慢搓揉她冰凉的指尖。

况同胜是个赶尸人，常会说些有关死人的事儿，其实大多数也只是以讹传讹，但江炼从小听惯了，也就记住了。

比如，况同胜会说，人死的时候，是打手脚开始凉，然后一点儿一点儿凉进心窝里去的，所以不想人死，就得搓热他指尖，再狠心点儿又掐又扎，把他这知觉给掐回来。

又如，魂魄荡悠悠离身的时候，人是恍惚着的，不辨方向。这时候，你得喊他，不间断地喊他，哪怕嗓子喊出了血呢，也得继续——你的声音就是一线绳，能把他给系扎住了，再拽回来。

这话，江炼其实是不信的，还转头去跟美盈或者韦彪咬耳朵，说干爷又在封建迷信了。

但现在，他也迷信了。事情临到自己头上，方知什么叫病急乱投医。

也不知过了多久，听到孟千姿很轻地呢喃了一声。

江炼只觉眼眶发烫，却不敢低头去看，只怕是自己幻听，他更紧点儿搂住她，试探着问了句："千姿？"

他竖起耳朵，捕捉着这洞里的所有细音，终于确凿地听到她叫他："江炼吗？"

江炼一颗心落回实处，也忘了说话，只是不住点头。低头看时，就见她微合着眼，面色惨白，唇色也苍白。

她低声说了句："我做梦，梦见自己被火烧，但是我很冷，全身都在疼。"

江炼伸出手，轻轻拂开她几丝粘在脸庞上的头发："不是被火烧，是受伤了，鳄牙剐到了你的腿，所以受伤了，没事，小伤。"

没事，小伤。

这话，与其说是说给她听的，毋宁说是说给自己听的。

孟千姿的眼睛微微睁开了一条缝，她的头沉沉的，意识像石头，还坠着她的脑袋往更低处沉，眼前也发虚，看人像看重影，身周的一切都轻，像是下一刻就要飘起来。

"就你吗？"

江炼说："大家都想来，我最聪明，所以就我先来了。"

孟千姿唇角掠过一丝虚弱的笑，她合上眼睛，说："又胡说八道，谁会想来这儿。"

江炼见她气息渐弱，又见她闭眼，心头一阵惊悸，急忙晃她身子："千姿，别睡，跟我说话。"

孟千姿只觉疲惫袭来，累得连眼皮都睁不开了，低低说了句："我就睡一会儿，你待会儿叫我。"

江炼却知道，让她这一睡，也许再也醒不过来了，急得后背冷汗直冒，拼命找话跟她说："千姿，刚我见到你七妈了，你七妈……真厉害，差点儿把我绑起来。"

这一下，果然略略吸引了她一点儿注意力："我七妈，她为难你了吗？她就这样，说话很不好听，人其实不坏。她要是说了……难听的，你别往心里去。"

江炼笑："不会，我这样要过饭的，什么难听的话没听过？你要是见过为了一块饼都把你踹几个跟头的人，听到点儿不好听的又算什么呢？"

他盼着，她能对这事感兴趣。这样，他就可以大肆渲染一下当年是怎么被踹的、怎么骨碌着连打了好几个滚的，以引起她的兴趣，让她精神点儿。哪知孟千姿只是"嗯"了一声，又不说话了。

江炼不住找话跟她说，一会儿说水鬼就快来了，一会儿说孟劲松连大假都不放了，正在上头等着呢。好像都不奏效，她的眼睛越来越懒得睁，声音似乎都滚在喉咙里，到末了，连"嗯"都不说了。

江炼能感觉到她身体的松软，她又要睡了。

他狠掐了一下她的背，看她因为疼痛而骤然拧起的眉，问她："千姿，我跟你讲过我妈妈的事吗？"

孟千姿怔了一下。

她垂着的手慢慢钩住江炼的衣角，睁开眼睛看他："你不是不记得吗？"

她特意问过况美盈。况美盈说，江炼那时太小了，不记得，也从来没有对任何人提起过小时候的事。

江炼说:"记得,记得很清楚。"

那时他还小,住在一个很穷的小山村,没有所谓名字这说法,小伙伴们都叫他"炭头",还会指着炭渣拿他取笑。

父亲是个四五十岁的瘸腿男人,很凶,很黑,爱喝酒,手里总拿一把铁钳,会突然生气,没头没脑地拿起铁钳往他身上甩。

每当他被打的时候,疯二姨就会冲出来给他解围,替他挨打。那是个很邋遢的女人,蓬头垢面,整天干活,守在锅灶前烧火——父亲打她时,会打得极其狠,骂她是不下蛋的母鸡,偶尔,还会嚷嚷什么便宜儿子。

他没母亲,大家都说他是死了妈的,但暗地里,村里有人会嘀咕,被他听见过几次,那些人说疯二姨就是他妈。

他有点儿好奇,回去问过疯二姨,疯二姨只会嘿嘿笑,笑得唇角流下涎水。他觉得恶心,又觉得真要有这么个妈也怪丢人的,从此再没问过。

其实仔细看,疯二姨很漂亮,有时候……也很有气质,跟这个村子,跟那个父亲,格格不入。

孟千姿听入了神,她所有的力气都用在听故事上了,恍惚地问他:"你这个二姨,是不是被拐来的啊?被逼疯了?"

江炼有些失神:"不知道,我也不知道。小时候,看不起她疯,也会朝她扔石块、吐唾沫,故意作弄她。她从来不生气,只会看着我傻笑。

"但是后来,我知道她对我好,也就不欺负她了。"

疯二姨喜欢带他玩,跟他玩捉迷藏,但他很快就厌倦了,因为疯二姨每次都藏在一个山洞里,拿树枝遮住脸,好像这样他就看不见似的。

疯子,始终是疯子。

然后,就到了那天晚上。

那是个冬天的晚上,睡前,他刚被撒酒疯的父亲没头没脑地抽了一顿,哭号着躺下的,犹记得睡着的时候,枕巾湿了大半,外头的风呼呼的,吹得窗纸一翘一落。

半夜,他被惊醒了。

一睁眼,就看到了疯二姨。

疯二姨不疯了,她梳洗过,头发绾结得整齐,穿一身他从没见过的、城里人穿的夏秋衣裳。

这么冷的天，疯二姨不冷吗？

他看疯二姨细弯弯的眉毛，发现今天她的眼睛很亮，跟平日里任何时候都不同，里头满是灼人的光。

她像摆弄洋娃娃，也不管他舒服与否，生硬地给他穿衣服。穿上厚重的棉袄，穿上老棉鞋，围上有破洞的围脖，仿佛他即将远行。

他被搞蒙了，一瞥眼，看到床头有个布口袋，里头塞满了白白的大馒头，还有五颜六色的水果糖。

疯二姨剥了颗水果糖塞进他嘴里，说："阿崽，你听我说。我接下来说的话，你未必听得懂，但你得一句句都记着——将来读了书，懂了事，你就懂了。"

他从未见疯二姨如此郑重其事过，愣愣地仰着小脸看她，连嘴里的水果糖都忘了嚼。

只记得，那颗糖，好像是柑橘味的。

她说："我是你妈妈，但那个人……"

她满脸唾弃，还"呸"了一口："不是你爸爸。你姓江，叫江炼，大江大河的江，百炼成钢的炼。

"你要走。那个我老带你捉迷藏的山洞，你别嫌黑，一直往里走，有个狗洞，你人小，能钻出去。

"钻出去了，就是条路。你顺着路一直跑，跑出去，别回头，这辈子都别再回头。

"你爸爸被杀了，妈妈受了这么多年罪，妈妈要亲手报仇。你不用管，你也不要恨，将来也不用回来打听这事，妈妈会把一切了结。你跑出去，忘了这一切，只管往前跑，你要有个干净的人生。"

说到这儿，疯二姨一手拎起布口袋，另一只手拽着他往外走，他被拽得跌跌撞撞。

门一开，风声呼啸，村里人都睡了，外头好黑，只有这间屋还亮着灯。

他想回到屋里。

但疯二姨挡在门口，如同门神，她把布口袋塞进他怀里，说："走，现在就走。"

边说边推了他一把。

他抱紧布口袋，趔趄着，又站在原地不动。

疯二姨蹲下身子，温柔地叫他："江炼。

"别怕，我知道你小，一个人会怕。你也许会受很多罪，会被人欺负，会吃不上饭，但妈妈陪不了你了。你要聪明，要勇敢，见到事情不对，你就跑，一直跑。

"你的人生不在这儿,妈妈没法送你,但妈妈祝福你。希望你心如江河,百炼成钢。不要恨,也不要觉得这世界欠你,好好去生活。将来,你一定会遇到你认为值得的人,过着最美满的日子……"

他听不懂,只抱着布口袋想哭。

疯二姨垂下手。他看到,她手里有一把磨得锃亮的尖刀。

她说:"你不走吗?不走,我杀了你。"

因着惧怕,他终于哭着迈步。跑出十来米远时回头,看到疯二姨也在哭,但她很快就用提着刀的手抹干了眼泪,跨进屋里,"砰"的一声关上了门。

那扇门,从此对他永远关上了。他只能跑,拼命往前跑。

他跌爬着穿过漆黑的山洞,又钻过只有小孩儿才能钻得过的狗洞,果然有条路,他从未见过的路,弯弯曲曲,九转连环,如细线温柔地绾上起伏的群山。他也不知道,这路通往哪里。

但是,跑吧。

他抱紧布口袋,"呼哧呼哧"地跑。天上,云团聚合;身侧,树影摇晃,漫山遍野虫声细碎——他还一直以为,冬天是没有虫子的。

过一个急弯时,他似有所感,忽然停下脚步,向着山坳深处看去。

视线尽头处,他看到一团跃动着的熊熊火光,被大风撕扯,在墨黑色的画纸上肆意张扬。

江炼就在这里停住。

他低下头,看到孟千姿已是满眼的泪,她也不知道哪来的力气,手借着他的衣服不断攀上,然后轻轻抚上他一侧的脸庞,说了句:"你真是……从小……受了好多苦。"

江炼笑,眼前有些模糊,抬手握住她的,说:"倒也还好。"

那些苦、那些罪,倒也不是孤独领受的。她的目光不也穿透了群山般起伏的岁月,投注在他那个小小的背影上,为他流泪吗?

倒也还好。

"后来呢?长大之后,回去过吗?"

江炼点头。

回去过。

他凭着记忆找回去了,没有进那个村子,去了那个曾经驻足回望过的山口。

还能看到那山坳，满目葱翠，公路已经修进山里了，车来车往，好不热闹，过路的司机也热情，一连好几个停下来问他要不要搭车。

他笑着拒绝，后来徒步出山，在一个山道边搭起的水果棚下买了几斤梨，借着水洗了，现吃了一个。

棚下还有好多修路工，有一搭没一搭地跟卖梨的老头说话。

不知是谁说起这一带有钱，老头连连摇头："哪儿呢，十几二十年前，穷着呢，媳妇也娶不上，要靠买……"

又压低声音："还有抢的，盯上人家外来的小夫妻，杀了男的，留下女的……"

修路工们一惊一乍，江炼拎起剩下的梨，转身出了那个棚子。

母亲跟他说，要亲手了结这一切，不要他管，也不要他记着，只要他有个干净的人生。

他承这恩情，他尽量不心怀怨恨，始终笑对一切人、一切事。他不知道自己是否真的做到"心如江河，百炼成钢"，但他努力去做，不辜负嘱托，不辜负希望，不辜负那双映出刀光的泪眼。

孟千姿也不知道该怎么安慰江炼。

她合上眼皮，语声低得像在飘，觉得自己口拙词也穷："江炼，你会好的，一定会好的，会遇到你觉得值得的人，过最好的日子……"

江炼低头看她："我觉得，我遇到值得的人了，就是她只想睡觉，不想跟我说话。"

孟千姿睁开眼睛，看江炼的脸。

他真是好疲惫，眼眶下因着睡眠不足，青黑了一大圈，全身濡湿，衣服贴着身子，内衬的T恤撕得条条缕缕。

狼狈成这样，还打着精神一直跟她说话，只是不想她睡着。

孟千姿笑，轻声说："我抬不起头，你低下点儿，我跟你说话。"

江炼"嗯"了一声，低下头来。

孟千姿仰起脸，在他唇角，轻轻吻了一下。

一直以来，她揣着明白装糊涂，一颗心揣来揉去的，生死面前，好没意趣。

江炼先是没动，后来，孟千姿看见他笑了，那种想藏起来但没藏住的笑。他没敢太用力回吻，只拿唇轻轻印了下她的唇，又提醒她："别睡，跟我说话。咱们聊聊天，聊聊从前，聊聊以后，救援很快就会到的。"

孟千姿将头埋进他怀里，低低应了一声，颊上的烫热和唇上的灼烧，迟了一会儿才来。

至少现在，她是不想睡了。

顿了顿，她仰起脸，问他："没给我带点儿吃的吗？"

很好，她惦记起饿了，可见意识没先前那么涣散了。江炼有点儿后悔，他考虑到这一茬来着，还特意带了个山鬼箩筐，里头有能量棒，还有水，但是进这个洞的时候，全没了。

江炼不想直接答个"没有"，徒劳地伸手进兜，在外套里来回检索："我找找看……"

找着找着，他的手就停住了。

顿了顿，问她："想吃巧克力吗？"

他从兜里掏出一个压变了形、因数次泡水比原先小了一半，但锡纸仍在的巧克力来。

十年行走 十年书

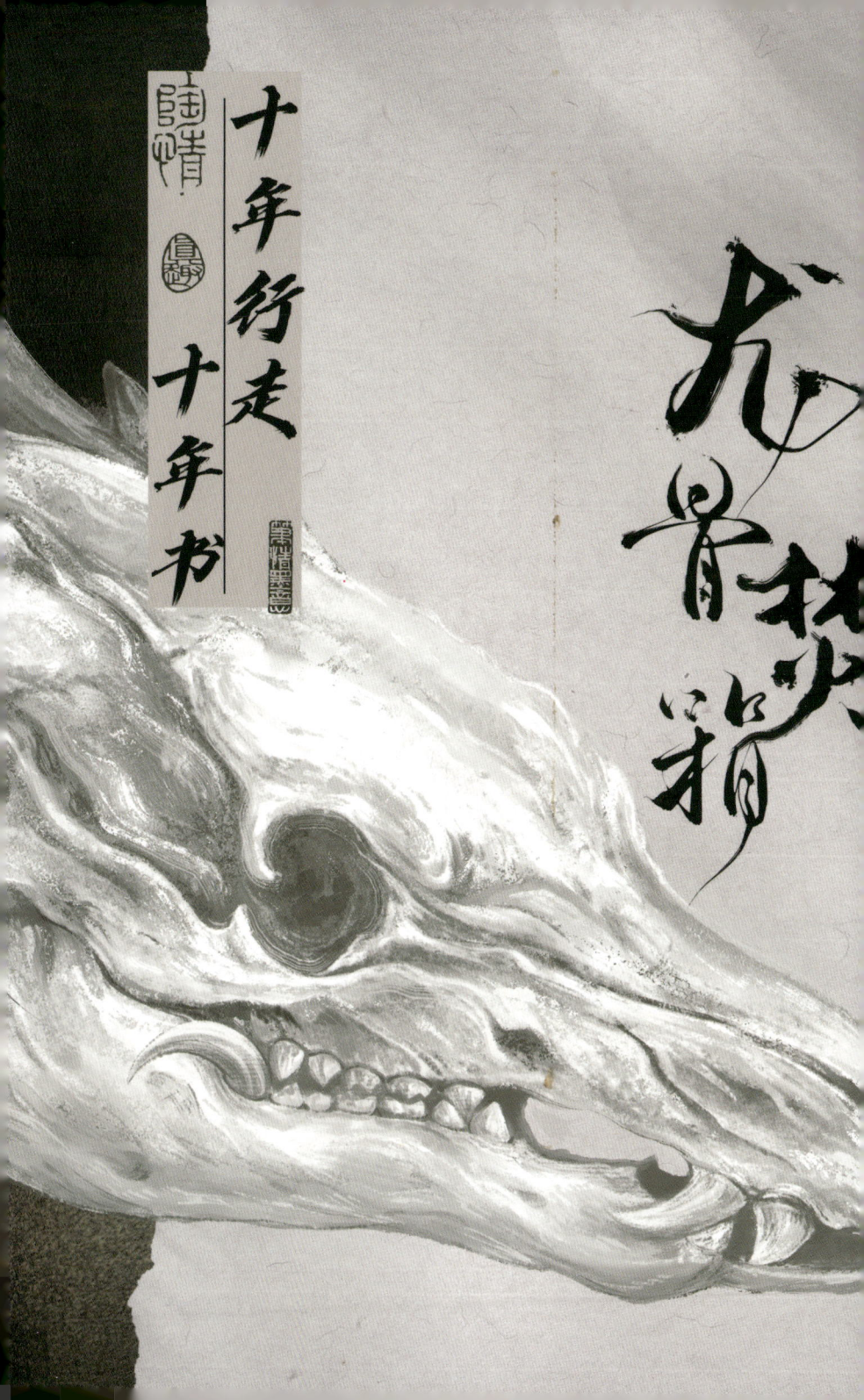

龙骨梵精

十年行走

十年书

戈野小弦杀
石人一笑
如此美好

十年
『鱼』你一起的青春
禾子-小Q

芒果铺看文记录
飞机抵达兰州上空

石人一笑 如此美好

毕飞宇先生在《小说课》中写道:"小说是公器。阅读小说和研究小说从来就不是为了印证作者,相反,好作品的价值在激励想象,在激励认知。"是的,尾鱼带领我们看到了一个神奇瑰丽的世界,一个颠覆以往的认知的世界,读者跟随作者赴一场场光怪陆离的盛宴,在荒诞与真实的交织中,在正义与邪恶的角逐中,厚重的大幕徐徐揭开,各色人物逐一登场,说故事的人隐在暗处,而故事上演。作为小说,尾鱼的作品无疑是好看的、引人入胜的,在那么多个跌宕起伏的故事中,古往今来虚实相接,对于人性至微之处,也着笔细细刻画。她的成功之处更在于,读者在阅读中,不断拓展刷新想象力与意识界限,而掩卷后,又频频回味,那些随之而生的感动,是永远也无法从心中抹去的了。

尾鱼的创作犹如布网。从掌铃盛家开始,到老子传道、凤凰驾扣与七根凶简,再到漂移地窟与水鬼探秘,伏笔不断,谁成想这一切,竟由上古黄帝与蚩尤大战衍生而来。不得不佩服作者的脑洞,不拘于单个的灵异故事的猎奇,而是将眼界、格局放至千万年前。主人公们恰逢神人交战的存亡之际,败者则只能被时代狂卷吞噬,为了博得一线生机,他们以命相搏,连环设计。这是一张铺天盖地的巨网,将太多不可思议之事给网罗进去。我想,也许从《怨气撞铃》开始,作者心中已有气象万千，草蛇灰线铺就，到《三线轮洄》，我们知道主人公们的遭遇不似表面那样简单，《三线轮洄》留了一个谜，有如辛苦跋涉求索终于显露的冰山一角，而底下潜藏着的是难以撼动的巍峨连绵的部分，需要更多的人，从不同的角度去探寻其中秘密，因此有了《龙骨焚箱》。

如果不是《龙骨焚箱》，我们会以为之前的故事都是独立的，唯一的连线是神棍，而神棍只是一个专注于奇闻异谈的人，谁能猜到这个从来只是打酱油的角色，赫然成了主角之一，而他竟是开启这丛丛谜团的一把钥匙。神棍其人，于寻常人之柴米油盐、名利、权势浑不在意，对人情世故也懵懂天真，此生志在研究灵异事件，游历山川四海，搜寻玄异事件。虽然他出场总是诙谐而笑料百出，与旁人格格不入，但浑然可爱毫不做作，他说自己"是个一心一意搞科研的"，不是囫囵玩笑话，这确实是他毕生的理想所在。由此我联想到明代旅行家徐霞客，在科举入仕方为读书人正经出路的时代，他却不走仕途之路，遍访祖国山川林泽，专心记载旅途中的地理形态、民间风情，于大自然间历练了更广阔的人生，这和尾鱼笔下的神棍，是何其相似啊，能够屏蔽世间诸多诱惑，听从本心而专注于一事，是真逍遥、真性情者。

尾鱼这么些作品看下来，我想到一个词——江湖。江湖离我们太远了，武侠似乎已经过时，说起武侠小说的盛行，还是二十世纪七八十年代的事，然而尾鱼的作品是有江湖气的。所谓"江湖"，是人在江湖飘，哪能不挨刀；是刀光剑影人心叵测；是十步杀一人，千里不留行；是桃李春风一杯酒，江湖夜雨十年灯；是风萧萧兮易水寒，壮士一去兮不复还……无论是金庸笔下的"侠之大者，为国为民"，还是古龙的"人在江湖，身不由己"，那个居庙堂千里之外的地方，总引人无数遐想，江湖远离了尘世喧嚣，却比权力中心的纷争更显剑拔弩张，比乱世下的夹缝生存更加举步维艰，人性的复杂与欲望被放大。然而江湖并非无序的，有人趁机作乱，就有人匡扶正义；有人浑水摸鱼，就有人不同流俗。江湖之大，需要有人或者说注定有人在一片泥泞不堪中荡清道路，这样的人，可以称之为"侠"，心中坦荡，有情有义。尾鱼笔下的人物，从季棠棠到孟千姿，从岳峰到江炼，每个都能独当一面，个性鲜明爽利，行事毫不拖泥带水。于大是大非处，看得分明，不陷泥淖；于儿女情长处，以真心真情，珍重待之；处困境之时，冷静果断，迎难而上；于人生得意时会心一笑，顾盼生辉。

《龙骨焚箱》把盛家的秘密、凶简的归处、水鬼的疑虑一一网罗，凡事皆有终结，是告别，也是新旅途的启程。生命世代繁衍，传承下来的不只是先人的智慧，还有那些遗憾的、不甘的、未竟的事业，新生会带着上一代人未解决的问题走下去。与其说是缠绕不开的宿命，不如说是在无数次轮回中的净化、生长，草蛇灰线埋下，只待它数万年后引爆，谁人无辜，有人处即有起心动念，不过是万物依循它本然的规律行止。所谓"尽人事、听天命"，所有看似巧合、讳莫如深的命运，也许就是万年前的精心设计，只是辗转无数春秋，其中又遗落几许，到如今很多事情我们已经无法解释，比如《山海经》的"大荒"究竟在哪里？昆仑山因何成为诸多神话的起源之地？上古的神灵为何人兽共身？结绳记事与仓颉造字的灵感是什么？华夏神话只是古人津津乐道的、虚无缥缈的传说而已吗？

然而不只如此，不只是故事背景的恢宏、情节的精巧设计与人物的细腻描画，更在于她创造了一个想象中波澜壮阔的世界。她在架构一个江湖，从盛家的秘密娓娓道来，千丝万缕，终于汇聚一处，几部作品串联起来，有从上至下的时间线，有顺承的人物关系，有世代相传的技艺瑰宝……作者将上古传说信手拈来，融入现实，华夏五千年，商周以前不可考的历史，几乎都是神话传说，最终以口口相传的形式传承下来，凡是文化皆有来处，可是神话的源头是什么呢，只是先民们对于鸿蒙初辟、万物造人的疑惑而产生的闲想吗？那些怪力乱神的谬误之说，只是唬人的妄谈吗？不妨大胆猜测一下，这些现今看起来虚无缥缈的传说，或许真有来处，看似神秘不可言说的文化，或许在某个地方、某个家族真就那么一直存在着。尾鱼创作了故事，我想其中也一定有她的世界观。眼见不一定为实像，人用感官分辨事物，五识之外皆是盲区，人类从来不是无所不能的，立于天地之中，有自由意志能够创造事物，也遵循天道轮回因果循环的规律，天地不仁以万物为刍狗，对自然的敬畏、对生命的慈悲从来都是生而为人应具备的智慧。尾鱼的作品其实与自然相关，"动山兽、启天梯"，借助的也是自然生灵的力量。

　　当然，在磅礴奇丽的故事背景下，最感人至深处，莫过于至情至性的一片赤诚之心，古今往来多少传奇，都与痴情相关，有了情，故事便有了骨骼，有了灵魂。孟千姿与江炼的生死相依是情，韦彪与况美盈的不离不弃是情，孟千姿与小白猴的相遇是跨越物种的情，神棍与段文希的"无缘会面，有缘对酒"是超越时空的情，甚至于白水潇甘愿为洞神献祭生命，曲俏流连于旧梦难舍……这众生世间，总有那么些痴子，因着一个"情"字，为它辛苦为它忙，为它酸楚寂寞，也为它幸福而心满意足。"前是荣华后空茫，断线离枝入大荒。山不成仙收朽布，石人一笑年岁枯"，看似无情凄凉的偈语，其实字字浓烈如火，滚烫烧过冰冷的岩面，过往岁月无声无息地透了进去，携着一生痴梦，来到生命的不可知之处，石人一笑，是一瞬间的光华融入永恒。

　　我常感叹，能遇到这样笔力深厚、别树一帜的作品，是何其幸运，而写出如此作品的尾鱼，又会是怎样的奇女子。在网上只能搜到她的寥寥信息，一张露全脸的照片也无，包裹得严严实实，读者所知的，除了她小说家的身份，就是她酷爱旅行，是有着冒险精神的背包客，想来她如今应拥有一间客栈，闲暇时与天南地北的朋友们把酒言欢、一叙长谈。她总是隐在键盘之外，十年来行过的风景一一入了笔墨，于写作中交代了所有走过的历程，倾注了最深的感情。喜欢她曾在《西出玉门》完结后写道的："故事完结之后，才是人物自己去生活的开始。"他们不是作者随意操控的木雕或泥塑，而是一个个活生生的、有血有肉的人，有对是非曲直的判断，有着需要奔赴的前程，有属于他们自己的人生。"铃音绝，七简灭，水鬼消，山鬼散"，大家各自走向生命归处，曲终落幕，这一系列了无遗憾，完满美好。十年行走十年书，想来我们虽无缘会面，奔波忙碌于各个领域、不同地方，但见字如交心，尾鱼的文字陪伴我度过最美好的年华，也为我在艰难时刻注入一股力量。

　　愿下一个十年，也能不负时光、继续同行。

——戈野小弦杀

龙骨梦魇

十年『鱼』你一起的青春

2009年,当我们拖着疲惫的步伐前行时,遇到了这么一个人,她身穿及踝连衣裙,脚踏小白鞋,任由两撮灰白头发在风中狂舞,跟着她来到一家旅店——鱼家客栈,招呼我们坐下休息,笑道:"你们知道细花流吗?背倚青石靠,细流绕柳腰,非是主人引,不过喘木桥……对了,我叫尾鱼,是这家客栈的老板娘,这是一个很长的故事,愿意听我讲吗?"

从2009年到2019年,从《开封志怪》到《龙骨焚箱》。这个故事,一听就听了十年。

看《龙骨焚箱》,一开头出现开客栈的毛哥、合住的神棍和阴阳脸(石嘉信)时,时间仿佛回到《怨气撞铃》,回到追随鱼总的第一个故事。那时一人在外工作、一人在外租房,经历过工作的不顺心、半夜房间灯泡突然炸了种种,这也是为什么看了鱼总写的这么多女主,心中最爱的还是棠棠,不仅是因为对她的心疼,还是因为在经历了一切之后,她变得独立自强,却仍能守住本心。

一个好的作者,她所写出的文字,会让读者身临其境,使他们感受到不同于现实生活的人生,鱼总就是这样。我喜欢她在小说中对于各个场景的描写,或许因为有些是她实实在在去过的,《怨气撞铃》中的雅丹魔鬼城、《西出玉门》中的回民街、《龙骨焚箱》中的昆仑山脉等。她并没有刻意去描述那里的一砖一瓦,却能成功地将我带入,一切特别自然,而在这样熟悉的情景里,所发生的一切却又超乎想象,这就是鱼总的脑洞吧。

在追更《西出玉门》时得知鱼总是一个不存稿的作者,这样我就很佩服她对文章结构的掌控了,细节上前后呼应,显现出结构上的创造性,又将它融合成一个完美的整体。《七根凶简》中五个人物,一路打怪成长升级,克服一个又一个困难,收服凶简。鱼总从不说没用的话,每个人物的生活琐事,包括他们的语言、穿衣打扮等,都为后面他们性格的展现做铺垫。此外,其他人物的出现,都在推进剧情上起到重大作用,印象最深刻的当数曹解放了,一只鸡,它有趣、通人性,甚至引人争风吃醋,最后更是成了击败凶简的关键!

当然,最让我喜欢和敬佩的,就是鱼总在书中刻画人物的手法,每个主角都不是逆天的强大,都有自己的优缺点,都在一路成长。印象最深的就是宗杭了,一个无忧无虑的富二代,在遇到飒飒之后,经历了死而复生、下金汤,最后能够单独下水破鳄,总让人有种自己家儿子长大了的感觉。此外一些正、反面配角的描写也十分立体:痴情的叶连成、柔弱的况美盈、憨厚朴实的高深、令人扼腕的江斩、个性的温孤苇余、偏执的白英、凶残的猎豹等,但必须要提到的当然是小青花、解放、山河、四海、鹊桥、小美等,它们的出现,无疑给紧张的剧情加入一丝乐趣。最后,俗(俗=海鲜们)话说:流水的主角,铁打的神棍,前溯《怨气撞铃》、后叙《西出玉门》、终于《龙骨焚箱》,哪怕出现的只是他的声音，神棍都是主角般的存在。当事情陷入瓶颈时，总是有意无意地能起到关键作用，喜欢给大家讲故事，我们都默认他为鱼总的化身。鱼总十年八部小说，能让人一直津津有味地看下去，这跟书中众多角色的精彩描写分不开，一个作者，写谁像谁，这是必备的技巧，写谁是谁，这便是真功夫，而鱼总对人物的刻画表明她是个有真功夫的人。

十年一阶段，四部一系列。一系列完结了，大家也最终找到自己的归宿：有人风风雨雨过后归隐，回归平凡生活；有人和爱人相守，却依旧遗憾离世；有人最终决定放逐大荒；有人在送走所有老友后，一个人回到最终的地方，安静离开。"纵有万般不舍，终须一别，唯愿重逢之时，卿心依旧"，鱼总，下一个十年，咱们再一起走！

——禾子_小Q

龙骨焚箱

飞机抵达兰州上空

人在回忆过去时，常会在脑内模拟出一段蒙太奇的效果，如果要我梳理这段故事，头个镜头一定是我第一次读到这行字。

"飞机抵达兰州上空，拉起机窗的遮挡往下看，光秃秃的土山土地千沟万壑，不尽荒凉。"——2013年7月，我点开了《怨气撞铃》，这大概就是我和尾鱼的初见。2017年6月，我到西北旅行，即将降落兰州时，我又想起了这句话。在我心里，尾鱼的故事会赋予一座城市新的意义，让我在到达之前就对它生出了感情。

我和鱼总的相遇不早也不晚，恰好在《怨气撞铃》刚刚完结之后。很难形容这部小说对我的影响，我对它频繁地碎碎念，让我妈都知道了我很喜欢一个开着丰田4500的小说主人公。在此之后，《半妖司藤》连载期间，我补完了《开封志怪》，从《七根凶简》开始追连载，到彻夜看完《龙骨焚箱》，一转眼鱼总的文已经陪伴我将近七年。

我始终毫不犹豫地认定，鱼总的故事剧情和感情都很在线，那些光怪陆离的场景，极富创意的设定，都有满满的画面感，想象力和故事的精彩程度让人叹服。这是在路上的人才能写出的故事，我们追随着主角们的脚步，一起走过了一程又一程。

而爱情戏份，本就是最初吸引我的一大重要原因。在《怨气撞铃》之前我高频阅读网文有两三年的时间，好看的故事有很多，但我渐渐习惯了现代都市故事里的经济适用，忘记了那种舍生忘死的爱情给人的震撼，这种震撼感在我读《怨气撞铃》时，全部找了回来。之后的故事也同样，它不是我们在琐碎平淡的日常生活里会遇到的，却是我们会幻想和赞美的，在我心中，尾鱼笔下的爱情是纯粹的浪漫主义。它发生在漂泊不定的旅途中，发生在每一个瞬间。

在《龙骨焚箱》刚放出文案的时候，我一度很震惊，因为之前从未想过盛家的铃铛、凶简、水鬼，原来是一个体系里的故事，鱼总高度完成了一个系列的串列，画下了一个休止符。很多人对结局难以接受，在某一方面却符合了我最初对尾鱼的认知：千里搭长棚，没有不散的筵席。无论是独自上路的季棠棠、以身封印凶简的凤凰别动队，还是出身水鬼家族的易飒，他们的选择早在自己的那一章就已经做出了，我想我们爱的那些主角都不会后悔。这样的结局，反而有一种宿命的圆满。

去年10月，我一口气重温了"龙骨"这个系列里的四部长篇和《西出玉门》，并且做了一个"神棍"系列的地图，在做地图的时候，想起了自己有意无意跟随鱼总和她的故事走过的一些地方。

印象很深刻的是有一年我到年保玉则玩，这是青海一处没怎么经过开发的景区，有一道铁丝网拦开景区本身与后面的湖泊和雪山。时间有限的旅客可以穿过那道铁丝网，再往里走上半个多小时，路很难走，蚊虫也很多。如果时间充足，可以花上三四个小时走到湖边，这就是普通人如我能做到的极限了。但就在我旅行回来后不久，看到了鱼总发出的游记，差不多同一段时间，鱼总用七天时间翻越了那座我只能远望的雪山，而她出来时，同样经过了那道铁丝网。

　　在那个时刻，鱼总仿佛成了我的一个梦想的化身，而在我对着地图望洋兴叹时，她笔下的人物已代我走过了万水千山。如果说演员通过饰演不同角色体验不同人生，可能作为一个读者亦是，那些有趣又惊险的故事，让我至少在某些时刻脱离了自己的生活，投入了他们的世界里。

　　《龙骨焚箱》之后，可能就是一段新的开始了，我有点开心，也有点遗憾。我期待全新的世界，全新的人物，也伤感于我爱的那些故事，是真的已经结束了，剩下的空白时间，都是留给他们自己的。在那个2020年，他们都还年轻着，还陪伴在彼此身边，就让他们在自己的世界里好好生活吧，而我们，也要往前走了。

　　致所有的主角、配角，致我最爱的岳峰和棠棠，与他们相遇是我的幸运。

——芒果铺看文记录

龙骨焚火稍

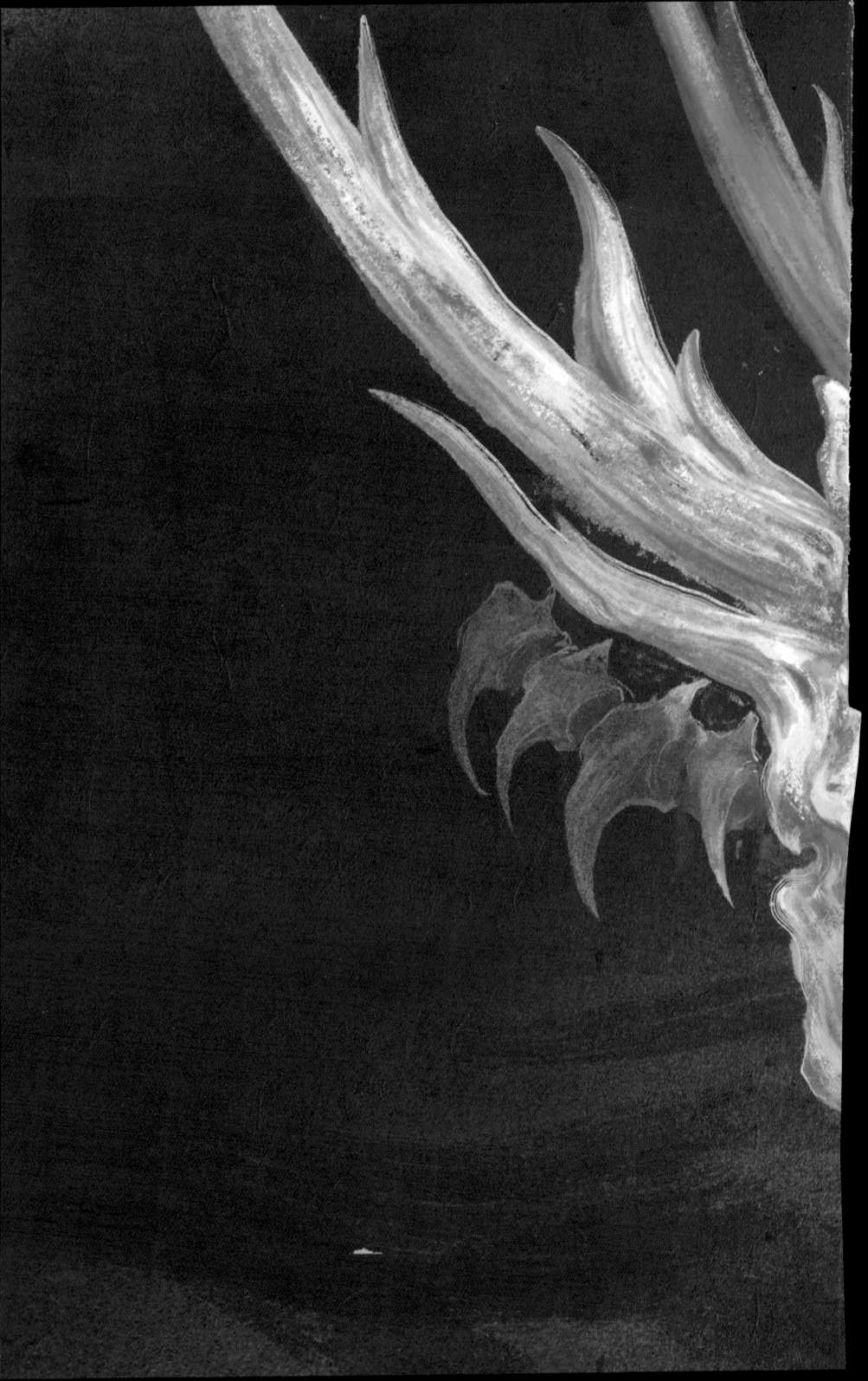